SUSANN BRENNERO

Mordsakten

WAS WÄRE WENN Mit einem einzigen Schuss wird der ehemalige Stasi-Oberst Peter Schwarz im Sommer 1991 im Weimarer Park an der Ilm regelrecht hingerichtet. Ein Ermittler-Duo aus der Schweiz und Österreich, Matteo Richterswil und Ullrich Neusiedl, sucht in der Vergangenheit des Toten nach Spuren des Mörders. Die Fahndung führt die Sonderkommission »Stasi als Opfer« quer durch den gerade gegründeten losen Staatenbund aus Schweiz, Österreich und Deutschland – SÖD: Von Weimar über Berlin nach Salzburg und wieder zurück an den Ausgangsort der Tat. Alles deutet auf einen Racheakt hin. Die Ermittler stoßen auf Menschen, die in der DDR von Peter Schwarz bespitzelt, verhört, gefoltert und für die Mitarbeit bei der Stasi angeworben wurden. Die Indizien lassen den Verdacht schließlich auf die Witwe des Toten und seine ehemaligen Kollegen fallen. Je intensiver Richterswil und Neusiedl sich mit dem Leben des Stasi-Mannes auseinandersetzen, desto rätselhafter werden die Spuren. Eine spannende Mörderjagd in unruhigen Zeiten …

Susann Brennero wurde in Düsseldorf geboren. Nach dem Abitur studierte sie an verschiedenen Universitäten in Nordrhein-Westfalen Jura. Sie schaute sich die Welt als Sekretärin, Rechtsreferendarin, Juristin und als Autorin an. Sie schreibt seit vielen Jahren Liebesgeschichten und seit 2014 auch Krimis. Zu Susann Brenneros Lieblingsplätzen in Düsseldorf gehören das Rheinufer und die historische Altstadt. Der Rhein ist ihre Inspirationsquelle, denn dieser Fluss birgt für sie von seinem Ursprung in der Schweiz bis zur Mündung in die Nordsee zahllose Geschichten und menschliche Schicksale. Düsseldorf bietet zu beiden Seiten des Rheins von der Kaiserpfalz Barbarossas im Norden bis in den grünen Süden das ideale Setting für Kriminalromane.

Bisherige Veröffentlichungen im Gmeiner-Verlag:
Der Vampir vom Niederrhein – Peter Kürten (2016)
Meyerling ermittelt in Düsseldorf (2015)

SUSANN BRENNERO

Mordsakten

Kriminalroman

GMEINER SPANNUNG

Besuchen Sie uns im Internet:
www.gmeiner-verlag.de

Im Ehnried 5, 88605 Meßkirch
Telefon 07575/2095-0
info@gmeiner-verlag.de

1. Auflage 2017

Lektorat: Claudia Senghaas, Kirchardt
Herstellung: Mirjam Hecht
Umschlaggestaltung: U.O.R.G. Lutz Eberle, Stuttgart
unter Verwendung eines Fotos von: © ullstein bild – Thierlein
Druck: CPI books GmbH, Leck
Printed in Germany
ISBN 978-3-8392-2025-2

Personen und Handlung sind frei erfunden.
Ähnlichkeiten mit lebenden oder toten Personen
sind rein zufällig und nicht beabsichtigt.

KAPITEL 1

»Kein Wesen kann zu nichts zerfallen«
Johann Wolfgang von Goethe (1749 – 1832)
aus Vermächtnis 1829

»Eine Leiche!«, schrie eine Frauenstimme hysterisch.

»Ausgerechnet jetzt!«, erklang ein tiefer Bariton. »Schrecklich!«

Nora Attendorn nahm das aufgeregte Stimmengewirr der anderen Reisenden im Luxus-Reisebus erst nach und nach wahr. In Gedanken war sie noch hinter dem Weimarer Stadtschloss im Park an der Ilm unter dem dichten Blätterdach der schönen alten Bäume unterwegs. Gerade einmal fünf Minuten saß sie wieder in ihrem gemütlich gepolsterten dunkelblauen Reisesessel im voll klimatisierten Bus der Reisegesellschaft Dörgemann und Söhne, die ihren Sitz in Wien hatte. Neben ihr auf dem leeren Sitzplatz am Gang lag das Hochglanz-Reiseprospekt der Drei-Länder-Tour »Highlights deutschsprachiger Kultur – von Erfurt über Wien nach Zürich«. Die Kühle im Bus war angenehm. Sie öffnete ihre rote Haarspange und schüttelte ihren Kopf. Ihre halblangen braunen Haare verteilten sich auf ihren bloßen Schultern über dem pinkfarbenen Sonnentop.

Mit Blaulicht und lautem Sirenengeheul fuhren mehrere der modernen schwarz-grau gestreiften Einsatzfahrzeuge der Sonderkommission SAO am Reisebus von Dörgemann und Söhne vorbei. Die Soko »Stasi als Opfer« war derzeit im gesamten Staatenbund in aller Munde. Nora sah zum ersten

Mal mit eigenen Augen diese gefürchteten Dienstfahrzeuge der SAO, und das auch noch mit Blaulicht, im Einsatz. Dieser Anblick und der schrille hohe Ton des Martinshorns machten ihr Angst. Doch sie verscheuchte den blitzartig aufkommenden Gedanken, dass das ein böses Omen sein könnte. Hätte sie aus Weimar wegbleiben sollen?

Nora Attendorn hatte im vergangenen Sommer den ersten Preis beim Rätselwettbewerb einer überregionalen Tageszeitung im Rheinland gewonnen. Von 750.000 Teilnehmern war sie die glückliche Siegerin, die sich über zwei Wochen Studienreise mit Vollpension und einem exklusiven Freizeitprogramm freuen durfte.

Doch jetzt schien ein unvorhergesehenes Ereignis gleich auf der zweiten Station der Tour in Weimar den Reiseplan durcheinander zu bringen. Hatte sie wirklich das Wort Leiche verstanden?

Dabei hatte der gestrige Auftakt der Reise in Erfurt Nora gerade erst in eine schöne Traumwelt entführt. Der Erfurter Dom, die Krämerbrücke und die schönen historischen Fachwerkhäuser, die in den kommenden Monaten endgültig dank großzügiger Investoren und Spenden aus aller Welt vor dem Zerfall gerettet werden würden – diese charmanten Seiten des erwachenden Ostens hatten sie beeindruckt. Über die Plattenbauten, an denen sie auf der Stadtrundfahrt in Erfurt vorbeigekommen waren, hatte sie bestens gelaunt hinweggeschaut. Die Politiker und Wirtschaftsweisen hatten doch alle noch vor wenigen Monaten in den Tagen der Vereinigung versprochen, dass es hier bald blühende Kulturlandschaften geben würde – Ende mit dem sozialistischen Einheitsbrei. Der 3. Oktober 1990, der Tag, an dem die Schweiz, Österreich und die beiden deutschen Staaten gemeinsam mit den Alliierten den 4+4-Vertrag zur Gründung des losen Staatenbundes SÖD in ihren Parlamenten ratifiziert hatten, war Nora noch in allen Details lebhaft im Gedächtnis. Sie hatte diesen Tag in Berlin mit Freunden am Brandenburger Tor verbracht. Nora hatte wildfremde Menschen aus aller Welt umarmt und mit ihnen hautnah ein Stück Geschichte erlebt. Keine Macht der Welt konnte den 9. November 1989 mehr rückgängig machen. Die Menschen hatten, ohne ihre Regierungen zu fragen, historische Fakten geschaffen. Ost und West hatten sich in einer einzigen schicksalshaften Nacht inmitten eines fast undurchdringlichen weltpolitischen Nebels wiedergefunden. Das erste Loch in der Mauer hatte den Menschen einen Blick in die Welt der anderen ermöglicht. Die Mauer war für immer gefallen. Genauso würden hier schon bald die restlichen Überbleibsel des real existierenden Sozialismus fallen.

»Abreißen, neu bauen«, flüsterte Nora leise vor sich hin, als sie an die hohen Leichtbauhäuser zurückdachte. Die Bilder dieser schäbigen Plattenbauten und der maroden, aber schönen historischen Gebäude in der Erfurter Innenstadt, die mit Sicherheit seit den 50er-Jahren keine Sanierung mehr erlebt hatten, vermischten sich vor ihrem inneren Auge zu einer einzigen sagenhaften Baulandschaft. Was für eine Aufgabe für sie als angehende Architektin im Osten wartete, wenn sie erst ihr Studium absolviert hatte – ein Traum.

Nora schaute aus dem Busfenster auf die Ausfahrt des Parkplatzes, die zur Innenstadt hin gelegen war. Auch hier blickte sie wie in Erfurt auf bröckelnde Häuserfassaden und abgefahrene Katzenkopfpflaster, auf schief getretene Bürgersteige und Schlaglöcher, auf wild wucherndes Unkraut in den Straßen: sozialistisches staubiges Einheitsgrau – immerhin ohne Fahnen und ohne die mit Botschaften des Kommunismus bedruckten roten Banner. Sie hatte keine Lust, sich aus ihrer surreal wirkenden Traumwelt im neuen Land Thüringen wieder heraus reißen zu lassen. Doch allmählich begannen die wirren Sprachfetzen, die aus allen Richtungen an ihre Ohren drangen, einen grauenhaften Sinn zu machen. Gänsehaut überzog blitzartig ihre leicht gebräunten Unterarme.

»Die Polizei ist schon vor Ort!«, erklang die sympathische Stimme des charmanten Reiseleiters Leon Hofer durch den Lautsprecher. »Bitte bleibt alle auf euren Plätzen sitzen. Die Fahrt geht gleich weiter zum Hotel ›Schlossgarten‹.« Er nieste ins Mikro. »Dort werden wir auch, wie vorgesehen, pünktlich zu Mittag essen.« Leon Hofers Wiener Akzent klang in Noras Ohren im Vergleich zum rheinischen Dialekt ihrer Professoren an der Uni daheim trotz der unerquicklichen Botschaft wie eine Melodie.

Die ältere weißhaarige Dame in dem hellgrünen eleganten Seidenkostüm auf dem Sitz vor Nora wendete sich um und schaute mit blitzenden blauen Augen durch den Zwischenraum der beiden breiten Reisesessel hindurch.

»Nie und nimmer werden wir rechtzeitig zum Mittagessen kommen«, erklärte Gabriele Karenhall. Sie seufzte enttäuscht. »Mit Sicherheit wird die Polizei erst einmal alle unsere Daten aufnehmen. Und dann wird der leckere Entenbraten kalt sein.«

Nora spürte ein leichtes Knurren in ihrem Magen, obwohl ihr Frühstück im 5-Sterne-Hotel in Erfurt aus zwei Croissants mit Honig und Blutorangenkonfitüre bestanden hatte.

»Was ist denn passiert?«, fragte sie. Bei dem Wort *Braten* war sie endlich in der Realität angekommen. »Gibt es wirklich eine Leiche?«

*

»Der ist noch warm, oder?«, fragte Kriminaloberstleutnant Matteo Richterswil Dr. Kevin Beerbaum, den diensthabenden Gerichtsmediziner der Spurensicherung Weimar. Richterswil, wie immer im Einsatz mit schwarzer Leinenhose, weißem

Shirt und schwarzen Sportsneakers bekleidet, stand direkt neben der Arzttasche.

Dr. Beerbaum nickte und gab trotz seiner Leibesfülle erstaunlich schnell den Blick auf den Toten für die Polizeifotografin frei. Der gemütliche Mediziner deutete auf eine unübersichtliche Anzahl von kleinen und größeren Hämatomen und Spuren von fast abgeheilten Kratzern an den Armen der Leiche oberhalb der Handgelenke. Das blütenweiße gestärkte Hemd des Toten war bis über die Ellenbogen ordentlich hochgekrempelt. Nur das Einschussloch in Höhe des Herzens, umgeben von einem kleinen rötlichen Kranz aus Blut, störte den perfekten Anblick des Oberhemdes, das aussah wie aus einer klassischen westdeutschen Werbung für Waschmittel aus den 70er-Jahren. Das Gesicht der Leiche unter den grauen Haaren schien blankes Entsetzen und Furcht auszudrücken. Seine blaugrauen Augen waren weit aufgerissen. Der starr in die Luft gerichtete Blick wirkte auf Richterswil gebrochen. Blut trat in einem dünnen Rinnsal aus dem linken Mundwinkel des Toten.

Die Fotografin machte zahlreiche Nahaufnahmen von allen Gliedern, dem Korpus und dem Gesicht der Leiche. Immer wieder zuckte der automatische Blitz des Fotoapparates auf, obwohl die Mittagssonne grell am hellblauen Himmel stand. Aber das Blätterdach der über 100 Jahre alten Kastanie warf sanft verspielte Schatten auf das Opfer, das seine vorerst letzte Ruhe im Park an der Ilm gefunden hatte. Für das forensische Gutachten brauchte Dr. Beerbaum beste Fotoqualität. »Ohne Blitzlicht sind Tatortfotos nicht brauchbar«, lautete seine Standarderklärung.

Richterswil wandte sich seinem Assistenten Kriminalmajor Ullrich Neusiedl zu.

Der gebürtige Wiener mit der gepflegt polierten Glatze kritzelte wie gewohnt in winzigen Buchstaben wichtige Notizen in einen mit weichem blauem Kalbsleder eingebundenen Kalender. »Schwarz, Peter, Jahrgang 1945. Bis 1989 Oberst der Staatssicherheit der DDR«, fasste Neusiedl im Telegrammstil zusammen.

»Gibt es Zeugen, die in der Nähe waren?«, fragte Richterswil.

»Ja, einen ganzen Reisebus voll Touristen.«

»Hä?«, hakte der Oberstleutnant jetzt deutlich mit seinem für die Region ungewöhnlichen Schweizer Akzent nach. »Geht's noch? Was soll das heißen?«

Neusiedl wies mit der linken Hand auf den Luxus-Reisebus, aus dem die Reisenden neugierig mit ihren großen und kleinen Nasen an den Fenstern hingen. »Als die Schüsse fielen, waren diese Damen und Herren im Park.«

»Wiener Kennzeichen«, sagte Richterswil. »Kleiner Gruß aus der Heimat, Ulli!« Er schaute in alle Himmelsrichtungen. Sein Blick blieb am Weg zu Goethes Gartenhaus hängen. »Der Täter hat das Risiko, gesehen zu werden, nicht gescheut.«

»Mein Wien!«, seufzte Neusiedl. »Ewig werden wir nicht hier eingesetzt sein. Und dann geht es wieder nach Hause.«

»Ohne uns würden die hier doch alles irgendwo im alten Filz vertuschen«, sagte Richterswil mit leisem Spott in der Stimme.

»Vielleicht hat er die Gunst der Stunde genutzt, weil er sonst keine Chance gesehen hat?«, schlug Neusiedl vor.

»Oder Affekt gepaart mit sehr gutem Fluchtinstinkt«, überlegte Richterswil. »Außerdem ist der SÖD trotz Abschaffung unserer Armeeverbände noch lange kein rechtsfreier Raum«, fügte er leise hinzu.

»Jaja! Ohne uns hätten sich die Wessis und Ossis längst die Köpfe eingeschlagen.«

»Eben! Wir Schweizer und Österreicher sind hier mit den

SAO Teams unersetzlich, oder?« Richterswil beugte sich über die Arme des Toten. »Aber nicht jeder ermordete ehemalige Mitarbeiter der Staatssicherheit ist auch Opfer eines Racheaktes.« Er steckte die Hände in die Taschen seiner Leinenhose. »Kratzer vom Liebesspiel mit der Geliebten. Eifersuchtsdrama …«

»Das müsste mit dem Teufel zugehen, wenn dieser Mord nicht ein Fall für uns ist. Das passt alles ins Schema«, bekräftigte Neusiedl seine Ansicht von den »Piefkes mit Wild West Manieren«, wie er sie ausnahmslos in Ost und West alle so gerne nannte. »Nie und nimmer ein Eifersuchtsdrama.«

»Mal sehen! Wir brauchen die komplette Namensliste der Reisegruppe in diesem Wiener Reisebus.« Richterswil zog ein Päckchen Kaugummi mit Pfefferminzgeschmack aus der Hosentasche. »Die Reisenden können sich im Hotel zu unserer Verfügung halten.«

»Die Liste übernehme ich persönlich«, sagte Neusiedl. »Nicht, dass der Täter im Bus sitzt und unter dem Deckmäntelchen der Kulturreise spurlos verschwindet.«

»Wenn der Bus noch lange hier steht, ist das ein gefundenes Fressen für die Presse. Ich sehe schon die Schlagzeile vor mir ›30 Reisende unschuldig verdächtigt: neuer Polizei-Skandal‹. Der übliche Quatsch.«

»Schade, dass wir keine Fingerabdrücke nehmen dürfen – so ohne Tatverdacht.«

»Die reisen in unsere Heimat, Ulli.« Richterswil seufzte leise. »Als Nächstes werfen wir im Büro einen Blick in die Personalakte des Toten. Ich rufe gleich im Ministerium an. Die sollen die Akte per Express schicken. Wer weiß, wie viele Leichen dieser Schwarz im Keller hat.« Richterswil strich sich unwirsch ein gefallenes Blatt aus seinen dichten blonden Locken. »Hier gibt es nichts mehr zu entdecken. Überlassen wir Leiche und Tatort der Spusi.«

»Das übliche Prozedere. Wir statten seinen Opfern einen Besuch ab«, dachte Neusiedl laut. »Hoffentlich verteilen die sich nicht wieder wie beim letzten Fall auf alle ehemaligen angrenzenden Bruderstaaten.«

»Wie üblich! Aber in diesem Fall kommt uns vermutlich Kommissar Zufall in Gestalt dieser Reisegruppe zu Hilfe. Dann können wir uns vielleicht sogar den Besuch in diesem lächerlichen Kellerprovisorium von Gerichtsmedizin sparen.« Richterswil verzog gequält das Gesicht. »Manches Mal habe ich den Eindruck, im Notstandsgebiet zu leben.«

»Noch ein, zwei Jahre, dann sieht es hier genauso aus wie bei uns.«

»Einer der 30 Reisenden wird den Täter gesehen haben.« Richterswil grinste zufrieden und dachte an ein paar Tage Urlaub.

»Ein Fall, den wir morgen Abend schon zu den Akten legen können. Leiwand!«, frohlockte auch Neusiedl.

»Mal sehen, was wir gleich in der Akte Schönes finden.«

»Oder doch ein Drogendelikt.« Neusiedl massierte seine Glatze. »Mit der Freiheit kam das Verbrechen«, spottete er. »Die internationale Mafia hat zugeschlagen. Ein Fall für die hiesige Kripo in Weimar.«

»Genug der Spekulationen. Wenn Italiener, Russen oder Kolumbianer Schwarz hätten ausschalten wollen, hätten sie es nicht am helllichten Tag im Park unter den Augen von 30 neugierigen Touristen gemacht«, fasste der erfahrene Kriminaloberstleutnant aus Zürich zusammen. »Ich bin mir sicher, wir finden die Lösung in seiner Personalakte. Da ist wieder ein Opfer zum Täter geworden.« Richterswil steckte seine Hände in die Hosentaschen. »Bin gespannt, was Beerbaum uns zu den Kratzspuren sagen wird. Die stören das Bild.«

»Seltsame Neigung beim Liebesspiel?«

»Kann gut sein!«

»Bin gespannt auf die Angehörigen«, sagte Neusiedl. »Wie er da so liegt … Als wenn er gerade auf dem Weg zum Mittagessen nach Hause wäre.«

»Die Familie müssen wir noch informieren«, nickte Richterswil unwillig. Er hasste diese Besuche bei den Angehörigen. Entweder sie brachen hysterisch zusammen. Oder sie waren froh über den Tod eines nach 1989 unliebsam gewordenen Verwandten. In dieser obskuren Atmosphäre der Vereinigung seit der Gründung des losen Staatenbundes der deutschsprachigen Länder in der Mitte Europas lebten die meisten Menschen, die vor dem Mauerfall in irgendeiner Weise mit der Stasi zu tun hatten, in einem fantasievollen Lügengebäude. Sie schützten sich selbst und ihre alten Seilschaften mit allen erdenklichen Methoden. Trotzdem hatte Richterswil bislang ausnahmslos jeden Fall auf seinem Schreibtisch gelöst. Dass ihm die ehemaligen Mitarbeiter des Ministeriums für Staatssicherheit charakterlich nie sonderlich sympathisch waren, war für seine Arbeit nicht von Belang. Selbst wenn sie vor der Ratifizierung des 4+4-Vertrages Handlanger eines Unrechtsstaates gewesen waren, so unterlagen sie alle ausnahmslos der Amnestie vom 3. Oktober 1990. Sie waren heute fester Bestandteil der Neuen Grenzschutztruppe, der NG SÖD. Sie erfüllten an den Außengrenzen des Staatenbundes SÖD nach Auflösung von NVA, Bundeswehr, Heer und Armee eine wertvolle Aufgabe für diese Gesellschaft. Ein moralisches Urteil stand Richterswil nicht zu. Er war für Gerechtigkeit nach dem Gesetz zuständig, und das sah vor, dass der Staat und nicht die Bürger Straftaten und anderes Unrecht ahndeten. Selbst wenn dieser Peter Schwarz Mitglied einer konspirativen Henkertruppe in der DDR gewesen sein sollte, hatte heute niemand das Recht, ihn zu töten. Richterswil konnte es der neuen Staatsführung des SÖD nicht verdenken, auf die ehemaligen Mitarbeiter des Ministeriums für Staatssicherheit der DDR für den Grenzschutz zurückgegriffen zu haben. Weder die Schweiz noch Österreich noch die Bundesrepublik Deutschland hatten am Tag der Ratifizierung des 4+4-Vertrages über ein annähernd perfekt funktionierendes Sicherheitssystem verfügt.

»Wie ist es nur zum Mauerfall gekommen?«, sagte er leise und schaute auf den Rücken des Toten, den Dr. Beerbaum gerade untersuchte. »Das wird mir ein ewiges Rätsel bleiben.«

»Durchschuss, großer Austritt«, erklärte der Gerichtsmediziner. »So wie es aussieht, hat die Patrone das Herz zerfetzt. Das könnt ihr morgen Früh in meinem Bericht nachlesen.«

*

Der Reisebus stand immer noch mit verschlossenen Türen auf dem großen Parkplatz in der Nähe des Parks an der Ilm. Der Busfahrer hatte den Motor wieder abgestellt. Das brummende Motorengeräusch war verstummt. Die Klimaanlage lief nicht mehr.

»Was für ein Glück, dass es keinen von uns getroffen hat!«

»Hier ist es ja richtig gefährlich! Wie im Wilden Westen!«

»Das ist halt der Wilde Osten!«

»Das kann ja heiter werden.«

»40 Jahre Unrechtsstaat«, kommentierte Gabriele Karenhall die Ausrufe der Mitreisenden in einem blasiert lehrerhaften Tonfall. »Was haben Sie alle denn hier erwartet?«

Nora schaute aus dem Fenster. Außer der sich am strahlend blauen Himmel von weiter Ferne nähernden dichten dunkelgrauen Wolkenpakete konnte sie nichts Interessantes entdecken. Da war weit und breit keine Leiche zu sehen. Für heute Nachmittag hatte der Wetterdienst im Frühstücksradio in Erfurt heftige Hitzegewitter angesagt. Sie hatte nichts gegen eine leichte Erfrischung. Das Thermometer ihres kleinen schwarzen Chronometers am Handgelenk hatte im Park 30 Grad angezeigt.

Sie verscheuchte ihre aufkommenden Gedanken an diese heißen, unerbittlichen Sonnenstrahlen im Osten. Ihre verblassten Kindheitserinnerungen hatten nichts mit dieser Reise zu tun. Sie wollte ihre »Tour de Kultur«, ihren 1. Preis, in vollen Zügen genießen. Daran würde auch diese dubiose Leiche im Park nichts ändern. Nora lachte leise bei dem Gedanken an die Mischung der Einrichtungsgegenstände aus Ost und West in ihrem Hotelzimmer der gestrigen Nacht in dem riesigen Erfurter Hotelkomplex, der ihr eine Sicht über die ganze Stadt und ein neues innerdeutsches Lebensgefühl beschert hatte. Was für ein Chaos. Immerhin waren Matratze und Frühstück eines internationalen 5-Sterne-Hotels würdig gewesen.

»Jetzt erleben wir auch noch ein Verbrechen mit!«

»Hoffentlich wird es nicht gefährlich!«

Die Sätze der Mitreisenden schwirrten immer aufgeregter und lauter durcheinander. Die Gerüchteküche war kurz davor, einen Haufen überkochenden sinnlosen Brei zu produzieren. Es hatte keinen Sinn mehr, die Ohren zu verschließen, denn der anschwellende Geräuschpegel im Bus drang in jeden Winkel.

»Es muss wohl ein Mord geschehen sein, während wir noch im Park spazieren gegangen sind«, erklärte Gabriele Karenhall. »Ich bin seit dem Mauerbau nicht mehr in Europa gewesen. Und nun erlebe ich gleich am zweiten Tag meiner Reise einen Mord.«

»Ein Mord?« Nora Attendorns Gesichtszüge hatten sich zu einer entsetzten Grimasse verzogen. Erst eine Leiche, jetzt schon ein Mord, dachte sie.

»Und wir waren zur Tatzeit in der Nähe des Tatortes!«, bekräftigte Gabriele Karenhall ihre Ansicht. »Ich bin mir sicher, vorhin ein paar Schüsse gehört zu haben.«

»Das wird unseren Reiseplan durcheinander werfen.« Nora suchte in ihrer hellen Canvas-Tasche nach einem Päckchen

Kaugummi mit Brombeergeschmack. »Ich hatte mich so auf den Besuch im alten Nationaltheater heute Abend gefreut.« Sie konnte an der Existenz der Leiche nichts ändern. Vielleicht löste sich das Problem von alleine, wenn sie es ignorierte, und der Tote würde in ihrem Leben morgen Früh nur noch eine Schlagzeile sein – wie in den Tageszeitungen daheim im Rheinland.

»Naja, bis heute Abend werden die uns wohl nicht hier festhalten dürfen!«

»Die Räuber«, hauchte Nora hoffnungsvoll. Nur noch zwei leere Filme lagen in ihrer Tasche.

Leon Hofer und der Busfahrer begannen, Erfrischungsgetränke und kleine Schokoriegel an die Reisenden zu verteilen, um den Unmut über die unfreiwillige Pause in der Mittagszeit klein zu halten.

Nora griff gierig nach einer Flasche Wasser ohne Kohlensäure.

»Haben Sie auch für beide Abende in Weimar eine Karte?«, fragte Gabriele. »Ich bin Gabi!«

Nora nickte. »Faust. Der Tragödie zweiter Teil.«

*

Starr vor Schreck schaute Manfred Günther auf die Masse an Menschen, die sich ihren Weg durch die Innenstadt von Jena bahnte. Hatten diese Leute den Verstand verloren? Für was demonstrierte dieser Haufen Irrer? So würde das nie etwas mit dem Aufbau des Sozialismus werden. Nur weil es nachts momentan keinen Strom gab, weil die Arbeitsnormen bei gleichzeitigen Lohnkürzungen erhöht worden waren, weil die Versorgung mit Lebensmitteln nicht perfekt funktionierte hatten diese undankbaren Bürger der jungen hoffnungsvollen DDR noch lange kein Recht, unangemeldet zu demonstrieren. Heute war nicht der 1. Mai, heute war der 17. Juni. Mit Entsetzen beobachtete Manfred Günther, dass die Gebäude des Freien Deutschen Gewerkschaftsbundes und der Untersuchungshaftanstalt angegriffen wurden. Diese Wahnsinnigen wollten doch nicht etwa die Gefangenen befreien? Günther sah, wie die Menschen ihre Ausweise der Deutsch-Sowjetischen Freundschaft zerrissen und vor dem FDGB-Haus auf die Straße warfen. Er überlegte kurz, ob er einige von diesen Papierfetzen zu Beweiszwecken aufheben sollte. Doch es war besser, er blieb in seiner Tarnung als Schaulustiger des Geschehens.

»Reih dich ein!«, rief ihm ein Demonstrant zu. »Wir wehren uns gegen die neuen Arbeitsnormen. Wir sind freie Menschen und keine Sklaven der Oberschicht der Partei.«

»Die halten sich wohl für die neuen Herren?«, rief eine junge Frau.

Der Holzmarkt war schwarz von Menschen. Wo blieben die Waffen gegen diese Aufständischen, die den Sozialismus gar nicht verdient hatten? Manfred Günther schaute auf seine neue Armbanduhr, Modell »Moskau«. Wenn nicht bald Hilfe nahte, würde auch noch das Gebäude der Staatssicherheit gestürmt werden. Er sah, wie die Menge einem Polizisten die Uniform vom Leib riss. Sie trieben ihn in Unterhosen vor sich her.

Endlich! Manfred Günther atmete auf. Die Russen wollten aus den Kasernen ausrücken. Ein Kollege hatte ihm inmitten der Menge die Nachricht zukommen lassen, dass in Berlin bereits die Panzer auffuhren. Mit Erleichterung sah er wenige Minuten später sowjetische Lkws kommen, auf deren Ladeflächen Soldaten saßen. Gleich war Schluss mit diesem Spuk. Laute russische Befehle waren zu hören. Günther konnte sich einer Festnahme entziehen. Er zeigte seinen MfS-Ausweis vor. Er sah, wie die ersten Menschen auf den Lkws verschwanden.

Die würden Jena so schnell nicht wiedersehen. Das waren Fälle für das Kriegsgericht: Aufstand gegen den Staat, Konterrevolution, Standgericht.

Die Nacht verbrachte Manfred Günther im Innendienst der MfS-Zentrale in Leipzig. Ein riesiger Haufen an Ausweispapierfetzen musste ausgewertet werden. Für Festnahmen waren heute Nacht die Sowjets zuständig. Kriegsrecht. Vier Tage Ausgangssperre ab 22 Uhr abends waren angeordnet. Die Bürgermeister der Gemeinden hatten die Bevölkerung aufgerufen, in ihren Häusern zu bleiben – es werde nichts geschehen. Die Straßen waren wie leer gefegt.

Bis zum Morgengrauen des 18. Juni waren die Aufständischen bereits aus ihren Wohnungen und Häusern abgeholt. Weg mit diesem Abschaum. Wegsperren. Sibirien. Manfred Günther war stolz auf diesen wehrhaften Sozialismus, den er hier in der Mitte Europas mit aufbaute. Auch in Berlin hatten die Panzer den Aufstand der Bauarbeiter auf der Stalinallee niedergeschlagen. Jetzt waren die Verhältnisse geklärt. Es herrschte Ruhe. Ein paar abschreckende Hinrichtungen, und niemand würde mehr wagen, die Hand gegen einen Polizisten oder einen Volksarmisten zu erheben. Manfred Günther frohlockte. Der Westen hatte stillgehalten, nicht eingegriffen. Die DDR hatte als ein souveräner Staat ihre Probleme ohne fremde Bevormundung gelöst. Auch die Mitarbeiter der Staatssicherheit würden zur Sicherung des friedlichen Lebens jetzt mehr Macht erhalten. Er dachte an seine Karriere, die in diesem jungen Staat gerade erst begonnen hatte. Für Sekunden blitzte der Gedanke an den Posten eines Ministers in ihm auf. Er war tief in seinem Herzen davon überzeugt, dass die DDR einen Platz in der Gemeinschaft der friedliebenden Sowjetvölker finden würde. Dann dachte er an den Jungen seiner neuen Nachbarn, die Familie Schwarz. Peter war ihm sympathisch. Keine West-Verwandten, kein Aufmucken gegen Erwachsene, immer hilfsbereit. Manfred Günther hatte keine eigenen Kinder. Ein Ziehsohn wie der junge Schwarz war das, was ihm in seinem Leben fehlte. Peters Eltern hatten sicherlich nichts dagegen, wenn er sich in diesen unruhigen Zeiten ein wenig um ihn kümmerte.

*

Richterswil und Neusiedl saßen in ihrem mobilen, großzügig ausgestatteten Einsatzbüro auf dem Parkplatz der Weimarer Polizeiinspektion. Die kleine Kommandozentrale der Soko SAO III war mit modernster Technik eingerichtet. Selbst die Wohnwagen der Spusi, die im Gefolge der Soko SAO fuhren, waren komplett mit neuesten Geräten für die kriminaltechnischen Untersuchungen besser ausgestattet als viele Stationen der umliegenden Krankenhäuser, in denen es an Einwegspritzen und Einweghandschuhen fehlte. Das Ministerium für Innere Sicherheit und Grenzschutz hatte an nichts gespart.

»Katastrophal ist eine Beschönigung für die Zustände in den Krankenhäusern«, hatte Dr. Beerbaum Richterswil an einem Abend bei einem Glas Bier anvertraut.

Doch die Arbeit der Sonderkommissionen SAO hatte zur Befriedung der Gesellschaft oberste Priorität. Die Menschen mussten die Vergangenheit vergessen lernen, sie mussten wieder auf die Zukunft, auf Recht und Justiz vertrauen können.

»Sich gegenseitig zerfleischen, hat keinen Sinn«, hatte Dr. Beerbaum gesagt. Er hatte schon in der DDR als Gerichtsmediziner gearbeitet. »Diese sinnlosen Racheakte binden wertvolle Ressourcen, die wir zum Aufbau der Infrastruktur im Osten brauchen.«

Zum Glück gab es genug erfreuliche Hoffnungsschimmer, wie die ausgebuchten Reisen in die Regionen rund um Weimar, Erfurt, Dresden und Leipzig bewiesen. Die blühenden Kulturlandschaften, die so viele Politiker vor den letzten Wahlen der vier Länder gepriesen hatten, lagen greifbar nahe. Jetzt mussten nur noch die Menschen lernen, sich entsprechend ihrer einzigartigen Kultur zivilisiert zu benehmen.

Manches Mal kamen Richterswil beim Anblick von zerbrochenen Fensterscheiben und Schmierereien mit Farbe an den Wänden Zweifel, ob alle Menschen in diesem Staatenbund so viel Freiheit vertrugen. »Was geht in einem Menschen vor, der seinem Nachbarn ›Stasi-Schwein‹ oder ›Spitzel-Sau‹ an die Häuserwand sprayt?«, dachte Richterswil laut.

»Herein!«, rief Neusiedl beim Klopfzeichen an der Tür des Einsatzwagens bestens gelaunt statt, seinem Vorgesetzten auf dessen zum gefühlten 100. Mal gestellte Frage zu antworten. Auch Neusiedl hoffte, dass der Fall »Peter Schwarz« schon bald zu den Akten gelegt werden konnte. Ein einfacher Fall. Der Täter war unter Garantie in der Personalakte von Schwarz zu finden. Eines der Opfer hatte ausreichend Hassgefühle über sein verkorkstes Leben entwickelt und zur Waffe gegriffen. »Nächste Woche bin ich auf Urlaub in Wien, und du kannst endlich die Sächsische Schweiz erkunden.«

Der Aktenbote Robert Matze steckte den Kopf zur Türe herein.

»Hallo, Matze!«, begrüßten ihn die beiden Ermittler im Chor.

»Hier ist das Ding, aber leider nicht komplett.«

Entsetzt schaute Richterswil auf den Sperrvermerk der Akte. »Was soll das?«, fauchte er wütend. »Wie sollen wir so ermitteln? Geht's noch?«

»Schwarz war bei geheimen Hinrichtungskommandos in der DDR eingesetzt. Der Teil der Akte fehlt wie immer«, erklärte der lange hagere Matze, der sich beugen musste, um durch die Tür des Einsatzmobils zu schauen.

»Natürlich! Die Herren vom Staatsschutz meinen, Hinterbliebene von zum Tode Verurteilten sind keine potenziellen Täter. Für wie blöd halten die diese Welt?« Richterswil kochte vor Wut und wählte die Kurzwahl des ehemaligen Bereichs Personal des Ministeriums für Staatssicherheit der DDR. »Ja genau, Richterswil mein Name. Wollen sie uns verarschen? Ich bin nicht mit Ihnen im Sandkasten gesessen. Lassen Sie diese Spiele endlich. Ich will in einer halben Stunde die komplette Akte hier haben oder ich beschwere mich wegen vorsätzlicher Behinderung unserer Arbeit, oder?« Nach diesen mehr gebrüllt als gesprochenen Sätzen war die Wut des Kriminaloberstleutnants erst einmal verraucht. Er wusste, dass der Rest der Akte in einer halben Stunde auf seinem Tisch liegen würde. Es war ein reines Machtspiel irgendwelcher im Dunkeln agierenden alten Seilschaften der ehemaligen DDR, das diese regelmäßig gegen ihn, den Oberstleutnant aus der Schweiz, verloren. Richterswil würde sich nie in die Seele und die Gedankenwelt dieser Menschen einfinden. Wie oft sollte er den deutschen Kollegen aus den neuen und den alten Ländern noch klar machen, dass *er* hier die Macht hatte? Es war eine Sisyphusarbeit. Vielleicht sollte er sich doch besser nach Zürich zurückversetzen lassen und die Arbeit einem jüngeren Kollegen mit Nerven wie Drahtseilen überlassen?

Genau 28 Minuten später klopfte Matze erneut an die Türe. Er hielt den Rest der fehlenden Akte mit einem triumphierenden Lächeln in der Hand.

»Der war als ›Berater Interessensgruppe Akteneinsicht‹ der noch erhaltenen Stasi-Dokumente eingesetzt«, grinste Richterswil. »Der hat sich nach der Wende für die Schreibtischarbeit statt für den Einsatz an unseren Grenzen entschieden.

»Die Hände dürfen sich die anderen schmutzig machen?«

»Mal sehen, wen er auch nach der Wende noch in die Pfanne gehauen hat.«

»Den Bock zum Gärtner machen«, kommentierte Neusiedl. »Da bin ich glatt angefressen. Wir sollen ihr Leben durch unsere Ermittlungen schützen, und die machen freudig weiter mit dem alten Shit.«

»Einschlägige Erfahrung«, grinste Richterswil. »Der hat selbst vor vielen Jahren die Grenzen der DDR mit der Waffe in der Hand geschützt. Grenzschutz durch Abknallen.« Er zuckte mit den Schultern. »Wer sich selbst in Gefahr begibt, liebt das Risiko oder ist ein fanatisch idealistischer Idiot.«

»Sollen wir seine Familie heute noch informieren?«

»Das kann ich alleine machen. Er hat mit seiner Frau gelebt. Barbara Schwarz, Heirat in den 60ern. Gute Adresse, unter Garantie eine alte Villa, die er sich im Rahmen des 4+4-Vertrages unter den Nagel gerissen hat.«

»Und sonst?« Neusiedl schaute neidisch auf die Akte vor Richterswil.

»Das Übliche. Die gesamte Palette der Stasi-Mitarbeit von der Pike auf. Sogar im Westen war er als Gigolo einsamer weiblicher West-Herzen auf den internationalen Messen eingesetzt.« Richterswil klappte die Akte zu.

»Nur als Spitzel?«

»Mauerschütze, Kontaktmann, Spitzel im Westen, Jugendarbeit und last but not least die Teilnahme an Hinrichtungen unliebsamer zu Verrätern gewordener Genossen, die versucht haben, in den Westen zu fliehen.« Er lehnte sich im Stuhl zurück.

»Ein ganzer Blumenstrauß an Opfern? Dann sind wir ein paar Tage länger beschäftigt, als gedacht.«

»Es sei denn, die Reisegruppe hat ein brauchbares Phantombild für uns«, hoffte Richterswil.

»Ich brauche jetzt einen Kaiserschmarrn und eine Melange. Sonst geht gar nichts mehr. Gerade hat die zweite Überstunde begonnen«, erklärte Neusiedl. Zur Bekräftigung seiner Aussage gähnte er herzhaft. »Außerdem hat diese Reisegruppe mit Sicherheit mehr als ein Phantombild für uns. Vermutlich eines mit und eines ohne Bart, eines mit blonden und eines mit grauen Haaren.« Er stöhnte genervt auf.

»Hau schon ab zu deiner Freundin. Aber lass dich von ihr nicht komplett um den Finger wickeln. Nicht, dass wir Doreen eines Tages als Verdächtige auf dem Tisch haben, und dann muss ich wegen Befangenheit auf dich verzichten.«

»Ich weiß, keine Kontakte zur Bevölkerung!«, amüsierte sich Ullrich Neusiedl über die offizielle Belehrung seines disziplinarischen Vorgesetzten. Er griff nach seinem Halfter und zog seine dunkelgraue Dienstweste über sein schwarzes Shirt.

»Morgen Früh um sieben im Speisesaal des Hotels. 20 Reisende à fünf Minuten. Das ist für jeden von uns beiden knapp eine Stunde.«

»Du willst die Witwe wirklich alleine besuchen?«

Richterswil nickte. »Schließlich wartet auf mich keine Herzdame«, sagte er spöttisch. »Außerdem bin ich gespannt, wen sie in Verdacht hat. Da geht es nach unserem Besuch im Hotel morgen Früh als Erstes hin.«

KAPITEL 2

»Willst du dir ein hübsch Leben zimmern,
Musst dich ums Vergangne nicht bekümmern«
Johann Wolfgang von Goethe (1749 – 1832)
aus Zahme Xenien VIII

Mit dreistündiger Verspätung stieg Nora hinter Gabriele Karenhall aus der hinteren Türe des Luxusreisebusses aus. Sie warf einen Blick auf ihr neues Reisegepäck in der Farbe Pink, das wie ein UFO in diesem halb grau tristen, halb frisch in Sienagelb gemalerten Innenhof des Hotels »Schlossgarten« neben den Koffern und Taschen der anderen Reisenden stand. 20 völlig unterschiedliche Charaktere und ein Ziel: Burgen, Theater, Wohnhäuser der Dichter und Denker.

Die Fassade des Hotels war zu zwei Dritteln saniert. Hier hatten Investoren rasch reagiert. Nora sah viele internationale Kennzeichen auf dem Parkplatz im hinteren Teil des Innenhofs. Leise stöhnte sie auf. Auch Japaner und Amerikaner hatten Weimar bereits entdeckt. Aber was hatte sie erwartet? Sie befand sich in einem der kulturellen Zentren der deutschen Sprache, das zudem unzählige historische Gebäude als Sehenswürdigkeiten zu bieten hatte. Der Zustand der Bausubstanz war hier im Moment nicht von Belang. Ein neues Schild mit dem Hinweis, dass Goethe, Schiller, Cranach, Bach oder eine andere Berühmtheit auch nur eine Nacht in einem der Gebäude verbracht hatte, reichte aus, um die Reisenden aus aller Welt in verzückte Ah- und Oh-Rufe ausbrechen zu lassen. Die Möglichkeit, an Orte zu reisen, die noch vor zwei

Jahren nur mit einem Visum der DDR zu erreichen waren – an Orte, die zum ungeschriebenen Weltkulturerbe der Menschheit gehörten – an Orte, die dank Schicksalsironie fast unberührt an die Zeit nach dem Krieg 1945 erinnerten, war eine Verlockung, der nur wenige Menschen widerstehen konnten. Kein Wunder, dass Städte wie Weimar bereits ein Gäste-Kontingent eingeführt hatten. Nora musste lachen. Früher hatten die Behörden der DDR über eine Genehmigung, das Land zu bereisen, entschieden. Heute entschied der Reiseveranstalter und damit das Portemonnaie über die Chance, Erfurt, Weimar und Jena erleben zu dürfen. Was war sie doch für ein Glückspilz, den 1. Preis in diesem Rätselwettbewerb gewonnen zu haben. Es war ein Privileg, hier in Weimar sein zu dürfen, und sie genoss jede Sekunde – daran änderte auch dieser Leichenfund nichts. Ihre Freunde daheim würden vor Neid platzen über ihr Reisetagebuch mit den vielen Fotos. Am besten ließ sie die ersten Filme schon hier in Weimar entwickeln. Dann konnte sie unterwegs entscheiden, welche Abzüge für das Tagebuch geeignet waren, und welche Motive ihr noch fehlten. Und auf den letzten Stationen der Reise, in Wien und Zürich, würde sie nach diesem Ausflug in die geheimnisvolle, fast schon verwirrende Welt des Ostens, der so tief in der Vergangenheit zwischen 45 und 89 verhaftet zu sein schien, rasch wieder in ihr normales westliches Alltagsleben zurückfinden. Für die nächsten Tage war ein Abenteuer pur angesagt, auf das sie sich voll und ganz einlassen wollte – hoffentlich ohne weitere Leiche! In der Empfangshalle des noblen »Schlosshotels«, in das irgendein internationaler Investor Unsummen investiert hatte, entdeckte Nora einen Prospektständer mit Hochglanzflyern.

»Porzellanstraße Thüringen, Floßfahrt Saale, Rundgang Buchenwald, Tagestour Sächsische Schweiz, Nachtwächter-Tour Weimar«, war in bunten Lettern zu lesen.

»Ihre Ausweispapiere bitte!«, forderte sie ein junger Mann mit feuerroten Haaren in leicht singendem Thüringer Akzent auf.

Nora schob dem jungen Mann, dessen strahlend blaue Augen sie faszinierten, ihren Ausweis über die Theke der Rezeption.

»Zimmer 511, die ›Fürstenruh‹, 5. Etage«, erklärte Kevin Loser. Nora hatte das Namensschild auf der schwarz-dunkelblauen Livree des Portiers entdeckt. »Ich begrüße Sie herzlich im Namen unseres Hauses. Wenn Sie Wünsche haben, bin ich ihr persönlicher Ansprechpartner. Sie erreichen mich und meine Kollegen über die Telefonanlage.«

»Danke!«

»Ich wünsche Ihnen einen angenehmen Aufenthalt. Ihr Gepäck befindet sich bereits auf Ihrem Zimmer. Und da vorne ist der Lift in die 5. Etage.«

»Haben Sie einen Pool?« Nora brauchte nach diesem Wechselbad der Gefühle zwischen kulturellen Highlights und Leiche eine kleine Auszeit im Wasser.

»Sternzeichen Fische werden den Stress im Wasser wieder los«, hatte ihre mit einem Inder verheiratete Yoga-Lehrerin Jasmin Deriwari ihr erklärt.

Nora hatte es ausprobiert und festgestellt, dass Jasmin recht hatte. Unter Duschen und in Pools fand Nora innerhalb von Minuten zu ihrem inneren Gleichgewicht zurück. Das wäre doch gelacht, wenn dieser Tote aus dem Park sie noch post mortem nerven würde.

Erstaunt schaute der Portier Nora an. »Im Keller. Der Pool ist rund um die Uhr geöffnet mit Ausnahme der Geisterstunde.« Er zwinkerte mit den Augen. »Dann wird er von den guten Hotelgeistern gereinigt. Auf dem Dachgarten finden Sie Liegestühle und eine Bar.«

»Danke!« Nora nickte ihm zu. Sie spürte eine leichte

Müdigkeit. Die Geschichte mit der Leiche und das elende Warten im Bus, bis alle Daten von dem Mitarbeiter der Soko SAO mit der lustigen glänzenden Glatze aufgenommen worden waren, waren anstrengend gewesen. Aber eine halbe Stunde Schlaf, eine Runde im Pool und das Fünf-Gang-Menü mit dem Hauptgericht Ente würden ihre sieben Sinne vor dem Besuch im Nationaltheater wieder wecken.

Nachdem Nora ihr großes mit dunklen Kirschholzmöbeln im Biedermeierstil gediegen eingerichtetes Zimmer mit dem Namen »Fürstenruh« ausgiebig inspiziert hatte, fiel ihr der Film in ihrer Kamera ein. Noch zwei Fotos, die sie verknipsen konnte. Vom Fenster mit dem einzigartigen Ausblick in die historische Innenstadt aus hatte sie einen Foto-Express-Laden entdeckt, der mit Übernachtentwicklung und Express-Abzügen in grell bunten Farben auf Plakaten im Schaufenster warb. Das farbliche Zusammenspiel dieser grauen Hausfassade, gestützt von einem alten rostigen Gerüst mit den Neonfarben der Werbung, begeisterte Nora. Sie fühlte sich als Zeitzeugin des Wiederaufbaus nach der Wende. In ein oder zwei Jahren würden die grauen bröckelnden Fassaden verschwunden sind. Nichts würde mehr an den untergegangenen real existierenden Sozialismus erinnern. Nichts! Und dann konnte sie mit einem Stapel Fotos der Welt zeigen, wie es hier ausgesehen hatte – im Sommer 1991. Sie öffnete eines der schönen alten Holzfenster mit den Butzenscheiben in der »Fürstenruh« und fotografiert die gegenüberliegende Fassade. Ob dieser Foto-Laden jetzt geöffnet hatte?

*

»Irgendwo müssen wir anfangen«, hatte Neusiedl sich verabschiedet. »Denkst du morgen Früh an eine Kopie deiner Liste mit den Verdächtigen für mich?«, hatte er über die Schulter blickend gerufen.

Nachdem Richterswil die lange Liste auf der kleinen Copy-Maus kopiert hatte, verließ auch er mit der kompletten Akte »Schwarz« unter dem Arm den mobilen Einsatzwagen auf dem Parkplatz der Polizeiinspektion in Weimar. Er brauchte frische Luft für ein paar klare Gedanken. Da waren wieder einmal unzählige Verdächtige mit starken Motiven. Er ließ den schwarz-grauen Dienstwagen stehen. Von hier aus konnte er zu Fuß in seine Unterkunft am Frauenplan gehen. Dort hatte ihr oberster Dienstherr, das im Rahmen des 4+4-Vertrages gegründete Ministerium für Innere Sicherheit und Grenzschutz, schon vor der Ratifizierung ein in Windeseile saniertes Haus für die Teams der Soko SAO angemietet. Kontakte zur Bevölkerung waren bis auf die Ermittlungstätigkeit nicht erwünscht. Richterswil bewohnte einen Teil des Erdgeschosses mit Gartenzugang. So hatte er dann trotz aller Sicherheitsvorkehrungen des Ministeriums auch die ersten Kontakte zur normalen Bevölkerung gefunden. Hin und wieder luden ihn seine Nachbarn, die von Thuns, die ihren Adelstitel seit dem 3. Oktober des vergangenen Jahres wieder voller Stolz trugen, zum Grillen ein. Interessante Einsichten ins Leben hüben und drüben, die für die tägliche Arbeit wichtig waren, hatten sich für Richterswil ergeben. Mittlerweile hatte er ein vages Gefühl für die Menschen und ihr Leben im Osten entwickelt, die sich selbst erst noch neu orientieren mussten. Doch so spannend er die Geschichten der Familie von Thun von der Flucht aus Pommern bis zur Teilnahme des ältesten Sohnes an der Olympiade 1988 in Seoul fand, lange würde er dieses Leben aus dem Koffer, das ihn und Neusiedl oft quer durch die neuen Länder bis in die Tiefen der angrenzenden ehemaligen sozialistischen Bruderstaaten der DDR führte, nicht mehr mitmachen. Die beiden Tage in Moskau, der Plattensee,

Prag und Budapest und die Woche in Bukarest, der Abstecher nach St. Petersburg waren interessant gewesen. Aber er war nicht mehr so jung wie Neusiedl, dem es offensichtlich Spaß machte, hie und da eine Affäre im Einsatzgebiet zu haben. Nur selten nutzte sein Wiener Kollege sein kleines Appartement unter dem Dach am Frauenplan. Bei jedem größeren Fall in den letzten Monaten hatte Richterswil bislang gedacht: Das ist die letzte Leiche. Vielleicht sollte er mit diesem Henker Peter Schwarz einen triumphalen Abgang machen, bevor es für ihn zu spät war, sich dieser obstruktiven Atmosphäre in den neuen Ländern im Osten zu entziehen. Wehmütig dachte er an den Zürichsee und ein gutes Glas Wein.

*

»Lass es zurück! Was willst du mit Erinnerungen?«

»Aber wir können ihnen doch nicht alles überlassen«, begehrte Gabriele Karenhall leise auf.

Im Lichtschein einer flackernden Kerze packten die ehemaligen Eigentümer auf dem Rittergut Karenhall die letzten Wertsachen in ein paar alte abgewetzte Feldrucksäcke aus dem Zweiten Weltkrieg. Gabriele, ihre jüngere Schwester Sophie und ihre Mutter Amalia teilten sich den kleinen Salon des Hauses. Alle anderen Räume hatte der Rat der Gemeinde Flüchtlingen aus den Ostgebieten zugeteilt. Die Umsiedler, wie sie offiziell im Ostjargon hießen, hatten vom Dienstboten bis zum Grafen selbst alles verloren. Einige waren froh, mit dem Leben davongekommen zu sein. Andere wurden mit ihrem Schicksal schlechter fertig. Sie schimpften auf die Russen und den Rest der Welt, nahmen sich aus Verzweiflung das Leben oder hatten es bereits bei Nacht und Nebel über die Grüne Grenze geschafft.

Heute Nacht war es auch für die drei Karenhall-Damen soweit. Es war Neumond. In der Dunkelheit war die Wahrscheinlichkeit für eine erfolgreiche Flucht in den Westen am größten.

»Lass die Fotos liegen«, mahnte Amalia Karenhall erneut. »Dafür können wir uns nichts kaufen.«

Sophie hob vorsichtig ein Brett der Bodendielen hoch. Sie steckte die silbernen Löffel und ein paar alte Orden aus dem Ersten und Zweiten Weltkrieg in ein Handtuch gewickelt in ihren Rucksack. »Bloß keinen Lärm. Fehlt noch, dass sie uns erwischen. Ist doch Ausgangssperre.«

Gabriele holte tief Luft. Ihr Blick ging durch den Raum wie in einem bösen Traum. Das war der Rest ihres Rittergutes, und nicht einmal dieser Raum gehörte ihnen mehr nach der Bodenreform. Sie schaute Sophie und ihrer Mutter in die Augen. Ein Ruck ging durch ihren Körper. Es war Zeit, für immer Abschied zu nehmen. Nichts auf der anderen Seite der Grenze konnte auch nur annähernd so schlimm sein wie dieses Leben hier.

Auf der Straße war ein herannahendes Auto zu hören, das jetzt in den Hof des Gebäudes einfuhr.

»Ins Bett«, flüsterte Amalia Karenhall. »Schnell!«

Gabriele und Sophie hatten die Rucksäcke unter das Bett geschoben. Sie zogen die Federbetten bis zum Kinn hoch. Amalia Karenhall setzte sich in den einzigen zerschlissenen Sessel des Zimmers. Sie lauschten. Russische Sprachfetzen drangen vom Hof herauf durch das angelehnte Fenster an ihre Ohren.

»Die Suchen einen Soldaten«, flüsterte Sophie, die als Einzige der Karenhalls in den letzten Monaten Russisch gelernt hatte. »Ein Verhältnis mit einem deutschen Liebchen«, übersetzte sie. »Verräter.«

»Still!«, fauchte Amalia Karenhall ihre Tochter an.

Die Schritte der schweren Stiefel im Hof gingen in Richtung des Stalls. Ein paar russische Befehle waren zu hören.

»Der ist nicht hier«, übersetzte Sophie. »Die fahren weiter in Richtung Dorf.«

Das Motorengeräusch heulte auf, das russische Militärauto fuhr davon.

»Jetzt schnell und leise!«, flüsterte Amalia Karenhall. »Durch den Vorratskeller in den Gemüsegarten. Wir gehen direkt zum Waldweg.«

Die drei Frauen schlichen auf Zehenspitzen mit ihren Schnürschuhen in der Hand durch das stille Haus. Jeden Moment konnte sich eine der Türen öffnen, hinter der einer der neuen Genosse wohnte, der noch vor wenigen Jahren ein braunes Parteibuch hatte. Ihre Flucht durfte nicht entdeckt werden.

Eine halbe Stunde später schützte sie der dichte Wald. Gabriele lauschte auf das Knacken der kleinen Zweige unter ihren Schuhen, auf das Rufen des Kauzes und das leise Heulen des Windes. Sie schickte ein Stoßgebet zum Himmel. Bald konnten sie im Goldenen Westen sein, im Land der Freiheit und der Zukunft. Ein Fluchthelfer, der im Wald auf sie gewartet hatte, fuhr sie auf der Ladefläche eines Lasters versteckt unter einer Plane, unter der normalerweise Kartoffeln lagen, in die Nähe der Grenze. Wieder durchschritten sie schweigend und raschen Schrittes einen Waldabschnitt bis zu einem kleinen Fluss. Endlich fanden sie das Ruderboot, das ein Fluchthelfer aus dem Westen unter Brettern und Zweigen versteckt hatte.

Als Gabriele nach ihrer Schwester und ihrer Mutter aus dem Boot ans Ufer auf der anderen Seite stieg, standen ihr die Tränen in den Augen. Sie drehte sich um. Mehrere Taschenlampen blitzten weit hinter ihnen im Osten auf.

»Schnell jetzt!«, rief sie.

»Sie dürfen uns von hier aus nicht mehr zurückholen«, erklärte Sophie.

»Unser Rittergut hätten sie uns auch nicht wegnehmen dürfen«, sagte Gabriele trotzig.

*

Nora hatte eines der Zimmerfenster in der »Fürstenruh« geöffnet. Zehn Minuten später stand sie mit einem Abholcoupon »Foto Fröhlich und Söhne« in der Hand in der Weimarer Innenstadt. Hinter ihr schloss der Ladeninhaber persönlich die Tür.

Dicke Wolken zogen sich am Himmel zu einer einzigen grauen Decke zusammen. Das laute Geknatter von Zweitaktmotoren wurde von Donnergrollen begleitet. Neben den Trabis und Wartburgs, deren Produktion in Erfurt seit April Geschichte war, fuhren unzählige westdeutsche Fabrikate, zum Teil älter als zehn Jahre mit sichtbar überlackierten Roststellen und Beulen durch die Straßen. Irgendjemand verdiente sich an dem Wunsch nach den so lange begehrten Westwaren eine goldene Nase. Lange würde das nicht gut gehen. Diese abstrusen Sonderkommissionen, die aus dem Nichts aus österreichischen und schweizerischen Kriminalbeamten zusammengestellt worden waren, hatten jetzt schon alle Hände voll mit diesen schrecklichen Stasi-Racheakten zu tun. Nicht auszudenken, wie das Leben bald aussehen würde, wenn die Menschen sich auch noch wegen Betrügereien, Fehlspekulationen und anderen Gaunereien die Schädel einschlugen. Im gesamten SÖD verging keine Wochen ohne Schlagzeile in den Tageszeitungen über einen Mord an einem der ehemaligen Mitarbeiter der Staatssicherheit. Die Diskussion über die Amnestie nahm kein Ende. Zu viele Details über das wahre Ausmaß der Stasi-Tätigkeiten sickerten mehr und mehr an die Öffentlichkeit. Die Stimmen, die im 4+4-Vertrag einen großen historischen Irrtum sahen, wurden immer lauter. Dabei machte diese Spitzeltruppe sich doch jetzt nach der Generalamnestie in der Neuen

Grenzschutztruppe zwischen Nordsee und Alpen nützlich. Ein Blick auf die Uhr verriet Nora, dass sie noch knapp zwei Stunden Zeit zum Duschen und Umziehen hatte. Nach dem Abendessen standen gegen 20:00 Uhr die »Räuber« im Nationaltheater auf dem Programm. »Des Menschen Wille, das ist sein Glück«, deklamierte Nora Schiller amüsiert. Dann fiel ihr ein, dass dieser Satz aus Wallenstein und nicht aus den Räubern war. Staunend schaute sie unter dem Vordach des Hotels auf die Hagelkörner, die aus dem schönen englischen Rasen eine weiße Landschaft zauberten. Hagel im Sommer, ein seltsames Gefühl lief über Noras Nacken. Wann hatte sie dieses Wetterphänomen zuletzt erlebt?

Gegen Mitternacht freute sich Nora über das Betthupferl, das die Geschäftsführung des Hotels ihr als Siegerin des Preisausschreibens mit einer Grußkarte auf den Nachttisch gestellt hatte.

Als sie nach dem Piccolo und vier kleinen Kuchenstücken im weichen Kingsize Bett der »Fürstenruh« versank, hatte sie das Bild des Goethe- und Schillerdenkmals am Nationaltheater vor Augen.

»Halt mich fest, sonst fall ich runter!« Das war ein uralter Witz über die beiden Dichterfürsten und ihre Position auf dem Podest. Ein Wunder, dass die beiden nie jemand gegen Marx und Engels oder gegen Lenin und Trotzki ausgetauscht hatte. Hoffentlich blieb der unbekannte Tote die letzte Leiche, die ihre Rundreise störte. Wie lästig Leichen doch sein konnten. Nora schlief mit einem Lächeln auf den Lippen ein. In der Nacht träumte sie wirre Szenen von Räubern im Park und einer Leiche auf der Bühne des Nationaltheaters, die wie das Sandmännchen aussah.

*

Oberstleutnant Richterswil verließ die Villa Schwarz mit einem Karton voller Fotos und persönlicher Notizbücher kurz nach Mitternacht.

Bei der Überbringung der Nachricht vom Tod ihres Mannes hatte er die Gesichtszüge der in seinen Augen attraktiven Witwe genau beobachtet. Mit Mitte 40 hatte Barbara Schwarz nur wenige Falten. Ihr ungeschminktes Gesicht hatte eine jugendliche Ausstrahlung. Ihre langen blonden Haare trug sie zu einem lässigen Dutt hochgesteckt, aus dem die eine oder andere Strähne hing. Richterswil hatte im Gesicht der Witwe das übliche erschreckte Zucken gesehen, das alle Gesichter zeigten, die gerade vom Tod eines nahen Angehörigen erfahren hatten. Ein Polizeipsychologe hatte ihm erklärt, dass sich diese Sätze wie ein harter Schlag in den Magen anfühlten. Dennoch waren kurze informative Sätze besser als langes Herumgerede. Oft versuchten die Betroffenen zu schreien, blieben aber stumm.

»Wir leben – lebten getrennt. Seit fünf Monaten«, begann Barbara Schwarz zu erklären, nachdem sie Richterswil in die Villa gebeten hatte. »Ich lebe in Berlin. Ich bin zufällig hier, heute, um ein paar persönliche Dinge abzuholen.« Dann hatte sie sich in einen hohen weißen Ledersessel fallen lassen, die Knie angezogen und den Kopf darauf gelegt.

Richterswil nahm unaufgefordert Platz. Er schaute sich im Raum um. Schlecht war es Peter Schwarz nicht gegangen. Vermutlich hatte der Stasi-Oberst vor der Wende nicht gewusst, was eine Defizitware war, unter der Otto Normalverbraucher Ost so gelitten hatte.

Barbara Schwarz sah mit Tränen in den Augen auf. »In Berlin, da pulsiert das Leben, da findet jetzt schon die Zukunft statt. Wissen Sie, ohne Mauer, da hatte unsere sozialistische Ehe keine Bedeutung mehr gehabt. Die Liebe – wir sind ja keine kleinen Kinder mehr. Aber das ist sicherlich nicht das, was Sie von mir hören wollen?«

»Hatte er eine Affäre?«

Richterswil hatte die kleine Hausbar in der Schrankwand im sozialistischen Stil mit der dunklen Lackfront gefunden. Scheinbar hatten diese Wohnzimmermöbel Ost alle denselben Einheitsaufbau.

Barbara Schwarz zog die Augenbrauen kraus, eine Steilfalte bildete sich zwischen ihren Augen auf der Stirn. »Affäre?«

»Haben Sie Haustiere? Katzen?«

Sie schüttelte den Kopf.

Er schenkte Barbara Schwarz und sich einen exklusiven französischen Cognac ein. Peter Schwarz war es auch nach der Wende gut gegangen. Sack, dachte Richterswil.

»Silberne Hochzeit, 25 Jahre Höhen und Tiefen, die lassen sich mit einer Trennung nicht wie ein Mantel ablegen.« Sie schniefte jetzt ohne Tränen in den Augen. »Ich kann es noch nicht fassen, dass er nicht mehr da sein soll. Er wird mir fehlen, so oder so.«

Richterswil reichte der Witwe den gut gefüllten Cognacschwenker. »Besser so, oder?«

»Nein, aber gut tut's trotzdem. Sie wollen alles über ihn wissen?«

»In erster Linie müssen wir wissen, wo Sie heute Vormittag waren.«

»Ich war es nicht.«

»Und?«

»Ich hatte einen Friseurtermin. Ansätze färben.«

»Die Adresse des Frisiersalons? Wir müssen das überprüfen, routinemäßig.«

»Ich habe das privat machen lassen, von einer Freundin. Mozartstraße 20, Marga Frenzel.«

Richterswil notierte Namen und Adresse. »Sie bleiben bitte vorerst in Weimar zu unserer Verfügung.«

»Sie gehen ernsthaft davon aus, dass ich etwas mit dem Mord an meinem Mann zu tun habe?«

»Genauso gut könnten Sie das nächste Opfer sein, oder?«, erklärte Richterswil leise. »Oder wollen Sie etwa behaupten, in all den Jahren nichts von der Arbeit Ihres Mannes gewusst zu haben?«

Barbara Schwarz zuckte mit den Schultern. »Nur weil wir hier ein sozialistisches Leben geführt haben, haben wir noch lange nicht alles voneinander gewusst«, sagte sie verärgert. »Wir haben nicht unter ständiger Kontrolle gelebt. Oder haben Sie hier irgendwo Kameras gesehen, als die Mauer gefallen ist?«

»Aber richtig verheiratet waren Sie schon, oder? Ich meine, Sie haben mit Ihrem Mann zusammen in einer Wohnung gelebt?« Richterswil zögerte mit einer erneuten Fragen nach einer Affäre. War die Trennung nur eine Schutzbehauptung?

»Wir haben über 20 Jahren hier in dieser Villa gewohnt. Aber wissen Sie, wir Frauen in der DDR hatten unser eigenes Berufsleben, unsere Karriere und unser Kollektiv. Wie waren stolz auf unsere Selbstständigkeit, auf die Unabhängigkeit von unseren Ehemännern.«

Richterswil grinste. Hoffentlich kam jetzt nicht noch irgendein alter auswendig gelernter Parteiquatsch. Zu dieser vorgerückten Stunde hätte er kaum noch die Geduld aufgebracht, eine böse Bemerkung zu unterdrücken. »Haben Sie einen Verdacht? Ein ehemaliger Kollege? Ein Widersacher?« Richterswil holte tief Luft. »Ein Opfer, das sich rächen wollte? Eine Geliebte, mit der er Streit hatte?«

Barbara Schwarz lachte hysterisch auf. Wütend warf sie ihre langen blonden sich aus dem Dutt gelösten Haare zurück. Ihre Augen blitzten hasserfüllt. »Können sie SAO-Typen auch noch etwas anderes, als in albernen Klischees denken? Ein Wunder, dass Sie überhaupt je einen Fall lösen.«

»Jaja. Jetzt beruhigen Sie sich. Das macht Ihren Mann nicht mehr lebendig. Aber sein Mörder gehört hinter Schloss und Riegel, oder? Also! Haben Sie einen Verdacht?«

Barbara Schwarz bewegte tonlos ihre Lippen. Dann zuckte sie mit den Schultern und griff nach dem Cognacschwenker. »Sie haben ja Zugang zu seiner Personalakte? Das machen Sie doch so bei der SAO?«

Richterswil nickte.

»Peter hat an diesen Staat geglaubt. Er konnte unerbittlich bei der Verfolgung von Staatsfeinden sein. Entweder mitmachen oder gnadenlos untergehen – bis zur Eliminierung!«

»Das heißt? Er war bei Verhören nicht zimperlich?«

»Können Sie sich vorstellen, dass ich jetzt Ruhe brauche? Viel Ruhe, um einen klaren Gedanken fassen zu können?«, fragte Barbara Schwarz. »Ich melde mich bei Ihnen. Und jetzt gehen Sie bitte.«

Richterswil hatte keine Lust auf eine tränenreiche Szene. Die Witwe lief ihm nicht davon. »Sie möchten keinen Personenschutz, oder?«

*

»Sandmann, lieber Sandmann. Es ist noch nicht soweit. Wir sehen erst den Abendgruß, ehe jedes Kind ins Bettchen muss!« Der letzte Ton der in aller Welt berühmten Melodie der DDR-Sendung »Sandmännchen« aus den DEFA-Studios war verklungen. Der Sandmann war auf einer Insel gelandet.

Gebannt starrte Nora auf das flimmernde Schwarz-Weiß-Bild des Fernsehers mit der lustigen Zimmerantenne. Als das Sandmännchen zehn Minuten später mit seinem Hubschrauber wieder in Richtung Himmel abhob, war Nora bereits in einen tiefen Schlaf gefallen.

»Wenn wir Glück haben, schläft unsere Kleine durch, bis

wir wieder im Westen sind«, sagte Michael Attendorn, nachdem er und seine Frau Sylvia sich von ihren Verwandten nach unzähligen Umarmungen verabschiedet hatten.

»Großes Drama«, hatte sein Halbbruder Horst Attendorn die immer wiederkehrende Szene kommentiert. Doch auch ihm standen die Tränen in den Augen. »Irgendwann sind wir alle frei«, flüsterte er Michael zum Abschied ins Ohr.

»Unter Garantie, dass einer der Grenzbeamten sie aufweckt, um ihr Gesicht mit dem Foto im Kinderpass zu vergleichen«, machte seine Frau Sylvia Attendorn die Hoffnung für Noras Nachtruhe zunichte. »Denen ist doch ein dreijähriges Kind aus dem Westen völlig egal.«

Die Fahrt in Richtung innerdeutscher Zonengrenze führte über unbeleuchtete Dorfstraßen, durch im Dunkeln liegende Kleinstädte, in denen kein einziges Fenster erleuchtet war, und über eine holprige Autobahn, die erst in der Nähe der Grenze ausreichend mit Straßenlaternen erhellt war, sodass auch die Grenzsoldaten mit Fernglas und Kalaschnikow in den Grenztürmen zu erkennen waren. Die ersten Geschwindigkeitsbegrenzungsschilder »20 Kilometer pro Stunde« der Grenzstation der DDR, die wie die gespenstische Kulisse eines Eingangs zu einem Arbeitslager wirkte, waren zu sehen. Dann musste Michael Attendorn den Wagen auf Handzeichen eines Grenzsoldaten anhalten.

*

Matteo Richterswil stellte den Karton mit den Unterlagen, die Barbara Schwarz aus dem Schreibtisch ihres Mannes genommen hatte, auf den Tisch der Terrasse. Vom Nachbargrundstück waren leise Stimmen zu hören. Die Familie von Thun gab wieder einmal eine ihrer Gartenpartys. Der Duft von Grillfleisch stieg Richterswil in die Nase. Er schaute über die Hecke.

»Guten Abend, Matteo!«, rief Georg von Thun ihm zu. »Wie sieht's aus? Eine Rostbratwurst und ein Helles? Das Schwein hat heute Morgen noch im Stall gequiekt. Frischer geht's nicht.«

Richterswil grinste. Ob da ein Veterinär das Schlachten genehmigt hatte, fragte er nicht. Im Land des Umbruchs konnten nicht jeder und alles kontrolliert werden. Außerdem hatten die Rostbratwürste aus den privaten Schlachtungen der von Thuns bislang immer geschmeckt. Kümmel und unzählige andere Gewürze machten aus diesen einfachen Würsten aus Schweinefleisch eine echte Delikatesse, die durch die Holzkohle erst die richtige Geschmacksnote bekamen.

»Danke! Demnächst werde ich mich revanchieren«, sagte Richterswil. »Dann zaubere ich uns ein Raclette über eurem Grill.«

»Das machen wir! Willst du nicht rüberkommen?«

Richterswil deutete auf den Karton. »Arbeit!«

»Auch nach Mitternacht kein Feierabend?«

»Ihr habt mich doch gerade bestens versorgt.«

Das warme Essen und das Bier beflügelten Richterswils Gedanken. Vielleicht sollte er die Witwe gemeinsam mit Neusiedl ins Kreuzverhör nehmen. Ob es wirklich eine Geliebte gab? Richterswil stöhnte genervt bei dem Gedanken an ein Verhör im Rotlichtmilieu auf. Eine Prise Sado-Maso hatte diesem Fall noch gefehlt. Irgendwo in der Nähe heulte ein Hund. Es klang fast wie das Heulen eines Wolfes. Aber wo sollten hier mitten in Weimar Wölfe sein? Dann setzte ein lautes Gebell aus vielen Hundekehlen ein, dem ein wütendes Geschrei folgte. Die Hunde verstummten. Schon der erste Blick auf die Fotos zeigte Richterswil, dass Barbara Schwarz über das Leben ihres Mannes bestens Bescheid wusste. Fast auf allen Fotos war auch sie abgebildet: Feiern zum 1. Mai, das Standard-Hochzeitsfoto mit Peter Schwarz in NVA-Uniform, Urlaubsfotos vom Plattensee im Zelt und beim Grillen mit den Nachbarn im Garten der Jugendstilvilla. Dann zuckte Richterswil zusammen. Der junge Schwarz im blauen FDJ-Hemd mit einem älteren Genossen. Schwarz mit roter Fahne in der Hand. Das war unter Garantie eine 1. Mai Demonstration. Schwarz hatte als junger Mensch hellbraune Haare gehabt. Vielleicht auch mausgraubraun. Woher kannte Richterswil den älteren Mann? Er pfiff unwillkürlich anerkennend. Das war Manfred Günther, ein altgedienter Kommunist, der nach seinem Aufenthalt in Moskau während des Krieges erst in der BRD, dann in der DDR auf der politischen Bühne sein Unwesen getrieben hatte. Kurz bevor er zum Minister der Staatssicherheit ernannt werden konnte, war er über eine Spitzelaffäre gestolpert. Ein West-Agent hatte einen großen Coup gelandet, und Günther war intern zur Rechenschaft gezogen worden. Da er aber eine Ikone des Widerstandes im Zweiten Weltkrieg und des Aufbaus der DDR war, konnte ihn die Staatsführung der DDR nicht ganz eliminieren. Stattdessen Abstellgleis Datsche. Vermutlich waren auch die Freunde in Moskau mächtiger gewesen als die Feinde in Ost-Berlin. Richterswil lachte laut auf. Vielleicht hatten die in Moskau auch die Mauer fallen lassen? Manfred Günther war seit fünf Jahren tot. Offizielle Todesursache Herzinfarkt. Wenn Günther und jetzt Schwarz Opfer eines politischen Attentats geworden sein sollten, musste er den Staatsschutz einschalten, um weitere Tote in diesem Spiel zu verhindern. Aber noch war das nur ein Gedanke, und er hatte freie Hand bei den Ermittlungen im Mordfall Peter Schwarz. Vorerst war es nur ein Schema F-Fall – eine Rache an einem ehemaligen Oberst der Stasi. Und nicht mehr!

KAPITEL 3

»Verrat trennt alle Bande.«
Friedrich Schiller (1759 – 1805) aus Wallenstein, 1799

»Neues Duftwasser für den Herrn?«, grinste Richterswil, als er am Eingang des Hotels »Schlossgarten« auf Neusiedl traf.

Von der nahe gelegenen Kirchturmuhr erklang ein heller Glockenschlag. Sieben Uhr.

»Frisch geduscht und mit der Top-Neuigkeit des Tages«, erwiderte Neusiedl. »Ich war heute Morgen im Park an der Ilm joggen. Den Kaiserschmarrn von gestern Abend abtrainieren.«

»Und?«

»Ich habe die mutmaßliche Tatwaffe vor einer Stunde im Papierkorb am Eingang zur Parkhöhle gefunden. Fehlt nur noch die Patrone. Die Kollegen suchen.«

»Hä?« Richterswil blieb mitten in der großen Drehtür stehen. »Modell?«

Ein leises Alarmsignal erklang. Einer der Portiers in der blau-schwarzen Fantasie-Uniform des Hotels »Schlossgarten« war mit wenigen Schritten an der Tür. »Darf ich helfen?«

Unwirsch winkte Richterswil ab. »Sehen wir so aus, als wären wir alterssenil?«

Richterswil und Neusiedl gaben die Tür frei. Der Alarm war verstummt.

»Alte NVA-Bestände, eine Makarow mit schwarzem Griff und lateinischen Buchstaben. Kein russisches Modell. Die von der KTU analysieren das Ding bereits.«

»Hoffentlich findet die Spusi die Patrone.« Richterswil wandte sich an den Portier. »Sonderkommission SAO III.« Er hielt ihm seine Dienstmarke unter die Nase. »Der Reiseleiter der Drei-Länder-Tour weiß Bescheid.«

»In unserem Hotel ein solches Aufsehen? Wir sind ein internationales Haus.«

»Und wir ermitteln in einem Mordfall, oder?«, entgegnete Richterswil genervt. »Sie kennen die Schlagzeilen von heute Morgen?«

»Wenn ich Sie im Namen des Hauses bitten darf, so unauffällig wie möglich …«, begann der ältere weißhaarige Portier, der mit seiner beachtlichen Leibesfülle kaum Platz in der Drehtür fand. Mit Sicherheit war die Livree eine Maßanfertigung. Auf seinem Namensschild stand Rudi Cranach.

Richterswil machte eine ungeduldige Handbewegung. »Jaja! Hier laufen nur Unschuldige durch die Gegend. Deswegen müssen wir auch ermitteln, oder?«

Trotz dieser Abfuhr begleitete Portier Cranach die beiden Kriminaler in den Speisesaal, in dem die ersten Gäste sich bereits am Buffet die Teller mit Wurst, Käse, Spiegeleiern und Brötchen voll häuften. Die lange Glasfront des Saales gab den Blick auf eine parkartige Gartenanlage mit geschnittenen Buchsbäumchen in vielen geometrischen Formen und einen Teich frei, in dem sich rote Koi-Karpfen tummelten. Die Inneneinrichtung im Saal war in den Farben Schwarz und Weiß gehalten.

»Sieht aus hier wie auf einem großen Schachbrett«, entfuhr es Neusiedl.

»Für die Reisenden der Drei-Länder-Tour ist der lange Tisch hinten links reserviert«, erklärte Rudi Cranach. Er deutete eine leichte Verbeugung an.

»Danke«, sagte Neusiedl. »Wir schaffen das auch ohne Ihre Hilfe.«

Richterswil grinste. »Mal sehen, was die Herren und Damen Kultur-Reisenden beobachtet haben.«

»Der Reiseleiter heißt Leon Hofer«, sagte Neusiedl. »Ich kann ihn nirgends sehen. Wie war es denn gestern Abend bei der Witwe?«

»Sympathische Frau«, sagte Richterswil. »Aber über den Weg traue ich ihr nicht.«

»Hat Sie einen Verdacht?«

Richterswil schüttelte den Kopf. »Aber einen Karton aufschlussreicher Fotos und Notizbücher hat Sie mir mitgegeben. Jede Menge Lesestoff.«

»Wie immer. Statt Klassikern in Weimar, fade dreckige Wäsche der Opfer.« Neusiedl hatte auf einem Beistelltisch des Buffets saubere Kaffeebecher entdeckt. Er füllte zwei davon mit dem blau-schwarzen Schriftzug des Hotels »Schlossgarten«.

»Danke!« Richterswil nippte am heißen Kaffee. »Ich habe die Personalakte unseres Toten heute Morgen noch einmal quergelesen.«

»Und? Schon eine Idee?«

Richterswil nickte mit einem hintergründigen Lächeln auf den Lippen.

In diesem Moment betrat Leon Hofer den Speisesaal.

»Matteo Richterswil, leitender Ermittler der SAO III. – Leon Hofer«, stellte Neusiedl die beiden Männer vor.

Leon Hofer trug eine karierte Hose und ein rotes Oberhemd. Über den Schultern hing ein dunkelroter Strickpullover. Seine schwarzen Haare mit den grauen Strähnen waren zu einem kurzen Zopf am Hinterkopf zusammengebunden. »Leon Hofer!«, stellte er sich selbst vor. »Studierter Historiker und seit über 20 Jahren Reiseleiter aus Überzeugung. Ich habe meine Gruppe gestern Abend auf dem Weg ins Theater schon über euer Kommen heute Morgen informiert.«

Richterswil zuckte innerlich über das plumpe Du zusammen. Dennoch widersprach er der vertraulichen Ansprache nicht. Dieser Hofer konnte noch eine wichtige Rolle spielen.

Neusiedl setzte sich bereits mit seinem aufgeschlagenen blauen Notizbuch zu einem jungen Pärchen, das bis auf die silberfarbenen Freundschaftsringe identisch gekleidet war: helle Jeans, weiße Segeltuchschuhe und gelbe Polohemden.

Richterswil sah, dass die beiden munter mit Neusiedl plauderten, und wandte sich einer älteren Dame mit weißem Bubikopf zu, die ein elegantes braunes Kassettenkleid mit Perlenkette und farblich passenden Ballerinas trug.

»Ich bin mir sicher«, antwortete sie ihm auf seine Standardfrage. »Ein Schuss gegen 11:52 Uhr!«

*

Nora hatte sich beim Klang des Radioweckers die Decke wieder über den Kopf gezogen. Der Radiosprecher von »Radio Freies Weimar« sagte irgendeine Schlagerband an, die wohl zu DDR-Zeiten schon zu den hiesigen Lokalmatadoren gehört hatte. Die Band schmetterte eine Ballade über die Liebe und das Leben. Die wirren Träume der vergangenen Nacht waren nicht erholsam gewesen. Nora ignorierte auch den Anruf des Weckdienstes der Rezeption. Fünf Minuten später stand sie unter der heißen Dusche. Ein Fisch brauchte Wasser, um wach zu werden, dachte sie. Ihre Yoga-Lehrerin konnte nicht irren. Selbst im ehemaligen Sozialismus musste das Gesetz der fließenden Energie gelten – das konnte auch eine Diktatur nicht außer Kraft gesetzt haben. Es war kurz nach sieben Uhr. Für eine Runde im Hotelpool wieder zu spät. Gegen 08.30 Uhr stand ein Spaziergang durch die Innenstadt auf dem Programm. Besichtigung des Schiller- und des Goethehauses. Mittagessen auf einem alten Rittergut mit mittelalterlichem Rittermahl und anschließender Führung durch Verlies und Folterkeller. Nachmittag zur freien Verfügung. Als Nora Shorts, T-Shirt und Sandalen in Windeseile anzog, fiel ihr Blick auf den Abholcoupon des Foto-Ladens auf dem Schreibtisch am Fenster. Der Inhaber Ferdinand Fröhlich hatte ihr versprochen, ihr ab halb acht die Tür zu öffnen. Sie band ihr nasses Haar mit der roten Spange zusammen und griff nach ihrer Canvas-Tasche. Vor dem Aufzug traf sie auf einige der anderen Reiseteilnehmer.

Wie versprochen öffnete ihr Herr Fröhlich persönlich die Tür. »Herein! Aber verraten Sie mich nicht an die Gewerbeaufsicht«, lachte er. »Sie haben ein gutes Auge für Motive, wenn ich das sagen darf.« Er tippte den Rechnungsbetrag in die alte Registrierkasse, die vermutlich schon in den 30er-Jahren ihren Dienst getan hatte. »Ein perfektes Auge!«

»Danke!«, sagte Nora, legte das Geld für die Abzüge und vier neue Filme auf den Tisch. Sie beeilte sich, in den Speisesaal des Hotels zu gelangen. Das leckere Frühstück wollte sie sich auf keinen Fall entgehen lassen. Heute Morgen war Nora nach frischem Rührei und Sekt. Reiseluxus pur. Außerdem freute sie sich seit Antritt der Reise auf den freien Nachmittag – die Bauhaus-Universität stand auf ihrem privaten Programm. Ein echtes Architektur-Schmankerl. Gropius 1919 im Jahre 1991. Ein schönes Zahlenspiel, dachte sie. Am Empfang des Hotels warf sie einen Blick auf die Schlagzeilen der regionalen Tageszeitungen.

»Wieder Stasi-Opfer in Weimar!«

»Skandal – Mord am Vormittag«

»Zehnter Mord in 1991 Wann handeln die Politiker?«

»Reisegruppe von Mörder in Mitleidenschaft gezogen«

Nora schüttelte angewidert den Kopf. Als sie den Speisesaal betrat, entdeckte sie Gabriele Karenhall vertieft im Gespräch mit einem fremden älteren Mann, der eine schwarze

Leinenhose, ein weißes Shirt und schwarze Sportsneakers trug. Blaue blitzende Augen, blonde Locken, vom Wetter gegerbte Haut. Kernig, dachte sie. Nora ging zum Buffet. Der Duft nach frischen Brötchen und Ei zauberte ein Lächeln auf ihr Gesicht.

»Sind Sie Nora Attendorn?«

Der österreichische Tonfall ließ das Lächeln auf Noras Lippen verschwinden. Das war mit Sicherheit ein Mitarbeiter der Soko SAO. Sie schaute in zwei hellbraune Augen.

»Neusiedl, Kriminalmajor aus Graz«, stellte sich der Österreicher mit der perfekt polierten Glatze vor.

Jetzt erst erkannte Nora den Ermittler von gestern Mittag aus dem Bus wieder. Sie wagte einen Blick auf seine Schuhe. Genauso hatte Nora sich einen Mitarbeiter der SAO vorgestellt. Leisetreterschuhe. Sie schlichen sich an, schnüffelten sich durch die Privatsphäre anderer Menschen.

»Sind Sie Frau Attendorn?«, hakte Neusiedl nach.

»Ja. Nora Attendorn. Jahrgang 1967, Studentin der Architektur und Gewinnerin eines Rätselwettbewerbs. Sie wollen mir mit dieser Leiche nicht den Spaß an meiner Reise verderben?«

Neusiedl musterte sie von oben bis unten. »Ihnen ist also nichts aufgefallen im Park? Sie haben keine Schüsse gehört?«

Nora schüttelte den Kopf. »Das Erste, was ich von der Leiche wahrgenommen habe, war die Gerüchteküche im Bus. Und glauben Sie mir, die vertrockneten Schokoriegel waren nicht annähernd so lecker wie das frische Rührei, das hier auf mich wartet.«

»Soll ich helfen?«, fragte Neusiedl spöttisch. »Vielleicht fällt Ihnen doch etwas ein, wenn ich Ihren Teller fülle. Was hätten Sie denn gerne?«

»Eine famose Idee. Rührei, eine Scheibe Räucherlachs. Ein Croissant, Orangenmarmelade und ein Glas Sekt, damit mein

Kreislauf in Schwung kommt. Ich sitze bei der Dame im braunen Kleid.« Nora ließ Neusiedl stehen.

»Was für ein Zuckerl von Frau«, flüsterte Neusiedl ironisch.

»Haben sie dich auch schon gelöchert?«, begrüßte Nora Gabriele Karenhall.

Diese nickte und schaute mit Staunen auf den Teller, den Major Neusiedl vor Nora auf den Tisch stellte.

»Bitte schön, die Dame«, sagte der Major. »Wenn Ihnen doch noch etwas einfällt – hier meine Karte. Das Einsatzmobil der SAO III steht derzeit auf dem Parkplatz der Polizeiinspektion. Sie können uns auch anrufen.«

Nora nickte, legte die Karte neben ihr Sektglas und beachtete Neusiedl nicht weiter.

Arrogantes Piefke-Weib, dachte Neusiedl.

»Gut geschlafen?«, fragte Gabriele. »Ich bin wohl nicht die Einzige, die die Schüsse gehört hat. Aber so wie es aussieht, konnte der Täter nach dem Überraschungsangriff unerkannt fliehen. Niemand hat ihn gesehen.«

»Niemand?« Nora lächelte. »Ich bin in Gedanken schon im Goethehaus.«

»Erst steht das Schillerwohnhaus auf dem Programm.«

Nora zuckte mit den Schultern. »Passt auch!« Sie trank den Sekt in einem Zug aus. »Hast du Lust, am Nachmittag mit in die Bauhaus-Uni zu kommen?«

»Guten Morgen«, ertönte eine laute Stimme. »Wir sind die Waldners. Wurstwaren Waldner aus dem Ruhrpott. Die leckersten Würste an der Ruhr. Erich und Margret Waldner.«

Nora zuckte bei diesem lauten Getöse zusammen. Trampel, dachte sie.

Gabriele verdrehte die Augen.

»Schön könnte es hier sein, wenn nicht alles kaputt wäre«, erklärte Wurstfabrikant Waldner weiterhin lautstark. »Aber zum Glück leisten wir ja hier Aufbauhilfe. Jetzt zeigen wir den

Ossis mal, wie das richtig geht.« Waldner lachte laut. »Vielleicht baue ich hier eine zweite Wurstfabrik. Die Thüringer Rostbratwürste sollen ja eine richtige Delikatesse sein. Nur von scharfem Senf, da haben die hier so wenig Ahnung wie von einer funktionierenden Marktwirtschaft. Wenn die uns nicht hätten.«

»Mein Mann und ich sind ja so neugierig auf den Osten«, fiel auch Frau Waldner in das Gerede ihres Mannes ein. »Wissen Sie, was für meinen Mann die Wurst, das sind für mich die Kuchenrezepte. Ich backe leidenschaftlich gerne.« Sie zog ein mit bunten glitzernden Stickern beklebtes Heft heraus, auf dessen Cover das Wort *Rezepte* in großen handgeschriebenen Lettern zu lesen war. »Hier! Je 20 Seiten für den Osten, für Österreich und für die Schweiz.«

Nora ließ sich von Erich Waldner ein zweites Glas Sekt einschenken. Sie prostete ihm zu. Was ich nicht alles ertragen kann, dachte sie. Diese Reise führt mich nicht nur zu den kulturellen Highlights in drei Ländern. Ich erlebe auch eine richtige Live-Milieustudie Ost und West mit. Wie hatten ihr die Waldners in den letzten beiden Tagen nur entgehen können?

»Aber das wir hier auch noch einen von diesen berüchtigten Stasi-Morden miterleben«, führte Margret Waldner weiter aus, »das ist ja wie im Krimi-Dinner zum Mitraten.« Sie lachte laut wie ihr Mann über ihren eigenen Scherz.

Jetzt verdrehte auch Nora ihre Augen wie zuvor Gabriele.

*

»Junge, du hast doch Mumm in den Knochen. Solche Leute wie dich brauchen wir«, hatte Manfred Günther gesagt. Günther war ein alter Genosse, der schon in der Weimarer Republik Kommunist war. Nach zwei Jahren Lagerhaft von 1939 bis 1941 war ihm auf abenteuerlichen Wegen die Flucht in die Sowjetunion gelungen. Bis zum Ende des Krieges hatte er in Moskau eine Kaderschmiede für deutsche Genossen und Widerstandskämpfer aufgebaut. Viele dieser geschulten Genossen bauten jetzt aus den Ruinen der Trümmerlandschaft den neuen Staat der Zukunft auf.

Peter Schwarz hatte die Chance, dabei zu sein, bei diesem geschichtlich einzigartigen Ereignis. In ein paar Jahrzehnten würde die DDR das Vorbild für zahlreiche andere Staaten dieser Erde sein. Vielleicht würde er dann auch wie Günther heute in der DDR als Gesandter in Süd-Amerika oder Afrika helfen, eine neue gerechte Welt, einen weiteren sozialistischen Staat ohne Landjunker und Pfaffen aufzubauen.

»So ein Schuss für unser Vaterland gegen die Verräter und Feinde unserer Demokratie«, hatte Günther gestern noch zum ihm gesagt. »Das ist doch eine Ehre für dich. Jetzt bewährst du dich ein paar Jahre an der Grenze, und dann findet sich schon ein Platz im Ministerium der Staatssicherheit.«

Peter Schwarz war keiner von diesen Mitläufern, die aus reinem Opportunismus das Parteiabzeichen der SED am Revers des Anzugs trugen. Er hatte keine Verwandten im Westen, die ihn mit den billigen Versprechungen des Goldenen Westens lockten. Er war überzeugt, das Richtige zu tun im Kampf gegen diese BRD, in der bis heute das Nazi-Unrecht nicht aufgearbeitet worden war. Peter Schwarz war tief in seinem Herzen stolz auf seinen Staat und die Partei.

»*Wir geloben, auf der Grundlage und in konsequenter Durchsetzung der Beschlüsse unserer Partei und Regierung, mit hoher politischer Reife, standhaft und kompromisslos den Feind zu bekämpfen, seine verbrecherischen Pläne, Absichten und Maßnahmen rechtzeitig zu erkunden und zu vereiteln, dem Feind keine Chance für seine gegen Frieden, Demokratie und Sozialismus gerichteten Machenschaften zu lassen. Wir, Mitarbeiter des Ministeriums für Staatssicherheit, sind jederzeit bereit, alle Aufträge von Partei und Regierung bedingungslos und mit schöpferischer Initiative in Ehren zu erfüllen, die Deutsche Demokratische Republik, in der die unsterblichen Ideen von Marx, Engels und Lenin revolutionäre Wirklichkeit wurden, mit unserer ganzen Person, bis zum Einsatz des eigenen Lebens, entschlossen zu verteidigen. Das geloben wir!*«, schwor Peter Schwarz mit der Hand an der Fahne den tschekistischen Eid der Mitarbeiter des Ministeriums für Staatssicherheit. Seine Hände zitterten leicht vor Erregung, als er seine Vereidigungsurkunde endlich in Händen hielt. Er spürte die Macht, die er ab jetzt für seinen Staat über andere Menschen ausüben würde. Es gab im Westen keine Menschen mehr für ihn – gar keine. Dort gab es nur noch den Klassenfeind.

»Jetzt geht es erst einmal eine Wochen an den Plattensee«, beglückwünschte ihn Manfred Günther zwei Stunden später. »Da kannst du gleich lernen, im Zelt nebenan die Ohren offenzuhalten.« Günther lachte laut, als er die Sektflasche öffnete. »Der Feind lauert überall. Und wenn du zurückkommst, geht es an die Grenzfront. Luise und ich passen schon auf deine Wohnung auf.«

»Dieser Eid vorhin«, sagte Peter Schwarz leise, als er das gefüllte Sektglas in die Hand nahm und erhob. »Dieser Eid, das ist mein Leben.«

*

»Grauenhaft die beiden«, flüsterte Gabriele Karenhall Nora beim Verlassen des Speisesaals zu.

Nora nickte. »Ich habe schon die ersten Fotos von gestern Abend.«

»Die schauen wir nachher im Café an«, sagte Gabriele. »In der Nähe des Frauenplans soll es ein nettes kleines Café geben. Dort gibt es die besten Liebesknochen der ganzen Stadt.«

»Das weißt du nach zwei Tagen in Europa?«, fragte Nora neugierig.

»Das hat mir eine alte Freundin am Telefon erzählt. Die war vor zwei Monaten in Weimar. Dieselbe Tour bis nach Zürich zum Spyri-Grab.« Gabriele suchte in ihrer grünen Straußenlederhandtaschen nach ihrem Lippenstift.

Die beiden standen inmitten ihrer Reisegruppe vor dem Hotel »Schlossgarten«. Leon Hofer musste jeden Moment kommen.

»Guck mal da drüben!«, sagte Nora.

»Was meinst du?«

»Der Laden.«

Gabriele folgte Nora unwillig ein paar Schritte in Richtung Fußgängerzone. »Das ist ein ehemaliger HO-Konsum.«

»Genau!« Nora sog beim Betreten den Geruch im Laden ein. Gemüse, Obst und dieser penetrante Geruch nach DDR-Waren mischten sich zu einem aus der Kindheit vage bekannten Duft.

»Ausverkauf der DDR«, sagte Gabriele, die staunend auf das Warenangebot in den Regalen schaute. »Noch ziemlich viel DDR hier, oder? Das würde jetzt dieser Schweizer Kriminaler sagen, oder?« Gabriele lachte.

»Schau mal, die alten Schulhefte und Kladden. Da mache ich für den Reiseabschnitt Erfurt bis Leipzig ein waschechtes Ost-Tagebuch draus.«

»Wenn du meinst. Ich will hier nichts haben. Das ist doch noch tausendmal schrecklicher als in der Zeit, in der ich bei Nacht und Neben abgehauen bin.«

Nora Attendorn stellte sich an die Schlange im Kassenbe reich. Hier hatte sich der Westen schon breit gemacht. Die Auswahl an Kaugummis und Schokoriegeln unterschied sich in nichts von daheim.

»3,52«, verlangte die Kassiererin.

Nora packte das Schulheft, einen Eierpicker aus weißem und braunem Plastik für 19 Pfennig sowie einen roten Zahnputzbecher mit weißen Tupfen und einige andere Überbleibsel aus Produktionen der volkseigenen Betriebe, die es schon bald nicht mehr geben würde, sowie ein Päckchen ihres Lieblingskaugummis in ihre Canvas-Tasche. Sie überlegte, ob sie im Buchladen nebenan noch ein paar Originalausgaben des »Kapitals« kaufen sollte. Vielleicht konnte sie die in zehn Jahren für viel Geld weiterverkaufen.

»Was für ein Sammelsurium«, grinste Gabriele. »Wir damals haben nur die silbernen Löffel mitgenommen und den Rest vergessen. Das solltest du auch!«

»Das sind bald vielleicht wertvolle Antiquitäten der DDR.«

»Nie!«

*

»Diese Reisegruppe hätten wir uns sparen können, oder?«, sagte Richterswil wütend. »Das war vertane Zeit.«

Major Neusiedl zuckte mit den Schultern. »So ein Chaos an Aussagen habe ich selten erlebt. Die haben alle viel Fantasie bewiesen. Ja, leiwand! Fast keine Aussage hat zu den zeitlichen Abläufen gepasst. Nur diese ältere Dame, diese Gabriele Karenhall, scheint ziemlich wach durchs Leben zu gehen.«

Richterswil nickte. »Stimmt. Sie ist die Einzige, die die Schüsse um dieselbe Uhrzeit gehört hat wie die Mitarbeiter in Goethes Gartenhaus.«

»Die ist seit 1960 zum ersten Mal wieder in ihrer alten Heimat, in Europa.« Neusiedl legte seine Glock auf den Tisch. »Flucht über die Grüne Grenze, Friedland, Kanada.«

»Schicksale aus Ost und West. Wenn ich wieder in Zürich bin, schreibe ich einen Roman, oder?«

»Wo machen wir weiter?«

»Mal sehen! Der Bericht der Spusi muss doch schon in der Post liegen.«

Neusiedl griff nach dem Postkasten und stellte ihn vor sich auf den Schreibtisch. »Haben wir noch Kaffee?«

»Post!«

»Stellenausschreibung. Die Leitung der SAO VII ist ausgeschrieben. Wie immer keine Freunderlwirtschaft mit der Stasi oder dem BND im Vorleben.«

»Kannst du nicht warten, bis du mich beerbst?« Richterswil füllte an der kleinen Küchentheke die Kaffeebecher mit jeweils drei Löffeln Instantkaffeepulver.

»Fingerabdrücke an der Makarow! Nicht vollständig, aber fast!«, rief Neusiedl laut aus. »Aber die Abfrage im System hat keine Ergebnisse ergeben. Fehlanzeige. Ein Täter, der noch nie in Erscheinung getreten ist. Das hat uns noch gefehlt.«

»Die Milch ist sauer!«

»Außerdem sind die Fingerabdrücke alle leicht verwischt. Wir haben keinen einzigen kompletten Abdruck.«

»Dreck! Auf wen ist die Waffe registriert?«

»Unregistrierte Übungswaffe von irgendeinem Übungsschießstand der NVA.«

»Nicht registriert? Die Stasi hat doch sonst alles bis ins Detail dokumentiert.«

»Oder es ist eine Übungswaffe von einem dieser FDJ-Schießstände.«

»Die FDJ hatte keine eigenen Schießstände. Die haben alle dieser ›Gesellschaft für Sport und Technik‹ gehört.«

»Wie auch immer diese Vereine hießen, in denen Kinder mit der Waffe hantiert haben«, sagte Neusiedl. »Was haben die sich eigentlich gedacht in der DDR? Wehrunterricht in der zehnten Klasse? Irre Spinner.«

»Aber gefährliche Spinner!«

»Da bin ich angefressen auf solche Leute.«

Richterswil zuckte mit den Schultern. »Dann machen wir den Umkehrschluss. Alle Verdächtigen auf unserer Liste werden im System gecheckt. Diejenigen, deren Fingerabdrücke registriert sind, scheiden als Täter aus.«

»Und wer steht auf der Liste?« Neusiedl schob Richterswil den Bericht zu und schüttete das kochende Wasser aus dem Wasserkocher in die Tassen.

»Hast du dir die Liste angeschaut?«

»Wo?« Neusiedl entdeckte die kopierte alte Liste im Ausgabefach der Copy-Maus. »Ist seine Witwe noch im Rennen?«

Richterswil nickte. »Ich habe das prüfen lassen. Diese Friseurin hat zwar ausgesagt, dass Barbara Schwarz bei ihr war, aber die beiden waren alleine.« Er griff nach der Zuckerdose, die um Haaresbreite vom Tisch gerutscht wäre. »Die stärksten Rachemotive haben zwei ehemalige in Bautzen Inhaftierte, gegen die Peter Schwarz maßgeblich vor Gericht ausgesagt hat. Ein Physiker und ein Ingenieur, beide fünf Jahre wegen Kontakten zu mutmaßlichen West-Spionen.«

»Die halbe Intelligenz stand in der DDR unter Spionageverdacht«, warf Neusiedl mit einem leicht resignierten Ton ein.

»Dann der Sohn eines hingerichteten Parteigenossen – Sergej Dabrow. Warum die den hingerichtet haben, ist mir noch nicht klar. Die haben wohlweislich die Akteneinträge der Hinrichtungen in Leipzig mit sparsamen Dokumentationen geführt.«

»Aber mit Sicherheit nicht, weil die mit dem Mauerfall gerechnet haben.«

»Wir werden die Gedanken dieser Menschen nie verstehen. Die haben ihre eigene Stasi-Logik.«

Neusiedl zuckte mit den Schultern. »Wenn der bei Verhören im Häfn gefoltert hat, steht das doch auch nicht in den Akten.«

»An der Grenze ist es zu mehreren Festnahmen gekommen. Auch alle zu mehrjährigen Haftstrafen verurteilt.«

»War der auch für weibliche Verräterinnen zuständig?«

»Dafür hatten die ihre Flintenweiber.«

»Mal den Teufel nicht an die Wand«, lachte Neusiedl.

»Die verurteilten Landesverräter sind entweder offiziell im Gefängnis an natürlichen Ursachen verstorben oder vom Westen freigekauft worden.« Richterswil presste die Lippen zusammen. »Natürliche Ursachen«, wiederholte er gedehnt.

»Haben wir Namen?«

»Ja, aber ich bin mir nicht sicher, ob das die echten Namen der Opfer sind. Wir müssen die alten Urteile anfordern.«

»Irgendwo müssen wir anfangen«, sagte Neusiedl. »Auf ein brauchbares Phantombild können wir wohl nicht hoffen.«

»Von wem auch?«

»20 Reisende, Schüsse, und nicht einer hat etwas gesehen. Der Täter muss genau gewusst haben, was er tut. Der war perfekt vorbereitet. Mittagszeit, Park. Der hatte Touristen einkalkuliert.« Neusiedl zog seine Schreibtischschublade auf.

»Bastian, Inge und Otto Bastian«, Richterswil las die beiden ersten Namen auf der Liste vor. »Fluchtversuch in der Nähe von Herleshausen. Keine lebenden Verwandten. Wir könnten höchstens bei den ehemaligen Nachbarn nachfragen. Die haben in Dresden gewohnt. Ihr Aufenthalt in der Nähe der Grenze war vermutlich zu auffällig. Mit Sicherheit bei routinemäßigen Stasi-Kontrollen schon im Vorfeld der Flucht aufgefallen.«

»Macht aber keinen Sinn. Wer sollte die beiden rächen wollen?«

Richterswil nickte. »Silvio Danner, Marius Kersten, Hans Oposchek – auch alle bei Wartha aufgegriffen.«

»Eine von der Stasi gestellte Falle?«

»Mal sehen. Vielleicht nur ein schwer kontrollierbarer Grenzstreifen. Wir brauchen die Vernehmungsprotokolle und die Urteile.«

»Die Anfragen an das Aktenarchiv des Gerichtshofes in Berlin geht gleich raus.« Neusiedl faltete aus einem Blatt aus dem Altpapiereimer ein Flugzeug. »Das fliegt in die Freiheit.«

»Lass den Unfug.« Trotzdem musste Richterswil grinsen. Er ließ das Flugzeug, das auf seinem Kaffeebecher gelandet war, zurückfliegen. »Die Notizbücher sind meines Erachtens auf den ersten Blick wertloses Zeug. Notizen über Parteitage, Vereidigungen, 1. Mai-Demos, Parteifeiern und das Talent von Jugendlichen für die Arbeit als informelle Mitarbeiter.«

»Das ist doch ein Wespennest, Jugendliche.«

»Dann weißt du ja, was auf dich wartet in den nächsten Tagen!«

»Jetzt bin ich richtig angefressen auf diese Piefkes!«, entfuhr es dem Major aus Wien wütend. »Wie viele Jugendliche haben ihn den abblitzen lassen?«

Richterswil grinste. »Nur wenige, wenn es dich beruhigt.«

»Dann fange ich mit denen an, denen er vermutlich mit schlechter Berichterstattung in ihrer Lebensplanung geschadet hat.«

»Drei kannst du gleich wieder streichen. Die sind in den letzten Wochen bei Verkehrsunfällen ums Leben gekommen.«

»Und der Rest ist noch in Weimar?«

Richterswil schüttelte den Kopf. »Koffer packen nächste Woche, Ulli. Die leben in Berlin, Rom und San Francisco.«

»Dann fang ich mit den Passagierlisten aus den USA an. Anfrage an die Fluggesellschaften in Erfurt geht nachher raus.«

»Fangen wir mit den beiden mutmaßlichen Spionen an?«

»Bin gespannt, was sich für Schicksale hinter den Namen verbergen.«

»Du bist kein Soziologe.«

»Aber auf der Suche nach dem Motiv.«

»Wenn kein Wunder geschieht, sitzen wir Weihnachten noch immer an dem Fall. Dabei hatte ich mir gestern Hoffnungen gemacht, bald wieder in Zürich zu sein«, sagte Richterswil leise.

»Du willst wirklich weg und mich hier alleine lassen mit den Piefkes?«

»Du hast genug Erfahrung und die Nerven, die SAO III zu führen.«

»Wie sieht es mit ehemaligen Kollegen aus?« Neusiedl schielte auf die Stellenausschreibung. SAO VII. Sollte er diese Chance verpassen?

»Bei dieser Karriere vom Grenzschutzsoldaten zum Oberst? Der Gedanke liegt nahe. Aber wir hatten noch keinen einzigen Fall in den letzten Monaten, in dem die sich gegenseitig umgebracht haben. Die halten zusammen wie Pech und Schwefel.« Richterswil nieste. »Die lieben Kollegen setzen wir an den Schluss der Verdächtigenliste. Noch hinter die von der FDJ.«

Neusiedl lachte. »Sonst wären die da oben auch nie auf die Idee gekommen, die Mitarbeiter der Stasi als Neue Grenzschutztruppe einzusetzen. Effektiv, knallhart und unerbittlich. Aber immer loyal.«

»Keine Vorurteile, Herr Kollege!« Richterswil grinste. »Wir kriegen sie alle.«

»Und wenn sich einer schlecht beraten gefühlt hat von ihm?«, überlegte Neusiedl.

»Auch eher unwahrscheinlich. Der hat noch nicht lange genug als Berater gearbeitet, oder?«

»Oder eines seiner Opfer ist ihm wieder begegnet bei seiner neuen Tätigkeit.«

»Das wäre mehr als Zufall.« Richterswil schaltete die Klimaanlage eine Stufe höher. »Ich bin mir sicher, dass der Täter ein Opfer von vor 89 ist. Gesucht und gefunden! Dieser Fall passt perfekt ins Schema.«

»Zu offensichtlich. Vielleicht ist das die Tücke, die wir übersehen?«

»Nützt alles nichts, oder? Die nächsten beiden Tagen stupide Fragen stellen, Alibis überprüfen und genau zuhören. Sehen wir mal, wie unerbittlich wir sein können hier im Osten!«

Aktenbote Matze steckte den Kopf zur Türe herein. »Hier noch eine kleine Nachlieferung von gestern. War falsch abgelegt im Archiv.«

»Fade Ausrede«, grinste Neusiedl.

»Die vollständige Liste mit den Namen der im Westen Bespitzelten.«

»Listen, Listen, Listen«, lachte Richterswil. »Wie gut, dass die Stasi so eine Dokumentationswut hatte.«

»Dieser Typ hat nichts ausgelassen in seiner Karriere«, sagte Neusiedl. »Ich gebe die Namen der Spitzelopfer an unsere Außenstelle in den alten Ländern durch. Die sollen die Leute checken.«

»Wenn wirklich einer von den Wessis einen derartigen Hass auf Schwarz hatte, dann muss das einen tiefer gehenden Grund haben. Dann können wir immer noch einen Ausflug nach Frankfurt oder München machen.« Richterswil Blick blieb an dem Namen Michael Attendorn hängen. Einreisesperre bis 1989. Mehrfach beobachtet für jeweils eine Woche während einer Frankfurter Messe. »Gegebenenfalls Liquidation!«, las er laut vor.

»Liquidation«, wiederholte Neusiedl nachdenklich.

»Heißt nicht eine der Reisenden Attendorn?«

Neusiedl nickte. »Ja, Nora Attendorn. Deren Horizont reicht nicht weiter als bis an ihre eigenen Interessen. Die hat nicht einmal Schüsse gehört.«

»Der Name ist keine Seltenheit. Das kann Zufall sein. Aber das müssen wir auch noch überprüfen. Insgesamt hat er auf fünf Reisen in den Westen zehn Menschen observiert, die die Stasi für potenzielle Kontaktpersonen von Spionen gehalten hat. Die haben ihrem eigenen Dingsbums nicht getraut.«

Neusiedl lachte. »Davon hatten sie halt so viele in der DDR.«

Richterswil pfiff amüsiert. »Olala! Unser Mordopfer hatte sogar ein Verhältnis mit einer einsamen Sekretärin in Bonn. Beate Hergarten. Das sollten wir dem Staatsschutz melden.«

»Ob Witwe Schwarz davon wusste?«, überlegte Neusiedl. »Waren die nur auf dem Papier verheiratet?«

»Und wenn, wird sie es uns nicht sagen. Es sei denn, sie muss doch noch ihren Kopf retten.«

»Die haben sich gegenseitig bespitzelt. Und …«

»Das haben die sowieso alle, oder?«

»Hast du Sie nach den Kratzern gefragt?«

»Angeblich keine Affäre!«

»Kann ich mir heute Abend die Notizbücher noch einmal vornehmen?«

»Was willst du? Eine Geheimsprache entdecken und dechiffrieren?«

Neusiedl zuckte mit den Schultern. »Das Thema meiner Doktorarbeit, wenn ich sie geschrieben hätte.«

»Geht's noch? Das erzählst du mir heute zum ersten Mal. Darüber reden wir noch.« Richterswil startete einen Druckbefehl am Rechner. »Hier, die neue Liste mit allen bislang potenziellen Tätern.«

»Opfer über Opfer.«

Richterswil begann akribisch, seinen Arbeitsplatz im Einsatzmobil aufzuräumen. Die Personalakte und die Aktendeckel mit den Ergebnissen der KTU und der Spusi legte er Kante auf Kante auf die Schreibtischmatte. Den Kasten mit den Notizbüchern stellte er unter den Tisch. Einige der Fotos legte er in einen großen braunen Umschlag.

»Wir statten der Witwe noch einen Besuch ab.«

»Und?«

»Du wirst schon sehen!«

KAPITEL 4

»Die zwei größten Tyrannen der Erde:
der Zufall und die Zeit.«
Johann Gottfried von Herder (1744 – 1803)

Nora betrat als Einzige der Teilnehmer der Kulturreise auch nach der Besichtigung des Schillerhauses bei 29 Grad Celsius Außentemperatur voller Begeisterung das Goethehaus. Bei der Vorstellung, dass auf diesen Brettern Goethe persönlich Tag für Tag gegangen war, lief Nora eine Gänsehaut über Arme und Rücken. Hier hatte er den Faust geschrieben.

»So viel Kultur«, erkannte Nora die Stimme des Wurstfabrikanten Waldner. »Und so wenig Pausen. Wann gibt es denn endlich eine frische Rostbratwurst auf die Hand?«

»Das gesamte Inventar, das Sie hier im Haus sehen, ist so auch zu Lebzeiten des großen Dichters vorhanden gewesen. Sie können sich vorstellen, dass der Liebhaber der Klassik sich entsprechend dieser Ideen eingerichtet hat. Allein der Garten war den liebevollen Händen seiner Frau überlassen, die auch für sein leibliches Wohl sorgte«, erklärte die gebürtige Weimarerin Mandy Raschow, die Mitarbeiterin des Touristik-Informationszentrums. »Goethe liebte seine Frau Christiane Vulpius für das gemütliche Leben an ihrer Seite. Die Damen der Weimarer Gesellschaft und bei Hof rümpften aber die Nase über diese einfache Frau.«

Nora gähnte. Diese Erklärungen klangen wie im Deutschunterricht in der Schule. Doch die alten Möbel, die schönen blanken Holzböden und der Blick aus dem ersten Stock in den blühenden Garten ließen Noras Herz höher schlagen. Dieser alte Herr Geheimrat hatte es sich mit seiner Christiane durchaus gemütlich gemacht. Ehrfurchtsvoll stand sie vor seinem Arbeitspult. Welche großen Werke hier wohl aus seiner Feder geflossen waren? »Faust. Der Tragödie zweiter Teil«, flüsterte sie und dachte an den Abend.

»Salve!«, rief Erich Waldner laut durch die Räume des Goethehauses. »So was brauchen wir auch zu Hause. Am besten vor dem Schlafzimmer.«

»Ja!«, fiel Margret Waldner kaum leiser in die Begeisterung ihres Mannes ein. »Und dieser schöne Garten. Unsere Nachbarn werden staunen, wenn wir den auch bald haben. Ich muss unbedingt noch ein paar Fotos machen.«

Rasch floh Nora in das übernächste Zimmer. *Warte nur, balde ruhest du auch*, kam ihr in den Sinn. Diesen Spruch hatte sie vorhin irgendwo gelesen. Das war mit Sicherheit aus einem Goethegedicht, auch wenn der Dichterfürst damals nicht hatte ahnen können, dass eines Tages Wurstfabrikant Waldner samt Gattin hier zu Besuch sein würden. Aber bei den beiden Waldners wären jedem wahren Schöngeist Mordgedanken gekommen. Die beiden letzten Verse aus »Ein Gleiches«, fiel ihr ein. Das klang wie Auge um Auge, Zahn um Zahn. Mord, dachte Nora. Seit dem Leichenfund schwirrte ständig der Gedanke an diesen Mord durch ihren Kopf. Dabei war Weimar doch so idyllisch und friedlich verträumt.

Nach dem Mittagessen schlenderten Gabriele Karenhall und Nora langsam durch die Innenstadt. Auf Schritt und Tritt waren die Überreste des real existierenden Sozialismus zu erkennen. Kinderwagenmodelle der DDR standen vor den Geschäften in Reih und Glied neben modernen Kinderwagen aus den neuen Ländern. Kaum vorstellbar, dass jemand im Ruhrgebiet seinen Kinderwagen samt Kind vor einem Supermarkt abstellte. Die beiden Frauen blieben vor einer Souvenir- und Buchhandlung stehen. In den Schaufenstern lagen Töpferwaren, Kettchen mit Ginkgoblatt-Anhängern in der Schmuckkassette und alte Bildbände aus den Beständen vor dem Mauerfall.

»Guck mal«, sagte Gabriele Karenhall. »Die konnten auch fotografieren.«

Nora lachte. »Aber dieser Buntdruck ist doch weit von unserer Qualität entfernt.«

»Da vorne!« Gabriele deutete auf ein Straßencafé, in dem nur noch zwei Tische frei waren.

»N-Ostalgie« stand auf dem roten Baldachin, der die erste Reihe der Tische an der Häuserfront überdachte.

»Soljanka, Gulaschsuppe, Rostwurst«, las Nora vor. »Soljanka. Die können die gerne alleine auslöffeln. Die habe ich ein einziges Mal als Kind probiert.«

»Du warst in der DDR? Als Kind?«

Nora gab keine Antwort. Zielsicher steuerte sie einen gerade frei werdenden Platz in der Mitte des Cafés an. »Na dann wollen wir die Liebesknochen als zweiten Nachtisch zum Espresso probieren.«

»Ich brauche jetzt einen doppelten Espresso mit Schuss! In Sachen Likör sind die hier doch wahre Meister!«

»Das klingt perfekt. Für mich auch.« Nora wechselte den zweiten Film an diesem Tag. »Saufen und feiern können die hier, das stimmt.«

Gabriele fragte Nora kein zweites Mal nach ihren Kindheitserinnerungen. »Du wirst nachher ohne mich zur Bauhaus-Universität gehen müssen. Mir ist das hier alles zu anstrengend. Diese Hitze!«

Nora betrachtete Gabriele Karenhall erstaunt. Die ältere Dame sah tadellos aus. Die Frisur saß perfekt, und sie wirkte weder verschwitzt noch erhitzt. Diese Frau hatte sich im Griff und kannte ihre Grenzen. Aber Nora wollte das Uni-

Gebäude ohnehin viel lieber alleine erkunden. Die Wiege des »Bauhaus«, ihr Traum. »Ich habe noch zwei Filme. In diesem Fotoladen am Hotel kann ich nachher noch ein paar kaufen. Das wird ein Brüller zu Hause, mein Reisetagebuch mit den vielen Fotos.«

»Wir wollten die Fotos von gestern anschauen.«

Als Nora in den leckeren Liebesknochen biss, schrie Gabriele plötzlich laut auf.

»Da! Du musst ihn gesehen haben.«

»Wen muss ich gesehen haben?«

»Guck doch richtig hin. Auf dem Foto.«

»Ich habe heute Morgen 144 Abzüge abgeholt. Welches Foto denn?« Dann sah auch Nora, dass auf einem der Fotos ein Mann fast ganz verdeckt zwischen zwei üppigen grünen Büschen mit Waffe in der Hand zu sehen war. Sein Profil aber war deutlich von der Seite zu erkennen. »Das kann doch gar nicht sein, dass ich ihn fotografiert habe, ohne ihn wahrzunehmen.«

»Ist aber so. Und jetzt rufen wir diesen Richterswil an.«

»Ich habe nur die Karte von Major Neusiedl.«

»Egal. Du rufst da an und erzählst ihm von dem Foto. Es geht um Mord. Dazu bist zu verpflichtet.«

»Und mein Besuch in der Uni?«

Doch Nora Attendorn erreichte vom Telefonanschluss im Café »N-Ostalgie« weder Kriminaloberstleutnant Richterswil noch Kriminalmajor Neusiedl.

»Die in der Zentrale geben meinen Anruf weiter«, erklärte Nora der enttäuschten Gabriele. »Einer von beiden wird sich wohl nachher im Hotel melden.«

»Zwei Tage in Europa, ein Mord. Drei Tage in Europa, und ich habe den Mord aufgeklärt«, sagte Gabriele mit nachdenklichem Blick in die Fußgängerpassage. »Täter und Opfer, Opfer und Täter. Wer weiß, ob wir beide auch zu den Opfern des Toten gehört haben?« Sie zwinkerte verschwörerisch mit den Augen. »Diese Spitzel hatten ihre Finger überall im Spiel.«

»Wir sehen uns nachher im Hotel. Zum Galadiner.« Nora blieb die Antworten weiterhin schuldig.

*

»Prachtvilla!« Neusiedl nickte anerkennend. »Jugendstil. Und jetzt?«

»Jetzt lassen wir uns von der Witwe die Fotos erklären. Vielleicht fällt ihr dann doch etwas ein.« Richterswil klingelte.

»Was halten Sie davon, wenn Sie Ihre Arbeit machen?«, fauchte Barbara Schwarz wütend.

»Sie dürfen uns behilflich sein«, erklärte Richterswil.

Barbara Schwarz hatte fünf Minuten später alle Fotos aus dem Umschlag auf dem flachen Wohnzimmertisch verteilt.

Neusiedl und Richterswil sahen einen jungen Peter Schwarz in Uniform, auf seiner Hochzeit und im Urlaub in Ungarn, Prag und in Moskau auf dem Roten Platz. Barbara Schwarz war fast auf allen Fotos an seiner Seite.

»Da!«, sagte Neusiedl. »Wer ist das?«

Barbara Schwarz grinste. »Sie müssten selbst in Österreich und der Schweiz wissen, wer Manfred Günther ist?«

Richterswil nickte. »Hohes Tier bis 1986. Tödlich bei einem Badeunfall verunglückt. Herzinfarkt.« Richterswil hob das Foto in die Höhe. »Hin und wieder offizielle Todesursache der in der DDR unterm Fallbeil Hingerichteten. Zu viele gefälschte Todesscheine in der DDR.«

»Die letzte Hinrichtung war 81«, sagte Neusiedl leise. »Offiziell.«

»Peter war sein Ziehsohn.«

»Ziehsohn?«, fragte Neusiedl. »Was heißt das in der DDR?«

»Können Sie sich vorstellen, dass wir ganz normale Menschen mit ganz normalen Gefühlen waren?«

»Mit ganz normalen Herzinfarkten und einer ganz normalen Staatssicherheit«, spottete Neusiedl.

»Sie kennen auch keine andere Version als ›Badeunfall‹?«, fragte Richterswil.

»Sie meinen die Affäre?« Barbara Schwarz schüttelte den Kopf. »Auf den Ministerposten haben sich zu vielen Hoffnungen gemacht. Damals.«

»Sind Sie sicher, dass niemand auf den Fotos zu sehen ist, mit denen er sich zerstritten hat? Irgendjemand, der in den Westen abhauen wollte? Ein verhinderter Regimekritiker?«

Barbara Schwarz lachte laut auf. »Sie sehen zu viel von diesen albernen Filmen, die jetzt angeblich unser Leben in der DDR präsentieren. Unser Leben war so Schema F wie Ihr Leben in Zürich. Sie sind doch aus Zürich?«

Richterswil nickte. Er überlegte, wann er der Witwe diese Info gegeben haben könnte.

»Die Stasi war nichts anderes als eine Art Geheimpolizei, die für sozialistische Ordnung bis in den letzten Winkel des Privatlebens gesorgt hat.«

»Nichts weiter«, grinste Neusiedl. »Fehlt es Ihnen, dass jetzt niemand mehr für Sie denkt?«

»Möchten Sie, dass ich mich über Sie beschwere?« Barbara Schwarz steckte ein paar lose Strähnen hinter ihre Ohren.

»Überlegen Sie lieber noch einmal genau, ob auf diesen Fotos niemand zu sehen ist, der auch für Sie gefährlich sein könnte, oder?«

»Günther ist tot!«

*

Im Schritttempo fuhr Michael Attendorn auf Zuwinken der Grenzsoldaten der DDR in den ersten Kontrollabschnitt der weitläufigen Grenzanlagen. In den umliegenden Wachtürmen hatten die Soldaten die Maschinengewehre auf den Kontrollbereich gerichtet. Gespenstische Stille. Nur hin und wieder ein Befehl eines Grenzsoldaten. Eine halbe Stunde später wurde der weiße Wagen der Attendorns nach der Abgabe der Ausweißpapiere und der Reisedokumente beim Vorposten der Grenzstation der DDR und den Befragungen des Zolls nach ausgeführten Werten der DDR in eine der gefürchteten Parkbuchten gewunken.

»Die filzen uns«, sagte Sylvia Attendorn leise.

Wie aus dem Nichts standen vier Offiziere der NVA neben den Autotüren.

»Herr Michael Attendorn?«, fragte einer der Offiziere. »Wir müssen Sie bitten mitzukommen«, sprach er weiter, ohne eine Antwort abzuwarten.

»Nora, schlaf, sei still!«, hörte Nora die Stimme ihrer Mutter im Halbschlaf. Zwei Autotüren schlugen zu. Völlig übermüdet schaute Nora aus dem Autofenster. Sie lag eingekuschelt in eine Wolldecke mit einem kleinen Kissen unter dem Kopf auf der Rücksitzbank des Wagens. Das Gefühl der Geborgenheit, das sie gerade noch so schützend umfangen hatte, machte einer Mischung aus Neugier und Angst Platz. Sie blinzelte in das plötzlich aufleuchtende Licht einer Laterne.

Nora sah in ein lachendes Männergesicht, das durch das Autofenster zur ihr hineinschaute. Nora kannte den Mann nicht. Er trug eine Fellmütze mit einem roten Stern. Schneeflocken waren in dem grellen Lichtkegel neben dem Auto zu erkennen. Ihre Mutter stand stumm mit Tränen in den Augen neben dem Laternenpfahl. Der Mann mit der Mütze und dem komischen grünen Anzug sprach auf ihre Mutter ein. Nora griff nach dem Griff der Autotür. Die Tür blockierte. Sie war alleine. Eingeschlossen im Auto. Papa saß nicht am Steuer. Die Minuten verrannen und wurden zu einer halben Stunde, zu einer Stunde. Im hellen Licht der Laterne konnte Nora keinen Schlaf finden. Nach einer weiteren Stunde war es kalt im Auto geworden. Nora weinte. Doch ihre Mutter stand immer noch stumm neben der Laterne. Immer wieder kam der Mann mit dem roten Stern auf der Mütze zum Auto und lachte Nora an. Nora hatte im Kindergarten gelernt, die Uhrzeit zu lesen. Verzweifelt schaute sie auf die Uhr am Armaturenbrett. 02:30 Uhr zeigten die Zeiger. Mama und Papa hatten versprochen, gegen Mitternacht über der Grenze zu sein. Dort gab es eine Raststätte mit Schokoriegeln und leckeren Gummidrops. Aber sie waren immer noch nicht an der Raststätte angekommen. Hier war die falsche Seite der Grenze, wie Mama immer sagte. Irgendwo ein paar Stunden hinter dieser blöden Grenze mit den unfreundlichen grimmigen Soldaten war ihr Kinderzimmer mit den Teddys und den Barbiepuppen. Nora fielen nach einem Niesanfall vor Erschöpfung die Augen zu. Als sie die Augen wieder öffnete, war das Geräusch des Motors zu hören, und Papa saß am Steuer. »Sei still, Schatz. Gleich sind wir in Sicherheit«, flüsterte Mama. »Da vorne ist schon der Grenzstein.«

Die Wärme der Heizung des laufenden Motors tat Nora gut. »Schokolade!«, rief Nora aus.

»Endlich, der Grenzstein! Freiheit! Jetzt holen die uns nicht mehr zurück«, rief Mama ebenso laut aus. »Freiheit! Gleich, Schatz, gibt es heißen Kakao.«

»Wir warten schon seit vier Stunden auf Sie«, hörte Nora die Stimme eines fremden Mannes in einer dunkelgrünen Uniform. Dieser Mann, der bei Papa am heruntergedrehten Autofenster stand, hatte keine Fellmütze auf. Wieder schneiten dicke Flocken im Schein der Lichtkegel. »Können wir Ihnen irgendwie helfen?«

»Ich will nur noch nach Hause«, sagte Papa. »Drei Stunden lang waren vier Maschinengewehre auf mich gerichtet. Ich durfte mich nicht bewegen. Immer wieder dieselben Fragen. Ich werde Ihnen morgen Bericht erstatten. Die Kleine«, Papa drehte sich zu Nora um, »sie war so tapfer. Drei Stunden unter dem Lichtkegel. Nora hat denen doch nichts getan.«

»Die haben neue Filzkommandos, in Moskau ausgebildet«, sagte eine weitere Stimme. »Wir sind froh, dass die Ihnen nicht das Auto in alle Einzelteile zerlegt und Sie zu Fuß haben gehen lassen.«

»Wir haben eine Einreisesperre für die DDR – unbefristet«, sagte Mama fast unhörbar leise.

Doch Nora hatte jedes Wort gehört. Nora wusste nicht, was eine Einreisesperre war. Dann schlief sie ein. Ein paar Stunden später wachte sie auf Papas Armen wieder auf. Er trug Nora in ihr Bett im Kinderzimmer.

»Jetzt ist alles wieder gut. Morgen darfst du dir etwas wünschen«, sagte Papa. »Etwas ganz Besonderes!«

*

»Denn um neuen Most zu bergen, leert man rasch den alten Schlauch!« Der letzte Satz des Chores im dritten Akt von Fausts Tragödie zweiter Teil war verklungen. Der Vorhang fiel, und Nora schloss für einen Moment die Augen. Ein Traum. Als sie die Augen wieder öffnete, war der Traum noch da. Sie zog ihr Kostüm aus hellblauer Schantungseide zurecht.

»Da sind ja unsere beiden netten Damen!«, erklang Erich Waldners Stimme im Foyer. In der Hand hielt er ein Tablett mit vier gefüllten Weingläsern. »Lassen Sie uns anstoßen. Das erleben wir kein zweites Mal.«

»Diese Atmosphäre der Klassik. Und so authentisch in dieser Umgebung, in der die Zeit stehen geblieben ist, hier. Ich könnte mir glatt einbilden, dass der Dichter gleich selbst über das mit Unkraut verwucherte Katzenkopfpflaster in einer Pferdekutsche um die Ecke kommt«, fiel Margret Waldner in die Begeisterung ihres Mannes ein.

»Wein von der Unstrut! Ein echter Säuerling.« Waldner lachte über seinen Kommentar zum Wein aus der Region. »Nun greift schon zu. Ich bin der Erich, und das ist die Margret!«

Nora griff nach einem der Gläser, die beim Anstoßen hell erklangen.

»Heute Nachmittag«, tönte Erich Waldner laut weiter. »Also die haben hier echt Ahnung vom Wurstmachen. Die Rostbratwurst auf dem Markt, die war 1A. Aber glaubt ihr, den hat mein Angebot, mich in seine Metzgerei einzukaufen, interessiert? Pustekuchen. Aber meine Karte habe ich ihm trotzdem gegeben.«

Nora unterdrückte ein Lachen über diese groteske Vorstellung, die Erich Waldner im Smoking gerade als Pausenclown im Foyer des Nationaltheaters gab. Der Wein war wirklich säuerlich, wo er recht hatte, hatte er recht, dachte sie.

»Da mache ich dem ein Angebot. Und der? Aber hier gibt es noch mehr Metzgereien. In Jena und Naumburg werden die auch lecker sein, die Rostwürste. Echte Knaller werden die im Westen mit meinem Namen in der Werbung.«

»Wie hat euch denn das Bühnenbild gefallen?«, versuchte Gabriele Karenhall, das Thema zu wechseln.

»Wisst ihr, diese Wiedervereinigung kostet und kostet«, fuhr Erich Waldner unbeirrt fort.

»Dafür blüht hier bald das ganze Land«, ermahnte Margret Waldner ihren Mann. In ihrem dunkelblauen bodenlangen Abendkleid hätte sie besser auf eine Premierenvorstellung gepasst.

»Aber dass die da oben diese Stasi-Fritzen ungeschoren

haben davonkommen lassen! Und jetzt bezahlen wir diese Henker und Verräter auch noch für den Schutz der Landesgrenzen. Als wenn Bundeswehr, Bundesheer und Bundesarmee das nicht genauso gut hingekriegt hätten. Friedlicher neutraler Staatenbund. Dass ich nicht lache. Die in der Schweiz und in Österreich wurschteln doch weiter vor sich hin. Und wir Wessis müssen die Zeche zahlen, da hat keiner richtig hingeguckt bei diesem 4+4-Vertrag. Aber das böse Erwachen wird noch kommen.«

»Reg dich nicht auf, Schatz«, sagte Margret Waldner.

Mittlerweile hatte der Wurstfabrikant aus dem Ruhrpott das Interesse aller umstehenden Gäste auf sich gezogen.

»Die anderen wollen das doch gar nicht hören.«

»Doch!«, beharrte Erich Waldner trotzig wie ein kleines Kind. »Alle wollen das hören, wenn die erst begreifen, wie teuer das hier alles wird. Guck dir doch die marode Infrastruktur an. Im Krankenhaus keine Spritzen und keine Einweghandschuhe, verschimmelte Bausubstanz. Braunes Wasser aus den Leitungen auf den Kinderstationen.« Waldner trank sein Glas auf Ex aus. »Unser schönes Geld völlig fehlinvestiert in marode Strukturen – Fass ohne Boden. Aber die werden alle noch aufwachen und an den Wurstkönig Waldner denken in den nächsten Jahren.«

»Was soll das heißen – fehlinvestiert?«, fragte Gabriele Karenhall in einem scharfen Ton, der selbst Waldner aus seinem egozentrischen Redefluss riss. In diesem Moment sah sie in ihrem schwarzen Cocktailkleid aus wie eine strenge Lehrerin, die ihren Schüler bei irgendeiner Dummheit erwischt hatte.

»Wir bezahlen die Zeche doch gerne. Ich bin der Letzte, der hier nicht für den Wiederaufbau spendet. Aber diese kriminellen Stasi-Fritzen – Hinrichtungskommandos haben die uns in den Westen geschickt. Das kommt jetzt alles raus. Und das ist erst die Spitze des Eisbergs.« Waldner wischte sich die

Schweißperlen von der Stirn. »Das hätten die da oben nicht machen dürfen. Ich bin doch nicht alleine mit meiner Meinung. Oder warum hat gestern wieder eine Leiche im Park gelegen?«

Erleichtert hörte Nora den Gong, der das Ende der Pause ankündigte. Der Tragödie zweiter Teil durfte ihren Lauf nehmen.

*

»Ein schöner Ausklang in Weimar war das«, sagte Gabriele Karenhall, als sie Noras Kamera in die Hand nahm, um Nora vor dem Goethe- und Schillerdenkmal zu fotografieren. »Romantisch. Mit der Mondsichel im Hintergrund.«

»Was ist verwünscht und stets willkommen? Was ist ersehnt und stets verjagt?«, deklamierte Nora den Text des Mephistopheles aus Faust II und hob theatralisch vor dem Denkmal ihre Hände in die Höhe. Noch bevor Nora selbst die Antwort mit dem Namen Waldner geben konnte, stand der Kriminaloberstleutnant in schwarzer Leinenhose, weißem Polohemd und schwarzen Ledersneakers neben Gabriele.

»Guten Abend«, begrüßte Richterswil die beiden Frauen. »Ich hoffe, Sie halten mich nicht für den Teufel und lassen sich von mir zu einem Absacker als krönendem Abschluss einladen? Am Park kenne ich ein ausgezeichnetes Bistro. Neueröffnung. Original französischer Landwein.«

»Da haben Sie aber Glück, dass ich das Foto mitgenommen habe«, sagte Nora. »Das wollen Sie doch haben?«

Richterswil nickte. »Aber um diese Uhrzeit bin ich nicht mehr ganz so dienstlich.« Er zwinkerte ihr zu.

Vom runden Tisch im Bistro aus sah Nora auf das Schattenspiel der Bäume im Park. Bis auf Reste des Absperrbandes an einem Baum erinnerte nichts mehr an den Mord von gestern Mittag. Der französische Rotwein stieg ihr nach ein paar Schlucken zu Kopf. »Wie eine unwirkliche Gespensterlandschaft«, kommentierte sie den Anblick im Park.

»Der spukt hier nicht mehr herum. Tot ist tot, oder?«, sagte Richterswil. Dann betrachtete er das Foto, das Nora aus ihrer Canvas-Tasche genommen hatte. »Bingo!« rief er aus. »Den kriegen wir.«

»Guten Abend!«, rief Ullrich Neusiedl schon von Weitem. »Noch ein Platz frei?«

»Haben Sie das Negativ für uns?«, fragte Richterswil.

Nora nickte. »Ich habe an alles gedacht.« Dann zog sie auch einen braunen Negativ-Streifen aus ihrer Tasche hervor. »Kriege ich die wieder?«

»Ich lasse Ihnen in der KTU ein paar extra schöne Abzüge in allen Größen machen. Als Entschädigung«, bot Neusiedl an. Dann bestellte er sich auch ein Glas Rotwein. »Vor morgen Früh können wir nichts machen. Die vom Erkennungsdienst sind sowieso fast schon rund um die Uhr im Einsatz. Die klingeln wir jetzt nicht aus dem Schlaf.«

»Vielleicht gibt es aus dem Sonderfonds Soko SAO eine kleine Belohnung für Sie«, erklärte Richterswil Nora. »Da hätten Sie nichts dagegen, oder?«

»Cool!« Noras Herz raste vor Aufregung.

»Wir haben morgen Vormittag noch eine Verabredung mit dem Herrn Geheimrat auf den Dornburger Schlössern«, unterbrach Gabriele die Unterhaltung. »Wenn der Fall gelöst ist, brauchen Sie uns doch nicht mehr?«

»Mit Sicherheit werden die Zeitungen in den nächsten Tagen ausführlich berichten«, sagte Nora. »Wir werden in Naumburg oder in Leipzig beim Frühstück von ihrem erfolgreichen Zugriff lesen. Die Artikel klebe ich in mein Reisetagebuch. Das glaubt mir zu Hause kein Mensch.«

Richterswil zahlte mit einem großzügigen Trinkgeld.

»Wissen Sie noch, um wie viel Uhr Sie dieses Foto gemacht haben?«, hakte Neusiedl beim Verlassen des Bistros noch einmal nach.

»Im Park. Als wir im Park waren, vormittags, mittags.« Nora konnte sich nicht mehr genau erinnern.

Beschränktes Zuckerl, dachte Neusiedl und grinste Richterswil an.

Je mehr Nora sich gezwungen fühlte nachzudenken, desto mehr Erinnerungen an die Vergangenheit kamen ihr in den Sinn. Erinnerungen, die nichts mit der Tat zu tun hatten und die sie in diesem Moment liebend gerne für immer in die Welt des Vergessens verbannt hätte.

KAPITEL 5

»Wehe, wenn sie losgelassen – Wachsend ohne Widerstand«
Friedrich Schiller (1759 – 1805)
aus Das Lied von der Glocke 1800

»Ich kauf mir auch eine Villa im Osten!« Neusiedl zog bei diesem Satz eine Grimasse. »So ein schickes Jugendstil- oder Bauhausteil zum Vorzeigen. Oder eine altes halb verfallenes Rittergut. Irgendwo werde ich schon den passenden österreichischen Adelstitel dazu in meinem Stammbaum finden.«

»Das ist nicht dein Ernst, oder?«, grinste Richterswil. »Außerdem hast du keine Beziehungen. Viele Gebäude werden gerade unter der Hand verschoben. Geheimtipp. Hier geht es munter weiter wie früher.«

»Aber die Wessis machen jetzt fleißig mit!«

»Das war früher auch schon so, oder?«, grinste Richterswil. »Ich möchte nicht wissen, was die Kollegen von der SOKO-Einheit alles an Kapitalverbrechen auf den Tisch kriegen.«

»Ja aber …«, begann Neusiedl.

»Oder glaubst du, dass diese Änderung des Strafparagrafen ›Untreue‹ des DDR-Gesetzbuches noch schnell grundlos vor dem 4+4-Vertrag geändert wurde?«

»Persilschein für SED-Wirtschaftsfunktionäre und ihre lieben Freunde in den westlichen Ländern?« Neusiedl zuckte mit den Schultern. »Wie überall von den Caymaninseln bis an den Cospudener See!«

»Wohl eher ein Speeschein! Aber willst du wirklich so ein altes Ding kaufen?«

»Nein, natürlich kaufe ich nichts«, sagte Neusiedl. »Aber das hätten die gerne. Wie früher. Da schauen wir doch gerne zweimal auf ihre Finger!«

»Die meisten dieser Dinger sind nicht einmal als Kapitalanlage geeignet, oder?« Richterswil strich ein paar dunkle Flusen von seinem weißen Poloshirt. »Da müssen Unsummen investiert werden. Sanitäre Anlagen, Heizungen, Starkstrom …«

»Die Leute hier kaufen sich ein Stück ihres Lebens, ihrer Identität.«

»Hä?«

»Diese Barbara Schwarz. Die hat ihr ganzes sozialistisches Leben in dieser Villa verbracht. Die lebt jetzt in einer Traumwelt weiter, die nie existiert hat.«

»Eine Parallelwelt?« Richterswil öffnete die Tür. »Du meinst, wir sollten alten Denkmustern folgen, um die Witwe zu überführen?«

»Täterin oder Auftragsmörderin«, Neusiedl nickte. »Die hängt mit drin. Da bin ich mir sicher. Dieses ganze überzeugte Getue. Wenn die das wirklich ernst meint, ist ihr Mann ein Verräter.«

»Das geht zu weit.«

»Also auch für dich keine Ferienwohnung im Thüringer Wald?« Neusiedl lachte. »Vielleicht hast du recht und ich suche Motive, wo keine sind. Aber ich bin manches Mal so angefressen auf diese Piefkes. Wie können die nach dem Scheitern ihres Sozialismus deutscher Ausprägung immer noch nicht begreifen?«

»Wenn die nicht so ordentlich dokumentiert hätten, würden uns so oft die Anhaltspunkte fehlen, oder?«, grinste Richterswil. »Spitzelarbeit mit deutscher Gründlichkeit.«

»Aber keine Dokumentation über geheime Stasi-Hinrichtungen und Foltermethoden bei den Verhören«, sagte Neusiedl leise. »Vielleicht sollten wir bei den Tätern, die heute Rache nehmen, genauer hinhören.«

»Die letzte Hinrichtung fand in Leipzig statt. Da hat auch die Stasi hinrichten lassen!«

»Mit Sicherheit nur die offiziell Verurteilten. Den Rest, die ganze Wahrheit, die als Selbstmord getarnten Hinrichtungen werden wir nie erfahren. Zu viele vernichtete Akten.«

Richterswil zog die Augenbrauen fragend hoch. »Ich möchte zu gerne wissen, wie gründlich die viele Beweise schon lange vor dem Mauerfall systematisch vernichtet haben.«

»Du glaubst auch nicht an das Gerede vom Zufall des Mauerfalls?«

Richterswil schüttelte den Kopf. Er drückte auf den Türsummer am Eingang des gerichtsmedizinischen Kellers. »Vielleicht bringt uns dieser Fall ein Stück näher an die geschichtliche Wahrheit.«

»Aber wir schlittern nicht in eine Politaffäre hinein?«, fragte Neusiedl fast unhörbar leise.

Die Tür ließ sich öffnen. Richterswil zog sie hinter Neusiedl wieder zu. »Sicherheit geht immer vor.« Er zuckte mit den Schultern. »Wir befinden uns in einem politischen Minenfeld. Jede Sekunde kann ein Skandal explodieren. Und dann werden wir den Fall gelöst haben.«

»Ich habe verstanden«, lächelte Neusiedl. »Leiwand. So machen wir das. Und dann übernehme ich die SAO III.«

»Genauso!«

»Guten Morgen, meine Herren aus den Alpenländern«, begrüßte Dr. Beerbaum die beiden Ermittler. »Da habt ihr aber rasch einen guten Fang gemacht. Ich habe das Foto selbst noch gar nicht gesehen.«

»Liegt in allen Polizeidienststellen des Staatenbundes vor«, sagte Neusiedl. »Ein echtes ›Wanted‹ wie im Wilden Westen.

Nur, dass der sich vermutlich nicht in den Alpen versteckt halten wird.«

»Immer einen Scherz auf den Lippen, der Herr Major.«

»Und?«, fragte Richterswil. »Wie geht es dem Toten? Hast du ihm noch ein paar Infos entlocken können?«

Dr. Beerbaum deckte den Kopf und den Oberkörper der Leiche auf. Peter Schwarz' Augen waren geschlossen. Die Haut war kreideweiß, fast wächsern. Auch ohne das Blut am Oberhemd war die Einschusswunde in Herzhöhe deutlich zu erkennen.

Richterswil dachte an verbranntes Fleisch, als er die Hautfransen rund um das Eintrittsloch des Projektils betrachtete.

»Die Patrone hat den Herzmuskel getroffen, als er mit Blut vollgepumpt war. Komplett zerfetzt. Der hat nicht lange gelitten. Vermutlich hat er nicht einmal begriffen, dass seine letzte Sekunde geschlagen hat.«

»Schöner Tod, kurz, schmerzlos – nur nicht erwünscht«, Neusiedl beugte sich über den Toten. »Der hatte schon als junger Mann diese scharf geschnittenen Gesichtszüge.«

»Manche Menschen verändern sich nie«, sagte Richterswil.

»Die mutmaßliche Patrone ist heute früh auch schon gefunden worden. Sie steckte in der Rinde eines Baumes.«

»Na bravo!«, rief Richterswil aus. »Einfach nur Glück, dass zwischen dem Toten und dem Baum kein anderer Mensch gestanden ist.«

»Hier ist der Bericht der KTU.« Dr. Beerbaum griff nach einem Aktendeckel auf dem schmalen Labortisch an der langen gekalkten Wand.

»Wieso haben wir den noch nicht?«, fragte Richterswil. Seine linke Augenbraue hob sich genervt.

»Eine 9x18 Millimeter Patrone. Gerade randlose Hülle. Auf jeden Fall aus der gefundenen Makarow abgeschossen. Die Schmauchspuren passen perfekt zusammen.«

Neusiedl und Richterswil schauten auf die Fotos, die die zerbeulte Patrone von allen Seiten zeigte.

»Waffe und Munition aus alten DDR-Beständen«, erklärte der Gerichtsmediziner.

»Woher sonst?« Neusiedl strich über seine Glatze. »Aber nicht registriert. Eine Lücke wie so viele Lücken. Als wenn das System hätte.«

»Ach wo!«, lachte Dr. Beerbaum. »Ihr konstruiert aus Zufällen zu viele Zusammenhänge, wo keine sind. Pure Nachlässigkeit, weil keiner eine Notwendigkeit sah. Das ist alles.«

»Warum hat er die Waffe im Park weggeworfen?«, dachte Richterswil laut.

»Entweder es war eine Einzeltat. Dann brauchte er die Waffe nicht mehr. Oder er hat freien Zugriff auf weitere unregistrierte Waffen.« Neusiedl beugte sich über den Toten.

»Also doch kein Auftragskiller, der immer mit ein und derselben Waffe mordet?« Richterswil starrte auf die Hände der Leiche. »Gut gepflegter Mann.«

Erstaunt schaute Dr. Beerbaum von einem SAO Ermittler zum anderen. »Auftragsmord? Ist der Tote so eine wichtige Schlüsselfigur gewesen?«

»Oder der Auftraggeber hat sich seine Rache aus eigener Tasche etwas kosten lassen«, vermutete Neusiedl. »Es soll Menschen geben, denen es jetzt finanziell richtig gut geht.«

»Gibt es!«, sagte der Gerichtsmediziner. »Zum Beispiel mich.« Dr. Beerbaum hatte einen Antrag auf Rückgabe einiger Felder und Wälder gestellt, die seine Eltern in den 50er-Jahren freiwillig an eine LPG bei Weimar übertragen hatten. »Aber der Hass muss doch unendlich groß sein, um Kontakte zum Milieu aufzunehmen.«

»Was kostet denn ein Auftragsmord in diesen Zeiten des Umbruchs?« Richterswils Lippen umspielten ein hintergründiges Lächeln. »Braucht man Kontakte zum Milieu? Oder gibt es den Killer auch nebenan?«

»Gibt es denn einen Anlass, von einem Auftragsmord auszugehen?«, hakte der Gerichtsmediziner nach.

»Ziehsohn von Manfred Günther«, sagte Neusiedl leise. »Aber bei der Liste an Verdächtigen mit dem Motiv der Rache kann das auch nur Zufall sein.«

»Vergiss es einfach erst einmal«, sagte Richterswil. »Es sei denn, es gibt von oben eine Anfrage. Dann wissen wir diese Info natürlich zu schätzen.« Er zwinkerte mit den Augen.

»Ich bin zur Verschwiegenheit verpflichtet«, flüsterte der Gerichtsmediziner leise.

»Ja«, flüsterte auch Neusiedl. »Aber die Mediziner, die konnten wir nicht auch noch mitbringen!«

»Weil ihr es seid«, versprach Dr. Beerbaum.

»Du hast noch nichts zu den Kratzern gesagt«, sagte Richterswil.

»Beerensträucher. Vermutlich.«

»Keine Geliebte?«, fragte Neusiedl.

»Unwahrscheinlich!« Dr. Beerbaum grinste. »Nicht tief genug. Die Struktur, eher Sträucher.«

»Du denkst an uns?«, fragte Richterswil.

»Wenn mir noch etwas auffällt, melde ich mich. Spätestens morgen wird das Fahndungsfoto den gewünschten Erfolg bringen.«

*

»Herzliche Gratulation!«, begrüßte Erich Waldner Nora, als diese in den Reisebus einstieg. »Da ist ja unsere mutige Heldin.«

Alle Mitreisenden klatschten begeistert in die Hände. Bravorufe waren laut zu hören.

Obwohl Nora keine Lust auf diese Aufmerksamkeiten hatte, drehte sie sich in der Mitte des Gangs einmal in alle Richtungen und lächelte stolz. Sie wollte die anderen nicht enttäuschen.

»Ein Foto!«, bat ein älterer Mann. Auch das junge Pärchen, das wieder im Partnerlook nebeneinander in einer der ersten Reihen saß, bestand darauf, mit Nora fotografiert zu werden.

Nora seufzte ergeben. Sie wollte auf dieser Reise unter keinen Umständen die Spaßbremse sein.

»Na?«, fragte Gabriele, als Nora einen Sitzplatz vor ihr Platz nahm. »Wie fühlt es sich an, eine Heldin zu sein?«

»Ohne dich hätte ich das Foto vermutlich erst zu Hause bemerkt.« Wenn überhaupt, dachte sie.

»Das ist jetzt egal! Ich bin auf die Belohnung aus dem SAO-Fonds gespannt. Die werden sich sicher nicht lumpen lassen.«

»Sind unsere drei Schmuckstücke über Dornburg irgendwann auch zur Verteidigung genutzt worden?«, fragte Nora, um das Thema zu wechseln.

»Irgendwann im Mittelalter war dort eine Burganlage«, mischte sich der ältere Herr ein, der als Erster um ein Foto mit Nora gebeten hatte.

»Sie kennen sich aus?«, fragte Nora.

»Früh, wenn Tal, Gebirg und Garten – Nebelschleiern sich enthüllen.«

»Das ist Goethe«, unterbrach Gabriele. »Dornburg. Aus dem Jahre 1828.«

Der Mann nickte. Er rückte seine runde Nickelbrille zurecht. »Gestatten, Konrad Tassilo Bender. Ich bin Studienrat. Deutsch und Erdkunde.«

»Ach!«, rief Gabriele aus. »Ein Deutsch-Lehrer!«

»Ich bin ganz begeistert von den kulturellen Highlights hier im Osten. Ich hatte doch keine Verwandten im Osten und bis

89 so gar keine Chance auf einen kleinen Blick auf die Wege, auf denen Goethe gewandelt ist.«

»Verpasst haben wir mit Sicherheit nichts«, kommentierte Gabriele diese unterschwellige Jammerei.

»Alle Tag' und alle Nächte, Rühm' ich so des Menschen Los«, zitierte Bender weiter.

»Wo der gute Goethe sich hier *nicht* verewigt hat, frage ich mich allmählich«, mischte sich jetzt Erich Waldner mit seiner lauten Stimme ein. »Wie gut, dass es solche Pauker wie den Tassilo gibt.« Waldner lachte, während alle andere bei dem Wort »Pauker« zusammengezuckt waren.

Doch der mit dem altertümlichen Schimpfwort für Lehrer angesprochene Tassilo grinste nur. »Johann Wolfgang von Goethe. 1749 bis 1832. Das Gedicht ist vier Jahre vor seinem Tod entstanden.«

»Ja der gute Geheimrat hat ja eine ganze Bibliothek geschrieben«, tönte Waldner weiter. »Aber das ist ja heute nichts gegen die Heldentat unserer Nora.«

Nora schüttelte sich innerlich. Jetzt war sie schon »ihre« Nora. Sie lehnte sich im Reisebussessel zurück, hielt ihre Kamera griffbereit für den nächsten Schnappschuss und überlegte, wie wohl die Belohnung aussehen mochte, die auf sie wartete. Vielleicht gab es sogar ein Interview mit ihr? Sie war gespannt auf die Identität des Mörders und sein Motiv. So war es doch im Krimi und in der Realität – ohne Motiv keine Tat.

*

»Bei dem Profil ist es jetzt nur noch eine Frage der Zeit, bis die ersten Hinweise aus der Bevölkerung kommen.« Neusiedl hatte die Notizbücher des Toten vor sich auf dem Schreibtisch sortiert.

»Hätte ich fast vergessen. Der Großmeister der Dechiffrierung.«

»Vielleicht finden wir ein paar wichtige Infos für das kommende Verhör.«

»Seit zwei Stunden hängen die Fotos des mutmaßlichen Täters in allen Wachen, Inspektionen und Präsidien.«

»Nur nicht in den Postfilialen.«

»Wir sind auf der Suche nach einem Mörder, der diesen Staatenbund für den Wilden Westen hält, und nicht bei der Terrorfahndung«, kommentierte Richterswil sachlich den albernen Einwand des Majors. »Du wolltest mir noch von deiner verhinderten Doktorwürde erzählen.«

Das Klingeln des Telefons ließ beide Ermittler wie elektrisiert in ihren Stühlen hochfahren. Sie schauten sich an. Beide griffen nach dem Hörer. Richterswil war eine Sekunde schneller.

»Richterswil, Oberstleutnant!«, meldete er sich. »Ja natürlich sind wir für Sie da. Ich hatte Ihnen doch schon angeboten … Hä? Jetzt?« Er legte den Hörer auf.

»Und?«

»Los! Witwe Schwarz hat ihr Gedächtnis wiedergefunden!«

»Und?«

»Sie wird bedroht. Nicht erst seit gestern.«

»Ich hab's gespürt, mit der hat irgendetwas nicht gestimmt. Die war mir noch zu sehr mit Plattitüden unterwegs.«

»Mal sehen. Wer weiß, was sie uns jetzt auftischt«, Richterswil dämpfte die aufkommende Euphorie. »Mit Sicherheit weiß sie schon, dass ein Fahndungsfoto in allen Wachen hängt.«

»Hätten wir sie beobachten sollen?«

»Ohne konkreten Tatverdacht?« Richterswil zog sein Halfter über. »Offiziell hat sie ein wasserdichtes Alibi.«

»Ich habe diesem Unfug keine Bedeutung zugemessen«, hauchte Barbara Schwarz fast schuldbewusst. Sie saß in Jeans und heller Bluse barfuß auf der mit Holz belegten Terrasse hinter der Jugendstilvilla.

Ein Tablett mit Wasser, Wein und Gläsern stand auf dem Holztisch.

Richterswil und Neusiedl hatten das leichte Chaos in Diele und Wohnzimmer bemerkt. Alle Schubladen standen offen. Ein paar Kisten waren mit Büchern und anderen Dingen gefüllt.

»Ich werde das Haus behalten«, sagte Barbara Schwarz. »Auch wenn es nicht so aussieht. Aber irgendwie ist es doch ein Teil meines Lebens, den ich mir durch einen Mauerfall und den Beitritt zu diesem losen Staatenbund nicht nehmen lassen werde. Vielleicht sind wir morgen schon wieder ein souveräner Staat des demokratischen Sozialismus?«

Genervt verdrehte Neusiedl die Augen. »Haben Sie uns wegen Ihrer Ansicht zur allgemeinpolitischen Lage dieses Landes angerufen? Möchten Sie uns ein paar parteipolitischen Ideologien auftischen?«

»Also!«, unterbrach Richterswil seinen Kollegen.

»Lassen Sie ihn nur weiterreden«, lächelte die Witwe. »Er kann gerne seine Bildungsdefizite vor uns ausbreiten.«

Richterswil nippte am Wein. »Guter Tropfen.« Er ließ seinen Blick durch den verwilderten Garten schweifen. Hohes Gras, vermooster Boden, zu den Seiten wilde Beerensträucher und Bäume, von denen einige morsch waren und ein Sicherheitsrisiko darstellten.

»Beerensträucher«, sagte Richterswil laut.

»Peters Hobby«, erklärte die Witwe. »Er hat die Beeren angesetzt. Rumtopf. Fusel gab es hier doch genug. Unser ganzer Keller ist voll. Im Winter ein Genuss über Vanilleeis.«

»Vermutlich auch pur«, grinste Neusiedl.

In den hinteren Bereich des Gartens führte ein Weg aus Steinplatten zu einer Holzhütte, neben der ein kleiner Teich zu sehen war.

Ideal für eine Leiche mit Steinen um den Hals, schoss es Richterswil durch den Kopf. Hier hätte die Spusi Peter Schwarz als Erstes gesucht. Vielleicht lohnte sich der Blick in den Teich trotzdem?

Barbara Schwarz hatte Richterswil Kopfbewegung genau verfolgt. »Der Teich war früher größer, das war unser Pool im Hochsommer. Zwei Drittel haben wir nach dem Mauerfall zuschütten lassen.«

»Warum? Mögen Sie nicht mehr baden?«, fragte Neusiedl.

»Doch, liebend gerne«, erklärte die Witwe. »Aber in der Zeit nach dem Mauerfall, da war auch bei uns Anarchie. Immer wieder sind Jugendliche in der Nacht auf das Grundstück gedrungen und haben im Pool Unfug getrieben. Denen hat das Häuserbesetzen und Trabitanks leer fahren nicht gereicht. Das war echte Anarchie.«

»Nach so viel Repression dann plötzlich diese Freiheit«, kommentierte Neusiedl. »Anarchische Zustände in Berlin und Leipzig. Aber hier in Weimar?«

»Sehen Sie einen Zusammenhang mit den Drohbriefen?«, fragte Richterswil, der sich in Gedanken gerade eine Leiche im zugeschütteten Teil des Teiches vorstellte. Vielleicht sollte die Spusi doch anrücken?

»Nein. Das heißt, ich weiß nicht.«

»Hä?«

»Wo sind also die Briefe?«, fragte Neusiedl.

»Die haben wir verbrannt«, sagte Barbara Schwarz leise. »Leider!«

»Was stand denn drin?« Richterswil hob zweifelnd die Augenbrauen.

»Wir kriegen euch alle. Oder so ähnlich«, sagte die Witwe. »Uns hat das angewidert. Diese asozialen Typen fühlen sich jetzt im Schutz der Masse stark. Und dann auch noch anonym. Hin und wieder haben wir Steine im Garten mit umwickelten Zetteln gefunden. Totenkopfmotiv. Ein paar Farbbeutel an unserer Häuserwand.«

»Keine konkreten Drohungen?«, fragte Richterswil nach. Er hielt die Luft an.

»Keine Forderungen?«, fügte Neusiedl hinzu, der am liebsten das ganze Haus nach diesen Briefen abgesucht hätte. Er war sich sicher, dass diese Briefe irgendwo noch im Haus versteckt waren, wenn sie überhaupt existiert hatten. Charaktere wie Schwarz waren nachtragend. Die hoben solche Beweismittel für die nächstbeste Gelegenheit auf.

»Forderungen?«, fragte Barbara Schwarz. »Ich weiß nicht. Vielleicht hat Peter mir nicht alle Briefe gezeigt. Aber sie waren immer zum Teil aus aufgeklebten Worten eines Buches und aus handschriftlichen Ergänzungen zusammengeflickt.«

»Ein Buch«, sagte Richterswil nachdenklich. »Da können wir ohne näheren Anhaltspunkt die ganze Gegend umdrehen.«

»Wir wissen, was du getan hast. Wir kommen, dich zu holen. Jetzt spielen wir mit euch.« Barbara Schwarz griff nach ihrem Weinglas. »So oder so ähnlich. So alles und nichtssagend. Aber anonym.«

Der Himmel hatte sich verdunkelt. Einzelne schwere Regentropfen fielen auf den nicht überdachten Teil der Terrasse.

»Wann ist der letzte Brief hier angekommen?«, fragte Neusiedl.

»Vorgestern!«

»Hä? Und da sind Sie so ruhig?«

»Die können doch nicht noch frecher werden.«

»Die haben vielleicht Ihren Mann ermordet«, sagte Richterswil in einem Ton, der keinen Widerspruch mehr duldete. »Ich lasse für Sie Personenschutz anordnen. Eine Kollegin von uns. Hier im Haus!«

*

»Stehen bleiben. Wir schießen!«, hallte aus mehreren Richtungen durch die dunkle wolkenverhangene Nacht. Nur ein paar Sterne blinkten am Nachthimmel. Die schmale Mondsichel war von Wolken verdeckt. Hier und da fiel eine Sternschnuppe in Richtung Erde.

Die ersten Schüsse fielen. Ein Knochen und Mark durchdringendes Alarmsignal schallte über Wald und Feld. Motoren heulten auf. Grelle Scheinwerfer beleuchteten von einer Sekunde auf die andere die Szenerie. Auch auf der Seite jenseits des Grenzzauns gingen die Scheinwerfer an. Undeutlich war eine Lautsprecheransage von der Westseite zu hören.

»Stehen bleiben! Das ist unser letzte Aufforderung.« Schüsse knallten.

Ein Schrei erklang aus Inge Bastians Mund. Neben ihr war ihr Mann Otto Bastian zusammengebrochen. Sie konnte seinen blutenden Oberschenkel erkennen. Er musste noch leben. Noch vor fünf Minuten war sie sich sicher gewesen, vor Mitternacht im Westen zu sein. Wer nur hatte ihre Fluchtpläne verraten? Laut den Dienstplänen der Grenzschutztruppen sollte an diesem Grenzabschnitt vor zwei Uhr nachts keine Patrouille vorbeikommen. Hier war vermintes Gebiet. Hier waren die Kontrollen zeitlich weniger dicht. Inge Bastian brach innerlich zusammen. Sie dachte an die stundenlangen Verhöre, an die Jahre in Hoheneck, bis auch sie und ihr Mann vom Westen als politische Gefangene freigekauft würden, an ihre Kinder, die sie nach der Flucht in den Westen hatten nachholen wollen. Was sollten sie machen, wenn die Staatsanwaltschaft sie als gewöhnliche Kriminelle anklagen würde? Inge Bastian kannte die Gerüchte, dass Fahnenflüchtige mit gefährlichen Mördern in eine Zelle gelegt wurden, wenn sie nicht fensterlose Einzelhaft erhielten und rund um die Uhr im Lichtschein einer grellen Lampe leben mussten. 20 Minuten Frischluft am Tag im Betonkäfig, Essensentzug, sinnlose Prügel. Inge Bastian schwor sich, alles für ihre Kinder durchzustehen, alles. Dann spürte sie einen Gewehrlauf im Rücken. Ein harter Gegenstand traf ihre Schläfe, sie wurde bewusstlos.

Peter Schwarz freute sich. Die Bastians waren ein dicker Fisch, der ihnen da beim Fluchtversuch ins Netz gegangen war. Wie gut, dass er schon seit Jahren so erfolgreich sein eigenes ausgeklügeltes Netz an Informanten aufgebaut hatte. Die Beförderung war ihm sicher. Und den Sonderurlaub in seinem Lieblingsland Ungarn würde es als Dankeschön obendrein geben. Vielleicht ließ sich so auch endlich die neue Schrankwand, die seiner Frau so gut gefiel, im HO-Kaufhaus in Leipzig organisieren.

Otto und Inge Bastian wurden mehrere Tage lang brutal verhört. Immer wieder stellten andere Mitarbeiter der Stasi, der Volksarmee und der Kriminalpolizei dieselben Fragen nach Fluchtplänen, Hintermännern und Kontaktpersonen im Westen. Doch selbst die Drohung, die Kinder zur Zwangsadoption freizugeben, änderte am Schweigen der Bastians nichts. Das Urteil für Landesverrat und Fahnenflucht gegen die beiden kriminellen Subjekte lautete auf jeweils acht Jahre Einzelhaft. Bei der Urteilsverkündung sahen sich die Eheleute wieder, zum letzten Mal in ihrem Leben. Inge Bastian kam in das Frauengefängnis Hoheneck. Otto Bastian wurde in Bautzen, der Sonderhaftanstalt der Staatssicherheit, 1956–1989, inhaftiert.

Peter Schwarz wurde nach seiner Beförderung und Versetzung in den inneren Dienst des Ministeriums für Staatssicherheit in Leipzig auf eigenen Wunsch als Kontakt- und Anwerbeperson für die Eheleute Bastian eingesetzt.

*

»Und?«, fragte Nora. »Stehen wir schon in der Zeitung?«

Gabriele Karenhall schüttelte den Kopf. »Das Foto wird wohl heute erst in die Fahndung gehen.«

»Dann vergessen wir jetzt die Jagd auf den Täter und freuen uns auf die Schlösser.«

»Die sind zum Teil noch bewohnt«, erklärte Leon Hofer, der hinter Nora aus dem Bus ausgestiegen war. »In einem der Schlösser ist ein Altenheim untergebracht. Aber die Gartenanlage ist für eine Besichtigung komplett freigegeben. Ist halt alles im Umbruch hier.«

»Spannend, alles spannend«, sagte Nora. »Ich hätte mir nie träumen lassen, mich hier einmal frei bewegen zu können.«

Fragend schauten Leon Hofer und Gabriele Karenhall Nora an.

»Ja!«, ertönte die laute Stimme von Wurstfabrikant Waldner. »Das sehe ich auch so. Wenn ich noch daran denke, wenn die bei uns im Fernsehen immer die Grenzanlagen gezeigt haben. Tretminen, Tausende von scharfen Hunden, Zäune unter Strom, spanische Reiter mit Messern, die auf den Straßen aus dem Boden fahren konnten, Betonwälle, die unter Grasnarben versteckt in Hügeln ausgefahren werden konnte …« Waldner hustete. »Und die vielen Opfer, die auf der Flucht erschossen worden sind.«

Nora nickte. »Und jetzt sind wir genau zum richtigen Zeitpunkt gekommen, um den Ausverkauf der DDR mitzuerleben.«

Gabriele Karenhall verdrehte die Augen. »Das hat hier alles keinen Wert, es sei denn, es ist Vorkriegsware.«

»Ja!«, rief Margret Waldner laut. »Ich liebe Antiquitäten auch. Die Dachböden und Schuppen müssen doch voll davon sein hier im Osten.«

»Voll«, äffte Gabriele Frau Waldner nach.

»Na dann gehen wir los, rund um die Schlösser durch die Gärten«, forderte Leon Hofer seine Reisegruppe auf. »Inmitten der Weimarischen Schweiz.«

»Lassen wir den Herrn Geheimrat nicht warten!«, stimmte Gabriele ihm zu.

»Altes Schloss, Rokokoschloss und Renaissanceschloss, ein Spaziergang durch drei Jahrhunderte«, sagte Nora. »Ich habe gestern Abend noch meine Architekten-Hausaufgaben gemacht. Und jetzt kann die heutige Foto-Session losgehen.«

»Aber bitte keine Mörder mehr fotografieren«, scherzte Leon Hofer.

»Die können hier doch nicht überall frei rumlaufen. Im Wilden Osten«, erklärte Waldner lachend.

»Oder ich erwische ein paar Geister, die auf den Schlössern ihre Ewige Ruhe noch nicht gefunden haben«, erklärte Nora in einem spöttischen Ton. »Davon wird es doch wohl in jedem altem Gemäuer ein paar geben!«

»Aber der Typ auf dem Foto im Park. Der war echt!« Der Wurstfabrikant behielt auch im schönen Rosenpark hoch oben auf den Felsen über der Saale das letzte Wort.

»Hier entlang, ihr Lieben!«, übertönte Leon Hofer das Stimmenwirrwarr, das sich noch immer rund um das Thema Leiche sowie Bitten um ein Foto mit der Heldin drehte.

Mörder, dachte Nora. Warum hatte sie ihn auf dem Schnappschuss nicht wahrgenommen?

*

»Wir haben ihn!«, rief Richterswil laut über den Hof der Polizeiinspektion. »Los!« Er riss die Autotür des schwarz-grauen Dienstwagens auf und setzte das Blaulicht aufs Dach.

Neusiedl kam mit seinem Halfter und seiner Dienstpistole in der Hand angelaufen. Er sprang in den Wagen, während Richterswil bereits im ersten Gang angefahren war.

»Wer?«, fragte Neusiedl.

»Besser, wo!«, erwiderte Richterswil. »Wir haben einen Anruf aus einem ehemaligen Kinderheim bekommen. Egon

Steglitz hat unseren mutmaßlichen Täter erkannt. Ein Erzieher. Der wickelt gerade die Auflösung des Heims ab.«

»Und? Name?«

»Bernd Wurm.«

Neusiedl lachte schallend auf. »Soll das ein schlechter Scherz sein? Das klingt wie ein falscher Name. Ein Heimkind, das Wurm heißt.«

»Habe ich mir auch schon gedacht. Aber es kann reiner Zufall sein.«

»Zufall – hast du in den letzten Monaten auch nur einen unserer Fälle erlebt, bei dem solche Details im Sachverhalt Zufall waren? Unter Garantie ein falscher Name.«

»Dann finden wir hoffentlich in den Unterlagen den echten Namen«, erklärte Richterswil, der gerade noch einem bunt bemalten Trabi ausweichen konnte, der aus einer Ausfahrt fuhr. »Anzeigen, diese motorisierten Esel! Säcke!«

»Vielleicht kann sich der Täter selbst an seinen echten Namen erinnern?«

»Rittergut Jenendorf«, las Richterswil auf einem Schild, auf dem alle Richtungen stadtauswärts zu lesen waren. Auf den kommenden acht Kilometern Landstraße musste Richterswil mit ihrem luxuriösen Dienstwagen immer wieder den Schlaglöchern ausweichen, die Frost und landwirtschaftliche Fahrzeuge geschaffen hatten. Der eine oder andere Panzer im Manöver würde wohl sein Übriges zu der Vielzahl an Löchern beigetragen haben. Zehn Minuten später setzte er den Blinker und bog auf einen Feldweg ein. »Fuchs und Igel, perfekt, um unliebsame Kinder großzuziehen.«

»Wieso waren die eigentlich alle so unerwünscht in der DDR? Da gab es doch sogar Lager.«

Richterswil zuckte mit den Schultern. »Du glaubst aber nicht, dass die Betreuer in den Heimen im Westen in den 50er- und 60er-Jahren wesentlich liebevoller waren?«

»Aber keine politische Indoktrination.«

»Trotzdem kein Zuckerschlecken!«

»Der wohnt aber nicht mehr da?«

»Wir sind mit dem letzten Betreuer verabredet. Der weiß, wo dieser Bernd Wurm wohnen soll. Leider hat er nur angerufen.«

»Und dann nicht mehr erreichbar gewesen?«, fragte Neusiedl. »Komisch, einfach nur komisch, diese Leute hier im Osten.«

»Mein Rückruf war erfolglos. Für die ist das Telefon eher eine Art Notruf als ein Kommunikationsmittel. Also sind wir gleich los. Ab Anruf 20 Minuten.«

»Ist ja gut«, sagte Neusiedl. »Du siehst dich schon in Zürich, oder?«

»Und du dich auf meinem Posten!«

»Warum hat er die Waffe in den Müll geworfen?«

»Das wird er uns heute noch erklären«, sagte Richterswil gut gelaunt. »Vermutlich hatte er keine andere Wahl, weil ihm jemand begegnet ist.«

»Und dann habe ich sie entdeckt, bevor er sie aus dem Versteck holen konnte.«

»So wird es gewesen sein!«

Richterswil parkte den Dienstwagen direkt vor dem Aufgangsportal des alten Rittergutes, das gerade einen neuen Anstrich erhalten hatte und sich von der restlichen bröckelnden Fassade deutlich abhob. Zahlreiche Eisenstangen und Bretter lagen im Hof. Zum Teil war der rechte Flügel des Gebäudes bereits mit einem stabilen Gerüst versehen. »Nobel geht die Welt zugrunde.« Richterswil nahm das Blaulicht vom Dach. »Hier kannst du den Aufbau Ost Schritt für Schritt mitverfolgen.«

»Das habe ich hier an jeder Ecke«, sagte Neusiedl. »Das ist so ähnlich wie in Rom oder Ägypten. Da stolperst du auch an jeder Ecke über eine neue Ausgrabungsstätte und stumme Zeugen aus vielen Jahrtausenden.«

»Aber hier erlebst du oberirdisch die Sanierung ganzer Städte und Landstriche aus dem Jahre 1945.« Richterswil lachte.

»Vorerst würde mir der Täter reichen.«

In der großen Doppeltür aus Eichenholz über der Portaltreppe, die aus dem letzten Jahrhundert stammte, erschien ein Mann mittleren Alters mit grauen dichten Locken. Er winkte den beiden Ermittlern zu.

»Gut, dass Sie schon hier sind!«, rief er laut. »Kommen Sie doch rein. Dann erzähle ich Ihnen alles.«

Richterswil und Neusiedl folgten dem Mann ins Innere des Gebäudes, nachdem sie ihre Dienstmarken der Soko SAO vorgezeigt hatten. Es roch streng nach Seifenlauge. Der alte Linoleumboden war an einigen Stellen aufgerissen. Darunter waren Holzdielen zu erkennen.

»Wie auf den Straßen: Schlaglöcher«, bemerkte Neusiedl.

Richterswil betrachtete die zum Teil noch erhaltenen Stuckverzierungen an Decken und Wänden. Lose Kabel hingen aus schwarzen Drehlichtschaltern der 50er-Jahre. Von der Decke baumelten vereinzelt Glühbirnen.

»Wir mussten sparen in der DDR«, entschuldigte sich der Erzieher, der sich als Egon Steglitz vorgestellt hatte. »Aber den Kinder ging es gut. Es fehlte ihnen an nichts.«

Verstohlen grinsten sich die Ermittler an.

»Hier entlang! Hier ist der Trakt für die Jungenschlafsäle gewesen.«

Richterswil fragte sich, warum Steglitz nicht einfach die Daten dieses Bernd Wurm herausgeben konnte. Was änderte es, wenn sie jetzt die Bedingungen sahen, unter denen der Täter als Junge aufwachsen musste? Dennoch folgten sie widerspruchslos in einen weiteren Raum, in dem zahlreichen alte

Aktenschränke aus Holz und ein großer abgenutzter Schreibtisch standen.

»Hier!«, erklärte Steglitz. Dann zog er eine der Schubladen der Aktenschränke auf. »Hier ist er. Bernd Wurm. Seit seinem zweiten Lebensjahr bei uns. Leider schwer vermittelbar. Wir haben keine Kenntnisse über seine Eltern. 3. Februar 1964.«

»Und die Daten sind korrekt?«, entfuhr es Neusiedl.

Steglitz nickte. »Ja natürlich. Hier hatte alles seine Ordnung.«

»Wir haben uns über den Namen gewundert.«

»Schicksalsironie!«, sagte Steglitz. »Ich habe ihn auf dem Profil gleich erkannt. Die hohen Wangenknochen, die hohe Stirn und die ausgeprägte Nase. Dann die braunen Augen und der starke Nacken.«

»Haben Sie ein Foto für uns?«, fragte Richterswil.

Steglitz nickte. »Das ist er mit 18 Jahren. Er ist dann in ein Lehrlingsheim umgezogen. Motorenproduktion. Er hat Traktoren schon als Kind geliebt. Daran kann ich mich erinnern.«

Mit leichtem Grausen schaute Richterswil auf das Foto.

Auch Neusiedl schüttelte erstaunt den Kopf.

Bernd Wurm war im Alter von 18 Jahren zum Abschluss seiner Zeit im Kinderheim auf dem alten Rittergut Jenendorf wie ein Sträfling mit einer Nummer fotografiert worden.

»Das war seine Heimkind-Nummer«, fügte Steglitz hinzu. »Sie können das Foto haben.«

»Haben Sie auch eine Adresse?«, fragte Neusiedl.

»Ja! Rein zufällig weiß ich, dass er bei den Eltern seiner Freundin in Jena im Haus wohnt. Oder gewohnt hat. Der Schwiegervater in spe hat gerade erst eine Kfz-Werkstatt eröffnet.«

Fünf Minuten später leuchtete das Blaulicht auf dem schwarz-grauen Dienstwagen wieder auf.

»Irgendwie gestellt, oder?«, dachte Richterswil laut.

»Selbst wenn das eine Falle gewesen wäre, ist er immer noch der mutmaßliche Täter. Das Foto. Das ist eindeutig der Typ aus dem Park.«

»Mir ist dieser Steglitz unsympathisch«, sagte Richterswil und trat aufs Gaspedal, als sie die Landstraße wieder erreicht hatten.

»Denk an die Schlaglöcher!«

»Ich fahre!«

»Ja natürlich. Hier hatte alles seine Ordnung«, äffte Neusiedl den ehemaligen Mitarbeiter des Kinderheimes nach. »Die halten zusammen wie Pech und Schwefel, die alten Seilschaften. Schwer vermittelbar, Herkunft unbekannt. Ich hätte am liebsten gefragt, ob ihre sozialistischen Erziehungsmethoden versagt haben.«

»Eiserne Regel. Niemanden verärgern, den wir noch brauchen.«

»Von Jena nach Weimar ist es nicht weit«, sinnierte Richterswil, während er den Blinker setzte. »Meinst du, die Drohbriefe sind von ihm?«

»Vielleicht!«

»Nein!«, schrie Richterswil wütend auf.

Auf der einspurigen Straße hatte sich ein Stau gebildet. Ungefähr zehn Autos vor ihnen hatten sich zwei Wagen ineinander verkeilt. Ein Traktor war aufgefahren. Es gab kein Zurück. Und der Graben neben ihnen führte mindestens einen Meter Wasser.

»Willkommen im Wilden Osten!«, sagte Neusiedl ironisch. Er schaute auf seine digitale Armbanduhr. »Warten! Warten auf Farbfernseher, auf Schrankwände, auf den Trabi, auf den Urlaub am Schwarzen Meer und auf freie Straßen!«

KAPITEL 6

»Der Wille ist die einzige Realität.«
Johann Gottlieb Fichte (1762 – 1814)

»Vier Stunden, 35 Minuten«, sagte Neusiedl. »In dem Tempo sind das auch in zehn Jahren noch keine blühenden Kulturlandschaften.«

»Da vorne muss es sein.« Richterswil bog in eine alte Vorstadtallee mit Katzenkopfpflaster und wild wucherndem Unkraut auf den einfachen Fußgängerwegen, die aus vom Winterfrost brüchigen Betonplatten bestanden.

»Vom Heim ins Nobelviertel. Steile Karriere«, kommentierte Neusiedl. »Sieht alles so verwunschen aus hier.«

»Wir werden das Dornröschen jetzt leider wecken müssen«, spottete Richterswil.

Auf dem Grundstück, vor dem er den Wagen auf der Straße parkte, waren mehrere Haufen Sand, Zement und andere Baumaterialien zu sehen. Das kleine verrostete Tor in der alten Steinmauer stand sperrangelweit offen. Auf einem bemalten Pappschild stand »KFZ Müller«. Aus dem hinteren Teil des Gartens kamen zwei Kinder mit einem Jagdhund gerannt. Auf dem baufälligen und nur mit ein paar Holzbalken gesicherten Balkon im oberen Geschoss erschien eine junge Frau mit feuerroten langen Haaren.

»Schluss jetzt, baden und ab ins Bett!«, rief sie laut zu den beiden Kindern in den Garten hinunter. »Lina! Mark!« Sie entdeckte den schwarz-grauen Einsatzwagen und winkte.

»Die wird sich gleich wundern«, sagte Neusiedl.

»Oder sie weiß, warum wir kommen.«

»Dieser Bernd Wurm wird mit Sicherheit nicht auf der Veranda auf uns warten.«

Laut bellend sprang der Jagdhund an Neusiedl hoch.

»Aus! Kara, aus!«, war die junge Frau aus dem Haus zu hören.

Die beiden Kinder waren bereits durch die Tür verschwunden.

Kara gehorchte, ließ das Lecken von Neusiedls Gesicht sein und saß innerhalb von einer halben Minuten brav auf der vorderen schmalen Veranda.

Misstrauisch schaute Richterswil auf die zum Teil morschen und zerlöcherten Holzbohlen.

»Kann ich Ihnen helfen?«

»Soko SAO!«, sagte Richterswil knapp.

»Das ist nicht zu übersehen.« Auf dem Gesicht der Rothaarigen war keine interpretierbare Regung zu erkennen.

Die beiden Ermittler zeigten ihre Dienstausweise vor.

»Danke. Eine Fälschung wird das Auto kaum sein. Hier gibt es niemanden außer Ihnen, der mit diesen Streifenhörnchen vorfährt.«

»Mit wem haben wir die Ehre?«, fragte Neusiedl mit betont österreichischem Akzent.

»Die Ehre haben Sie mit Elena Müller.«

»Wohnt Herr Bernd Wurm derzeit bei Ihnen?«, fragte Richterswil, der noch wegen des langen Staus um Geduld kämpfen musste.

»Ich vermute, ich bin zur Auskunft verpflichtet?«

»Ela!«, war eine der Kinderstimmen aus dem Haus zu hören. »Ela, wo ist das Schaumbad?«

»Lina Schatz, ich komme.« Elena Müller wendete sich Richterswil zu. »Möchten Sie eintreten?« Sie drehte den Kopf über die Schulter. »Ich muss zu meinen Geschwistern. Zeit fürs Bett!«

»Dann müssen wir wohl deutlich werden«, sagte Neusiedl in einem scharfen Ton. »Befindet sich Bernd Wurm derzeit im Haus? Und wenn nicht, wo hält er sich auf?«

»Ja, mein Lebensgefährte lebt bei meinen Eltern und mir. Nein, er ist nicht hier«, sagte Elena Müller wütend. Sie hatte die letzten beiden Sätze lispelnd durch die Zähne gepresst.

Richterswil musste an eine Schlange denken, die gerade erst ihren Kopf aus der Ruheposition in Richtung ihres Opfers gehoben hatte. Diese Elena Müller war eindeutig auf Krawall gebürstet. »Davon würden wir uns gerne selbst überzeugen«, sagte Richterswil leise in einem Ton, der keinen Widerspruch duldete.

»Haben Sie einen Durchsuchungsbefehl?«

»Haben Sie etwas zu verbergen? Wir würden uns nur gerne mit ihm unterhalten!« Neusiedl grinste. Er war gespannt, ob diese Elena ihnen die Tür vor der Nase zugeschlagen würde.

»Bitte!«, sagte sie beleidigt. Sie gab den Weg in den Hausflur frei, in dem sie im Inneren des Hauses zur Seite trat.

»Ela! Ela!«

»Ja!«, schrie Elena Müller laut.

Richterswil und Neusiedl schauten sich um. Die Wände waren frisch tapeziert. Der Boden war neu verlegt. Es roch nach Farbe.

»Was wollen Sie von Bernd?«, fragte Elena Müller. »Früher hat er als Heimkind unter den Repressalien des Staates gelitten, weil seine Eltern in den Westen abgehauen sind. Jetzt kommen Sie und nerven.«

»In den Westen abgehauen?« Richterswil blieb abrupt stehen. »Davon hat die Heimleitung nichts gewusst.«

Elena Müller warf ihre langen roten Haare theatralisch über ihre rechte Schulter. Doch die dichte rote Flut verteilte sich gleich wieder auf ihrem Rücken. »Wie naiv sind Sie? Seit wann machen Sie Ihren Job hier? Sie glauben diesen Typen in Jenendorf doch nicht im Ernst ein Wort?«

»Einer der ehemaligen Betreuer hat Ihren Lebensgefährten auf einem Foto erkannt. Mehr nicht«, sagte Neusiedl.

»Und der hatte auch gleich rein zufällig die aktuelle Adresse?«, fragte Elena Müller zynisch. Sie drehte sich um und ging durch eine der hohen, alten abgeschliffenen Holztüren.

Die beiden Ermittler folgten ihr in einen großen leeren Raum mit offenem Kamin. Eine moderne Schiebeglastür zur Terrasse stand offen. Auf der mit dunklen Marmorfliesen belegten Terrasse saß ein älteres Ehepaar. Eines der Kinder lag neben Kara im Gras.

»Ab ins Badezimmer!« Elena Müller nahm ihren kleinen Bruder an der Hand. »Jetzt geht's nach oben!«

»Georg Müller«, stellte sich der Hauseigentümer vor, als Richterswil auch ihm seine Dienstmarke gezeigt hatte. »Wie können wir Ihnen helfen?«

»Wir müssen mit Bernd Wurm sprechen. Es ist dringend.« Richterswil fragte sich, welche Show das Ehepaar Müller ihnen bieten wollte.

Am Himmel zeigte sich die Mondsichel hinter einer dicken Wolke, obwohl die untergegangene Sonne noch für Helligkeit am Horizont sorgte.

»Bernd hat schon vor dem Mauerfall zu uns gehört. Er ist für uns wie ein Sohn«, begann Margarete Müller. »So ein anständiger, netter Junge. Und so eine schwierige Kindheit.«

Richterswil verdrehte genervt die Augen. »Also einen Mord würden Sie ihm nicht zutrauen, oder?«

Entsetzt starrte das Ehepaar Müller die Kommissare an.

Richterswil registrierte, dass dieses Entsetzen echt wirkte.

Neusiedl legte das Fahndungsfoto auf den Tisch.

»Das heißt gar nichts!«, sagte Georg Müller kühl. »Wir haben von dem Mord in Weimar in den Nachrichten gehört.«

Er lehnte sich im Gartenstuhl zurück. »Bernd war an diesem Tag irgendwo in Berlin. Wer weiß, wer das auf dem Foto ist?«

»Waren Sie auch in Berlin?«, fragte Neusiedl. »Können Sie das bezeugen?«

»Nein, mein Schwiegersohn in spe arbeitet da auf einer Baustelle bei einem Freund. Dafür kann er kostenlos bei ihm übernachten während der Semester.«

»Schwarzarbeit«, sagte Richterswil betont langsam. »Der Name Peter Schwarz sagt Ihnen auch etwas?«

»Sie sind von der Soko SAO und nicht vom Finanzamt, oder?«, äffte Margarete Müller den Ermittler nach.

»Studium?«, fragte Neusiedl nach.

»Ja! Sie haben richtig gehört!«, ereiferte sich Georg Müller. Seine Brille wackelte auf seiner Nase. Sein ganzer Körper bebte. »Solche Stasi-Fritzen wie diese Betreuer haben gedacht, die Kinder im Heim, die können wir seelisch ruinieren. Mit denen machen wir, was wir wollen. Aber damit ist seit 89 Schluss. Schluss. Verstehen Sie endlich? Schluss!«, schrie er laut.

»Schnieke Dienstwaffe«, bemerkte Margarete Müller. Die neue Glock blitzte unter Neusiedls Jacke hervor. »Aber Sie sind hier falsch. Bernd ist die Friedfertigkeit in Person seit 89. Verstehen Sie? Er hat seinen Lebensweg, der ihm zusteht, gefunden. Er hat mit der Vergangenheit abgeschlossen.«

»Wo ist er jetzt?«, fragte Richterswil leise. »Wenn er nichts getan hat, dann hat er unter Garantie ein paar Minuten Zeit für ein paar Fragen.« Vor Richterswil innerem Auge erschien das Gesicht des Betreuers aus Jenendorf. »Ein Doppelgänger!«, sagte er leise. »Vielleicht hat sich dieser Steglitz vertan.«

Georg Müller riss ein Stück der Tageszeitung ab und schrieb einen Namen und eine Adresse in Berlin darauf. »Hier das Alibi!«

»Wo befindet sich Bernd Wurm jetzt?«, fragte Richterswil. »Wir können auch gerne in einer halben Stunde mit einem Durchsuchungsbefehl wiederkommen.«

»Wenn Sie mich so fragen …« Georg Müller schaute grinsend auf seine Armbanduhr. »Sie werden zu spät kommen. Der Nachtexpress nach Berlin geht in fünf Minuten. Kein Zwischenstopp!«

Richterswil unterdrückte ein Fluchen. Sack, dachte er.

»Ist Ihnen in letzter Zeit etwas an Wurm aufgefallen? Hat er Ihnen jemals von einem Peter Schwarz erzählt?«

»Sie wissen schon, dass mit dem Mauerfall auch die Macht der Stasi gebrochen ist?«, fragte Elena Müller, die unhörbar auf die Terrasse getreten war. »Wir lassen uns nicht mehr drohen!«

»Hat er Ihnen von diesem Peter Schwarz erzählt? Ja oder Nein?«, fragte Neusiedl.

»Seit dem 9. November 1989 sind diese traurigen Gestalten für uns namenlose Schatten der Vergangenheit. Sie können sich Ihre dämliche Fragerei sparen.«

Richterswil wollte nach Berlin. Die drei Müllers liefen nicht weg aus ihrem Haus. Hier konnten sie noch mit Durchsuchungsbefehl vor der Tür stehen, wenn Bernd Wurm in Haft war.

»Wir kommen wieder!«, sagte Neusiedl im Gehen.

Die Bemerkung »blöder Glatzkopf« überhörte er.

*

»Hey«, rief Barbara Schwarz aus. »Bist du verrückt geworden? Wenn uns jemand, du weißt schon. Die in den West-Nachrichten bringen doch sowieso nur Lügen!«

»Ich nicht, ich bin der real existierende Sozialismus«, lachte Peter Schwarz. »Oder siehst du hier auch nur ein einziges Detail aus dem Westen?« Er ließ seinen Blick durch das großzügig gestaltete Wohnzimmer der alten Jugendstilvilla schweifen. Eine große Schrankwand aus Polen, eine gemütliche Polsterecke aus Bulgarien und alle anderen Einrichtungsgegenstände sowie die Bilder, Gardinen und auch Teppiche waren ausnahmslos in der DDR oder in den sozialistischen Bruderländern produziert worden. Selbst die Dekoartikel von den Kerzen bis zu den Deckchen stammten aus dem Kunstgewerbeladen in der Innenstadt. Die Eheleute Schwarz waren an 24 Stunden rund um die Uhr ein Vorzeigepaar für den gelebten Sozialismus. Den beiden fehlte nur ein Kind. Doch bislang hatte Barbara sich aus Überzeugung geweigert, ein Kind zu adoptieren. Wer gab denn schon sein Kind her in einem Staat, in dem ab der Geburt für alles gezahlt wurde? Das mussten doch asoziale Feinde des Sozialismus sein. Und deren Abkömmlinge zu sinnvollen Mitgliedern der sozialistischen Gesellschaft zu erziehen, war Aufgabe der Kinderheime. Barbara war sich zu schade für diesen Abschaum. Und ihr Mann war nicht gerade als Kinderfreund bekannt. Lieber genossen die beiden ihre gemeinsamen Abende und Nächte, wenn sie nicht gerade auf einer Veranstaltung eines Kollektivs waren.

»Aber warum dann West-Fernsehen?«

»Ich werde auf Messen im Westen eingesetzt.«

»Bitte?«, rief Barbara Schwarz erstaunt aus. Sie reichte ihrem Mann den Brotkorb. »Im ›Exquisit‹ gab es heute Mittag Kaffee. Sollen wir uns eine Tasse gönnen? Kuchen ist auch noch da von gestern.«

»Kaffee? Du weißt doch, dass mir unser Tee viel lieber ist. Hagebutte mit Zucker ist erste Wahl zum Abendbrot«, erklärte Schwarz im Brustton der Überzeugung. »Aber zu einem kühlen Bier sage ich nicht nein.«

»Wie wäre es mit einem Glas Krimsekt? Ich habe im Keller noch ein paar Flaschen von dem roten. Die sind noch von unserem Besuch in Polen übrig.«

»Feiern? Du hast recht. Wir stoßen jetzt auf meinen neuen Einsatzort an.«

»Jetzt erzähl endlich. Wenn du schon lieber die Tagesthemen als unseren Edi siehst, dann muss das doch einen Grund haben.«

»Sondereinsatz. Messe Frankfurt. Messe München. Messe Berlin. Ich reise als Vertreter des Landwirtschaftsministeriums, um einsame Herzen kennenzulernen.« Peter Schwarz lachte selbstgefällig und gehässig. »Davon laufen im Westen doch genug rum, sonst hätten wir doch nicht Brandt zum Kippen gebracht. Diese Schluffis können anscheinend nichts mit Frauen anfangen im Gegensatz zu uns ostdeutschen Männern.«

Barbara Schwarz lächelte ihren Mann zustimmend an. »Das wäre ja noch besser, wenn es bei uns im Bett nicht laufen würde. Den Spaß lassen wir uns vom Klassenfeind nicht verderben.« Sie erhob sich, räumte das Geschirr auf das Tablett. Aus der Küche war Minuten später das Knallen eines Korken zu hören.

»Auf die Vorbereitung auf den Klassenfeind!«

Der Ton von zwei gefüllten Kristallgläsern erklang. Der helle Klang mischte sich mit dem Melodie der beginnenden Tagesthemen.

»Guck mal, wie die gekleidet sind. Das ist doch asozial, so lässig. Kein Wunder, dass die im Westen immer mehr Drogenprobleme haben. Wenn die schon im offiziellen Fernsehen keinen Wert mehr auf korrekte Kleidung legen.«

»Wie gut, dass wir das hier nicht erleben müssen. Irgendwann werden wir den Klassenfeind von ganz alleine besiegen. Diese dekadenten Typen im Kapitalismus richten sich bald selbst zugrunde.« Barbara Schwarz zog die Vorhänge zu und füllte die Gläser nach. »Ich habe noch eine Flasche kaltgestellt. Gehst du halt morgen Früh eine Stunde später. Das kannst du dir doch leisten.«

»Und ab nächsten Monat zur Messe in Frankfurt helfe ich ein bisschen nach, dass sich der marode, morbide Westen selbst zerstört.« Peter Schwarz trank sein Glas in einem Zug leer. »Wie wäre es mit einem Schuss Likör im Krimsekt?«

Barbara Schwarz lachte laut und anzüglich auf. »So ist mein Peter mir am liebsten. Dann muss ich auch nicht eifersüchtig sein auf irgendein einsames West-Herz?«

»Schatz, ich denke dabei nur an dich! Aber wir müssen den Klassenfeind an jeder Front bekämpfen. Du weißt doch, wie viele schöne Informationen so ein einsames West-Herz zu verschenken hat.«

»Wollen wir denn Geschenke aus dem Westen?«, alberte Barbara Schwarz.

»Das sind Geschenke, die uns der Klassenfeind gestohlen hat, indem er immer wieder unsere Bürger zur Flucht verleitet. Und jetzt holen wir uns unser Eigentum zurück.«

»Du wirst auch Fahnenflüchtige im Westen beschatten?«, fragte Barbara leise mit einem leichten Entsetzen in der Stimme. »Wenn die Personenschutz haben und dich erwischen – als Spion?«

»Mich erwischen die nicht. Ich observiere nur ein paar Personen, die einen zu engen Kontakt zu unseren Bürgern der DDR haben. Diese Verwandtschaftsgrade sind einfach noch zu nah. In zwei, drei Generationen interessiert sich kein Bürger der DDR mehr für diese dekadenten Westverwandten.«

»Die Partei sucht Spione aus unseren Reihen, die ihre Infos mithilfe ihrer Westverwandten weitergeben?«

»Schatz, du bist zu neugierig.« Zärtlich zog Peter Schwarz seine Frau in die Arme. »Wir machen noch eine rote Flasche auf und genießen diese Nacht, als wenn es unsere letzte wäre.«

»Für dich und die Partei mache ich alles!«

*

»Du bist dir sicher, dass er nicht mehr im Haus ist?«, fragte Neusiedl.

Richterswil nickte. »Dieser gehässige Blick auf die Uhr, als er uns genüsslich klargemacht hat, dass Wurm jetzt im Zug saß. Das war nicht gespielt.«

»Keine Observierung?«

»Wegen eines vagen Tipps die Jenaer Kollegen aufscheuchen?« Richterswil fuhr sich mit den Händen durch die dichten Locken. »Hohe Stirn, hohe Wangenknochen, dichtes Haar. Und?«

»Du gehst von einem Doppelgänger aus?«, fragte Neusiedl. »Willst du wenigstens die Kollegen in Berlin informieren?«, fragte Neusiedl.

»Nachtschicht! 260 Kilometer bis Berlin«, sagte Richterswil. »Mit etwas Glück kommen wir mit dem Express in Berlin an. Bis Wurm aussteigt, stehen wir vor ihm. Vorwarnen können sie ihn wohl kaum.«

»Du fährst?«, fragte Neusiedl.

»Ja, mit 240 über die Autobahn. Das brauche ich jetzt, oder?«

»Die Mauer in den Köpfen dieser Piefkes ist genauso hart wie die alte in Berlin.«

»Aber ohne Selbstschussanlagen«, spottete Richterswil.

»Jetzt darf nur ein Traktor auf der Autobahn liegen bleiben«, feixte Neusiedl.

»Das klingt nach Galgenhumor!«

»Wohl kaum.«

»Je schneller wir den Fall lösen, desto schneller wirst du befördert. Und ich genieße mein Leben in Zürich.«

»Aber du steigst nicht ganz aus?«

»Ein Vollblutkriminaler geht nie in Pension!«

»Wann kommt der Zug an?«, fragte Neusiedl, während Richterswil das Gaspedal durchdrückte. Auf dem Dach heulte das Blaulicht in voller Lautstärke.

Richterswil deutete auf das Funkgerät. »Zur Sicherheit, oder?«, grinste er. »Dem lassen wir keine Chance.«

»Warum hat dieser Steglitz nichts von Wurms Eltern gewusst?«, Neusiedl zog sein Notizbuch aus dem Handschuhfach. »3. Februar 1964. Bernd Wurm. Ob er sich wirklich an seine Eltern erinnern kann? Ein Zweijähriger?«

»Dann kennt er auch seine wahre Identität!«

»Wie soll sich ein Zweijähriger an die Flucht seiner Eltern erinnern?«

»Er kann älter sein als Jahrgang 64, ab dem dritten Lebensjahr verfügen Menschen über ein relativ gutes Gedächtnis«, sinnierte Richterswil. »Insbesondere in Verbindung mit einem herausragenden Ereignis in ihrem Leben.«

»Du denkst, er war bei der Flucht dabei?«, fragte Neusiedl.

»Vielleicht hat er die Geschichte mit den Eltern im Westen nur erfunden?«, überlegte Richterswil. Er drängelte einen Sportwagen mit der Lichthupe von der linken Fahrbahn. »In den Unterlagen im Heim hätte doch ein Vermerk sein müssen, dass seine Eltern ihn in den Westen holen wollen.«

»Denk nicht ernsthaft daran, dass dieser Steglitz das zugeben wird!« Neusiedl zog eine Grimasse. »Ja natürlich. Hier hatte alles seine Ordnung«, äffte er den Heimbetreuer nach.

»Spätestens um Mitternacht wissen wir mehr.« Richterswil setzte erneut die Lichthupe. Auf dem Autobahnschild nach Berlin war die Kilometerzahl 120 zu lesen. »Der Fall Wurm kann die Spitze eines Eisbergs sein.«

»Tausende von ungeklärten Schicksalen in DDR-Kinderheimen werden gelöst.« Neusiedl drückte den Knopf am Funkgerät. Die Leitung knisterte. »Und den Mord an Peter Schwarz lösen wir nebenbei!«, lachte er. »Hier Soko SAO III. Berlin bitte melden!«

*

Eine Gänsehaut lief über Noras Rücken. Sie schauderte. Dieser Abend in Jena war überraschend kühl. Sie suchte im Koffer nach einer leichten Strickjacke und einem bunten Seidentuch. Zum ersten Mal auf ihrer Kulturtour war sie ein paar Runden im Hotelpool geschwommen. Bis auf das junge Partnerlook-Pärchen war außer ihr niemand auf die Idee gekommen, den Außenpool im Gartenbereich des »Schillerhotels« zu nutzen. Nora grinste bei dem Gedanken an die beiden Verliebten in dunkelblauer Badebekleidung. Bikini und Badehose waren sogar von ein und demselben Sportlabel. Außerdem war Nora von den beiden Tätowierungen unter den Schulterblättern fasziniert gewesen. Beide hatten sich einen Seestern in vier Farben stechen lassen. »Muss Liebe schön sein«, dachte sie laut.

»Hallo, Heldin!«, hörte Nora Erich Waldners Stimme, als sie ihre Zimmertür verschloss. »Auf geht's zur Nachtwächtertour durch Jena!«

Nora atmete tief durch. Dieser Mann war eine Art Naturkatastrophe.

»Wo warst du denn heute Nachmittag? Wir hätten so schöne Bilder mit dir auf der Saalehorizontale machen können«

»Ihr seid wirklich bei der Hitze gewandert?«, heuchelte Nora Interesse an dem von Leon Hofer optional angebotenen Nachmittagsspaziergang. Sie hatte sich wieder für einen Alleingang entschieden. Zum Planetarium. Ihre Ausbeute an Fotos belief sich auf einen ganzen 36er-Film.

»Naja, nach vier Kilometern sind wir eingekehrt in einem malerisch gelegenen Gasthaus«, tönte der Wurstfabrikant. »Die hatten Grillfest. Du hast was verpasst. Original Thüringer Rostbratwürste. Und ein dunkles Bier, süffig.«

Nora schaute in zwei glückliche Augen in einem rot leuchtenden Gesicht. Das Dunkelbier zeigte noch seine Wirkung.

»Der Leon hat dann auch gleich mit sich reden lassen. Ende Gelände. Zurück haben wir dann drei Stunden später Taxis bestellt.«

»Im Planetarium gab es zwar kein Bier. Aber der Krimsekt mit Schlehenfeuer auf der Hotelterrasse war supi.« Nora erblickte hinter Erich Waldner seine Frau.

»Kir Royal Ost, das will ich auch!«

»Ihr seid eingeladen zum Schlummertrunk an der Hotelbar«, versprach Erich Waldner. »Sobald wir das nächtliche Jena erkundet haben!«

Gemeinsam kamen sie vor dem Hotel an.

Dort wartete Leon Hofer als Nachtwächter verkleidet auf seine Reisegruppe. »Liebe Leute lasst euch sagen!«, begann er. »Die Kirchturmuhr hat zwölf geschlagen.«

Wie auf Bestellung erklang der erste Schlag der nahen Kirche St. Michael.

»Liebe Leut! Damit es ein echtes Vergnügen wird, halten wir es heute Nacht einmal kurz.« Leon Hofer entzündete eine kleine Handfackel. »Unsere Tour führt uns rund um den Marktplatz, und dann dürfen wir in St. Michael einem kurzen Vortrag über die Bedeutung der Kirche in den Revolutionswirren lauschen.«

»Bravo!«, rief Erich Waldner. »Jetzt erleben wir nach der ganzen Kultur auch einmal ein paar moderne Seiten im Osten.«

»Wir befinden uns schon seit Tagen in einem freien Land«, bemerkte Gabriele Karenhall. »Noch moderner geht es nicht, falls du das übersehen hast.«

»Übersehen? Aber nein doch, Gabi!« Laut schallte die Stimme des Wurstfabrikanten durch die enge Gasse, die sie soeben betreten hatten. »Ich sehe alles. Modernster sozialistischer Zerfall. Kaputte, marode Strukturen, so weit das Auge blickt. Vermutlich ist das bei dem Zustand sogar schon die Postmoderne.«

»Und dann diese alten Bombenkrater«, fügte Margret Waldner hinzu.

Die gesamte Reisegruppe zuckte sichtlich zusammen und drehte sich wie ein einziger Fischschwarm zu ihr um.

»Bombenkrater?«, fragte Leon Hofer entsetzt.

»Ja, der Erich und ich haben uns heute nach dem Mittagessen den Spaß erlaubt und uns Jena mit einem Taxi angeschaut. Der nette Fahrer hat uns sein Jena vor der Wende gezeigt. Übrigens ein Goldstück von Mensch. Das wollten wir doch auch sehen.«

»Ihr könnt gerne alle die Taxinummer haben, wenn ihr die Schäden aus dem Zweiten Weltkrieg auch sehen wollt.«

»Der helle Wahnsinn«, erklärte Margret Waldner weiterhin ungefragt.

»Hell scheint uns jetzt erst einmal unsere Fackel«, riss Leon Hofer die Führung der Gruppe wieder an sich. »Auf geht's. Hier entlang.«

Doch Nora konnte aus nächster Nähe sein weißes Gesicht sehen. Sie lachte. Selbst ein erfahrener Reiseleiter hatte mit der rabaukenhaften Art des Wurstfabrikanten zu kämpfen. Mit Sicherheit hatte Waldner schon in der Schule zu den Vorlauten gehört, die die Welt für sich gepachtet hatten. Aber immerhin war er Fabrikant und nicht Lehrer für Kunstgeschichte geworden. Keinesfalls ein Sensibelchen. Aber ob das mit dem Bombenkrater wirklich sein konnte? Gleich morgen wollten sie in einer ruhigen Minute den Reiseleiter fragen. Wenn es diesen Bombenkrater gab, dann wollte sie ihn sehen. Ein Riesengrundstück zum Bebauen. Für jeden Architekten ein Traum. Wem wohl der Krater gehörte? Nora erschrak. Jetzt ging sie schon davon aus, dass es ihn wirklich gab. Vielleicht war er nur das Hirngespinst eines Großmauls aus den westlichen Ländern. Aber an vielen Stellen sah dieses Land wirklich so aus, als wenn irgendwann in den 30ern, 40ern oder 50ern jede

Bautätigkeit eingestellt worden wäre. Ein Land im Zustand der Stunde null. Mit Ausnahme der Plattenbauten und LPG-Hallen. Und jetzt war wieder Stunde null. Eine Stunde null, die nicht nur hier, sondern in der ganzen Welt Veränderungen heraufbeschwor. Wo führte dieser Weg hin? Selbst wenn es keine Bombenkrater gab, war der Zustand dieser ehemaligen DDR eine Katastrophe. Mit dem Umweltschutz hatten die es unter Garantie auch nicht so genau genommen. »Was ist schlimmer?«, dachte sie laut. »Brachland, Bombenkrater oder verseuchtes Land?« Hätte sie wegbleiben sollen? Sie spürte plötzlich eine unsichtbare Mauer. Sollten die neuen Verhältnisse das schaffen, was eine Mauer aus Stein 40 Jahre nicht zustande gebracht hatte? Der Run auf die neuen besten Plätze im Leben hatte gerade erst begonnen. »Nein!«, rief sie laut aus. Dieses war ihre Reise, und die verdarb ihr weder eine Leiche noch ein Bombenkrater.

»Doch«, sagte Tassilo Bender. »Jetzt lernen wir Menschen kennen, denen wir unseren Aufenthalt hier zu verdanken haben.«

Nora beschlich das Gefühl, es mit einer Reisegruppe von Irren zu tun zu haben.

*

Richterswil fuhr den Einsatzwagen auf einen Parkplatz im absoluten Halteverbot. Er griff nach seiner SIG SAUER auf dem Rücksitz. »Was ist das denn?«

Neusiedl drehte sich um. Er lachte auf. »Erzähle ich dir nachher, wenn wir Wurm festgenommen haben.«

Richterswil blickte auf die Uhr. »Der Express kommt erst in 15 Minuten an. Also. Was?«

»Das Ding hat mir Doreen geschenkt«, erklärte Neusiedl. »Das ist ein Verkehrsatlas der DDR aus dem Jahre 1959.

Sie meint, die Straßenverhältnisse hätten sich seitdem nicht wesentlich verändert.«

»Und was sollst du damit?«

»Falls wir einmal in der Pampa auf Jagd gehen müssen. Damit wir nicht auf dem freien Feld landen.«

»Hä?«

»Da sind alle existierenden Wege drin. Andere gibt es nicht. Bis jetzt. In der DDR war kein Bedarf. Keine Autos, kein Straßenbau.«

Richterswil verdrehte die Augen. »Und jetzt werden wir ein paar Polizisten der Wache da vorne um Amtshilfe bitten. Kleiner Dienstweg, wenn die Kollegen nicht schon vor Ort sind. Ich will den Typ jetzt! Um jeden Preis. Selbst wenn die Presse nachher auf dem Bahnsteig steht.«

Zehn Minuten später standen vor jeder Tür des Expresszuges aus Jena zwei Polizisten.

Bernd Wurm sprang durch ein Fenster auf den Bahnsteig. Er hatte im Gang seinen Namen gehört. Was wollten sie von ihm? Nur wegen dieser albernen Drohbriefe konnten die doch nicht einen ganzen Bahnsteig abriegeln. Da steckten alte Stasi-Seilschaften dahinter. Da war er sich sicher. Wann gaben diese kranken Gehirne endlich auf? Wann setzte sich die viel versprochene Demokratie in diesem Land endlich durch? Diese DDR-Schergen in den neuen Staatenbund zu integrieren, war der größte Fehler gewesen. Die machten sich jetzt in demokratischen Strukturen breit und nutzten jede Gelegenheit, Menschen wie ihn weiter zu schikanieren.

»Stehen bleiben!«, schrie Richterswil.

Neusiedl gab einen Warnschuss in die Luft ab. Eine Deckenlampe klirrte in tausend Scherben zu Boden. Erschrockene Reisende retteten sich durch einen Sprung zur Seite.

Richterswil zielte auf Bernd Wurms Beine. Der ersten Schuss peitschte neben Wurms linkem Fuß auf den Boden.

Die Patrone prallte zerdrückt einen Meter in die Höhe, blieb liegen. Fast in demselben Moment warf Bernd Wurm sich zu Boden. Er wollte hier nicht den Helden spielen. Er dachte an Elena, seinen Studienplatz und eine Zukunft in einem Staat ohne Stasi. In diesem Moment brach sich wieder diese unbändige Wut in ihm Bahn. Sobald er dieses Missverständnis geklärt hatte, wollte er eine Bürgerbewegung gründen. Zukunft nur ohne Stasi – Auflösung des 4+4-Vertrages. Das war ab heute sein Ziel. Links und rechts neben ihm erkannte er aus den Augenwinkeln ein paar schwarze Sneakers und schwarze Leinenhosen sowie helle Laufschuhe und Bluejeans. Er spürte eine Hand an seinem Körper, die nach einer Waffe suchte. Dann klickten die Handschellen. Irgendjemand hatte ihm die Hände auf den Rücken gedreht.

»Bernd Wurm?«, fragte Richterswil.

Wurm nickte andeutungsweise in den Boden.

»Sie sind vorläufig festgenommen. Sie haben das Recht Ihre Aussage zu verweigern und einen Anwalt zu kontaktieren«, begann Neusiedl den Standardtext abzuspulen.

»Ich brauche keinen Anwalt!«, rief Wurm wütend aus, als Richterswil und Neusiedl ihn auf die Beine zogen. »Was soll ich denn gemacht haben?«

»Sie stehen unter dringendem Mordverdacht an Peter Schwarz«, erklärte Richterswil.

»Sind Sie noch ganz dicht?«, schrie Wurm. »Sie sind ja geisteskrank. Ich bin doch kein Mörder. Was halten Sie davon, wenn Sie zur Abwechslung mal die hinter Gitter bringen, die das verdient haben? Stasi-Freund!«

»Abführen«, sagte Richterswil zu einem der Berliner Polizisten in Uniform. »Ins Präsidium. U-Haft. Fingerabdrücke und Gewebeprobe in die KTU. Ergebnisse Abgleich Makarow Express. In einer Stunde zur Vernehmung vorführen.«

Enttäuscht hatte Richterswil auf die sich nicht verziehenden Gesichtszüge Wurms geschaut. Eiskalter Sack, dachte er.

*

»Da! Lies!«, begrüßte Gabriele Karenhall Nora am Frühstückstisch. »Mit deinem Foto vom Täter.«

»Reisende überführt Mörder!« Nora atmete tief durch. »So eine Zeitungsschmiererei. Das war doch nur ein Foto.«

Leon Hofer hatte sich hinter Nora gestellt. »Dank der Umsicht und Aufmerksamkeit von Nora A., Teilnehmerin der Drei-Länder-Tour von Erfurt über Wien nach Zürich, konnte der Mörder aus dem Ilmpark überführt werden. Aus internen Quellen wurde bekannt, dass der mutmaßliche Bernd W. bereits in Berlin in Untersuchungshaft sitzt. Auch dieser Rachemord an einem ehemaligen Stasi-Mitarbeiter konnte innerhalb von wenigen Tagen geklärt werden. Der hohen Einsatzbereitschaft der Sonderkommission SAO III ist es zu verdanken, dass der Täter noch in der Nacht festgenommen werden konnte. Es soll sich bei Bernd W. um einen ehemaligen Zögling des Kinderheims in Jenendorf handeln. Vermutlich hatte der ermordete Oberst der Staatssicherheit seinen mutmaßlichen Mörder in der Vergangenheit im Rahmen von Stasi-Tätigkeiten kennengelernt. Derzeit kann aber auch ein Auftragsmord nicht ausgeschlossen werden. Weitere Ermittlungsergebnisse wird die Sonderkommission SAO im Laufe des heutigen Tages in Weimar auf einer Pressekonferenz bekannt geben. Vorerst ist der Park an der Ilm für die Bevölkerung wieder freigegeben.«

»Bravo!«, rief Erich Waldner laut. Dann klatschte er in die Hände. »Unsere Nora!«

Nora zuckte zusammen. Nie würde sie sich an dieses Benehmen gewöhnen.

»Gratuliere auch ganz herzlich!«, sagte Konrad Tassilo Bender. »Jetzt ist es amtlich. Na, dann werden die sich hoffentlich nicht bei der Belohnung lumpen lassen.«

»Die werden sich bestimmt bald melden mit der Belohnung«, erklärte auch Leon Hofer. »Aber jetzt geht's zum ›Fuchsturm‹. Nächste Station Naumburg. Alle Koffer gepackt?«

Nora steckte die Tageszeitung ein. Sie hatte einen Menschen hinter Gitter gebracht. Rache war sein Motiv gewesen. Hoffentlich stand dieser Wahnsinnige nicht eines Tages vor ihrer Tür.

*

»Nora!«, rief Onkel Horst laut aus. »Jetzt kauf dir doch was Schönes.«

Gelangweilt schaute Nora auf die Auslagen in den tristen Schaufenstern. Sie hasste dieses hässliche Zeug. Genauso wie sie diese Alu-Chips hasste. Und mittlerweile hasste sie auch diese Verwandten, die sie mit ihrer Mutter besuchte. Am allerliebsten saß sie in der Hollywoodschaukel auf der Veranda. Dort war es ruhig, die Vögel zwitscherten, und sie konnte in den alten Büchern lesen, die sie bei Oma auf dem Dachboden gefunden hatte.

»Dass du die alten Dinger noch nicht weggeworfen hast«, hatte die Frau von Onkel Horst gesagt. »Das ist doch alles Schund. Wir haben so viele gute Dichter in unserer Republik.«

Aber Nora hatte sich über die muffig riechenden alten Ausgaben von Karl May gefreut. Im Schatten der Schaukel erlebte sie bei 30 Grad Hitze die Abenteuer von Winnetou und Old Shatterhand. Was hätte sie in dieser Einöde sonst tun sollen? Das nahe gelegene Freibad war eine Katastrophe. Blanker Beton in einem komischen hellen Ton angestrichen. Nicht einmal Kacheln hatte dieser Pool. Das schöne alte Saale-Schwimmbad war zu weit weg, außerdem hatte ihre Mutter Angst vor den Strömungen und den Strudeln, die Jahr für Jahr ihre Opfer holten.

»Schau einmal da, Nora!«, freute sich Onkel Horst. »Petruschkas. Die gefallen dir doch bestimmt.«

Nora wusste nicht, was an diesen albernen farblich katastrophal bemalten Holzpuppen schön sein sollte, die da neben den russischen Kosmonauten aus Plastik standen. Aber irgendetwas musste sie jetzt von ihrer Handvoll Alu-Chips kaufen, damit Onkel Horst nicht traurig war.

»Das ist eine Erinnerung an Tante Herta und an mich, für später.«

Nora nickte, setzte ein begeistertes Lächeln auf und folgte ihrem Onkel in die HO-Kaufhalle. Ein Schauder durchlief sie. Hier roch es wie in allen diesen Läden. Doch am schlimmsten war der Geruch in der Lederwarenabteilung. Mama hatte ihr erklärt, dass das Gerbstoffe waren, nach denen Taschen, Gürtel und Handschuhe rochen. Bei dem Gedanken an die Waren in den Regalen musste sie richtig lachen.

»Na siehst du, Nora!«, sagte Onkel Horst. »Jetzt haben wir unserer kleinen Nora eine richtige Freude bereitet.«

Nora gluckste. Wo auf der Welt lagen im Hochsommer bei 30 Grad im Schatten die Lederhandschuhe für den Winter in der Auslage? Wer sollte die denn jetzt kaufen?

»Und jetzt suchst du dir drüben in der Buchhandlung noch ein paar schöne Kinderbücher aus«, schlug Onkel Horst vor. »Dann musst du nicht diese vergilbten Dinger lesen.«

Mama hatte Nora eingeschärft, freundlich zu sein zu Onkel Horst. Es konnte das letzte Mal im Leben sein, dass sie ihn sehen durfte. Die Einreisesperre konnte auch gegen Mama und sie jederzeit wieder aufleben. Papa hatte es gut, er war zu Hause und musste diese grauen Hausfassaden, diesen Staub, der auf allem lag an, nicht ertragen. Er musste nicht diese lächerlichen Wandzeitungen mit dem Mitarbeiter des Monats im HO-Laden, in denen es nur diesen einfachen Pfefferminzbruch statt Sahnetoffee gab, und diese dämlichen Parteitagsparolen auf den roten Bannern anschauen. »Mein Arbeitsplatz, mein Kampfplatz« hasste sie am allermeisten. Und zu allem Überfluss hatte Tante Herta auch noch darauf bestanden, dass sie sich den »Schwarzen Kanal« anschaute. Was hatten die Westdeutschen diesem Herrn Schnitzler denn getan? Warum hatte er sie denn so gemein beschimpft? Zum Glück war Mama ins Wohnzimmer gekommen und hatte Tante Herta zur Rede gestellt.

»Was soll das denn? Nora ist noch ein Kind. Das ist doch Politik.«

»Eure Kinder sind aber auch verweichlicht. Unsere Jüngsten lernen schon im Kindergarten von unseren Staatsratsvorsitzenden. Und Staatsbürgerkunde ist auch in der Grundschule Pflicht. Unsere Kinder sind euren doch in Sachen Bildung haushoch überlegen.«

Wie immer, wenn Mama genervt war, hatte sie die Augen verdreht. »Unsere Kinder im Westen sind richtige Kinder.«

Onkel Horst stand vor einem Regal mit kleinen Heftchen, die auf komischem grauem Papier gedruckt waren.

»Bummibär, Atze«, las Nora laut.

»Ach wo«, sagte Onkel Horst. »Wir kaufen jetzt richtige Bücher für dich, da hast du lange Lesespaß dran.« Er nahm das erste Buch in einem gelben Einband aus dem Regal. »›Enkel der Sklaven‹, das ist doch ein schöner Titel von diesem Herrn Sigmar Schollak.«

Nora lächelte müde. Sie unterdrückte ein Gähnen. Warum lagen hier keine Bücher von Astrid Lindgren?

»So, das noch und das und den schönen Bildband über die Wartburg und den Band über das Unstruttal.« Voller Begeisterung ging Onkel Horst zur Kasse. »Westbesuch«, zwinkerte er der Verkäuferin zu, die Nora neugierig von oben bis unten musterte. Noras Kleidung fiel aus dem Rahmen. Sie war mit ihren weißen Jeans und dem hellblauen Shirt mit Smiley-Motiv eine exotische Frucht inmitten einer Schale Äpfel und Birnen.

Als sie auf die Straße traten, um zum Parkplatz zu gehen, auf dem Onkel Horsts ganzer Stolz stand – ein Wartburg mit vier Türen – lief eine Gruppe Schüler an ihnen vorbei. Nora hatte sich an den Anblick dieser blauen FDJ-Hemden und roten Halstücher gewöhnt. Aber nie im Leben, hatte sie sich geschworen, nie im Leben würde sie eine Uniform tragen – weder mit noch ohne Waffe in der Hand.

KAPITEL 7

»Nicht die Erkenntnis gehört zum Wesen der Dinge, sondern der Irrtum.«
Friedrich Wilhelm Nietzsche (1844 – 1900)
aus Nachgelassene Fragmente 1881

»Also noch einmal, oder? Weil's so schön war mit uns gestern Nacht?«, versuchte Richterswil es zum letzten Mal mit seiner bewährten beständigen Fragetechnik, die schon mehr als einen hartgesottenen Täter in der Schweiz zum Sprechen gebracht hatte.

Wütend starrte Bernd Wurm auf den Boden.

»Und? Wie wäre es mit einer einfachen Erklärung, die Ihnen in den nächsten Jahren das Leben mit Sicherheit erleichtern wird?«

»Die Indizienkette ist erdrückend«, fügte Neusiedl hinzu, der den Verhörraum gerade erst mit drei Pappbechern Kaffee betreten hatte. »Frische Brühe mit Kaffee-Extrakt«, kritisierte der in Sachen Kaffeespezialitäten verwöhnte Wiener den Automatenkaffee. Er stellte als Erstes vor den des Mordes verdächtigten Bernd Wurm einen Becher auf den Tisch. »Wenn Sie ein freier Mann wären, würde ich Ihnen jetzt eine Reise nach Österreich ins Land der Kaffeekultur empfehlen. Aber die Fingerabdrücke und das Foto werden Ihnen wohl in den nächsten Jahren ein warmes Plätzchen im Häfn bescheren.«

»Warum haben Sie Peter Schwarz erschossen?« Richterswil haute mit der Faust auf den Tisch. Der Kaffee aus den Bechern schwappte in kleinen Wellen auf den Tisch.

Wider Erwarten öffnete Bernd Wurm den Mund. Monoton wiederholte er die letzten Sätze der Nacht. »Ich bin kein Mörder. Ich habe ein Alibi. Ich habe diesem Blödmann nichts getan. Die Drohbriefe waren eine Dummheit. Ich weiß. Aber ich wollte, dass er Angst hat. Verstehen Sie das?«

»Was sollen wir verstehen?«, fragte Richterswil. »Dass Sie einen Menschen erschossen haben? Dass Sie Drohbriefe zum Spaß geschrieben haben?«

»Ich habe diese Waffe nie in der Hand gehabt. Meine Fingerabdrücke können nicht auf der Waffe sein!«, schrie Bernd Wurm aufgebracht.

»Sie sind nicht der erste Mörder, der bis zur Vorlage des Berichtes der KTU die Tat leugnet. Fingerabdrücke. Jetzt wachen Sie doch endlich auf! Ein Geständnis vor dem endgültigen Beweis kann Ihnen Jahre Ihres Lebens retten!«

»Sie sind wahnsinnig!«, versuchte Bernd Wurm es mit leiser Stimme. »Wie sollen denn die Fingerabdrücke auf die Waffe gekommen sein? Eine Makarow habe ich zum letzten Mal bei Schießübungen in der sozialistischen Wehrerziehung in der zehnten Klasse in der Hand gehabt. In der NVA habe ich nicht gedient.«

»Fassen wir zusammen«, sagte Neusiedl. »Sie sind vom Kinderheim in das Lehrlingsheim umgezogen. Die Personenabfrage bei der NVA hat ergeben, dass Sie für die Einberufung in 1990 vorgesehen waren. Und zwischen der zehnten Klasse und den vergangenen Tagen können Sie tausende Gelegenheiten zum Zugriff auf eine Makarow gehabt haben.«

»Ich sammle die Dinger unter meiner Matratze«, spottete Wurm. »Meine Freundin und ich finden das erotisch.« Er zog eine Grimasse und tippte sich an die Stirn. »Warum prüfen Sie nicht lieber mein Alibi?«

»Die Makarow haben Sie auf dem Schwarzmarkt von einem

ehemaligen Soldaten gekauft? Oder geliehen?«, ergänzte Richterswil Neusiedls Ansatz.

»Sie sind ein Auftragskiller! Wurm! Geben Sie es doch zu!«, rief Neusiedl laut aus. »Wenn Sie selbst kein ausreichendes Rachemotiv haben. Sie waren scharf auf das Geld.«

»Wie viel hat Ihnen Ihr Auftraggeber gezahlt?«, fragte Richterswil. »Wollten Sie Ihre Schwiegereltern beeindrucken? Ein Heimkind kommt zu Geld?«

»Sie sind wirklich nicht ganz dicht!«, schrie Wurm. »Warum überprüfen Sie nicht endlich mein Alibi. Ich war am Tattag nicht in Weimar. Ich war in Berlin auf der Baustelle.«

»Richtig! Sie arbeiten schwarz. Am Staat vorbei, oder?«

»Ihre Kollegen geben Ihnen ein Alibi«, sagte Neusiedl. »Wie viele Auftragsmorde haben Sie auf diese Tour schon durchgezogen?«

»Verrückte, alles Verrückte.« Bernd Wurm schüttelte resigniert den Kopf. »Killer, die gibt es in der Schweiz, in Russland, in Österreich, in Süd-Amerika. Aber nicht auf einer Baustelle!«

»Was sagt Ihnen der Name Manfred Günther?«, fragte Richterswil leise.

Bernd Wurm schaute ihn an. Er zuckte mit den Schultern. Dann verzog er genervt das Gesicht. »Irgend so eine abgehalfterte Stasi-Größe. Längst tot und vergessen. Was habe ich mit dem zu tun?«

»Das fragen wir Sie gerade«, sagte Neusiedl.

»Sie sind in der Nacht von Berlin mit dem Express nach Jena gefahren. Von Jena aus hat Sie ein Komplize nach Weimar gefahren. In Weimar haben Sie Ihrem Opfer aufgelauert«, zählte Richterswil auf.

»Nur mit der Reisegruppe im Park an der Ilm haben Sie nicht gerechnet«, fügte Neusiedl hinzu. »Sie haben die Waffe wie verabredet im Papierkorb entsorgt und sind wieder im

Auto Ihres Komplizen zurück nach Jena gefahren. Dann mit dem Express nach Berlin. Und am Abend waren Sie wieder auf der Baustelle.«

»Sie glauben nicht ernsthaft, dass mir vier meiner Kollegen ein falsches Alibi geben?«, fragte Bernd Wurm. »Was soll dieser Wahnsinn hier? Suchen Sie einen Sündenbock? Brauchen Sie einen Schuldigen für Ihre Erfolgsstatistik? Die Methoden kenne ich aus der DDR.«

Neusiedl riss ein Blatt aus seinem kleinen Notizbuch. »Hier. Namen und Adressen.«

»Endlich!« Bernd Wurm atmete erleichtert auf. Er schrieb mit gestochen scharfer Handschrift Namen und Adressen auf.

»Am besten schicken wir da gleich einmal die Kollegen auf der Baustelle vorbei, oder?« Richterswil schaute auf den Zettel. »Schwarzarbeit, so wird das nie etwas mit der Rechtsstaatlichkeit hier.«

»Aber mit Ihren Stasi-Fritzen, da ist dieser Staatenbund auch nur ein leeres Versprechen. Rechtsstaatlichkeit. Was soll denn an dieser Neuen Grenzschutztruppe Recht sein? Das ist himmelschreiendes Unrecht. Unrecht!«, schrie Bernd Wurm das letzte Wort. »Sie werden sich noch alle wundern, wenn mehr und mehr Wahrheiten ans Licht kommen. Oder passt das Ihren Politikern und Großindustriellen nicht, die lukrative Geschäfte mit der DDR und der Stasi gemacht haben? Zwangsarbeit im Knast und Medikamenten-Tests, sage ich Ihnen. Verstehen Sie?«

»Sobald das erste Alibi platzt, weil die Herren Kollegen Schwarzarbeiter nicht auch noch wegen Beihilfe zum Mord ins Kittchen wandern wollen, können wir uns gerne eingehend über Recht und Unrecht unterhalten«, sagte Richterswil. »Aber ein Geständnis wäre uns jetzt am liebsten!«

»Ich gestehe nichts, was ich nicht getan habe.«

»Wie war das mit den Drohbriefen?«, hakte Neusiedl nach. »Wollten Sie nicht nur Schwarz, sondern auch seine Frau aus dem Weg räumen? Was haben Ihnen die beiden getan?«

»Sie wollen die ganze Wahrheit wissen?«

»Klingt gut!«, sagte Neusiedl.

»Er sollte die Angst spüren, die wir im Kinderheim gespürt haben. Er sollte Einsamkeit und Verlassensein spüren. Am eigenen Leib spüren, wie es ist, einer gnadenlosen Übermacht hilflos ausgesetzt zu sein. Das ist alles. Ich war nicht in Weimar an dem Morgen. Prüfen Sie das doch endlich, statt hier lächerliche Fragen zu stellen.«

»Der Robin Hood der Heimkinder!«, provozierte Neusiedl. »Drohen mit einem empfindlichen Übel, Nötigung.«

Richterswil zog erneut das Fahndungsfoto, das Nora Attendorn zufällig am Tattag geschossen hatte, aus einem grauen Aktendeckel. »Hier! Wollen Sie ernsthaft behaupten, dass Sie das nicht sind?«

»Ein grauer Aktendeckel mit Foto. Ein grauer Aktendeckel mit geplatzten Alibis. Ein grauer Aktendeckel mit Ihren Fingerabdrücken auf der Makarow. Es wird Zeit!«, erklärte Neusiedl. »Zeit für ein Geständnis. Wollen Sie gleich den Bericht der Kriminaltechniker in aller Ruhe lesen, bis Ihnen wieder einfällt, dass Sie Peter Schwarz ermordet haben?«

Bernd Wurm verzog süffisant grinsend das Gesicht. »Wer das auf dem Foto ist, weiß ich nicht. Vielleicht eine Gummifratze wie bei Fantomas? Oder kennen Sie die Verfilmung mit diesem kleinen Franzosen nicht. Wie heißt der gleich?«

»Ätzend, Ihre Ausdauer!«, kommentierte Neusiedl. »Ich brauche noch einen Espresso. Sie sind unerträglich dumm!«

»Ich habe diesen Peter Schwarz ein einziges Mal in meinem Leben gesehen. Im Heim.«

»Also doch!«

»Und dann sind Sie ihm zufällig in Weimar über den Weg

gelaufen und haben sich gedacht, das Schwein bringe ich um«, ergänzte Richterswil.

»Ja!«, sagte Bernd Wurm leise. »Ja! Ich bin ihm zufällig in Weimar über den Weg gelaufen.«

»Na endlich!«, sagte Neusiedl. »Sollen wir das Band für das Geständnis mitlaufen lassen?«

»Lassen Sie laufen, was Sie wollen. Ich werde keinen Mord gestehen, den ich nicht begangen habe«, sagte Bernd Wurm. »Ich habe ihn auf einem Parkplatz wiedergesehen. Auf dem Platz werden gebrauchte Pkws verkauft. West-Fabrikate mit PS unter der Haube.« Er pfiff anerkennend laut auf.

Richterswil verdrehte die Augen. Hatte dieser Einfaltspinsel jetzt keine anderen Gedanken?

»Ich bin ihm nachgegangen. Dann habe ich gesehen, in welcher Prachtvilla der wohnt. Dieses Stasi-Schwein. Verrecken hätte er sollen!« Wurm holte tief Luft. »Wie konnten die da oben solche Leute ungeschoren davonkommen lassen? Dieser ganze 4+4-Vertrag ist das Papier nicht wert, auf dem er gedruckt ist.«

»Und dann?«, fragte Neusiedl.

»Ich habe ihn beobachtet und herausgefunden, dass er irgendeine Beratertätigkeit ausübt. Der gehört in den Knast. Lebenslänglich weggesperrt. Wissen Sie, mit was für Methoden die uns Kinder und Jugendliche im Heim für Ihre Tätigkeiten angeworben haben?«

»Und?«, fragte Richterswil provokant. »Haben Sie mitgemacht? Wollten Sie mit dem Mord Ihre eigene Schuld vertuschen?«

»Sie! Sie!«, schrie Bernd Wurm auf. Dann spuckte er Richterswil ins Gesicht.

»Abführen!«, schrie Neusiedl. »Das war Ihre letzte Chance!«

*

Lautes Rasseln eines Schlüsselbundes war auf dem Flur des Gefängnistraktes zu hören. Eine Zellentür knallte zu. Hart schallten Stiefel auf dem kalten Steinboden. Wieder Totenstille.

»Sie haben nicht ernsthaft geglaubt, dass wir Sie in den Westen lassen?« Peter Schwarz' Lippen verzogen sich zu einem süffisanten Lächeln. Im gegenüber saß auf dem Vernehmungsstuhl Otto Bastian. »Sie sind jetzt seit vier Jahren hier. Einzelhaft. Bedingungen, die Sie sich als Staatsfeind selbst zuzuschreiben haben. Ich habe die Gesetze nicht gemacht. Aber Staatsfeind bleibt Staatsfeind. Unser Arbeiter- und Bauernstaat muss gegen solche subversiven Geschöpfe geschützt werden. Im Jargon nennen wir das asozial.«

»Sind Sie jetzt fertig? Warum haben Sie mich hergeholt? Wollen Sie mir die Grundsätze Ihres Sozialismus erklären?«, fragte Otto Bastian mit einer unterdrückten, aber nicht zu überhörenden Wut in der Stimme.

»Oh? Wir sind nach vier Jahren Einzelhaft und drei Mal am Tag Fraß für Vaterlandsverräter noch aufmüpfig?« Peter Schwarz schlug mit einem Rohrstock auf den Tisch. »Was soll das denn heißen? *Ihr* Sozialismus? Fühlen Sie sich nicht als Proletarier? Brauchen Sie strengere Umerziehungsmaßnahmen?«

»Was wollen Sie von mir? Wann werden meine Briefe in den Westen weitergeleitet? Sie wissen doch, dass Sie für mich Geld bekommen, wenn Sie mich in den Westen lassen.«

»Geld? Warum sollte der Klassenfeind uns Geld für einen Asozialen geben? Im Westen sind nur angeblich politisch Verfolgte erwünscht.«

»Haben die Ihnen nicht genug geboten?«

»Wie wäre es, wenn Sie sich nützlich machen und den Westen endlich vergessen?«, fragte Schwarz in einem freundlichen Ton. »Sie bekommen von uns die besten Bedingungen. Eine neue Identität! Arbeiten Sie für uns, und die Sache mit dem Fluchtversuch ist vergessen.«

»Meine Frau, unsere Kinder?«

»Ihre Kinder werden zu guten sozialistischen Bürgern erzogen. Es fehlt ihnen an nichts. Was wollen Sie mehr? Sie können sich ohnehin nicht mehr an Sie erinnern. Außerdem kann ich Ihnen nicht helfen. Die Adoption von Kindern subversiver Feinde des Sozialismus ist nicht die Angelegenheit des Ministeriums der Staatssicherheit der DDR. Das ist eine Sache des Jugendamtes. Und zum Wohle der Kinder ist das Jugendamt zur Verschwiegenheit verpflichtet.«

»Meine Frau? Was haben Sie mit ihr gemacht? Warum antwortet sie nicht auf meine Briefe?«, flüsterte Otto Bastian in einem bittenden Ton.

»Also geht doch auch freundlich und kooperativ.« Peter Schwarz lachte. »Warum denn nicht gleich so? Haben Sie Angst um Ihre Frau? Wie kann denn ein Mann wie Sie sich von einer Staatsfeindin so den Kopf verdrehen lassen?«

»Sie … Sie … Was ist mit Inge?«

»Überlegen Sie gut, was Sie zu mir sagen. Wenn Sie wollen, lasse ich Sie sonst für die nächsten vier Jahre wieder verschwinden. Wir haben doch alle einen freien Willen in unserem freien sozialistischen Staat.«

»Inge?«

»Ich ermögliche Ihnen einen Neustart. Ist das nichts?«

»Wollen Sie sie seelisch zerbrechen, indem Sie mich als informellen Mitarbeiter anwerben?«

Peter Schwarz grinste hämisch. »Ich Sie anwerben? So platt sollten Sie das nicht formulieren. Ich möchte nur, dass Sie mich mit ein paar Informationen versorgen, wenn wir Sie rauslassen.«

»So nennen Sie das jetzt?«

»Mein letztes Angebot.« Peter Schwarz grinste hämisch. »Außerdem konnten wir uns leider die hohen Kosten für die Medikamente Ihrer Frau nicht leisten. Norm nicht erfüllt.

Zu wenig Knöpfe produziert. Lungenentzündung. Sie hat das feuchte Klima und die Kälte in Hoheneck nicht verkraftet.«

»Inge ist tot?«, fragte Otto Bastian tonlos. »Sie haben meine Kinder auf dem Gewissen! Geben Sie es zu!« Eine unendliche Leere machte sich in ihm breit. Was hatte er getan? Er hatte seine liebsten Menschen auf dem Gewissen.

Peter Schwarz zuckte mit einem hintergründigen Lächeln seine Schultern. Er stand auf und verließ grußlos den Raum. Was waren denn acht Jahre für eine versuchte Republikflucht, wenn andere für den Satz »Die Vögel fliegen in die Freiheit« neun Monate in Bautzen einsaßen? Als er Otto Bastian nach einer Woche einen weiteren Besuch abstatten wollte, hatte sich der Inhaftierte in seiner kargen Zelle über dem Fäkalieneimer mit seinem Bettlaken am Fenstergitter erhängt. Als offizielle Todesursache stellte der Gefängnisarzt Herzversagen fest. Otto Bastian hätte zu Weihnachten in den Westen entlassen werden sollen.

*

»Dort oben seht Ihr die Stifterfiguren Ekkehard und Ute«, erklärte Leon Hofer seiner Reisegruppe. »Da die Ehe der beiden kinderlos geblieben ist und Ekkehard mit Kriegsführung beschäftigt war, ist dieser Dom das Steckenpferd von Uta geworden.«

»Eine Bauherrin des Mittelalters!«, flüsterte Nora.

»Doch Uta hat auf eine ganz andere Art und Weise auf dieser Welt Karriere gemacht als nur mit diesem Dom.«

»Sie ist selbst in den Krieg gezogen«, schlug Wurstfabrikant Waldner vor.

Doch Leon Hofer überhörte diesen Kommentar. »Das Gesicht der Uta war 1937 die Vorlage für die böse Stiefmutter im Schneewittchen. Walt Disney hat tief in die Kunstkiste gegriffen und sich für eine historische Vorlage entschieden.«

»Schneewittchen«, rief Margret Waldner begeistert aus. »Da kommt bestimmt der Name für diesen leckeren Schneewittchenkuchen her. Mein Sammelrezept Nummer 7!«

»Heute finden im Dom auch regelmäßig Gottesdienste statt«, erklärte der Reiseleiter. Er ignorierte Frau Waldner. »Doch für uns geht es nach so viel Kultur zum Mittagessen. Alle mir nach!«

Nora verließ den Dom als Letzte, nachdem sie noch zahlreiche Fotos von Uta und ihren steinernen Freunden hoch oben auf dem Podest im Dom gemacht hatte. Sie freute sich über das Naumburg Motiv »Schneewittchen und Uta«. Eine böse Stiefmutter mitten in einem altehrwürdigen Dom. Ihr Reisetagebuch würde sicherlich mindestens doppelt so dick wie geplant. Irgendwo in einem Schreibwarenladen musste sie unbedingt noch eines von diesen DDR-Schulheften kaufen. Als sie aus dem kühlen Dom wieder in den strahlenden Sonnenschein trat, blinzelte sie. Nora kramte ihre Sonnenbrille aus ihrer Canvas-Tasche.

»Die wollen das Strafrecht verschärfen«, sagte Gabriele Karenhall. »Lies mal die Schlagzeile da. Diese Rachemorde scheinen nicht abzureißen.«

»Oder die verfolgen endlich das alte Stasi-Unrecht«, kommentierte Erich Waldner ungebeten. »Dann ist auch Schluss mit den Wild West Manieren.«

»Dieser lose Staatenbund und die Neue Grenzschutztruppe sind ein einziger großer Fehler gewesen. Unsere Kinder werden noch unter den Auswirkungen zu leiden haben«, unterstützte Frau Waldner ihren Mann. »4+4-Vertrag, als wenn 2+4 nicht gereicht hätte!«

Nora grinste Gabriele zu. Hatten die Waldners nicht gestern Abend noch erzählt, dass sie gar keine eigenen Kinder hatten? Ihr Blick fiel neben dem Zeitungsständer auf ein halb zerfetztes Wahlplakat aus den Zeiten des »Runden Tisches« der ehemaligen DDR. Von Basisdemokratie und Wandel, von einer neuen Zeit und der Demokratie des Volkes war damals die Rede gewesen. »Schwätzer!«, sagte Nora laut.

»Ja!«, sagte ein älterer Passant mit schütteren Haaren in Jeans und Jeansjacke zu ihr, der leicht den Dialekt der Region sprach. »Alles Schwätzer. Aber mit dem Unterschied, dass wir uns die jetzt alle fünf Jahre statt alle 40 Jahre aussuchen können.«

Nora lächelte ihn freundlich an. Ein echter ehemaliger DDR-Bürger erklärte ihr die Wende.

»Ihr werdet ihn noch begreifen lernen, den Osten und seine Mechanismen. Ein Wunder, dass nicht noch mehr Menschen an dem System des Sozialismus zerbrochen sind. Von den Sachschäden und der Umweltzerstörung wollen wir gar nicht mehr reden. Aber jetzt haben wenigstens alle eine Chance auf Leben.«

»Hier haben Sie meine Karte!«, mischte sich Erich Waldner ein. »Sie sind nach meinem Geschmack.«

Der Mann schaute auf die Visitenkarte. Er schüttelte den Kopf. »Vielleicht melde ich mich bei Ihnen. Vielleicht.« Dann verschwand er so schnell, wie er gekommen war.

»Auf jeden Fall habe ich auch in den Nachrichten gehört, dass Rache nicht mehr nur ein niedriger Beweggrund, sondern gleichzeitig auch Auswirkungen auf die Beurteilung der Schwere der Schuld haben soll«, erklärte Gabriele weiter.

»Ob wir die beiden Ermittler noch einmal wiedersehen?«, fragte Nora laut. »Die sind bestimmt schon mit dem nächsten Fall beschäftigt.«

»Nora!«, rief Waldner laut. »Deine Belohnung. Unter Garantie stehen die mit der Presse in den nächsten Tagen vor deiner Hoteltür!«

Leon Hofer hielt ein buntes Tuch in die Höhe und drehte es in der Luft. »Hier entlang zum Mittagessen.«

Nora schaute zufällig in die entgegengesetzte Richtung. Sie sah eine Szenerie, die ihr eine Gänsehaut über den Rücken laufen ließ. Auf den Platz, den Sie gerade verließen, drängte eine gespenstisch stille Demonstration. Stumm und ohne das übliche Geschrei aus den Megafonen schritten ungefähr 300 Menschen mit Plakaten dahin. Polizisten in Uniform und Beamte vom Staatsschutz in Zivil mit Kameras in der Hand begleiteten die Demonstration.

Nora erkannte den älteren Mann, dem Waldner seine Visitenkarte gegeben hatte.

»4+4 rückgängig machen«

»Wir sind ein Volk, nur ohne Stasi«

»Schluss mit Geldschiebereien«

»SÖD auflösen jetzt«

Nora nahm ihre Kamera zur Hand und fotografierte unauffällig die mit einfachen Materialien gebastelten Banner. Sie liebte den Gedanken, hier Zeitzeugin zu sein. Vielleicht setzten sich diese Menschen durch? Sie hatten doch recht. Was sollte denn dieser altbackene 4+4-Vertrag, nach dem niemand mehr wusste, wer was zu entscheiden hatte. Staatenbund – das war doch historisches Mittelalter. Kleinstaaterei.

Machtvakuum hatte ihr Vater diese Situation genannt. Gebietserweiterung um jeden Preis und jetzt der geistige Stillstand, weil niemand wusste, wohin das Schiff fahren sollte. Spekulanten, Glückssucher und hoffnungslose Träumer beschworen ein Chaos herauf.

Auch Gabriele hatte die Demonstranten aus den Augenwinkeln entdeckt. Energisch zog sie Nora mit sich fort. »Demos sind gefährlich im Osten. Das war schon 53 und 89 ein Pulverfass.«

»Gabi! Das ist jetzt eine Demokratie!«

»Weg hier. Jetzt hör doch auf mich. Wie gut, dass wir nächste Woche schon in Wien sind.«

»Gab es denn in der DDR außer der Nullpromillegrenze gar nichts Gutes?«

»Nein, gab es nicht. Die Menschen hier reden sich die Realität schön. Ende der Diskussion!«

»Meinst du, die bewegen nichts mehr, jetzt wo die Verträge unterschrieben sind?«

»Stasi raus!«, begann die Menge zu skandieren. Auch aus den kleinen Seitengassen strömten mehr und mehr Demonstranten auf den Platz.

Ob Onkel Horst auch an solchen Demos teilnahm?

*

Bernd Wurm wurde in Handschellen in den Verhörraum geführt.

»Geht der Unfug jetzt von vorne los?«, fragte er.

Ein Polizist in Uniform stand hinter Bernd Wurms Stuhl am Tisch.

»Sie bleiben während des Verhörs dort sitzen. Bewegen und spucken ist jetzt nicht mehr«, sagte Richterswil gefährlich leise.

»Wie viele Drohbriefe haben Sie den Eheleuten Schwarz geschrieben?«, fragte Neusiedl. »Wie haben Sie die geschrieben?«

»Fünf oder sechs Briefe waren das. Mehr nicht. Die sollten endlich auch Angst haben.«

»Wie haben Sie die geschrieben? Was stand drin?«

»Ich habe ein altes ›Kapital‹ genommen und einzelne Worte ausgeschnitten.«

»Marx! Wie passend!«, bemerkte Richterswil leise, der an der Wand in zwei Metern Entfernung vom Tisch lehnte.

»Der Rest?«, fragte Neusiedl.

»Den Rest habe ich mit Druckbuchstaben aufgefüllt.« Bernd Wurm wollte aufstehen. Doch der Polizist in Uniform hielt ihn an den Schultern fest. »Haben Sie mein Alibi überprüft? Oder lassen Sie das von Ihrem Fußvolk machen?«

»Letzte Chance, oder?«, sagte Richterswil. »In spätestens zehn Minuten ist der Bericht der KTU hier. Dann dürfen Sie Ihre Fingerabdrücke selbst auf der Makarow erkennen.« Er machte einen Schritt auf Bernd Wurm zu. »Wer sind Ihre Hintermänner?«

»Es tut mir leid!«, sagte Bernd Wurm. »Ich hätte Sie nicht anspucken sollen.«

Das Deckenlicht flackerte. Eine der Lampen brannte durch.

»Erste Einsicht!«, sagte Richterswil. »Mehr davon?«

»Wissen Sie«, erklärte Wurm und ließ die Handschellen rhythmisch rasseln, »dieses alberne Spiel fängt an, mir Spaß zu machen. Wir warten jetzt gemeinsam den Bericht dieser KA TI U ab, und dann machen Sie Ihre Arbeit und prüfen mein Alibi.« Er lachte laut auf. »Habe ich eigentlich Anspruch auf eine Haftentschädigung?«

»Humor haben Sie auf jeden Fall!«, sagte Neusiedl.

Ein weiterer Polizeibeamter in Uniform öffnete die Tür. In der Hand des Beamten war ein grauer dünner Aktendeckel.

»Ende Gelände!«, sagte Neusiedl. »Chance verpasst.«

Richterswil öffnete den Aktendeckel.

Neusiedl bemerkte die sich langsam hebenden Augenbrauen seines Dienstvorgesetzten. »Und?«

»Handschellen öffnen.« Richterswil nickte ohne eine einzige Gesichtsregung. »Vier wasserdichte Alibis. Und die Fingerabdrücke auf der Waffe sind zwar fast identisch mit Ihren Abdrücken. Aber leider nur fast.« Er schob Neusiedl den Aktendeckel zu.

Neusiedl riss das Blatt mit dem Abgleich der Fingerabdrücke aus der Akte. Bernd Wurm hatte auf jedem seiner Finger Narben. Unverheilte alte Narben, die auf der Makarow nicht zu erkennen waren. Ein fast tonloses Nein entfuhr seinen Lippen.

»Sie halten sich zu unserer Verfügung. Für weitere Befragungen«, sagte Richterswil. »Aber die Drohbriefe werden ein Nachspiel haben.«

»Ich hätte nichts gegen eine Entschuldigung.« Erleichtert rieb sich Bernd Wurm seine handschellenlosen Handgelenke. »Nach dem Schreck geht es jetzt nach Hause für die kommenden Tage.«

»Jena?«, fragte Richterswil.

Bernd Wurm nickte. »Ich hoffe, wir sehen uns nicht mehr wieder.«

»Das hätten Sie gerne. Aber ich bin mir sicher, dass wir uns bei dieser Beweislage noch einmal wiedersehen werden.«

»Beweise? Gegen mich? Null!« Bernd Wurm verließ den Verhörraum als freier Mann.

Skeptisch schaute Neusiedl auf die beiden Aktendeckel. »Wie?«, überlegte er laut.

»Jetzt geht das Spiel von vorne los«, sagte Richterswil leise. »Dieser Steglitz könnte den Verdacht absichtlich auf Wurm gelenkt haben.«

»Aber diese Ähnlichkeit der Fingerabdrücke?«

»Geschwister oder Zufall! Die berüchtigten umgekehrten sechs Richtigen im Lotto«, dachte Richterswil laut. »Steglitz hat unter Garantie gelogen. Der weiß mehr, als er uns erzählt hat.«

»Ohne Kaiserschmarrn geht heute gar nichts mehr«, sagte Neusiedl. »Kaiserschmarrn hilft beim Denken.« Er grinste Richterswil an. »Im Westteil der Stadt gibt es ein österreichisches Café. Die haben Wiener Schnitzel und tausend andere Köstlichkeiten auf der Karte.«

Richterswil konnte wieder lachen. »Mit Sicherheit haben

die auch richtigen Kaffee. Und dann geht es mit 240 wieder zurück nach Weimar. Ich bin mir sicher, dass wir kurz vor der Lösung stehen.«

»Kaiserschmarrn und eine Wiener Melange«, schwärmte Neusiedl. »An Berlin könnte ich mich gewöhnen.«

»Diesen Steglitz kriegen wir klein. Wenn er Wurm kennt, kennt er auch seine Geschwister.«

»Dann machen wir den richtigen Piefke dingfest. Oder glaubst du immer noch an einen Auftragsmord und eine politische Affäre?«

»Zwangsarbeit im Knast. Medikamententests«, wiederholte Richterswil die Worte Wurms. »Wir befinden uns hier im Osten auf einem zu 100 Prozent verminten Tatumfeld.«

»Nicht zu vergessen die Geldschiebereien und Vermögensdelikte im großen Stil!«

»Hast du gestern den Bericht über die Taktik im Rahmen der Auflösung der LPG gesehen?«

»Hat dieser Steglitz nicht irgendetwas von Traktoren gesagt?«

*

»Hier!« Dr. Kevin Beerbaum hatte die Fingerabdrücke in Großformat vor den hohen Leuchtkasten für die Röntgenaufnahmen gehängt. »Fast identisch.«

»Großes Rätsel!«, sagte Neusiedl. »Können Geschwisterkinder fast identische Fingerabdrücke haben?«

»Zwillinge!«, erklärte der Gerichtsmediziner. »Nur Zwillinge können sehr ähnliche Abdrücke haben. Eine Laune der Natur. Embryos entwickeln ihre Fingerabdrücke bis zum vierten Monaten im Mutterleib. Fruchtwasser! Das kann passieren. Die Fingerabdrücke von Bernd Wurm und die auf der Makarow unterscheiden sich fast nur durch die Narben auf Wurms Fingern. Leider sind die Abdrücke auf der Waffe von irgendetwas an den Rändern verwischt. Trotzdem. Er muss bei dieser hohen Ähnlichkeit einen Zwillingsbruder haben – eineiig oder zweieiig.«

»Wie ist das mit den Fingerabdrücken genau?«, fragte Richterswil.

Der Gerichtsmediziner schaltete das Leuchtboard an.

Die drei Männer schauten auf die vielen feinen Musterungen der vergrößerten Fingerabdrücke.

»Die Ähnlichkeiten zwischen den Fingerabdrücken sind extrem. Auch bei Mehrlingsgeburten ist das eine Ausnahme. Die Papillaren werden durch die Lage im Mutterleib und die Bewegungen des Fruchtwassers bestimmt.«

»Hä?«, fragte Richterswil leise.

»Ich habe eine Kollegin von Scotland Yard kontaktiert.« Der Gerichtsmediziner nahm einen großen Umschlag von einem freien Seziertisch. »Hier! Sollten die Zwillinge, ob ein- oder zweieiig, in den ersten vier Monaten eine parallele Lage gehabt haben, könnte das Fruchtwasser ihre Fingerabdrücke nahezu identisch geformt haben.«

»Trotzdem können die Abdrücke auf der Makarow nur einem einzigen Menschen zugeordnet werden. Soweit sie brauchbar sind«, sagte Neusiedl.

Dr. Beerbaum nickte. »Exakt so ist es.«

»Können diese verwischten Ränder vor Gericht als Beweismittel zurückgewiesen werden?«

Der Gerichtsmediziner nickte. »Selbst wenn ich die genetischen Fingerabdrücke vergleichen könnte, hätten wir kein eindeutiges Ergebnis.«

»Diese Genetik ist doch noch im Forschungsstadium?«, fragte Neusiedl.

»Richtig. Aber in ein paar Jahren werdet ihr alle Fälle neu aufrollen können, die jetzt auf Halde im Archiv liegen«, erklärte Dr. Beerbaum.

»Aber die genetischen Fingerabdrücke von eineiigen Mehrlingsgeburten sollen doch zu 100 Prozent identisch sein«, sagte Neusiedl.

»Logisch, oder? Der genetische Fingerabdruck wird durch die Teilung der Zellen weitergeben. Ohne mögliche äußere Einflüsse wie die Bewegungen des Fruchtwassers.«

»Für einen Laien perfekt zusammengefasst«, bestätigte Dr. Beerbaum. »Aber es ist nur eine Frage der Zeit, bis auch die DNA von Zwillingen exakt unterschieden werden kann.«

»Und jetzt?«, fragte Richterswil. »Wir haben ein Foto. An den Rändern verwischte Fingerabdrücke. Was kannst du uns noch bieten?«

»Sucht den Zwilling!«

Also zurück zu den klassischen Ermittlungsmethoden ohne Fingerabdrücke. Foto, Motiv, Umfeld, dachte Neusiedl.

»Die Lösung führt uns an den Anfang des Falls«, sagte Richterswil. »Weder Steglitz noch Wurm selbst haben etwas von Geschwistern erzählt.«

»Wurm hat aber behauptet, dass seine Eltern in den Westen abgehauen sind.«

»Lügen, Behauptungen, falsche Daten und ein Dickicht aus alten Seilschaften. Diese Stasi-Typen ungeschoren davon kommen zu lassen, war ein Fehler. Ein großer Fehler.«

»Zu der Erkenntnis ist Bernd Wurm auch gekommen«, grinste Neusiedl.

»Aber ich schreibe keine anonymen Drohbriefe«, alberte Richterswil.

»Warum auch?«

»Wenn diese Eltern wirklich existieren sollten«, begann Dr. Beerbaum, »wenn die ihre Kinder zurückgelassen haben, dann sind die getrennt worden. Und die Daten sind auch unter Garantie falsch.«

»Als Erstes gleichen wir trotzdem die Daten mit den anderen Opfern in der Personalakte von Schwarz ab.«

»Sollten wir nicht zuerst nach Jenendorf fahren?«, fragte Neusiedl.

»Ich möchte diesem Steglitz den Zwillingsbruder unter die Nase reiben können.«

»Für was?«, fragte Neusiedl. »Der Typ ist abgebrüht. Da nimmt der sich nichts von an.«

»Hoffentlich hat der den Täter nicht vorgewarnt«, sinnierte Richterswil. »Der hat uns absichtlich den unschuldigen Zwillingsbruder genannt, um dem Täter die Flucht zu ermöglichen.«

»Der Mörder sitzt jetzt irgendwo auf Kuba unter Palmen bei einem guten Glas Rum.«

»So komfortabel lebt nur ein gut bezahlter Killer!«, amüsierte sich Richterswil. »Fehlt nur noch die Verbindung vom Zwilling zu Peter Schwarz oder Manfred Günther.«

»Name, Geburtsdatum. Ich bin gespannt, wie viel Fantasie die Behörden der DDR bei dem Zwilling hatten«, spottete Neusiedl.

»Mal den Teufel nicht an die Wand«, sagte Richterswil. »Theoretisch kann der an jedem anderen Ort der DDR aufgewachsen sein. Und mehr als die Anhaltspunkte in der Personalakte von Peter Schwarz haben wir nicht.«

»Doch«, grinste Neusiedl. »Ja natürlich. Hier hatte alles seine Ordnung«, äffte er den Betreuer des Kinderheims in Jenendorf nach.

»Außerdem scheint der Zwilling diesem Wurm doch sehr ähnlich zu sehen«, sagte Dr. Beerbaum. »Sonst hätte Steglitz ihn doch nie verwechselt. Vielleicht meldet sich noch ein anderer Zeuge.«

»Vielleicht!«, dachte Richterswil laut. »Vielleicht auch nicht.«

»Oder Bernd Wurm wusste doch von seinem Zwillingsbruder. Auch wenn er ihn nie gekannt hat?«, überlegte Neusiedl. »Vielleicht hält der sich jetzt für den großen Helden, der seinem unbekannten Bruder die Flucht ermöglicht hat.«

Die Tür zur Gerichtsmedizin öffnete sich. Die beiden Kollegen des Soko SAO Teams VII betraten den Raum. Ihre Wasserleiche lag auf dem Tisch neben Peter Schwarz.

»Nur eines ist ganz sicher«, sagte Dr. Beerbaum zum Abschied, »es kann nur ein Zwilling sein! Alle anderen Möglichkeiten sind bei der frappierenden Ähnlichkeit der Fingerabdrücke ausgeschlossen!«

*

»So ein Angebot machen wir nicht jedem Störenfried«, sagte Peter Schwarz zu Bernd Wurm. Er versuchte, das seiner Ansicht nach schiefe, linkische Lächeln dieses jungen Mannes zu übersehen. Peter Schwarz bevorzugte gerade in die Welt blickende junge Leute für sein Netzwerk. Doch diese Gelegenheit konnte er sich nicht entgehen lassen. Wurm sah seinem Zwillingsbruder zum Verwechseln ähnlich. Wenn die beiden dieselbe Frisur hätten, ihre sprachlichen Gewohnheiten ein bisschen mehr anglichen und auch die gleiche Kleidung tragen würden, wären sie ideal für den Einsatz bei der Stasi geeignet. Innerlich lachte Peter Schwarz schon schadenfroh über seine neuen Opfer. Mit einem Doppelgänger und der richtigen Taktik konnte er so unliebsame Gegner in die Nervenheilanstalt bringen. Dann musste er nicht einmal mit seinem Stasi-Ausweis nachhelfen. Welcher Psychiater würde schon auf die Idee kommen, dass er Zwillinge für sein perfides Spiel einsetzte? Wenn diese beiden Jungs nur nicht so stur wären. Dunkel erinnerte er sich an die Bastians. Er war sowohl bei der Festnahme an der Grenze als auch bei der Urteilsverkündung dabei gewesen.

»Im Namen des Volkes!« Peter Schwarz hatte den Richter noch vor Augen. Unerbittlich hatte er Recht gesprochen über Otto und Inge Bastian. Aber schließlich musste diesen Fahnenflüchtigen doch Gerechtigkeit widerfahren, um sie später als nützliche Subjekte in die sozialistische Gesellschaft zu integrieren. Dass Inge Bastian mangels Medikamenten an einer Lungenentzündung gestorben war und Otto Bastian sich in seiner Zelle erhängt hatte, weil er die Schwere seiner Schuld nicht mehr ertragen hatte, war eine tragische Wendung des Schicksals.

Peter Schwarz überlegte, ob es Sinn machte, diesen jungen Mann, dessen Name nach der Wegnahme durch die Jugendfürsorge geändert worden war, in eine Falle zu locken. Mit einem kleinen Druckmittel und der Drohung mit einem Aufenthalt im Werkhof musste er doch zur Mitarbeit zu bewegen sein. Die Arbeit würde ihm schon gefallen, wenn er erst einmal damit begonnen hatte. Peter Schwarz entschied sich für die sanfte Methode, um nicht weiteren Widerstand zu wecken.

»Lass uns einen Ausflug machen, nur wir beide!« schlug er vor. »Ich mag intelligente Querdenker wie dich! Wann bist du zuletzt in einem Wartburg gefahren?«

Bernd Wurm zuckte mit den Schultern. »Zweimal im Leben bin ich mit dem Trabi gefahren.«

»Nie?« Peter Schwarz spielte den Überraschten mit Bravour. »Stell dir nur vor, eines Tages besitzt du einen eigenen Trabi und fährst damit bis nach Ungarn an den Plattensee.« Er beobachtete die Gesichtszüge des Jungen genau. Er zeigte keine Regung. Vielleicht war doch etwas an diesem Gerücht dran, von dem ihm seine Frau Barbara erzählt hatte. Die Kinder im Heim waren hospitalisiert, gefühlskalt. Obwohl das eine perfekte Eigenschaft für den Dienst bei der Stasi war. »Wenn du magst, kann ich etwas über deine Eltern herausfinden.«

Bernd Wurm zuckte zusammen. »Ich denke, die sind in den Westen abgehauen und haben mich vergessen.«

»Hat dir das die Heimleitung erzählt?«

Bernd Wurm nickte.

»Vielleicht finde ich heraus, wo sie wohnen. Du könntest ihnen schreiben. Vielleicht sind sie so ehrlich und antworten dir, warum sie dich im Stich gelassen haben?«

»Das ist doch sinnlos. Die haben mich vergessen.«

»Aber dann hättest du Gewissheit.« Peter Schwarz lenkte den Wagen an einem der in der Nähe gelegenen Werkhöfe vorbei. »Weißt du, was das ist?«

Bernd Wurm zuckte zusammen. »Das ist ein Erziehungsheim für Schwererziehbare. Die werden dort zu wertvollen Mitgliedern der sozialistischen Gesellschaft erzogen«, spulte er den von ihm erwarteten Satz ab.

Innerlich grinste Peter Schwarz. So gefiel ihm das Spiel. »Gut, dass sie eine Chance von unserer sozialistischen Gesellschaft bekommen. Siehst du das auch so?«

Bernd Wurm nickte pflichtschuldig.

Peter Schwarz lenkte den Wagen in Richtung eines Dorfes, in dem sich ein Eiscafé befand. Der große Eisbecher mit frischen Erdbeeren besänftige die Stimmung. »Überleg dir gut, zu wem du gehörst«, sagte er zum Abschied zu Bernd Wurm, als er ihn im Kinderheim wieder absetzte. »Wir lassen keinen von unseren Leuten fallen. Wir sind eine echte Familie – in jeder Hinsicht. Wir brauchen Leute wie dich mit Mumm in den Knochen und mit Mut.«

Doch Peter Schwarz kam nicht wieder. Da sich der Zwillingsbruder von Bernd Wurm als aufsässiges nicht führbares Subjekt entpuppte, fiel sein schöner Plan, Zwillinge für Stasi-Tätigkeiten einzusetzen, ins Wasser. Außerdem hätte er den beiden auf Dauer von ihrer Existenz erzählen müssen. Es war besser, nicht mehr an den alten Geschichten zu rühren. Dennoch schrieb Peter Schwarz in seiner Eigenschaft als Kontaktmann einen negativen Bericht über Bernd Wurm. Diese Typen gehörten nicht an die Universität. Die gehörten in eine Fabrik ans Fließband oder ins Bergwerk. Am besten ab in den Straßenbau zum Bautrupp!

*

»Die sind ja drollig, diese Bären!«, rief Nora aus.

»Wir haben jetzt wirklich genug Tiere gesehen«, erklärte Gabriele. »Lass uns in dieses Eiscafé gehen, an dem wir vorhin vorbeigekommen sind.«

»Gute Idee«, sagte Nora. »Hier ist ein Foto-Motiv besser als das andere. Tiere und Kunstlederstühle in der Eisdiele. Findest du nicht, dass hier alles ein bisschen wie in den 50er-Jahren aussieht?«

»Aber nur ein bisschen!«, kommentierte Gabriele, die sich Noras Begeisterung nicht anschließen konnte. »Eher wie eine schlechte 50er Kopie!«

»Ich finde es hier viel urwüchsiger als in Weimar. Hier ist noch so richtig DDR«, erklärte Nora ungebremst.

»Dann warte erst einmal ab, wenn wir das Freilichtmuseum ›DDR lebendig erlebt‹ besichtigen.«

»Meine Damen«, war Tassilo Benders Stimme zu hören. »Diese Bären sind großartig. Aber machen Sie doch die Augen für den Zusammenhang mit der älteren Historie auf. Tanzbären gab es auch zu Zeiten der alten Burgherren und Schlossbesitzer!«

»Ja!«, lachte Nora. »Hier ist es ein bisschen wie auf einer riesigen großen Ausgrabungsstätte. Eine Burgruine neben der anderen.«

»An der Saale hellem Strand stehen Burgen stolz und kühn, ihre Dächer sind zerfallen, und der Wind streicht durch die Hallen …«, zitierte der Deutsch-Lehrer.

»Das hat unser Pauker schön gedichtet«, erklärte Waldner. »Wie viel Fleisch ein Bär wohl am Tag frisst?«

»Das ist ein Volkslied von Franz Kugler«, erklärte Konrad Tassilo Bender herablassend.

Doch der Wurstfabrikant überhörte die oberlehrerhafte Belehrung.

»Hoffentlich hält er die ›Merseburger Zaubersprüche‹ nicht auch für eine Dichtung von Tassilo!«, spottete Gabriele leise.

Nora drehte sich noch einmal zum Bärenzwinger mit den dicken Gitterstäben um. Sie hatte mit einem einzigen Schnappschuss einen Menschen hinter Gitter gebracht, der doch vermutlich selbst das größte Opfer war. Aber Mord war Mord!

*

»So schnell habe ich Sie nicht erwartet!«, begrüßte Bernd Wurm die beiden Ermittler.

»Wir haben noch ein paar Fragen!«, erklärte Richterswil.

Kara sprang an Neusiedl hoch.

»Können wir hier irgendwo unter sechs Augen sprechen?«

»Von mir aus können meine Eltern und Elena zuhören. Ich habe vor meiner Familie nichts zu verbergen.«

Richterswil und Neusiedl folgten Wurm auf die Terrasse hinter dem Haus. Doch dort waren weder Elena Müller noch ihre Eltern zu sehen.

»Setzen Sie sich!«

»Sie haben uns von Ihren Eltern erzählt?«, begann Neusiedl.

»Ich oder meine Schwiegereltern?«

»Egal. Hat es diese Eltern gegeben?«, fragte Richterswil.

»Vermutlich. Vielleicht. Wahrscheinlich im Westen.«

»Haben Sie Geschwister?«, fragte Neusiedl.

»Nein!«

»Ganz sicher?«, fragte Richterswil.

»Nein! Aber diese Fragen stellen Sie besser diesem Blödmann von Steglitz. Der hat unter Garantie noch ein paar Leichen im Keller.«

Richterswil legte das Fahndungsfoto auf den Tisch. »Hier. Kein Doppelgänger. Ihr eineiiger Zwilling! Also?«

»Was ist das? Fantomas?« Wurm fing schallend an zu lachen. Er nahm das Foto in die Hand, zog es bis zur Nasenspitze und legte es wieder auf den Tisch. »Ich habe viele Freunde gehabt im Heim. Aber einem Zwilling bin ich nie begegnet. Schade! Falls Sie ihn finden, melden Sie sich doch bei mir. Familie, das war immer schon mein Traum. Heimkind. Verstehen Sie?«

»Sie sind sich sicher, dass Sie Ihrem Zwilling nie begegnet sind? Sie sind nicht sein Komplize?«

»Fangen Sie schon wieder mit Ihren schwachsinnigen Theorien an?« Bernd Wurm zog eine Grimasse. »Wie viele Kollegen haben mein Alibi bestätigt?«

»Schwarzarbeiter Kollegen!«, sagte Neusiedl.

»Da ist ein Unterschied wie Tag und Nacht zu einem Mord. Kavaliersdelikt im Osten wie im Westen, wenn Sie verstehen.«

»Hä?«, fragte Richterswil. »Woher haben Sie die Narben auf Ihren Fingerkuppen?«

»Unfall während der Ausbildung Mit 17!«, sagte Bernd Wurm. »An der Werkbank. Hat mich noch nie jemand gefragt.« Er zuckte mit den Schultern. »Heimkind. Kollateralschaden. Wann wachen Sie endlich aus Ihren Träumen vom demokratischen 4+4-Vertrag auf? Ihre Demokratie ist ein Traum auf dem Papier, solange die Stasi nicht aus allen Ämtern gejagt ist. Und ich bin immer noch ein Kollateralschaden und das werde ich bleiben.«

»Sie denken auch nicht, dass Ihre Daten echt sind?«, fragte Neusiedl.

Wurm zuckte mit den Schultern. »Namen sind Schall und Rauch. Ich bin der Bernd und habe jetzt hier ein Zuhause. 1964, 1965, 1963. Was ist das für eine Aussage für mein Leben?«

»Sie helfen, eine weitere Tat zu verhindern, wenn Ihnen vielleicht doch etwas zu Ihrem Zwillingsbruder einfällt.«

»Da ich Ihrer Ansicht nach noch nicht einmal meine eigene Identität kenne, wie soll ich dann von der Existenz meiner Eltern oder eines Zwillingsbruders wissen?«

»Hat Sie nie jemand angesprochen, der Sie mit Ihrem Bruder verwechselt hat?«, fragte Neusiedl.

»Nein. Kolossal nicht! Sie sind die Ersten, die Fragen über Fragen stellen«, sagte Bernd Wurm mit einem spöttischen Ton. »Verstehen Sie endlich, welcher Fehler es von diesem komischen Staatenbund war, einen 4-4-Vertrag mit einer Generalamnestie für diese Stasi-Fritzen abzuschließen?«

»Recht ist Recht!«, sagte Neusiedl.

»Sie sind nicht ganz dicht?«, fragte Wurm. »Das ist in Gesetz gegossenes Unrecht. Noch schlimmer hätte es nicht kommen können.«

»Aber mit Drohbriefen ändern Sie auch nichts.«

»Ein bisschen Spaß, ein bisschen Angst in den Augen der ehemaligen Täter«, sagte Bernd Wurm. »Das war es wert!«

»Sind Sie irgendwann in Ihrem Leben mit einem anderen Vornamen angesprochen worden?«, fragte Richterswil. »Sind Sie in letzter Zeit von fremden Menschen verwechselt worden?«

»Vielleicht fällt mir noch etwas ein, wenn ich meine grauen Gehirnzellen ganz besonders anstrenge.« Wurm grinste. »Gibt es eine Belohnung?«

KAPITEL 8

»Frisch, fromm, fröhlich, frei!«
Friedrich Ludwig Jahn (1778 – 1852),
Begründer der deutschen Turnbewegung »Turnvater Jahn«

Richterswil blätterte die Personalakte Schwarz auf.

Neusiedl schüttete heißes Wasser in zwei hohe Porzellanbecher, in denen Earl Grey Teebeutel hingen. »Zitrone?«

Richterswil nickte. »Auf der Liste der Verdächtigen stehen nach wie vor Barbara Schwarz, die beiden wegen Spionage verurteilten Akademiker, der Sohn eines offiziellen Hinrichtungsopfers, die drei noch lebenden Fahnenflüchtigen sowie ein paar ehemalige FDJ-Mitglieder und die im Westen Bespitzelten.«

»Du hast diese Bonner Sekretärin und die ehemaligen Kollegen vergessen.«

»Hast du die Akte auswendig gelernt?«, spottete Richterswil.

»Hier, frischer Tee mit frischer Zitrone.« Neusiedl zog die Notizbücher aus seiner Schublade. »Warum fahren wir nicht zu Steglitz und konfrontieren ihn mit seinen Lügen?«

»Weil wir jetzt gerade auf unserer Liste nach mutmaßlichen Geschwistern von Bernd Wurm suchen.«

»Wenn der Zwillingsbruder Wurms unser Täter ist, dann kann jeder auf der Liste inklusive eines ausländischen Nachrichtendienstes auch ein Auftraggeber sein. Die haben ihn als Killer von sonst woher angekarrt und nach dem Mord mit einer dicken Abfindung und einer neuen Identität in die Karibik verschifft. Damit auch die letzten Spuren verwischt sind.«

»Jajaja!«, rief Richterswil gereizt aus. »Tee!« Er genoss das feine Getränk in kleinen Schlucken. »Hilft beim Denken.« Er deutete auf die Notizbücher. »Bist du weitergekommen? Irgendeine geheime Botschaft für die Kollegen oder einen feindlichen Nachrichtendienst? Kein Doppelagent?«

Neusiedl schüttelte den Kopf. »Wann? Ich habe nur im Speed Reading Verfahren reingeschaut. Auf den ersten Blick sind die Dinger für Spitzel aus den eigenen Reihen geschrieben, die Schwarz beobachtet haben. Der dokumentiert nur ein Leben nach den Ideen des Sozialismus. Wen auch immer er mit diesem Geschreibsel beeindrucken wollte.«

»Du meinst, die hat er absichtlich als bespitzelter Spitzel geschrieben, um sich für eine weitere Karriere zu empfehlen?«

»Ja. Zum Beispiel hier.« Neusiedl schlug ein in eine schwarze mit Rillenmuster verzierte Plastikhülle eingeschlagenes Schulheft in der Mitte auf. »*Nie werde ich verstehen, wie dieser Westen sich so lange halten kann. Den Menschen müssen endlich die Augen für die Errungenschaften unseres proletarischen Sozialismus geöffnet werden. Wir könnten zahllose Überläufer auch unter westlichen Akademikern haben, die von den Ideologien unserer großen Denker Marx, Engels und Lenin begeistert sein werden.*« Neusiedl holte nach diesen Zeilen aus der Feder von Peter Schwarz tief Luft. »So einen Schwachsinn schreibt kein Mensch, der seine Gehirnzellen gebraucht.«

»Du meinst, das ist alles Show?«

Neusiedl nickte. Er schlug das nächste Schulheft, eingeschlagen in einen roten glatten Plastikumschlag, auf.

»Stopp!«, rief Richterswil aus. »Es reicht. Wenn du keinen tieferen Sinn, keine versteckte Botschaft entdeckst, verschone mich mit diesem Dreck von diesem Sack!«

Neusiedl lachte. »Ich bleibe dran. Versprochen. Ich kann

das ganze Zeug auch einem ehemaligen Professor von mir zuschicken. Zum professionellen Dechiffrieren.«

»Den heben wir uns für einen anderen Fall auf, oder?«, grinste Richterswil. »Wenn der diese lächerliche Dünnbrettbohrerei lesen muss, kennt der uns nie wieder.«

Neusiedl lachte auf. »Abwarten, Tee trinken, Ruhe bewahren. Und wo schlagen wir jetzt zu?«

»Viele der möglichen Täter könnten einen Killer beauftragt haben«, nahm Richterswil die Idee auf. »Auch die Witwe.«

»Wir befinden uns inmitten eines Nebelfeldes kurz bevor es Nacht wird.«

»Jetzt werde nicht literarisch!«, rief Richterswil aus. »Mal sehen.« Er hob die Liste mit den Verdächtigen hoch. »Silvio Danner und Marius Kersten leben hier in der Nähe. Stell dir nur vor, die beiden Namen habe ich im Telefonbuch gefunden.«

»Bitte?« Neusiedl begann seine Glatze zu massieren.

»Du hast richtig gehört. Kriminalistische Arbeit kennt viele Wege. Vom einfachen zum komplizierten, nie umgekehrt. Daher lassen wir jetzt alle Killer-Theorien und auch alle Spionage-Affären außen vor und begeben uns auf die Spuren von Sherlock Holmes und Watson. Gute alte Polizeiarbeit!«

»Interpol wäre stolz auf uns!«, spottete Neusiedl. »Und Steglitz?«

»Die beiden Adressen liegen auf dem Weg«, erklärte Richterswil. Er griff nach seiner auf dem Schreibtisch liegenden SIG. »Dieser Danner hat Weihnachten 1989 eine Kneipe eröffnet. ›Zur Freiheit‹.«

»Sinniger Name«, bemerkte Neusiedl. »Und Kersten?«

»Kersten wohnt seit seiner Entlassung aus dem Knast in einem Plattenbau.«

»Das stand aber nicht im Telefonbuch?«

»Nein, das habe ich beim Einwohnermeldeamt abgefragt.«

»Gute alte Polizeiarbeit. Puzzleteil für Puzzleteil zum Täter.«

»Bingo, oder?«

Eine halbe Stunde später hielt der schwarz-grau gestreifte Einsatzwagen der Soko SAO III vor einer Eckkneipe in einem Vorort von Weimar im Halteverbot, Ladezone. Richterswil und Neusiedl stiegen aus.

»Hey Sie!«, kam ein älterer leicht gebeugt gehender Mann aus der Tür der Kneipe »Zur Freiheit« geeilt. »Da kommt gleich eine Getränkeanlieferung.«

»Sind Sie Silvio Danner?«, fragte Richterswil.

Der ältere Mann, der bei genauerem Hinsehen noch gar nicht so alt war, dem aber schreckliche Erlebnisse im Leben das Haar früh hatten Grau werden lassen und dessen Gesichtshaut bleich war, nickte. »Kann ich Ihnen irgendwie helfen, damit Sie den Platz freigeben?«

Richterswil und Neusiedl zogen Ihre Dienstmarken hervor.

»Und?«, fragte Silvio Danner.

»Wir haben nur ein paar Routinefragen an Sie«, erklärte Neusiedl. »Dann sind wir sofort weg.

»Also?«, fragte Danner.

»Sie sind wegen eines Fluchtversuchs im Gefängnis gewesen?«, begann Richterswil. Er schaute sich in alle Richtungen um. Von einem Getränkewagen war weit und breit nichts zu sehen. Links der Eckkneipe verlief ein kleiner Vorgarten von ungefähr 15 Quadratmetern, in dem drei runde Stehtische und zwei Klapptische mit Klappstühlen aus Holz standen. Neues Mobiliar.

»Sie sagen es. Fluchtversuch. Die gesamte Haftstrafe war unrechtmäßig. Ich bin rehabilitiert. Das kommt bald auch schriftlich. Ich bin kein Knastbruder, kein Krimineller.«

»Das sagt auch niemand«, versuchte Neusiedl ihn zu beruhigen. »Wir wissen, dass Sie unschuldig sind.«

»Und? Was wollen Sie jetzt hier?«

»Was sagt Ihnen der Name Peter Schwarz?«, fragte Richterswil.

»Die Drecksau ist tot. Abgeknallt in Weimar. Leider nicht von mir. Zu so etwas bin ich zu feige.«

»Woher kennen Sie den Toten?«, fragte Neusiedl.

»Dieses Schwein hat früher an der Grenze Flüchtenden aufgelauert. Wir sind alle auf einen Verräter reingefallen.«

»Name?«, fragte Richterswil.

»Da war doch letztens ein Bericht im Fernsehen. Der Typ ist tot. Hat sich einen Strick genommen.«

Neusiedl pfiff. »In dem Fall wird noch ermittelt. Sieht nach Selbstmord aus.«

»Warum machen Sie um solche Typen so ein Theater?«, fragte Danner. »Wer hat sich denn um uns im Knast geschert? Haftbedingungen zum Aufhängen. Der wird durchgedreht sein. Ist ein paar seiner Opfer nachgegangen. So einfach ist das jetzt.«

»Der SÖD ist ein Rechtsstaat. Jeder kommt vor seinen gesetzlichen Richter. Jeder.«

»Dann haben die Herren und Damen, die den Quatsch mit dem 4+4-Vertrag ausgehandelt haben, vergessen, auch die Täter aus dem Stasi-Ministerium vor ihren Richter zu bringen.«

»Selbstjustiz hat in einer zivilisierten Gesellschaft nichts zu suchen«, sagte Neusiedl leise.

»Sie wissen doch gar nicht, wovon Sie reden. Sie kommen hierher in ein seelisch verbranntes Land. Sie haben keine Ahnung vom Leben hinter der Mauer. Sie bilden sich ein, hier in einem deutsch-deutschen Konflikt zu ermitteln. Aber Sie werden noch sehen.«

Neusiedl atmete tief durch. Doch er hatte gegen den Redefluss Danners keine Chance.

»Kommen Sie heute Abend vorbei. Wir haben eine Bürgerinitiative gegründet. Wir wollen die sofortige Amtsenthebung aller ehemaligen Stasi-Mitarbeiter. Diese NG SÖD ist eine Farce. Ein Schlag in unser Gesicht.« Danner drehte sich um und öffnete den beiden Ermittlern die Tür zur Kneipe. »Und wir sind nicht alleine. Alle Länder im Osten werden aufstehen gegen das Unrecht.«

Richterswil entdeckte beim Eintreten zwei große Plakate, die für den heutigen Abend eine Kundgebung vor dem Lokal und anschließend eine Podiumsdiskussion ankündigten.

»Ich habe seit meiner Haftentlassung nie wieder von diesem Peter Schwarz gehört.«

»Hat er Sie in der Haft besucht?«, fragte Neusiedl.

Silvio Danner nickte. »Sie haben uns alle besucht. Gegen eine Unterschrift zur Zusammenarbeit mit der Stasi gab es Hafterleichterungen und vorzeitige Entlassungen.«

»Und?«, fragte Neusiedl.

»Sie sind ein …!« Danner tippte sich an die Stirn. »Ich hatte keine Familie draußen. Ich habe meine Zeit abgesessen. Die hatten kein Druckmittel gegen mich in der Hand.«

»Die ganze Zeit?«, fragte Richterswil.

»Ja. Und als ich draußen war, habe ich einen Ausreiseantrag gestellt. Repressalien über Repressalien.«

»Haben Sie Schwarz gehasst?«, fragte Richterswil.

»Hass?«, stellte Danner die Gegenfrage. »Hass ist ein Gefühl, das ich nur gegenüber einem menschlichen Lebewesen empfinden kann. Ekel wie vor einer Kanalratte passt besser.«

»Sie sind also weder auf die Idee gekommen, selbst zu morden, noch …«, Richterswil zögerte einen Moment. Vor der Tür hatte der LKW mit den Getränken in zweiter Reihe geparkt. »Wissen Sie, was derzeit ein Auftragsmord kostet?«

Silvio Danner lachte laut auf. »Ich habe im Knast mit Abschaum dieser Art zusammen gesessen. Mörder waren bei der Stasi besser angesehen als wir. Die haben den Sozialismus nie infrage gestellt. Die waren nur Mörder. Sie glauben nicht ernsthaft, dass ich an diese Zeit erinnert werden möchte?«

»Getränke-Logistik Herrmann Teubner GmbH«, las Neusiedl laut vor.

»Wenn Sie keine weiteren Fragen haben ...?« Danner schaute von Richterswil zu Neusiedl. »Ich muss arbeiten. Und Ihr Wagen stört immer noch.«

»Wo waren Sie an dem Morgen, als Peter Schwarz erschossen wurde?«, fragte Neusiedl.

Richterswil stand bereits in der Tür, den Autoschlüssel in der Hand.

»Ich hatte einen Zahnarzttermin«, erklärte Danner. »Aber dem Fahndungsfoto aus den Tageszeitungen sehe ich doch nun wirklich nicht ähnlich.« Er grinste breit von einem Ohr zum anderen. »Wenn Ihnen etwas weniger Dummes als ein Auftragsmord einfällt, können Sie gerne heute Abend zu unserer Veranstaltung kommen.«

»Mal sehen!«, verabschiedete sich Richterswil.

»Was hältst du von dem?«, fragte Neusiedl, als Richterswil den Wagen startete.

»Zerbrochener Typ«, sagte Richterswil. »Aber ob er so zerbrochen ist, um einen Killer zu engagieren?«

»Oder er hat nur Geld gegeben. Vielleicht sind es doch mehrere Auftraggeber?«

»Auf jeden Fall hat er keinen Hehl aus dem Besuch von Schwarz im Knast gemacht«, sinnierte Richterswil. »Ob die wirklich für einen Killer zusammengelegt habe? Das Risiko, dass sich irgendwann einer verplappert?«

»Fahren wir zu Kersten?«

»Ja! Und dann werden wir diesen Steglitz zur Rede stellen«, sagte Richterswil. »Alles hat die Stasi dokumentiert. Warum sollten die ausgerechnet bei der Herkunft der Heimkinder eine Ausnahme gemacht haben?«

»Wie Wurm gesagt hat: weil sie bedeutungslos waren.«

»Dann könnten die Zwillinge als Druckmittel sinnlos geworden sein«, dachte Richterswil laut. »Aber die Stasi hatte doch auch im Westen ihre Leute. Warum haben sie die Eltern nicht mit den Kindern erpresst?«

»Wir müssen diesen Zwilling finden. Je mehr Datenmaterial wir haben, desto genauer können wir den Fall analysieren.«

»Du hältst den Zwilling für den Täter?«, fragte Neusiedl.

»Der Typ auf dem Foto wird kaum eine Maske getragen haben«, sagte Richterswil. »Vielleicht hat ein anderer geschossen. Er hat die Waffe aufgehoben und hat dann erst bemerkt, was passiert ist?«

»Abstruser Ablauf, aber nicht völlig von der Hand zu weisen«, kommentierte Neusiedl die neueste Idee seines Schweizer Dienstvorgesetzten.

»Der Zwilling kann den Mörder gesehen haben.«

»Aber nur seine Fingerabdrücke sind auf der Makarow«, bedachte Neusiedl. »Wenn er den Täter mit Handschuhen wirklich gesehen hat, ist er jetzt sogar in Gefahr. In Lebensgefahr.«

»Oder der Täter hat ihm die Waffe absichtlich gegeben, damit er seine Fingerabdrücke als falsche Fährte hinterlässt.«

»Wer geht so ein Risiko ein, seine Fingerabdrücke zu geben?«

»Ein Mensch, der noch nie polizeitechnisch erfasst worden ist«, überlegte Neusiedl. »Du denkst, auch der zweite Zwilling wusste nichts von der Existenz seines Bruders?«

»Verwickelt, aber nicht unwahrscheinlich.« Richterswil setzte erneut zum Parken ein. Die Ermittler befanden sich in einer Plattenbausiedlung. »Da oben im 13. Stockwerk wohnt Marius Kersten.«

Auf dem wilden Parkplatz auf der Wiese neben dem alten Kinderspielplatz aus DDR-Zeiten standen ein paar verlassene Trabis mit eingeschlagenen Scheiben und zerstochenen Reifen zwischen westlichen Fabrikaten. Uralte Mercedes neben Peugeots und VWs, Renaults von Ende der 70er neben Opel Kadett mit Fuchsschwanz am inneren Rückspiegel – alle beklebt mit einer Vielzahl bunter Werbeaufkleber.

»Reise in die Vergangenheit im doppelten Sinne«, grinste Richterswil.

»Was würdest du tun, wenn du wegen Fluchtversuch im Knast unter härtesten Bedingungen gesessen hast, nicht vom Westen freigekauft worden bist und dann auch noch von deinem Peiniger für die letzte dreckige Spitzelarbeit angeworben wirst?«, überlegte Neusiedl laut.

»Ich weiß es nicht«, kam Richterswil Antwort. »Ich weiß nicht, wie sich das anfühlt. Daher kann ich Ursache und Wirkung nicht nachvollziehen. Auf jeden Fall war das Fass übergelaufen, und er hat es getan – stellvertretend für alle anderen Opfer. Ich kann nicht in jede Gehirnwindung schauen, ich kann vorerst nur unseren Spuren folgen und jagen. Wir haben zu wenig Erfahrungswerte und Statistiken, die die Profiler und Psychologen auswerten könnten.«

»Dann lass uns neue Erfahrungswerte sammeln«, sagte Neusiedl.

*

Nora hielt einen Bären aus Stoff im Arm. Die Stofftierfabrik in Bad Kösen war nach dem Besuch des Zoos und der Eisdiele im Original Stil der DDR der 50er-Jahre das letzte Ziel an diesem Tag gewesen.

»Ein Teddybär mit Kulleraugen aus Bad Kösen!«, erklärte Nora den erstaunt schauenden Mitreisenden, als sie den Reisebus bestieg.

»Das ist aber nicht der Ersatz für einen Verflossenen?«, fragte Erich Waldner frech.

Nora beachtete die Frage nicht und setzte sich hinter Gabriele auf ihren Platz.

»Wir sind mitten drin in der Wende!«, kommentierte nun Konrad Tassilo Bender. »In Jena ist gerade erst der Volkseigene Betrieb von ›Schott Glas‹ in eine GmbH umgewandelt worden. Und die ehemalige Betriebsstätte der ›Käthe Kruse‹ wird vermutlich auch schon bald wieder in die Hände der Eigentümer kommen.«

»Das werden wir noch sehen, was alles an enteignetem Eigentum wieder in die rechtmäßigen Hände fallen wird«, mischte sich Gabriele ein. »Bei der ganzen Geldschieberei von Ost nach West und von West nach Ost sollten wir da genau vor Ort hinschauen.«

Nora wurde hellhörig. Verträumt schaute sie ihren neuen Kumpel mit der niedlichen Schnauze und den dunklen Kulleraugen an. Als sie sich solch einen großen Bären als Kind von ihrem Onkel Horst gewünscht hatte, hatte es ihn nicht gegeben.

»Defizit im Kinderspielwarenbereich«, hatte Onkel Horst Noras Mutter erklärt. »Wir haben es monatelang versucht. Nicht einmal im Tausch gegen Kacheln.«

»Sie ist doch kein kleines Kind mehr!«, hatte Tante Herta kommentiert. »Sie kann ja schon zur Jugend-Disco mitgehen.«

»Du meinst nicht im Ernst diese lächerlichen Veranstaltungen, auf denen Kinder herumhüpfen wie die Elefanten?«, hatte Mama wütend gesagt.

»Mein Bär!«, sagte Nora leise und setzte ihn auf den leeren Platz neben sich.

Sie holte einen neuen Film aus ihrer Canvas-Tasche. Wieder hatte sie 36 Bilder verschossen. Die Tiere im Zoo waren einfach zu goldig gewesen, um auch nur eine Tierart nicht abzulichten.

»Ich werde morgen Früh kurz einen Besuch bei einem der hiesigen Ämter machen«, sagte Gabriele leise. »Begleitest du mich? Es wird bestimmt interessant.«

»Was willst du denn da?«, heuchelte Nora Interesse, während ihre Gedanken bei einer Runde im Pool des Hotels waren, bevor das mehrgängige Abendmenü mit einem feinen Wein auf sie wartete.

»Rittergut Karenhall«, flüsterte Gabriele. »Mein Mann und meine Kinder wissen gar nicht, dass ich einen Antrag auf Rückgabe stellen will. Das soll eine Überraschung werden.«

Von einer Sekunde auf die andere schaute Nora hellwach in Gabrieles Gesicht. »Rittergut?«

Gabriele nickte. »Wenn Glas- und Spielzeugfabriken privatisiert werden, warum dann nicht auch ein Gutshof?«

»Ja, warum nicht!«, gab Nora ihrer Reisekameradin recht. Sie hatte keine Lust auf eine Diskussion, obwohl sie nicht verstand, was Gabriele nach einem ganzen Leben in Kanada jetzt mit ein paar verfallenen Gebäuden und vermutlich von der exzessiven Landwirtschaft ausgelaugten Böden wollte.

»Die Karenhalls haben mehr als 200 Jahre dort gewohnt«, erklärte sie. »Wenn es überhaupt noch steht.«

*

»Fitness pur«, grinste Neusiedl, als sie im 13. Stockwerk über das Treppenhaus angekommen waren.

Die beiden SAO Ermittler hatten die Stimme von Marius Kersten bereits in der Gegensprechanlage gehört.

»Ja?«, hatte er sich gemeldet. »Hier Kersten. Marius Kersten.«

Richterswil hielt seinen Dienstausweis vor den Türspion. Die Tür ging einen Spalt weit auf.

»Den will ich genau sehen!«, erklang die Stimme.

Richterswil reichte seinen Ausweis durch den Türspalt, während Neusiedl sich umschaute. Auf dieser Etage hatten die Bewohner selbst Hand an den Flur gelegt. Die Wände waren frisch in Hellblau gestrichen. Bilder und Plakate hingen zwischen den Türen und, auf dem Fenstersims der vergitterten Fenster standen vier einfache Keramiktöpfe mit Hängegeranien.

Marius Kersten öffnete die Tür. »Bitte!«, sagte er und gab den Weg in den Flur der Wohnung frei. »Wir sind vorsichtig geworden. Seit dem Fall der Mauer wird es immer schlimmer. Ist bald wie in Chicago. Und dann diese ätzenden Haustürvertreter. Staubsauger, Versicherungen, Zeitschriftenabos.«

Richterswil und Neusiedl waren Kersten in die Küche gefolgt, die denselben hellblauen Anstrich wie der Treppenhausflur hatte.

»Sie kommen wegen Peter Schwarz?«, fragte Kersten.

»Genau!«, sagte Neusiedl.

»Ich habe schon auf Ihren Besuch gewartet«, sagte Marius Kersten. »Wo soll die SAO auch sonst mit ihren Ermittlungen anfangen.« Er lachte. »Was steht denn alles über mich in den Akten?«

»Nicht viel«, gab Richterswil offen zu. »Sie sind an der Grenze beim Fluchtversuch erwischt worden. Vorzeitig entlassen wegen guter Führung.« Er zuckte mit den Schultern. Er sparte sich die Frage nach dem wahren Grund für die vorzeitige Entlassung. Er ließ erst einmal diesen gut gelaunten Verdächtigen zu Wort kommen.

»Setzen Sie sich, wenn Sie wollen«, begann Kersten. »Von mir aus können Sie auch stehen.«

Neusiedl setzte sich rücklings auf einen der alten, frisch geschliffenen farblosen Holzstühle.

Richterswil blieb im Türrahmen der Küche stehen. Vielleicht befand sich der Täter hier in einem der anderen Räume der Wohnung.

»Gute Führung«, erklärte Kersten. »Ja, ich habe mitgemacht. Sie werden unter Garantie auch von mir Daten in Leipzig in der Zentrale finden. Und?« Kersten zuckte mit den Schultern. »Generalamnestie. 4+4-Vertrag. Verstehen Sie? Hätte ich etwa wie ein Tier im Stasi-Knast verrecken sollen? Das bisschen Spitzeln hat niemanden dahin gebracht, woher ich gekommen bin. Also?«

»Sie sind also nie von Schwarz gefoltert oder gequält worden?«, fragte Neusiedl.

»So können nur Menschen fragen, die Zeit ihres Lebens in einem Rechtsstaat aufgewachsen sind.« Kersten lachte laut auf. »Mit Samthandschuhen wird kein Flüchtling angepackt. Die haben geschlagen, getreten, mich blutend am Betonboden liegen gelassen. Die haben mich fertig gemacht. Aber nicht gebrochen! Verstehen Sie! Ich bin nicht so zerbrochen, einen anderen Menschen zu töten. Selbst wenn ich das letzte Schwein vor mir gehabt hätte, hätte ich mir die Finger nicht schmutzig gemacht!«

»Wo waren Sie am Tattag?«, fragte Neusiedl.

»Auf Malle!«, erklärte Kersten. »Da gibt es eine ganze Reisegruppe an Zeugen. Als der Schuss gefallen ist, sind wir gerade durch die Passkontrolle.« Kersten holte eine Flasche Bier aus dem Kühlschrank und öffnete sie. »Sie müssen woanders weitersuchen. Aber das ist ja ihr Beruf!« Er setzte die Flasche an den Mund und trank das Bier auf einen Zug zu einem Drittel leer. Dann rülpste er und lachte wieder laut auf. »Und jetzt wollten Sie von mir noch einen Tipp?«

»Könnten Sie sich vorstellen, dass Schwarz von einem Auftragskiller ermordet worden ist?«, fragte Neusiedl.

»Guck einer an!«, rief Kersten aus. »Die Glatze denkt weiter als bis zum Horizont.«

»Also?«, fragte Richterswil, dem Marius Kersten mit seiner lautstarken Art auf die Nerven ging.

»Nicht, dass Sie eines Tages einer mit unseren Neu-Glatzen hier im erwachenden Osten verwechselt«, sagte Kersten in einem leicht drohenden Ton. »Das könnte unangenehm werden in Dunkeldeutschland. Aber ihr bleibt doch sowieso nicht mehr lange?«

Weder Richterswil noch Neusiedl wussten, woher Marius Kersten seine Weisheiten bezog.

»Haben Sie Kontakte zum Milieu?«, versuchte Richterswil es noch einmal.

»Milieu?«, fragte Kersten grinsend. »Das Wort kenne ich von Zille. Meinen Sie das Berliner Milieu, oder was?«

Richterswil starrte Kersten an. »Kennen Sie Bernd Wurm?«

»Sie meinen den Typen, den Sie festgenommen haben und wieder laufen lassen mussten?«

Richterswil nickte.

»Ich muss passen!«

»Wir werden Ihr Alibi überprüfen«, sagte Neusiedl. »Wo arbeiten Sie jetzt? Auf einer Berliner Baustelle?«

Marius Kersten schüttelte den Kopf. »Ich bin seit ein paar Wochen Vertreter. Reisedecken, Kaffeemaschinen, Fußwärmer, Vitamintabletten. Alles 1A-Ware. Dazu Kaffee und Kuchen im Wald und auf Malle.«

»Haben Sie Schwarz gehasst?«, fragte Richterswil.

»Der Typ hat mir fünf Jahre Haft erspart. Sind Sie wahnsinnig?«

»Können Sie sich vorstellen, wer ihn ermordet hat?«, fragte Neusiedl.

»Wer?« Kersten setzte die Bierflasche erneut an den Mund. »Um einen Menschen zu ermorden, muss man die Kraft noch haben. Am besten schauen Sie sich die ehemaligen Kollegen einmal genauer an. Wer sich im neuen Staatenbund zu sehr engagiert, gilt als Verräter am Tschekisteneid.«Er stellte die Flasche auf den Tisch. »Aber von mir haben Sie das nicht.«

»Können wir Sie in den nächsten Tagen hier erreichen?«, fragte Richterswil.

Marius Kersten nickte. »Bin erst übernächste Woche wieder im Big Business. Reisedecken, Kaffeemaschinen, Fußwärmer, Vitamintabletten. Alles 1A-Ware. Wenn Sie Bedarf haben, melden Sie sich bei mir!«

»Hatten Sie je Kontakt zu anderen an der Grenze festgenommenen Flüchtigen? Oder zu anderen DDR-Bürgern, die die Ausreise in den Westen beantragt hatten?«, hakte Neusiedl nach.

»Sind Sie wahnsinnig? Kontakt? Da war die Stasi aber besser auf Zack als Sie heute. Da können Sie echt noch was lernen.«

»Nie?«, fragte Neusiedl. »Strengen Sie doch Ihre Gehirnzellen einmal an.«

Kersten zog seine Stirn in Falten. »Leider war ich in Prag nicht in der Botschaft. Aber seit meiner Haftentlassung habe ich die DDR nie wieder verlassen dürfen. Sozusagen Vorführkrimineller!«

Als Richterswil und Neusiedl das Treppenhaus wieder betraten, öffneten sich die Türen des Aufzugs.

»Sind wir mutig?«, fragte Neusiedl.

»Heute nicht!« Richterswil öffnete die Tür zum Treppenhaus. »Runter geht's schneller als rauf, oder? Ich will diesen Steglitz heute noch!«

*

»Sieht gut aus!«, rief der Sportlehrer Detlef Kahlow seinem Lieblingsschüler Egon Sichel zu. »Unter neun Sekunden.«

Das Wort »Streber« war aus einer der am Zieleinlauf stehenden Gruppe von Schülern zu hören.

»Sieht gut aus für deinen Studienplatz«, erklärte Kahlow. »Sportliche Leistungen top, tadellose Führung in der Klasse und im außerschulischen Engagement in der FDJ.« Die Stimme Kahlows nahm einen Flüsterton an. »Aber bei deinen Eltern würde ich auf Nummer sicher gehen. Ein bisschen mehr Engagement für unseren sozialistischen Staat in der Jugendarbeit kann dir nicht schaden. Und außerdem sind die Mädchen doch auch alle nett.« Er zwinkerte mit den Augen.

»Sie meinen, ich kriege mein Parteibuch nur, wenn ich die nächsten zwei Monate im Ferienlager Kinder betreue?«, fragte Egon Sichel ebenso leise wie sein Lehrer.

Kahlow nickte. »Deine Eltern sind Akademiker. Das kann bei der Studienplatzvergabe ein Problem sein. Aber du kannst dich ja auch demnächst in der Armee bewähren. In der Schießsportgruppe bist du doch auch einer der Besten.« Kahlow gab den beiden Schülern am Start in 100 Metern Entfernung ein Zeichen, sich bereit zu machen. Er pfiff auf seiner Trillerpfeife und drückte auf die Stoppuhr.

»Da ist er ja, unser Goldjunge«, spottete Achim Gratte. »Wann gibt es denn endlich eine Medaille bei ›Olympia für den Sozialismus‹? Oder klappt's nicht richtig mit dem Zielen? Zum Fußballspielen ist er sich ja zu fein.«

»Halt's Maul«, riet Egon Sichel seinem Erzfeind. »Oder hast du Angst vor der nächsten Klassensprecherwahl? Wer will denn schon einen wie dich beim Fahnenappell vor sich stehen haben?«

»Immer an den Sieg des Sozialismus denken. Das nenne ich stramm.«

»Du hast hoffentlich keine Zweifel an unserem Staat?«

»Das wagst du nicht, einen von uns anzuschwärzen bei Kahlow«, drohte Achim Gratte. »Rotarsch!«

»An dir mache ich mir nicht die Finger schmutzig! An dir nicht!«

»Schmutz?«, spottete Gratte.

»Der Klassenfeind kann solche Verlierer wie dich doch auch nicht gebrauchen. Die sind froh, wenn du hinter dem Zaun bleibst.«

»Rotarsch bleibt Rotarsch«, giftete Gratte.

Die jungen Leute hatten sich in einen Kreis um die beiden Streithähne gestellt. Kahlow war noch mit den letzten Läufern beschäftigt. Er achtete wie immer nicht auf die Reibereien zwischen seinen Schülern. Sollten die unter sich ausmachen, wer der Wortführer war. Kahlow war für das Prinzip des Rechts des Stärkeren, und das war zweifelsohne der Sozialismus.

»Du bist doch nur neidisch, weil dein Alter nicht Bürgermeister geworden ist.«

»Bild dir nicht ein, dass dir dein Studienplatz sicher ist. Da reden noch ganz andere Stellen mit, wer von euch Akademikerkindern an die Uni darf.«

»Wir sehen uns wieder. In zehn Jahren hier.« Egon Sichel streckte seinem Gegner die Hand hin. »Dann werde ich als Arzt in einer unserer Kliniken unserer sozialistischen Gesellschaft dienen und den Klassenfeind besiegen.«

»Die Scheiße glaubst du doch selbst nicht. Hat Papa dir das in deine hohle Birne eingetrichtert? Oder hat Mama dir das mit der Muttermilch eingeflößt?« Achim Gratte lachte laut auf. Dann sah er auf die immer noch ausgestreckte Hand des Arztsohnes, den er für einen ausgekochten Lügner, einen hinterhältigen Schauspieler hielt. Kein Mensch, der auch nur einmal in der Woche West-Fernsehen schaute, glaubte an den Sieg des Sozialismus. Der glaubte nur an die Sprache der Waffen, Panzer und den Schießbefehl an der Grenze. Und vielleicht an die übererfüllte Norm der letzten Kartoffelernte, die immer als Schlagzeile auf Seite 1 in den Tageszeitungen stand – weltbewegend.

»Opportunisten, die drehen ihre Fahne im Wind«, hatte sein Großvater ihm erklärt. Grattes Großvater hatte solche Typen schon im Dritten Reich erlebt. »Die fallen immer auf die Füße, solange sie nicht an der Spitze gestanden haben. Die machen überall mit. Biegsames Rückgrat und kein Gewissen. So machst du Karriere im totalitären Staat.«

Dann schlug Achim Gratte in die Hand von Egon Sichel ein. »Abgemacht. In zehn Jahren, hier auf dem Sportplatz. Tag und Uhrzeit machen wir noch aus. Und dann sehen wir, wer von uns beiden alles richtig gemacht hat.«

Der laute schrille Pfiff von Kahlows Trillerpfeife war zu hören. Die Sportstunde war zu Ende.

Egon Sichel grinste innerlich. Diesem Großmaul würde er es zeigen. Schließlich war er der Sohn von Dr. Sichel, Oberarzt des örtlichen Krankenhauses. Und er wusste genau, dass Achim Grattes Eltern und somit auch Achim von der Staatssicherheit beobachtet wurden, weil sie zu diesen ewig unzufriedenen Typen gehörten, die in jedem System asozial waren. Kahlow hatte ihm doch gerade noch einmal den Tipp gegeben, wo er sich wegen des Studienplatzes engagieren sollte. Außerdem dachte er gerne an die Nächte mit Moni und Babette im letzten Sommer im Ferienlager zurück. Auch in diesem Jahr würde da was gehen, da war er sicher. Worauf er achten musste, um nicht Vater zu werden, hatte ihm sein eigener Vater doch schon hinlänglich erklärt.

»Ganz der Papa!«, hatte er schon so oft gehört. »Ein charmanter junger Mann. Der findet bestimmt die passende Frau, wenn es soweit ist.«

*

Als Richterswil die Zentralverriegelung des Dienstwagens verschloss, öffnete sich die Tür des Portals von Jenendorf. Egon Steglitz stand in einem alten Trainingsanzug der DDR auf der Steinempore und winkte den beiden Ermittlern zu.

»Der hat Nerven, oder?«, fragte Richterswil.

»Perfekter Schauspieler oder ahnungslos. Was meinst du?«

»Mal sehen!«

Richterswil und Neusiedl nahmen die Stufen der Empore mit eiligen Schritten.

»Ich habe schon gehört!«, begrüßte Steglitz die beiden Ermittler.

»Woher?«, fragte Neusiedl.

»Die Ermittlungen sind Thema an jedem Stammtisch zwischen Weimar und Jena«, erklärte Steglitz.

»Sie haben einen Stammtisch?«, fragte Neusiedl spöttisch.

»Natürlich!«, sagte Steglitz genauso spöttisch. »Ich spiele Fußball in der Altherrenmannschaft von ›Lokomotive Jenendorf‹.«

Richterswil grinste über die in den neuen Ländern übliche Bezeichnung des hiesigen Sportvereins. Entweder diese Vereine hießen »Traktor« oder »Lokomotive« oder hatten einen anderen pseudo-proletarischen Beinamen. Diese sprachliche Beeinflussung des Bewusstseins der Bevölkerung hatte auch nach über 40 Jahren die sanfte Revolution von 89 nicht verhindern können. »Und? Was hat die Gerüchteküche am Stammtisch gekocht?«, fragte er.

»Bernd Wurm soll nicht der Täter sein. Das Foto soll eine Fotomontage sein. Seine Frau soll aus Eifersucht auf eine West-Affäre geschossen haben.« Steglitz hielt den beiden Ermittlern die Tür auf.

Im Inneren erkannten Richterswil und Neusiedl, dass der komplette Linoleumboden entfernt war. Die freigelegten Holzdielen waren zum Teil morsch. Große und kleine Löcher machten die Gänge zu einem Hindernislauf. Dennoch folgten Richterswil und Neusiedl dem ehemaligen Betreuer wieder durch die Räumlichkeiten. Vor dem Aktenschrank, aus dem Steglitz vor Kurzem das Bild und die Karteikarten Wurms gezogen hatte, blieben sie stehen.

»Bitte!«, sagte Steglitz. »Sie können selbst nachsehen. Hier finden Sie keine Geschwister von Wurm. Es muss wohl eine Fotomontage sein.«

»Hä?«, entfuhr es Richterswil, während Neusiedl genervt die Augen verdrehte.

»Jetzt passen Sie traurige Piefkegestalt einmal auf …«, begann Neusiedl.

»Ruhe!«, schrie Richterswil, der selbst um Beherrschung kämpfen musste. »Warum haben Sie uns verschwiegen, dass Bernd Wurm einen Zwilling hat? Wo finden wir die richtigen Daten der beiden Jungen?«

Steglitz hob mit einem bedauernden Ausdruck in den Augen die Schultern. »Hier ist nicht die Stasi-Zentrale. Wenn Sie mehr hinter dem Adoptivfall Wurm vermuten, müssen Sie in Berlin oder Leipzig einen Antrag auf Einsicht in die Unterlagen stellen.«

Richterswil tippte sich an die Stirn. »Sie sind wirklich nicht ganz gar gebacken, oder?« Wütend riss er eine der Schubladen des Aktenschranks auf. »Das ist alles Makulatur. Lügen, nichts als Lügen.«

»Seit wann kennen Sie die Zwillinge?«, fragte Neusiedl.

Steglitz schüttelte den Kopf. »Ich würde Ihnen sofort helfen, wenn ich etwas wüsste, aber …«

»Hören Sie auf mit diesem miesen Spiel!«, schrie Neusiedl. »Wenn Sie in diesem Auftragsmord mit drinhängen, kriegen wir Sie dran. Wer hat Ihnen gesagt, dass Sie uns Wurm zum Fraß vorwerfen sollen? Ist das ein alter Plan?«

Steglitz tippte sich an die Stirn. »Sie sind doch nicht ganz dicht!«

Richterswil riss weitere Schubladen auf. »Die nehmen wir mit zur Inspektion. Alle!«

»Von mir aus«, sagte Steglitz leise. »Aber einen Durchsuchungsbefehl haben Sie mir nicht gezeigt.«

»Jetzt hören Sie zu!«, sagte Richterswil. »Sie wussten, dass der Zwillingsbruder den Mord begangen hat. Sie haben uns mit Wurm abgelenkt, weil das Foto perfekt zu ihm passt. Sie haben den Mörder vorgewarnt, und der sitzt jetzt auf Kuba in der Sonne.« Triumphierend zog Richterswil alle Schubladen auf. »Aber sie stehen immer noch in diesem abbruchreifen maroden Gemäuer, in dem Sie überflüssig sind. Sie stehen sozusagen mit einem Bein im Kittchen.«

»Kooperieren Sie mit uns und Sie kommen mit Beihilfe zum Mord davon«, erklärte Neusiedl.

»Durchsuchungsbefehl?«, fragte Steglitz.

»Gefahr im Verzug. Befugnis der Sonderkommission. Sie sind vorläufig festgenommen, und die Kartei ist sichergestellt«, sagte Richterswil in einem gefährlich leisen Ton. »Fällt Ihnen jetzt etwas zu dem Zwilling ein? Oder zu den Eltern von Wurm?«

»Uns sind solche Kinder wie Bernd ohne weitere Informationen anvertraut worden«, erklärte Steglitz. Er öffnete seine Trainingsjacke. Darunter kam ein altes Shirt mit dem Emblem der DDR-Flagge zum Vorschein. »Es kann gut sein, dass seine Eltern in den Westen abgehauen sind. Aber das kann ich auch nur vermuten. Peter Schwarz ist nur ein einziges Mal hier aufgetaucht und hat nach ihm gefragt. Mehr war da nicht.«

»Das fällt Ihnen jetzt ein?«, fragte Neusiedl. »Wenn Sie sich ein bisschen anstrengen, fällt Ihnen da noch mehr ein? So ein eineiiger Zwilling oder ein Antrag der Eltern aus dem Westen auf Familienzusammenführung …?«

»Sie überschätzen unsere Macht und unser Wissen«, sagte Steglitz. »Wir hatten nur den Auftrag, diese Kinder zu wertvollen sozialistischen Bürgern zu erziehen.«

»Je weniger Sie wussten, desto besser für die Stasi?«, fragte Richterswil. »Wollten Sie das damit sagen?«

»Sie wissen doch, was jetzt alles so läuft seit der Vereinigung vor ein paar Monaten«, sagte Steglitz leise. »Die alten Seilschaften sind immer noch gefährlich. Sie haben doch damit nicht aufgeräumt.« Er nahm ein Päckchen Zigaretten der Marke Club vom Tisch. »Glauben Sie mir, wenn ich meinen Kopf retten kann, dann mache ich das. Und Sie sind die Ersten, denen ich unter den gegebenen Machtverhältnissen helfen würde.«

»Die Fahne im Wind!«, spottete Neusiedl.

»Sie sind nur ein bequemer Schwätzer«, fauchte Steglitz. »Sie in Ihrem demokratischen, freien Österreich. Sie mussten sich nie zwischen Mitlaufen oder Mitmachen entscheiden. Jetzt machen Sie mal halblang.«

»Sollen wir jetzt Mitleid mit Ihnen haben?«, fragte Neusiedl. Dann lachte er schallend los. »Aber schikaniert haben Sie Ihre Schutzbefohlenen freiwillig? Sie sind ein lächerlicher Sadist, der seinen Hintern retten will.«

»Noch einmal«, unterbrach Richterswil den aufkommenden ideologischen Streit. »Können Sie sich an irgendeinen Hinweis auf einen Zwilling erinnern?«

Steglitz schüttelte den Kopf. Er blies einen Rauchkringel in den Raum. »Wir hatten in Jenendorf noch nie Zwillinge, weder eineiige noch zweieiige!«

»Wo sind die Informationen über die Anträge von Eltern im Westen auf Familienzusammenführung?«, hakte Richterswil nach.

»Wir sind über solche Anfragen nicht informiert worden«, erklärte Steglitz. »Die Kinder kamen hier an, wurden erzogen und an die Lehrlingsheime weitergegeben. Mehr nicht!«

»Das können Sie gleich alles auf der Inspektion zu Protokoll geben.« Richterswil blieb hart. »Und jetzt bringen wir die Kartei gemeinsam in den Kofferraum!«

»Von mir aus«, bemerkte Steglitz trocken. »Ich habe heute ohnehin nichts mehr vor.«

»Doch Sie werden uns gleich noch das gesamte Gebäude inklusive Keller zeigen«, sagte Richterswil. »Wer weiß, ob wir nicht eine versteckte Kartei finden, in der wir die Wahrheit über Bernd Wurm erfahren.«

KAPITEL 9

»Hier wendet sich der Gast mit Grausen:
›So kann ich hier nicht ferner hausen …‹!«
Friedrich Schiller (1759 – 1805)
aus Der Ring des Polykrates ist (1798)

»Ich hätte mich dieser Demo glatt anschließen können«, gab Erich Waldner im Speisesaal des Hotels zum Besten. »Die haben doch völlig recht. Es muss ein Ende haben mit diesem Unrecht!«

»Auf jeden Fall eine explosive Stimmung hier in den neuen Ländern«, Gabriele Karenhall stimmte ihm zur Abwechslung zu.

An den Tischen, an denen die Reisegruppe der Drei-Länder-Tour von Leon Hofer saß, herrschte eine laute Diskussion über die Demonstration gegen die Stasi, über Bombenkrater und über die neuen Mitbürger im Osten im Allgemeinen.

»Die haben halt in jeder Hinsicht Nachholbedarf!«, erklärte Tassilo Bender. »Aber schön ist es hier schon an jeder Ecke!«

»Nur nicht im Plattenbau«, mischte sich Nora in die allgemeine Diskussion ein. »Das muss ja wie auf dem Zeltplatz sein. Da hört jeder jeden.«

»Hast du denn schon etwas von deiner Belohnung gehört?«, wollte Margret Waldner wissen.

Nora schüttelte den Kopf. »Die kommt noch. Warum sollen die Mühlen der Behörden hier schneller mahlen als bei uns.«

»Morgen geht es ganz früh los!« Leon Hofer hatte sich an Noras Tisch gesetzt. »Erst noch ein kleiner Abstecher nach Merseburg, und dann direkt weiter in Richtung Leipzig.«

»Aber den späten Vormittag haben wir zur freien Verfügung?«, fragte Gabriele Karenhall. Verschwörerisch zwinkerte sie Nora zu.

Leon Hofer nickte. »Ja, Gabi. Ich kann das ja verstehen. Du möchtest wissen, was aus eurem Gutshof geworden ist.« Er griff nach einem sauberen noch auf dem Kopf stehenden Weinglas. »Aber viel Hoffnung solltest du dir nicht machen.«

Gabriele hob fragend die Augenbrauen.

»Korruption im vollen Gange«, erklärte der Wurstfabrikant. »Da kann ich ein Lied von singen. Die halten zusammen wie Pech und Schwefel. Aber ich kriege schon noch ein Rezept für die Original Thüringer Rostbratwurst!«

»Du meinst, hier wird derzeit alles unter der Hand hin und her geschoben, und ich sollte rasch meine Schäfchen sichern?«, fragte Gabi leise.

»Hast du einen Blick in den 4+4-Vertrag geworfen?«, fragte Leon ebenso leise.

Gabriele schüttelte den Kopf. »Dafür gibt es Juristen!«

»Wann seid ihr denn enteignet worden?«

»Gleich als die Russen kamen! Wenn ich mich da richtig erinnere.«

»Eben! Die ersten Bodenreformen werden nicht rückgängig gemacht. Das Land ist weg! Seit 1945 für immer weg!«

Ein verzweifelter Schrei erklang aus Gabrieles Mund. Von einer Sekunde auf die andere hatte sie jede Farbe im Gesicht verloren.

»Einen Arzt!«, schrie Erich Waldner.

An einem der anderen Tische stand eine junge Frau auf. »Lackmann«, stellte sie sich vor. »Dr. Lackmann, Kinderärztin. Was ist denn passiert?«

»Ich habe mich nur schrecklich erschreckt«, wisperte Gabriele. »Ist das denn wahr? Soll das endgültig sein? Dann reise ich sofort ab. Nach Kanada. Ich will nach Hause!«

Frau Dr. Lackmann hatte aus ihrer großen Handtasche, die die Größe eines Messenger Bags hatte, ein Blutdruckmessgerät geholt. »Alles im Grünen Bereich. Es war wohl wirklich nur ein Schreck!«, sagte sie beim Blick auf die Messwerte.

»Wäre ich doch nie zurückgekommen«, sagte Gabriele leise.

»Du bist nicht zurückgekommen. Du bist nur auf der Durchreise«, versuchte Nora, Gabriele zu trösten, die gerade zum zweiten Mal im Leben im Osten alles verloren hatte. »Du schaust nur nach, ob du einen der silbernen Löffel vergessen hast, und in ein paar Tagen sind wir schon in Wien und schauen uns Schloss Schönbrunn an.«

»Es war ein Fehler«, beharrte Gabriele.

Der Nachtisch wurde serviert. Auf einem Wagen fuhren zwei Kellner eine Eis-Baiser-Bombe herein, die sie jetzt flambierten.

»Wäre vielleicht besser alles verbrannt damals. Streichholz drunter und weg«, sagte Gabriele leise mit einem gehässigen Unterton.

»Wir gehen da morgen zehn Minuten auf dieses Amt, und dann vergessen wir die alten Geschichten«, hörte Nora sich selbst sagen. Wenn ihr diese Worte doch nur selbst helfen würden, dachte sie gleichzeitig. Je länger sie sich im Gebiet der ehemaligen DDR aufhielt, desto mehr Erinnerungen wurden wach. Merseburg, Leipzig, Dresden, und dann war der Spuk vorbei.

»Löse dich aus den Fesseln, entflieh den Feinden«, deklamierte Tassilo Bender.

»Unser Tassilo!«, rief Waldner laut.

Nora grinste. Erich Waldner hatte ein einnehmendes Wesen. Sie war seine Nora, und Tassilo schien ihm jetzt auch schon zu gehören.

»Jetzt verrätst du uns aber sofort, von wem die Gedichtzeile ist, denn noch einmal falle ich nicht auf den Trick rein.«

Nora konnte ein schallendes Lachen gerade noch unterdrücken.

»Das ist ein Vers aus den Merseburger Zaubersprüchen«, erklärte er.

»Zaubersprüche?«, fragte Waldner. »Da werden wir wohl morgen in Merseburg auch ein paar Gaukler und Zauberer erleben?«

»Mindestens einen Feuerspucker«, konnte sich auch der sonst so rücksichtsvolle Studienrat nicht mehr verkneifen.

Nora lächelte. Bislang hatte der Zauber, der sie am ersten Abend in Erfurt inmitten dieser stehen gebliebenen Zeit im Osten ergriffen hatte, nicht mehr losgelassen. Das konnten weder die Leiche noch ihre Albträume noch die Demonstranten, die gegen die Umsetzung des 4+4-Vertrags auf die Barrikaden gingen, ändern. Sie beschloss, komme es, was da wolle, die letzten Tage in den neuen Ländern zu genießen, viele schöne Fotos zu schießen und sich durch nichts und niemanden aus der Ruhe bringen zu lassen – weder durch eine Leiche noch durch einen Mörder, der immer noch auf freiem Fuß war und den sie mit ihrem Foto in die Gefahr einer Festnahme gebracht hatte.

*

»Und du willst wirklich heute Abend noch in dieses Altenheim?«, fragte Neusiedl.

»Wir!«

»Wir!«, wiederholte Neusiedl seinen Dienstvorgesetzten.

»Wenn du demnächst meinen Platz einnehmen willst …«

»Resümee für heute«, fasste Neusiedl zusammen, »Wurm hat Schwarz nicht erschossen, Danner und Kersten haben ein Alibi, Witwe Schwarz übrigens auch, Steglitz fehlt ein Motiv, zumindest nach bisherigem Ermittlungsstand. Und von einem Zwilling ist weit und breit keine Spur!«

»Doch, das Foto«, sagte Richterswil.

»Und wenn es wirklich eine Maske ist?«

»Dann müssten die Fingerabdrücke auch von einer perfekt gemachten Maske sein.« Richterswil gab Neusiedl die Autoschlüssel. »Hier. Du fährst.«

»Einige Nachrichtendienste arbeiten mit solchen Masken für die Hände«, sagte Neusiedl. »Aber wohl nur mit Abdrücken komplett ohne Papillarlinien.«

»So viel Aufwand für einen einzigen Mord, um den Tatverdacht auf Wurm zu lenken?«

»Die müssten über die unverletzten Fingerabdrücke des Zwillings verfügt haben.«

»Und sie dürfen keine Ahnung von Wurms Unfall gehabt haben«, ergänzte Richterswil die fantasievolle Theorie seines Kollegen.

»Alles zu theoretisch. Irgendwie spüre ich, dass wir ganz nah dran sind am Täter.«

»Der Instinkt des Ermittlers. Vielleicht schlägt dein Instinkt in dieser Vereinigungsatmosphäre dauernd an?« Richterswil schob den Autositz weit nach hinten. »Da vorne! Richtung Dornburger Schlösser.«

»Wer weiß, wen wir mit den Ermittlungen im Fall Schwarz alles aufgeschreckt haben?« Neusiedl wich bei der Auffahrt auf die Landstraße einem Schlagloch aus. Am Straßenrand standen zwei Jugendliche, die auf der Suche nach einer Mitfahrgelegenheit waren. »Danner, Barbara Schwarz, Steglitz, Kersten, Wurm selbst, die Familie Müller. Vielleicht haben die alle im Garten eine Makarow vergraben.«

»Über die Kalaschnikow machen wir uns dann Gedanken, wenn es soweit ist.«

»Denkst du wirklich, wir finden eine Spur zum Zwilling in diesem Altenheim?«

»Der kann morgen Früh tot sein, der Auftraggeber, oder?«

»Dieses Altenheim in den Schlössern. Die müssen doch jetzt raus da?

»Aber nicht von heute auf morgen. Deswegen werden die wohl keinen Mord begangen haben.«

»Vermutlich auch nicht mit dem Aufwand. Es sei denn, wir treffen in den Schlössern auf ein paar illustre Kollegen des Nachrichtendienstes der DDR«, überlegte Neusiedl. »Auslandsabteilung Stasi!«

»Du gehst fest davon aus, dass mehr als ein einfacher Rachemord dahinter steckt?« Richterswil suchte im Handschuhfach nach einem Päckchen Kaugummi. »Ein Auftragskiller, der mithilfe einer mafiaähnlichen Organisation den Verdacht auf Wurm gelenkt hat?«

»Vielleicht wollte er den Verdacht gar nicht auf Wurm, sondern auf den Zwilling lenken?«, entfuhr es Neusiedl, bevor er eine Vollbremsung einleiten musste, weil ein Traktor vom Feldweg in rasantem Tempo auf die Landstraße einbog.

»Dann stehen wir wieder am Anfang. Auch bei dieser Theorie kann nur der Zwilling der Schlüssel zur Lösung sein«, kommentierte Richterswil die neueste Idee des Majors. »Wer hat ein Interesse daran, den Zwilling unschuldig für Jahre hinter schwedische Gardinen zu bringen?«

»Bauernopfer?«, schlug Neusiedl vor.

»Alle unsere Theorien können sich als wahr erweisen. Uns bleibt nichts anderes übrig, als weitere Puzzlesteine zu suchen.« Richterswil drehte die Lehne seines Sitzes weit in eine halbe Liegestellung zurück. »Wir müssen so schnell wie möglich alle Spuren und Details finden, bevor es andere tun.«

»Ehrgeiz. Diesen Fall geben wir nicht an den Staatsschutz ab.« Neusiedl setzte den Blinker zum Abbiegen in Richtung der Dornburger Schlösser. »Prämisse: Es war der Zwilling, den wir jetzt suchen. Foto und Fingerabdrücke sind von ihm.«

»Außerdem hängt das Bild von dieser Nora Attendorn in allen Wachen des SÖD«, sagte Richterswil. »Eigentlich eine sehr attraktive junge Frau. Nur ein bisschen aus der Spur geraten, oder?«

»Du findest dieses arrogante Stück nicht wirklich attraktiv?«, lachte Neusiedl. »Habe ich da irgendetwas nicht mitbekommen?«

»Park da vorne ein!«

»Hallo? Du hast dich nicht verknallt, oder?«, äffte Neusiedl das ständige Fragenanhängsel im original Schweizer Tonfall nach.

»Entweder der Zwilling war es wirklich, dann ist der Fall gelöst, sobald wir ihn haben. Oder es war ein Auftragsmord, dann müssen wir an die Hintermänner kommen. Oder jemand hat den Verdacht entweder auf Wurm oder den Zwilling lenken wollen, dann müssen wir uns erst recht sputen, um die Drahtzieher zu finden und einen Unschuldigen vor jahrelanger Haft zu bewahren.«

»Hehre Ziele!«, spottete Neusiedl, der nicht glauben konnte, dass diese seiner Ansicht nach grundlos eingebildete Architektur-Studentin Richterswil beeindruckt hatte. Zumindest hatte sich der Oberstleutnant aus Zürich keine Verdächtige für die Verirrungen seiner Gefühlswelt ausgesucht. Das Herz seines Schweizer Kollegen musste sich irren, das konnte nicht anders sein. »Aber schon schön hier, die Gegend. Wen besuchen wir eigentlich?«

»Sie haben Glück, die Abendbrotzeit ist gerade vorbei«, erklärte die spindeldürre Dame mit den langen braunen Haaren und den zahllosen Sommersprossen am Empfang. »Aber ich kann mir nicht denken, dass jetzt noch jemand Besuch sehen möchte.«

»Sonderkommission SAO!« Richterswil zeigte seinen Dienstausweis. »Das ist mein Kollege aus Wien, Major Neusiedl.«

Auch Neusiedl zeigte seinen Ausweis durch das Fenster des Empfangs vor.

»Wenn Sie einen Moment warten? Draußen sind ein paar Sitzbänke.«

Richterswil hob fragend die Augenbrauen. »Es geht um Mord, sonst wären wir nicht hier.«

Die Empfangsdame nahm einen klobigen grauen Telefonhörer aus DDR-Zeiten zur Hand. Sie drehte den Ermittlern den Rücken zu und flüsterte in den Hörer.

Weder Richterswil noch Neusiedl konnte ein Wort verstehen.

Während die dünne Frau in den Hörer sprach, erschien ein junger Mann in Jeans, Karo-Hemd und Sandalen. Mit einem strahlenden Lächeln, das seitlich zwei große Zahnlücken zum Vorschein brachte, und ausgestreckten Armen begrüßte er die beiden Kriminaler. »Herzlich willkommen auf unserem Schloss.«

»Richterswil. Und das ist Major Neusiedl.«

»Gerd Fuchsen.« Er schüttelte die Hände der Ermittler ausgiebig mit einem festen Händedruck. »Sie müssen die Umstände entschuldigen. Aber seit dem Fall der Mauer tauchen bei unseren Senioren ständig irgendwelche dubiosen Verwandten, Vertreter und andere Erbschleicher auf.«

»Schon klar!«, bestätigte ihm Neusiedl.

»Wir möchten nur kurz mit einem Ihrer Bewohner sprechen«, begann Richterswil.

»Und?«

»Wohnt ein Herr Dr. Rafael Middelwey bei Ihnen?«, fragte Richterswil.

Fuchsen verzog seinen Mund. Er atmete tief durch und hob kurz die Augenbrauen. »Es wird oft nach dem Doktor gefragt. Zu oft.«

»Wir sind von der Soko SAO«, betonte Neusiedl, der sich

fragte, ob dieser Träger der Doktorwürde der Physiker oder der Ingenieur war. Er tippte auf den Physiker.

»Darf ich Ihre Ausweise noch einmal genau anschauen? Nur ein kurzes Telefonat im Ministerium. Sie müssen das verstehen.«

»Nichts. Nichts müssen wir!«, fauchte Richterswil leise, aber unüberhörbar wütend.

»Dr. Middelwey ist schon zu DDR-Zeiten in einige zwischenstaatliche Affären verwickelt gewesen.«

»Deswegen sind wir hier!« Richterswil kämpfte um Geduld.

»Er will seine Ruhe haben. Von allen. Von Ost und von West.«

»Wir sind kein Nachrichtendienst. Wir klären Morde auf.« Neusiedl schaute durch das Fenster in die schmale Parkanlage, die zum Rosengarten führte. Einige Senioren spazierten im Abendsonnenschein auf den Kieswegen zwischen den grünen kurzen Buchshecken. Zu schade, dass er nicht wusste wie dieser Physiker aussah.

»Ich bin aus der Schweiz, und der Major ist aus Wien«, versuchte es Richterswil noch einmal.

Fuchsen zog eine zusammengeklappte Lesebrille aus der Brusttasche seines Hemdes. Er hielt die Gläser nahe an seine Augen, als er Richterswils Ausweis eingehend betrachtete. »Sieht echt aus.«

Neusiedl ließ seine Glock unter seinem Jackett hervorblitzen.

»Das kann die Mafia auch!«

»Sie sind der erste Mensch in meinem Leben, der mich für einen Mafiosi hält.« Richterswil grinste. Dann zog er die Augenbrauen zusammen. »Je eher Sie mit Ihrer Wichtigtuerei aufhören, desto schneller sind wir wieder aus Ihren heiligen Hallen verschwunden.«

Fuchsen ließ sich nicht beeindrucken. Er ging mit dem Soko-Ausweis zum Empfang und zog den alten Telefonapparat zu sich heran. Auch seine Stimme war durch die dicke Glasscheibe nicht zu hören. Nach zwei, aber gefühlten 20, Minuten stand er wieder vor dem Ermittler-Team. »Sie müssen das verstehen. Dr. Middelwey ist fast von unserer Silvesterfeier entführt worden.«

»Und dann kein Personenschutz vor der Tür?«, spottete Neusiedl. »Wir hätten auch durch den Hintereingang ins Heim eindringen können.«

Fuchsen gab keine Erklärung. »Folgen Sie mir!« Er öffnete eine Sicherheitstür, die in einen langen dunklen Gang führte.

Richterswil und Neusiedl sicherten sich mit raschen Blicken nach hinten und vorne ab. Vom Gang führte eine Tür in einen weiteren Gang, an den ein Treppenhaus anschloss. »Dr. Middelwey wohnt im oberen Bereich.«

»Fort Knox!«, entfuhr es Neusiedl.

Fuchsen klopfte an eine unscheinbare Türe in einem weiteren langen Gang unter dem Dach. Er drückte die Klinke.

Dr. Middelwey saß in einem abgewetzten hohen Polstersessel am weit geöffneten Fenster und schaute auf das Tal. Das ganze Zimmer war bis auf das Bett und einen kleinen Schrank, die beide aus dem letzten Jahrhundert stammen mussten, über und über mit Büchern vollgestopft. Ein buntes Sammelsurium an Regalen stand an den Wänden. Weitere Bücher stapelten sich auf dem einfachen groben Holztisch und auf dem Boden. Auf dem Schoß des Physikers lag eine geöffnete Schreibmappe. Ein einziger Wirrwarr an Zahlen war auf dem obersten Blatt zu erkennen. Dann entdeckte Richterswil neben dem Polstersessel mit den Ohren ein neues modernes Fernrohr mit einem beachtlich großen Objektiv.

»Dr. Middelwey? Sie haben Besuch von der Kripo!«, stellte Fuchsen Richterswil und Neusiedl vor.

»Sonderkommission Stasi als Opfer! Richterswil. Neusiedl«, stellte Richterswil klar.

Der Physiker machte eine abwehrende Bewegung in Richtung der Dienstausweise. »Lassen Sie! Das wird schon stimmen. Ich habe Ihr Dienstfahrzeug durch das Fernrohr kommen sehen.« Dr. Middelwey ließ die Schreibmappe zu Boden gleiten. Er zog eine Filzdecke über seine Knie und lehnte sich im Sessel in das rechte Ohr. Dabei hob sich sein komplett mit Pomade geglättetes und schwarz gefärbtes Haar wie eine Platte zur Seite. »Was möchten Sie denn von einem alten Mann wie mir wissen?«, fragte er.

»Nur ein paar kurze Fragen«, begann Richterswil.

»Wir sollten lernen, die alten Geschichten ruhen zu lassen«, sagte der Physiker leise. »Ich liebe diesen Blick über das Tal. Ich bin da unten geboren worden. Und ich liebe den Duft der Rosen. Haben Sie schon einmal im August unter einem blühenden Spalier gestanden? Betörend wie eine junge Frau, die gerade erst zum Leben erwacht ist.«

Dr. Middelwey konnte das Grinsen auf Neusiedls Gesicht nicht sehen.

»Unsere Ermittlungen lassen uns nur wenig Zeit«, sagte Richterswil.

Wieder machte der Physiker mit der Hand eine abwehrende Bewegung. »Sie wissen, dass ich fünf Jahre unter Hausarrest gestanden habe?«

»Hä?«, entfuhr es Richterswil. »In den Akten steht, dass Sie zu einer Haftstrafe verurteilt waren.«

»Das war ein Schauprozess, auf den ich mich eingelassen hatte«, begann Dr. Middelwey zu erklären. »Ich bin Physiker, steht das auch nicht in Ihren schlauen Unterlagen? Ich bin wertvoll gewesen für die Forschung im Sozialismus. Nach dem Prozess ging es für ein paar Monate zur Umerziehung in eine Psychiatrie. Netter Kollege, dieser Dr. Vierzig, hat heute mit seinem Sohn eine private Praxis in Hamburg. Wir sind noch in Kontakt. Persönlich habe ich nichts gegen Menschen. Nur gegen das System. Verstehen Sie? Das System konnte Menschenseelen zerstören.«

»Sie sind nie von einem Peter Schwarz verhört worden?«, fragte Richterswil.

»Sie meinen diesen Blödmann von Karrieristen, der sich auf seinen Kontakt zu Manfred Günther so viel eingebildet hat?« Dr. Middelwey lachte laut auf. »Diese kleinen Hunde, die Karriere machen, sind besonders gefährlich. Aber ich habe gelernt, mit ihnen umzugehen. Sie sind berechenbar, dumm. Natürlich auf ihre eigene Art und Weise schlau. Sie passen sich an, bis sie ganz oben sind. Mich hat der nicht geknackt.«

»Wann sind Sie ihm begegnet?«, fragte Neusiedl.

»Das ist lange her. Die hatten meine Wohnung verwanzt. Dann bin ich abgeholt worden zum Verhör. Schwarz, Peter«, sprach Dr. Middelwey den Namen des Mordopfers betont gedehnt aus. »Dieser Kretin hat mir ins Gesicht geschlagen, bis meine Nase gebrochen war.«

Neusiedl sah auf die Beine des Physikers. Konnte dieser alte, fast schon gebrechliche Mann in Weimar im Park auf Schwarz geschossen haben? Oder hatte er dem Zwilling von Wurm Geld für den Mord gezahlt? Dieser Dr. Middelwey wirkte so weise, fern von Rachegedanken.

»Ich war für ein paar Wochen in einer dieser Betonzellen, in denen es nach Blut und Totschlag stinkt.« Der Physiker lachte mit einem dunklen Ton verbittert und gleichzeitig gehässig tief aus seinem Innersten auf. »Narren, diese Karrieristen. Die einzige wirkliche Elite, die es in Ost und West gibt, sind wir Wissenschaftler. Die Atombombe. Verstehen Sie?«

Richterswil schaute erschreckt zu Neusiedl. Physiker galten ohnehin als realitätsfern. Dieser Dr. Middelwey wirkte auf den ersten Blick fast normal, um dann umso lächerlicher seinen Irrsinn preiszugeben.

»Wann sind Sie zum letzten Mal in Weimar gewesen, Herr Dr. Middelwey?«, fragte Richterswil.

»Weimar?«, stellte er die Gegenfrage. »Wenn ich nicht mit dem System kooperiert hätte, wäre ich irgendwo verschwunden. Ich war nie so dumm, einen Ausreiseantrag zu stellen.«

»Weimar ist nur wenige Kilometer von hier entfernt«, versuchte Neusiedl, den Physiker in die Realität zu holen.

»Richtig«, bestätigte Dr. Middelwey. »Weimar liegt nicht im Westen. Aber ich war nicht so dumm, wie Sie vielleicht denken. Sonst hätte ich nie und nimmer in diesem schönen Heim einen Platz bekommen. Sind Sie schon einmal unter den Rosenspalieren spazieren gegangen, wenn die Rosen üppig duften?«

Richterswil zuckte mit den Schultern. Entweder dieser Physiker war das, was für ihn alle Physiker waren – verrückt, oder er versuchte, sie wie Steglitz zum Narren zu halten.

»Haben Sie Peter Schwarz nach den Verhören noch einmal wiedergesehen?«, fragte Neusiedl.

»Das ist alles so lange her. Wissen Sie, ich betrachte lieber die Sterne, als mir Gedanken über das einfache Fußvolk zu machen.«

»Sie sind ihm nie wieder begegnet?«, fragte Richterswil.

»Doch!« Dr. Middelwey nickte. »Im Schauprozess hat er gegen mich ausgesagt. Er kam sich so wichtig vor. Aber Macht hatte er doch nur innerhalb dieses Stacheldrahtzaunes über uns. Dann habe ich weiter forschen können unter Hausarrest in Ost-Berlin. Hauptstadt der DDR. Und jetzt ein Nichts.«

»Hat Schwarz versucht, Sie als informellen Mitarbeiter anzuwerben?«, fragte Neusiedl.

»Hätte er wohl gerne, wie?« Dr. Middelwey lachte auf.

»Nachdem ich kooperiert habe, hatte ich Ruhe. Forschung, Erfolge. Das hat gezählt im Sozialismus.«

»Peter Schwarz ist ermordet worden«, sagte Richterswil. »Vor ein paar Tagen in Weimar.«

»Der Peter Schwarz, den ich von früher kenne?«

Neusiedl holte ein Foto des Toten aus einer seiner Jackettaschen. Die Glock kam zum Vorschein.

»Immer im Einsatz, wie?«, lachte der Physiker. »Ich weiß nicht, ob ich den auf dem Foto schon einmal gesehen habe. Alles so lange her.«

»Gehen Sie viel spazieren in den Gärten?«, fragte Neusiedl.

»Kaum«, sagte Dr. Middelwey. »Hinter der Tür stehen meine Krücken. Ich bin vor zwei Jahren die Treppe hinuntergefallen. Seitdem ist mein linkes Bein steif.«

»Wir danken Ihnen für die Zeit, die Sie sich für uns genommen haben«, sagte Richterswil. »Dürfen wir Sie in den kommenden Tagen noch einmal besuchen?«

Dr. Middelwey machte mit den Händen eine abwehrende Bewegung. »Gehen Sie ruhig. Lassen Sie einen alten Mann alleine mit seinen Berechnungen und den Sternen.« Er griff nach seiner Schreibmappe. »Glauben Sie mir, Einstein hatte recht!«

Neusiedl unterdrückte zum Abschied ein lautes Lachen.

»Traust du dem einen Auftragsmord zu?«, fragte Neusiedl, als die beiden Ermittler wieder auf dem Gang standen.

Richterswil suchte nach dem Lichtschalter. »Wenn wir den noch nach Zwillingen gefragt hätten, hätte der bestimmt das System der Spiegel erklärt.«

»System der Spiegel?«

»Vergiss es!«

»Wer steht als Nächstes auf der Liste?«

»Interpol!«

»Du meinst, der Zwilling ist ein bezahlter Killer?«

»Ich will einen internationalen Abgleich beider Fingerabdrücke, die von Wurm und die vom Zwilling.«

*

Peter Schwarz schaute die Straße entlang. Wo nur blieben seine Kollegen? Was war das denn für eine Sauerei? Dieser Abschaum, der sich da vor der Botschaft der Bundesrepublik Deutschland versammelt hatte, gehörte auf der Stelle festgenommen und interniert.

»Du überlegst wohl auch noch?«, hörte Peter Schwarz die Stimme einer jungen Frau.

Neugierig musterte Schwarz dieses in seinen Augen subversive Element, das Westjeans und ein FDJ-Hemd trug. Statt ihr ein hasserfülltes Nein ins Gesicht zu schreien, blieb er ruhig. Die Frau vor ihm war die perfekte Informationsquelle. Schwarz kannte diese ewig Unzufriedenen, die ein Leben in der DDR gar nicht wert waren. Er taxierte sie genauer. Vermutlich gerade so durch die polytechnische Oberschule gekommen, vielleicht sogar Studentin mit wirren Ideen, Freund und Familie aus Sicherheitsgründen in der DDR zurückgeblieben. Sie war alleine im Urlaub im Bruderland Tschechei und wagte sich in die Nähe der Botschaft.

Eine Gruppe junger Leute rannte an ihnen vorbei.

»Ihr müsst los, mitkommen. Die Schweine sind schon im Anmarsch. Viel Zeit habt ihr nicht mehr.«

Bei diesen Sätzen war Peter Schwarz innerlich der Kragen geplatzt. Er wusste, was zu tun war. Die Tour würde er diesen Vaterlandsverrätern in der Botschaft gründlich vermasseln. Mit seinem charmantesten Lächeln, mit dem er auf seinen Einsätzen auf westdeutschen Messen schon so manche wichtige Informantin geködert hatte, wendete er sich an die junge

Frau in der FDJ-Bluse. »Dann wollen wir beide mal zusehen, dass wir auch noch reinkommen bevor das Boot voll ist!«

»Ich bin Solveig!«

»Ich bin Peter!« Schwarz warf unbemerkt von seiner neuen Bekanntschaft seine Papiere in ein Gebüsch. Er hoffte, in der Botschaft rasch eine Kontaktperson zu finden, die seine Informationen raus schleusen konnte. Das allgemeine Chaos kam Schwarz zu Hilfe. Als die letzten Flüchtlinge über den Zaun kletterten und dabei an den Hosenbeinen von seinen Kollegen festgehalten wurden, konnte er Flüsterkontakt zu einem Kollegen aus Leipzig aufnehmen.

»Was machst du da?«, fragte Willi Becker entsetzt.

»Sch! Ich observiere. Spätestens morgen Abend bin ich wieder bei euch.«

»Namen, Daten, Plan des Gebäudes«, flüstere Becker zurück. »Morgen Abend, wenn alle schlafen, wird es nicht auffallen.«

Peter Schwarz machte sich auf den Weg in das Botschaftsgebäude, um seine Fantasiedaten zu melden. Er durfte auf keinen Fall erwischt werden. In Westdeutschland drohte ihm wegen Spionagetätigkeit eine mehrjährige Haftstrafe. Schwarz fertigte auf der Toilette einen Plan des Gebäudes, akribisch schrieb er Namen und Adresse von den Geflüchteten in der Botschaft auf. Immer wieder schaute er auf die Uhr. Die Zeit verrann langsamer als je zuvor. Zweimal stand er mit anderen Bewohnern der Botschaft am Zaun und diskutierte scheinbar mit der Staatssicherheit vor dem Zaun, die mit der Zusage der Straffreiheit versuchte, die Menschen zur Rückkehr zu bewegen. Auch Becker war wie verabredet gegen 22 Uhr wieder da.

»Guck mal der!«, rief ein junger Mann in zerrissenen Ostjeans und nacktem Oberkörper. »Der feine Herr hat Klamotten aus dem ›Exquisit‹.«

Peter Schwarz unterdrückte seine Angst. Von so einem subversiven Objekt, von diesem Staatsfeind ließ er sich doch nicht einschüchtern. Vermutlich auch noch Fan von irgendeiner Rockmusikband aus dem Westen.

»Lass mal!«, rief eine junge Frau mit Kind auf dem Arm. »Die wollen jetzt alle raus, auch die mit Beziehungen. Jetzt bleibt nur noch die Stasi im Land.«

»Aber die Schuhe oder die Jacke hätte ich schon gerne.«

»Was willst du denn mit den Ostklamotten? Im Westen kaufen wir uns echte Westjeans und Turnschuhe.«

Peter Schwarz ekelte dieser Dialog an. Was der Konsum nicht alles in den Köpfen der Menschen anrichtete. Wie gut, dass die DDR die Menschen vor den Verlockungen des Westens, vor dem Glücksspiel und den Drogen, schützte. Reisende sollte man nicht halten. In erster Linie wollte Schwarz wieder runter vom Botschaftsgelände und in Leipzig oder Berlin Bericht erstatten. Kurz nach Mitternacht war es ruhig. Fast alle Menschen schliefen. Als Schwarz dank seiner guten Kondition innerhalb von drei Minuten den Zaun der Botschaft in Richtung Prager Staatsgebiet verlassen hatte, war es für die im Inneren festsitzenden Flüchtlinge zu spät ihn zurückzuhalten. Der Wagen der Staatssicherheit hielt und Schwarz stieg erleichtert ein.

»Gut, dass du draußen bist«, sagte Becker. »Wir haben eine Wanze im Telefon in der privaten Wohnung des Botschafters installiert. Sie hatten dich bereits enttarnt.«

KAPITEL 10

»Es naht sich die Ferne, Schon seh ich das Land!«
Johann Wilhelm von Goethe (1749 – 1832)
aus Glückliche Fahrt

»Wir kommen nun vorbei an dem berühmten steinernen Rabenkäfig«, erklärte Leon Hofer. Seinen kleinen grauen Zopf trug er an diesem Morgen geflochten und hatte damit schon ein paar alberne Bemerkungen geerntet.

»Wie berühmt ist denn der Käfig?«, fragte Erich Waldner vergnügt und laut wie immer in die Runde.

»Weltberühmt«, erklärte der Reiseleiter aus Wien unverdrossen weiter. »Der Sage nach …«

»Dieses Land scheint nur aus Sagen zu bestehen«, unterbrach der Wurstfabrikant erneut. »Wann begegnen uns denn die Gebrüder Grimm?«

Leon Hofer atmete tief durch. Alle sahen ihm an, dass er innerlich bis zehn zählte. »Einer der wichtigsten Bauherren der Anlage, Bischof von Trotha, hatte dereinst einen seiner besten und treuesten Diener zum Tode verurteilt.«

»Wegen einem Raben?«, fragte Waldner.

»Exakt, lieber Erich«, amüsierte sich der Reiseleiter. »Wie rasch du doch alle Zusammenhänge erkennst.«

Leon Hofer hatte die Lacher auf seiner Seite. Die gesamte Reisegruppe freute sich über diese kleine Blamage für das Großmaul aus dem Ruhrgebiet.

»Der Bischof hatte den Diener falsch verdächtigt, weil ihm ein Ring fehlte. Erst lange nach der Hinrichtung wurde der

Ring dann im Dachstuhl des Schlosses bei Bauarbeiten gefunden.«

»In einem Rabennest!«, frohlockte Erich Waldner, der sich auch durch das Gelächter einer ganzen Reisegruppe nicht hatte beeindrucken lassen.

»Wie sinnvoll doch die Abschaffung der Todesstrafe ist«, bemerkte Nora laut, und alle stimmten ihr zu.

»Wir wenden uns jetzt der weitläufigen Schlossanlage zu. Und dann könnt ihr euch auch bald schon wieder auf ein exklusives Menü freuen«, erklärte Leon Hofer und hielt seine Armbanduhr mit dem großen analogen Zifferblatt hoch, um allen die vorgerückte Stunde in Erinnerung zu rufen. »Für den Verdauungsspaziergang empfehle ich euch den Schlossgarten. Ein Traum von einer Parkanlage. Da könnt ihr euch ein Bild von den alten Tagen machen.«

»Und dann fotografiert die Nora wieder einen Mörder!«, rief Erich Waldner aus.

Nora hätte sich ausschütten können vor Lachen über diese grotesken Darbietungen, die der Wurstfabrikant aus dem Ruhrgebiet nebst Gattin gab. Sie tauchte in der Menge der anderen Teilnehmer der Reisegruppe unter, um einer erneuten Diskussion über das Foto aus dem Park an der Ilm zu entgehen.

Gabriele legte ihre hellblaue Stoffserviette, die farblich perfekt zu der dunkelblauen Decke aus altem Batist im Schlossrestaurant passte, auf ihren Teller. »Und jetzt auf's Amt!«

Eine zweite Schokoladencreme mit Eisflocken wäre Nora lieber gewesen. Sie wusste nicht, warum Gabriele so sehr an diesem alten Gemäuer interessiert war, über dessen Zustand sie seit Anfang der 50er-Jahre nichts mehr wusste. Waren denn nicht alle Flüchtlinge aus den Ostgebieten durch den Lastenausgleich abgefunden worden? Sollten die jetzigen Besitzer doch glücklich werden mit diesen halb verfallenen Ruinen, die durch diese hässlichen ihnen angeschlossenen LPG-Hallen auch nicht schöner geworden waren. Zwischen purer Funktionalität der Arbeitswelt und einer menschenwürdigen Umwelt bestand ganz zweifellos ein Unterschied wie zwischen Tag und Nacht. Wie konnten diese real existierenden Sozialisten inmitten einer so malerischen Landschaft trotz der modernen Ideen des Bauhauses solche Ungetüme wie Plattenbauten und Viehhallen bauen? Bei der Bauweise hatten sie ungefähr denselben Verfallswert wie die alten Gemäuer, die noch immer an die Nachkriegszeit erinnerten. Nora schauderte. Konnte es wirklich sein, dass die drei demokratischen Staaten BRD, Österreich und Schweiz einfach ein trojanisches Überraschungspferd aus ein paar Ländern im Osten übernommen hatten? War diese Vereinigung, dieser 4+4-Vertrag am Ende nichts weiter als eine Vergrößerung eines Machtgebietes, mit dem noch niemand wusste, was er damit machen sollte? Waren die Versprechungen auf den Wahlplakaten der »Blühenden Kulturlandschaften« womöglich nur irgendwelche bedeutungslosen Worthülsen, um die Menschen zu beruhigen? Überließen die Politiker womöglich diese landschaftlich so reizvolle Gegend einem menschlichen Wildwuchs der freien Marktwirtschaft? »Nachkriegsdeutschland«, entfuhr es Nora laut.

»Komm«, riss Gabriele Nora vollends aus ihren wirren Gedanken. »Wir müssen uns sputen, wenn wir pünktlich zum Boot kommen wollen.«

Nora folgte Gabriele vorbei an der Garderobe des Restaurants, an der Gabriele sich ihren grünen Sonnenhut mit der kleinen Krempe geben ließ. Nora suchte in ihrer Canvas-Tasche nach ihrer Sonnenbrille.

»Ich habe uns eine Taxe bestellt.« Gabriele winkte einem Taxifahrer, der am Steuer eines uralten Mercedes-Taxis saß.

»Die Damen aus dem Westen?«, begrüßte sie der Fahrer. »Kein Gepäck?«

»Nein! Wir möchten zum Gemeindeamt. Dorthin, wo die Anträge auf Rückgabe der alten Güter gestellt werden können.«

Nora zuckte zusammen. Das hätte ein Elefant im Porzellanladen nicht besser sagen können.

»Rückgabe?«, fragte der Taxifahrer gedehnt und schaute Gabriele argwöhnisch an. »Was wollen Sie denn hier? Die alten Zeiten kommen nicht wieder.«

»Natürlich nicht«, erklärte Gabriele. »Aber die neuen Zeiten brechen jetzt an. Schluss mit Zerstörung der alten Kulturgüter. Jetzt wird wieder saniert und aufgebaut.«

»Sie sind Politikerin, oder?«, fragte der Taxifahrer, der abrupt an einer roten Ampel bremste, als ob er die Gelbphase nicht gesehen hätte. »Sie reden und reden und dann passiert doch nichts.«

»Immerhin können Sie jetzt frei wählen und reisen!«, sagte Gabriele wütend.

»Was soll denn Ihrer Meinung nach mit den enteigneten Ländereien geschehen?«, versuchte Nora, den Fahrer von Gabriele abzulenken.

»Na wie bisher!«, erklärte er. »Staatseigentum. Das wird eine große Kornkammer, der Osten. Grüne weite Landschaften. Biotop. Wenn Sie verstehen, was ich meine.«

Nora nickte.

Die kurze Fahrt war beendet. Gabriele zahlte mit einem 20-DM-Schein, ohne sich Wechselgeld geben zu lassen.

»Da vorne müssen Sie reingehen!«, rief der Taxifahrer den beiden Frauen hinterher, die an dem einfachen Betonbau weder Haupt- noch Nebeneingang erkennen konnten.

»Hier riecht es, wie es in jeder DDR-Behörde gerochen hat«, schimpfte Gabriele.

In den Gängen standen die Menschen Schlange vor unzähligen Türen, an denen einfache mit der Hand beschriebene weiße DIN A4-Blätter hingen. Vereinzelt flackerte das Licht alter Neonlampen an der Decke. Hin und wieder wurde eine Tür aufgerissen und ein Name wurde lautstark aufgerufen.

Gabriele blieb vor einem großen Wandbord stehen. »Hier!« Dann verstummte sie. Ihre Gesichtsfarbe wechselte von gebräunt zu kreidebleich. »Das ist wahr. Das ist wirklich wahr. Gut Karenhall wird nicht zurückgegeben. Das will ich schriftlich. Wer, sag mir, wer hat diesen hirnrissigen 4+4-Vertrag ausgehandelt?«

Doch Nora blieb eine Antwort schuldig. Sie stand selbst voller Entsetzen vor dem großen Brett mit den vielen Zetteln und Aufrufen. Nora riss die Augen auf, senkte die Lider und las doch zum dritten Mal, was sie nicht glauben konnte.

»4+4! Dass ich nicht lache! Da haben sich wohl diese West-Politiker vor Gier nach der Vereinigung verschluckt? Aber das wird Ihnen schlecht bekommen.«

Noch nie hatte Nora eine so elegant gekleidete ältere Dame wie Gabriele so wütend und unfein mit dem Fuß aufstampfen sehen. »Die haben uns verleugnet«, hauchte sie.

»Richtig!«, rief Gabriele aus. »Endlich wachst du auf. Das ist Unrecht, was hier geschieht!«

»Hier!« Nora zeigte mit ihrer Hand auf einen Zettel. »Zwei Grundstücke und ein Haus aus dem Jahr 1902 sowie ein Fischteich.«

»Ach Nora, sei nicht so dumm«, sagte Gabriele. »Es geht um viel mehr, um Wälder, Felder, um einen Gutshof mit Stallungen und …«

Gabriele wurde von einem freundlich lächelnden Mitarbeiter der Gemeindeverwaltung unterbrochen. »4+4-Vertrag. Die bis 1946 enteigneten Ländereien bleiben in Staatsbesitz und können käuflich Acker für Acker erworben werden.« Er zuckte gleichgültig mit den Schultern.

»Klagen – diesen unsäglichen Staatenbund verklagen müsste man«, flüsterte Gabriele wütend. »Ich hätte Europa nie wieder betreten sollen.« Sie schauten in ein immer noch sehr freundliches Gesicht. »Ach was, es ist doch sinnlos in diesem Chaos hier. Ich werde abreisen.«

Nora hatte den Zettel vom Brett gerissen.

»Was machen Sie denn da?«, fragte der Mitarbeiter der Gemeinde entsetzt. »Das ist ein öffentlicher Aufruf. Wenn jetzt doch noch leibliche Verwandte gefunden werden, die Ansprüche stellen.«

»Ich! Ich meine nicht ich«, begann Nora. »Also, mein Vater, Michael Attendorn.«

Der Mitarbeiter der Gemeinde warf einen genauen Blick auf den Zettel. Dann verschwand das Lächeln aus seinem Gesicht. »Ich mache Ihnen eine Kopie. Diese Sache verfristet doch nicht. Das hat noch Zeit.«

Nora und Gabriele folgten ihm in sein spartanisch eingerichtetes Büro. An der Wand waren zwei helle Flecken auf der in einer faden hellen Farbmischung aus Grün und Beige bedruckten Tapete zu sehen.

»Honecker und Marx haben wir schon lange abgehängt«, erklärte der Sachbearbeiter. Er zwinkerte mit den Augen. »Wird Zeit für neue Tapeten, damit der Stubenmief des Sozialismus hier verschwindet.« Er gab Nora eine Kopie des Zettels vom Wandboard. »Beim nächsten Mal fragen Sie aber vorher!«

Zurück auf der Straße winkte Gabriele in Richtung des nahe gelegenen Taxistandes. »Was hat er dir denn da kopiert? Wundert mich, dass du kein Bußgeld wegen unbefugten Entfernens von amtlichen Dokumenten bezahlen musstest.«

»Jetzt übertreib nicht so«, widersprach Nora. »Der war ja sehr nett. Er hat doch den 4+4-Vertrag nicht gemacht.«

»Jetzt verteidigst du den auch noch? Der war unter Garantie bei der Stasi!«

»Alle können nicht dabei gewesen sein. Dann hätte doch fast jeder jeden bespitzelt.«

»Nackte Fakten. Ungefähr 200.000 Spitzel in Vollzeit und über 600.000 informelle Mitarbeiter, die eine Unterschrift geleistet haben. Der Rest bleibt im Nebel der Vergangenheit verborgen.«

»Woher willst du das so genau wissen?«

»Auch im Ausland wird die Geschichte der ehemaligen DDR beobachtet!«

Nora und Gabriele stiegen in das Taxi.

Eine junge Frau mit grün und rot gefärbten langen Haaren, Zigarette im Mund, saß am Steuer. »Kurze Strecke!«, kommentierte sie enttäuscht. Misstrauisch beobachtete sie die beiden Frauen im Fonds, die jede für sich aus einem der Fenster schauten und schwiegen. »Sind Sie aus Deutschland oder aus Österreich?«, versuchte die Fahrerin, ein Gespräch zu beginnen. Sie erhielt keine Antwort.

»Was ist mit dem Zettel?«, fragte Gabriele leise und starrte auf das halb zerknüllte Blatt in Noras linker Hand.

»Der Halbbruder meines Vaters hat anscheinend einen Antrag auf Rückgabe von Familienbesitz gestellt. Hat aber angegeben, dass niemand mehr außer ihm lebt.«

»Das ist ein dicker Hund!«

*

»Interpol«, sagte Neusiedl. »Wenn das Ergebnis positiv sein sollte, müssen wir den Fall melden!«

»Papperlapapp!«, kommentierte Richterswil. »Mal sehen, wie das positive Ergebnis aussieht, und dann haben wir immer noch ein paar Stunden Zeit. Oder steht irgendwo in der Dienstanweisung das Wort *unverzüglich*?«

»Du meinst?«

Richterswil fuhr sich durch das dichte blonde Haar. »Wir haben so viele Details, wir haben unzählige Puzzlesteine. Die werden wir zusammensetzen, nicht die von der OK.«

»Killer gehören aber nun mal zur Organisierten Kriminalität und nicht zu den Stasi-Racheakten.«

»Solange Staatsanwaltschaft und Ministerium uns den Fall nicht entziehen, bleiben wir dran.« Richterswil zog ein schmales Notizbuch mit wenigen Blättern aus dem Zwischenfach der Schublade des kleinen Rollcontainers, in dem sonst nur persönliche Dinge wie eine dunkle Krawatte, Instant-Kräutertee, eine Dose selbst gemachter Kräuterbonbons und ein Stoß Schweizer Auto-Zeitschriften lagen. »Mir schuldet da noch jemand einen Gefallen.«

»Die Banane ist krumm«, murmelte Neusiedl. »Was wird das?«

Richterswil tippte sich an die Stirn. »Alles legal! Wir werden nur eine kleine Abfrage starten und als Ergebnis vermutlich eine mutmaßliche Irren erhalten, der für jeden Profiler ein typischer Rachetäter ist.«

»Dann bin ich dabei!«

»Wusste ich, sonst wärst du nicht mein Teampartner!«

»Tee? Kaffee?«

»Wenn du jetzt hier die Saftschubse spielen möchtest?« Richterswil grinste süffisant. »Gerne einen schwarzen Kaffee.« Richterswil lehnte sich im Stuhl weit zurück, streckte die Arme in die Höhe. »Wir sind den Fall sowieso los, sobald der Staatsschutz von dem Zusammenhang mit Günther und Konsorten Wind bekommt. Die lassen uns nie und nimmer bis Moskau ermitteln. KGB. Allenfalls in den friedliebenden sozialistischen Urlaubsländern.«

»Was machen wir, wenn Interpol beide Fingerabdrücke in der Kartei hat?«

»Wir ermitteln in alle Richtungen!«, kommentierte Richterswil die Frage mit der offiziellen Information, die die Pressestellen der Kriminalpolizei immer ausgab.

»Du hast doch einen Plan?«

Richterswil schüttelte den Kopf. »Wir haben noch einen Ingenieur, dann diesen Sohn eines Hinrichtungsopfers, die ehemaligen FDJ-Mitglieder, ein paar Spitzelopfer im Westen inklusive einer vielleicht doch vor Wut über die Stasi-Hörner durchgedrehten Sekretärin und die Witwe in Person auf unserer Liste der Verdächtigen.«

»Du hast die Bastians vergessen«, überlegte Neusiedl leise. Er schüttete kochendes Wasser in die beiden Kaffeebecher auf den Instant-Kaffee. »Vielleicht sollten wir da doch noch einmal im Umfeld der alten Nachbarn suchen?«

»Wenn ein ehemaliger Nachbar der Bastians in dem Fall drinhängt, werden wir da auf Granit stoßen. Das ist alles zu unwahrscheinlich.« Richterswil versuchte, den heißen Kaffee kalt zu blasen. Er nippte und verzog das Gesicht. »Zu schwarz.«

»Lass uns noch einmal zur Witwe fahren«, schlug Neusiedl vor. »Vielleicht sollten wir die ehemaligen Kollegen doch genauer unter die Lupe nehmen?«

»Vermutlich hat Schwarz einem dieser Kollegen die Frau ausgespannt«, grinste Richterswil. »Junge! Eine Krähe hackt der anderen kein Auge aus. Die müssen immer noch um ihre Zukunft bangen, die alten Seilschaften. Mach doch die Augen auf!«

»Du denkst nicht ernsthaft, dass diese paar Demonstrationen gegen die Umbildung der Stasi in die Neue Grenzschutztruppe irgendetwas in den Köpfen von denen da oben bewegen?«

»Doch!«, widersprach Richterswil. »Steter Tropfe höhlt den Stein. Diese Gruppierungen um die SÖD-Verweigerer haben immer mehr Zulauf. Wir brauchen nur noch ein paar handfeste Skandale, ein paar Köpfe, die ganz oben rollen. Du kannst dir gar nicht vorstellen, wie schnell die alle im vorzeitigen Ruhestand sind. Der Rest wird abgefunden und fängt auf Kuba ein neues Leben an.«

»Dein Wort in Gottes Ohr!«, rief Neusiedl aus.

»Den lassen wir schön aus dem Spiel!«

»Wo wir beim Thema sind. In der Personalakte von Schwarz steht gar nichts über die letzte Zeit vor dem Mauerfall. Keine einzige Bespitzelung und Befragung in Kirchenkreisen!«

Richterswil zuckte mit den Schultern. »Die konnten doch nicht alle ihre Spione sonntags in die Kirche gehen lassen.«

Neusiedl lachte. »Der Typ hatte noch als Leiche Stallgeruch.«

»Also!« Richterswil ließ das dritte Stückchen Süßstoff in den Kaffeebecher fallen. Kleine Kaffeespritzer machten sich auf dem schmalen Notizbuch breit.

»Abfrage und zur Witwe?«, fragte Neusiedl. Er sah auf die Uhr.

»Abfrage und ein kleiner Ausflug nach Leipzig gefällig?«

»Leipzig?«

»Leipzig? Hä?«, äffte Richterswil den Major nach. »Die Stasi hat auch in Leipzig hinrichten lassen. Die haben das nicht immer selbst im Wald mit Strick als Selbstmord getarnt gemacht.«

»Du willst wirklich in den Knast fahren? In diese Hausmeisterwohnung, in der die Hinrichtungen stattgefunden haben?«

Richterswil nickte. »Neben dem Staatsanwalt war mit Sicherheit auch Schwarz anwesend, als Dabrow erschossen worden ist. Genickschuss, und aus die Maus.«

»Aus die Maus für 100 Mark unterm Fallbeil und für 200 Mark mit finalem Schuss.«

»Also bist du doch bestens informiert«, sagte Richterswil. »Umschlag per Express an Interpol. Meinen Freund rufe ich heute Abend von zu Hause aus an.«

»Bestens informiert. Deswegen verstehe ich nicht, was du in Leipzig finden willst!«

*

»Natürlich überraschst du sie«, forderte Gabriele Karenhall Nora auf. »Du nimmst dir einen Mietwagen und stehst vor der Tür.«

»Mietwagen?«, fragte Nora. »Dann kann ich auch in jeder Sekunde wieder fortfahren, als wäre nichts geschehen.«

»Du hast doch selbst vorhin erzählt, dass dein Onkel dich als Kind sehr gerne gemocht hat. Warum sollte er sich nicht freuen?«

»Er hat uns immerhin verleugnet.«

»Seinen Halbbruder, der eine Einreisesperre für die DDR hatte, hat er verleugnet. Vielleicht gibt es einen Grund?« Doch Gabrieles Vermutung klang wenig überzeugt. Mehr als eine halbe Stunde hatten sie über den Zettel aus dem Gemeindeamt diskutiert.

»Aber dann beendest du die Reise nicht morgen Früh«, bat Nora. »Du bleibst bis zum Schluss bei uns.«

Gabriele Karenhall seufzte tief. Sie machte mit beiden Händen eine wegwerfende Geste. »Die Sache mit der Rechtmäßigkeit des 4+4-Vertrages kann unser Hausanwalt von Kanada aus regeln. Ich werde keinen einzigen Gedanken mehr an diese hirnrissige Idee verschwenden.«

»Dann bestelle ich an der Rezeption für heute Abend einen Mietwagen.«

»Je länger ich über diesen Vertrag nachdenke, desto lächerlicher kommt mir diese Hoppladihopp-Vereinbarung vor.«

»Siehst du, meine liebe Gabi«, ertönte die Stimme Erich Waldners, »jetzt bist du endlich mit mir einer Meinung. Das ganze Ding ist von vorne bis hinten nicht durchdacht. Aber den Herren da oben ging es mit der westeuropäischen Gebietserweiterung nicht schnell genug.«

Nora verdrehte die Augen. Wurst-Waldner hatte ihr gerade noch gefehlt.

»Haben sich die Herren Kriminaler schon wegen der Belohnung bei dir gemeldet?«, wendete er sich Nora zu.

»Noch nicht.«

»Gleich geht's los«, fuhr er unverdrossen fort. »Leipzig, alte Messestadt.«

»Und Goethe wird uns auch wieder begegnen«, mischte sich nun Konrad Tassilo Bender ein, der beim Betreten der Empfangshalle des Hotels amüsiert Noras verdrehte Augen beobachtet hatte.

»Ja, lieber Tassilo«, rief Waldner aus. »Auberbachs Keller. So ungebildet ist der Wurstkönig aus dem Ruhrpott doch gar nicht.«

»Das würde auch nie jemand behaupten«, versicherte der Oberstudienrat.

Nora war an die Rezeption aus dunklem Kirschholz getreten.

»Bitte?«, fragte die Empfangsdame. »Wie kann ich Ihnen helfen?«

»Ein Auto«, begann Nora. »Ich möchte für heute Abend einen Kleinwagen mieten.«

Die Empfangsdame reichte Nora ein Formular. »Hier, wir bieten unseren Gästen einen eigenen Mietwagenservice an.«

»Supi!«, entfuhr es Nora erfreut.

»Brauchen Sie auch einen Fahrer? Sonst müssten Sie mir Ihren Führerschein vorlegen. Sie sind über 21?«

Nora lachte. »Was kostet denn der Spaß mit dem Fahrer?«

»Wir könnten Sie auch bringen und auf Termin abholen lassen. Dann ist es nicht teurer als eine Shuttle-Fahrt zum Flughafen und zurück. Wie gefällt Ihnen das?«

Nora nickte begeistert. »Falls ich mich doch ärgern sollte.«

»Bitte?«

»Ach nichts. Vergessen Sie das gleich wieder.« Nora warf einen Blick über ihre Schulter. Die ersten Teilnehmer der Reisegruppe folgten Leon Hofer zum Ausgang. Die Fahrt nach Leipzig ging in zehn Minuten los. »Ich würde gerne gegen 17 Uhr fahren. Es sind nur 20 Kilometer. Zum Abendessen um 20 Uhr möchte ich zurück sein.«

»Hier tragen Sie Uhrzeit und Strecke sowie Zimmernummer ein.« Die Empfangsdame deutete mit dem Zeigefinger auf die entsprechenden Stellen des Formulars. »Möchten Sie mit Karte zahlen?«

Nora nickte. Mit Karte zahlen, dachte sie. Wie schnell sich doch die wirtschaftlichen Veränderungen in Ost und West aneinander anglichen. Vielleicht waren diese ständigen Diskussionen über die vielen Fehler im 4+4-Vertrag doch nur leeres Gerede. Vielleicht war das Tempo, in dem Ost und West hier gerade zu einer Einheit wurden, genau das, was die Menschen nach all den Jahren der Stagnation brauchten. Pulsierendes Leben zwischen westlich undifferenziertem Einheitsbrei der Endachtziger und einer Mischung aus Neugier und Gier im Osten. Nora lachte laut auf. Hatte es in der Geschichte Europas je ein solches Chaos gegeben, in dem trotzdem alle Menschen so frei waren? Sie beeilte sich, als Schlusslicht die Reisegruppe beim Einsteigen in den Bus zu erwischen.

Was würde Onkel Horst sagen, wenn sie unangemeldet vor seiner Haustür stand? Gab es Tante Herta und ihre sozialistische Überzeugung noch? Sollte sie die ganze Sache nicht doch besser ihrem Vater überlassen? Ein kleiner Anruf zu Hause, und die Sache war für sie für immer vergessen.

*

»Die Tour nach Leipzig hätten wir uns sparen können«, sagte Neusiedl.

»Wir haben heute die besten Kontakte für den nächsten Fall geknüpft.«

»Du willst doch zurück an den Zürichsee?«

»Aber für dich geht es hier weiter!«

»Mal sehen!«, äffte Neusiedl seinen Kollegen aus der Schweiz nach. »An manchen Tagen bin ich so angefressen auf diese Piefke-Kultur des Schweigens, Mauerns, Duckmäuserns und Betrügens, dass ich am liebsten von einer Sekunde auf die andere quittieren und zurück nach Wien gehen würde!«

»Denk an deine Karriere!«

»Vielleicht ändern sich die Verhältnisse schneller, als wir denken.«

»Du siehst diese Stasi-Typen in der NG SÖD auch auf einem absteigenden Ast?« Richterswil hob fragend die Augenbrauen.

»Die Typen sterben zweifelsohne aus. In zehn Jahren sind die museumsreif wie die Mauerreste, der Checkpoint Charlie und der ganze Stacheldraht!«

»Aber die Racheakte werden uns noch ein paar Jahre verfolgen.«

»Selbst wenn diese Schweine nicht vom SÖD zur Grenzsicherung übernommen worden wären, hätte es Mord und Totschlag gegeben. Je mehr Menschen ihre Stasi-Akten einsehen können, desto verrückter werden die Reaktionen sein.«

»Kannst du dir vorstellen, dass deine Nachbarn, deine Eltern, deine Freundin, deine Geschwister über dich und deine Haltung zum österreichischen Staat Bericht erstattet haben? Jahrelang?«

Neusiedl lachte laut auf. »Die Kontroletti-Mentalität ist nicht in Österreich erfunden worden.«

Aktenbote Matze hatte die Tür des Einsatzmobils geöffnet. »Einen schönen Guten Tag! Post von Interpol!«

Weder Richterswil noch Neusiedl hatten das Klopfen an der Tür gehört.

»Her damit!«, rief Richterswil aus.

»Das ist eine Begrüßung. Die feinen Herrschaften bewegen sich anscheinend nicht mehr bei uns im Hof in der Inspektion Weimar, sondern nur noch auf internationalem Terrain?«

»Hallo, Matze!«, lachte Neusiedl. »Wir wissen, wo wir hier sind. Keine Angst! Bröckelnde Fassaden und Schlaglöcher würden auch Scotland Yard auf den Boden der Realität holen.«

»England?« Matze schaute irritiert.

»Wow!«, entfuhr es Richterswil. »Volltreffer! Abgleich der Fingerabdrücke 92 Prozent. Und jetzt machen wir den ultimativen Länderquiz.«

»Polen!«, schlug Neusiedl vor.

»Bulgarien!«, konterte Matze.

»Im Westen!«

»Finnland?«, fragte Neusiedl.

»Italien!«, sagte Matze. »Also wohin geht eure Reise?«

»Matze ist am Nächsten dran«, erklärte Richterswil. »Wir haben einen Volltreffer in Österreich.«

»Was?«, schrie Neusiedl auf.

»Das heißt ›wie bitte‹!«, sagte Matze. »Ich muss los! Die anderen warten auch noch auf ihre Post.«

»Morgen Früh sind wir wieder hier! Mach's gut!«, verabschiedete ihn Richterswil.

»Und?« Erwartungsvoll schaute Neusiedl Richterswil an.

»Mondsee! Vor einem halben Jahr hat es einen dieser neuartigen DNA-Tests gegeben. Inklusive Fingerabdrücke.«

»Name?«

»Dr. Egon Sichel!«

»Bitte?«

»Wenn diese Unterlagen stimmen.« Richterswil holte tief Luft. »Und es gibt keinen Grund, an ihnen zu zweifeln.«

»Hast du wirklich *Doktor* gesagt?«

Richterswil nickte. »Ob der Titel echt ist, werden wir heute noch erfahren.«

»Ein Automechaniker und ein Doktor.« Neusiedl nahm seine gerade gereinigte Waffe zur Hand. »Wann warst du eigentlich das letzte Mal bei Schießübungen?«

»Hautarzt. Spezialist für Dermatologie. Geburtsdatum 7. Juli 1962, geboren in Dresden«, las Richterswil die Angaben zur Interpol-Abfrage vor. »Hatte für die Tatnacht am Mondsee ein Alibi. Das werden wir wohl auch noch einmal prüfen müssen.«

»Moment mal«, sagte Neusiedl. »Mondsee vor einem halben Jahr. Da treibt doch noch immer dieser Serienvergewaltiger sein Unwesen. 18 Mal hat der zugeschlagen. Ein Phantom. Die haben den noch nicht.«

»Wie schaffen es diese Phantome, nicht richtig wahrgenommen zu werden«, fragte Richterswil. »Fährst du?«

»Mit 240 immer gerne!«

»Zwei Namen, zwei Geburtsdaten, zwei völlig verschiedene Identitäten, zwei fast identische Fingerabdrücke. Ich bin gespannt, was dieser Dr. Sichel für eine Geschichte für uns parat hält.«

»Du meinst, der erwartet uns schon?«

Richterswil nickte. »Wie lange brauchen wir? Vier Stunden?«

*

»Hoffentlich hält das Wetter sich, bis wir durch sind«, sagte Peter Schwarz zu Mike Müller, dem stolzen Fahnenträger einer der großen Polytechnischen Oberschulen Jenas.

Der junge Mann war erst vor wenigen Wochen von Schwarz für die informelle Zusammenarbeit mit dem Ministerium der Staatssicherheit von ihm persönlich angeworben worden. Die Müllers waren eine sympathische Familie, die in ihrem Leben im Sozialismus aufging. Der Vater war Schichtleiter in einer Konservenfabrik, die Mutter arbeitete als Russisch-Lehrerin in einer Grundschule, und die Söhne und Töchter waren alle in der FDJ und in der »Deutsch-Sowjetischen Freundschaft« aktiv. Mike Müllers Schwester Natalie hatte es Schwarz besonders angetan. Wäre er zehn Jahre jünger, würde er sich auf ein Verhältnis mit dieser kühlen Blonden einlassen, die ihre Sommerferien immer in einem friedliebenden Bruderland in der Kinderferienbetreuung verbrachte. So ließen sich die Kontaktpersonen der Zukunft bestens beobachten und auswählen. Schwarz war der Ansicht, dass das willkürliche Anwerben von informellen Mitarbeitern keine Zukunft hatte. Das Ministerium der Staatssicherheit musste seines Erachtens langfristig die Führung und Überwachung des friedlichen Lebens im Sozialismus sichern. Vielleicht sollte er sich doch in den politischen Innendienst des Ministeriums bewerben. Aber noch war er zu jung für eine politische Karriere. Noch hatte er zu viel Freude an seinem gut durchdacht geknüpften Netzwerk an Mitarbeitern, die ihn im Notfall rund um die Uhr mit wertvollen Informationen über Fluchtwillige und Systemkritiker versorgten. Peter Schwarz lachte bei dem Gedanken an die armen Irren auf, die sich diesem proletarischen Arbeiter- und Bauernstaat widersetzten. Wir kriegen euch alle früher oder später, dachte er. Sein Blick schweifte über das rote Fahnenmeer. Die Genossen Marx, Engels und Lenin flatterten im Wind. Für die nächsten Stunden waren alle Bewohner

Jenas auf der 1. Mai Demonstration. Eine perfekte Zeit, um die Wohnungen von subversiven Elementen zu durchsuchen. Schwarz malte sich gerade aus, wie viel verbotene West-Literatur sein Mitarbeiterstab heute finden würde. In den nächsten Wochen standen dann die üblichen informellen Gespräche an, und mit Sicherheit würde sich der eine oder andere zu Spitzelarbeiten verpflichten, um einer Anzeige zu entgehen.

»Genosse Schwarz!«, rief Mike Müller aus. »Ich melde unsere Oberschule bis auf drei Krankmeldungen komplett anwesend zur Demonstration.«

Peter Schwarz grüßte die ungefähr 450 Schüler, die sich in Reih und Glied hinter ihrem Fahnenträger aufgestellt hatten, mit dem Pioniergruß. 450 Mal grüßten ihn die FDJ-Mitglieder zurück. In Schwarz' Ohren war der Gleichschritt die reinste Musik. Dann setzte das erste Lied der Arbeiterbewegung ein, und die ersten Demonstranten fielen in eine tranceartige Begeisterung, die sie die schönsten Seiten des Kommunismus hautnah miterleben ließen. An Tagen wie diesem 1. Mai bei strahlendem Sonnenschein entstanden die treuen Bindungen an Sozialismus und Staat. Die Feierlichkeiten am Ende der Demonstration, auf der es wie immer Rostbratwürste, Broiler und Brätel sowie helles Bier, reichlich Schnaps und Brause für die Jüngsten geben würde, erhöhten das Gemeinschaftsgefühl, auf dem so viele Kader in der Partei für die Zukunft dieses Staates bauten. Doch Peter Schwarz wusste aus eigener beruflicher Erfahrung als Offizier der Staatssicherheit, dass menschliche Schwächen der Feind des Sozialismus waren. Zum Glück standen Menschen wie ihm in diesem Staat ausreichend Mittel und Methoden zur Verfügung, um das Leben im real existierenden Sozialismus auf dem Weg zu einem vollkommenen kommunistischen Staat in die richtigen Bahnen zu lenken. Belohnungen in Form von Urlaubsreisen, Wohnungen, Schrankwänden und Trabis für die treuen Staatsbürger, Gefängnis, Einzelhaft, tägliche Repressalien und im Notfall Ausbürgerung für die ganz hartnäckigen subversiven Fälle. Nicht umsonst war die DDR eine der auf dieser Welt mit einer im Durchschnitt 98- bis 99-prozentigen Wahlbeteiligung am besten funktionierenden Demokratien. *Alle Gewalt geht vom Volke aus.* Diesem Argument konnte sich kein vernünftig denkender Mensch verschließen, war Schwarz' Überzeugung. Und vielleicht würde er auf den heutigen Feierlichkeiten zum 1. Mai Natalie Müller begegnen. Auch wenn er sich in seiner Funktion keine Scheidung von seiner Frau Barbara leisten konnte, würde ihm ein bisschen Abwechslung im Bett gut tun.

Aus den Lautsprechern, die an den Seiten der Strecke für die 1. Mai Demo aufgebaut waren, erklang nun die Stimme des Vorsitzenden des Staatsrates der DDR. Schwarz setzte sein charmantestes Lächeln auf, und sein scharfer Blick ging über die Reihen der Demonstranten. Hoffentlich lauschten alle gebannt der Rede und er musste niemanden melden. Diese Polytechnische Oberschule galt als Vorbild im ganzen Bezirk. Nur selten verbaute sich ein Absolvent seine Zukunft durch eine Dummheit, wie West-TV schauen oder sich in einem sozialistischen Bruderland heimlich mit West-Verwandten treffen. Am Straßenrand erblickte er einige seiner Kollegen, die die ganze Situation mit denselben scharfen Augen wie er im Blick hatten. Unruhestifter hatten heute keine Chance.

KAPITEL 11

»Am Brunnen vor dem Tore, da steht ein Lindenbaum«
Johann Ludwig Wilhelm Müller (1794 – 1827)
aus Gedichtzyklus »Die Winterreise«

»Supi! Leipziger Allerlei!«, las Nora auf dem Menüplan, der durch die Reihen im Bus gereicht wurde. »Mit oder ohne Krebsfleisch?«, fragte sie sich laut.

»Solange dein Appetit auf Delikatessen nicht vergeht, kann dir der Besuch heute Abend nicht auf den Magen geschlagen sein«, kommentierte Gabriele Noras Gedanken. »Leon hat mir heute Morgen verraten – echte Flusskrebse!«

»Perfekt! Heute Abend? Was soll er denn schon sagen?«, fragte sie. »Schön zu sehen, dass es dir gut geht. Den Rest regle ich selbst mit deinem Vater. Wir sind froh, endlich auch frei zu sein?«

»Vielleicht lässt er sich gerade von dieser Herta scheiden?«

»Vielleicht!« Sie zuckte mit den Schultern. »Vielleicht auch nicht!«

Der Reisebus hielt an. Nora schaute aus dem Fenster. Ein riesiges Ungetüm aus Stein – das Völkerschlachtdenkmal.

»Wer möchte, kommt jetzt mit mir hinauf. Nur 500 Stufen, und ihr werdet euch über einen herrlichen Blick über die ganze Stadt freuen können«, erklärte Leon Hofer durch das Mikrofon im Bus. Zum ersten Mal war ihm gestern Abend auf der Reise die Stimme weggeblieben, sodass er sie jetzt schonte.

Nora war sich sicher, dass nicht Überanstrengung, sondern Schnaps die Ursache für die Heiserkeit des Reiseführers war.

Rattengift, dachte sie. Einer ihrer Sportlehrer hatte jegliche Form harter Alkoholika auf einer Klassenfahrt als »Rattengift« bezeichnet. Vielleicht hatte er recht, obwohl Leon nicht aussah wie eine Ratte. Diese ewige Sauferei im Osten. Brauner, Korn, Likör. Sie griff auf dem Sitz neben sich nach der kleinen Tüte mit den neuen Filmen. Nur 500 Meter trennten sie von weiteren einzigartigen Aufnahmen des aufstrebenden Leipzigs. Film Nummer 26 lag im Fotoapparat.

»Ne!«, rief Erich Waldner, als er vor dem Denkmal stand. »Ich bleibe unten.«

»Da wird der Erich bestimmt nicht alleine bleiben«, sagte Leon Hofer. »Hier eine Dose Kekse und Schokoriegel für das Picknick auf der Wiese. Wir werden euch von oben zuwinken.«

Sieben Teilnehmern der Reisegruppe war der Aufstieg zur Aussichtsplattform zu anstrengend. Sie machten sich auf den Weg zum Wassersaum zu Füßen des Denkmals. Auch Gabi entschied sich für das Picknick.

Doch Tassilo Bender war Nora auf den Stufen nach oben immer dicht auf den Fersen. »Heute Abend bringen wir dich in die richtige Umgebung!«, erklärte er. Dann schnappte er nach Luft.

»Wieso mich?«, fragte Nora.

»Erkläre ich dir oben!« Der Oberstudienrat hatte sich auf der letzten Station der Reise ebenfalls eine moderne Kamera zugelegt. »Wenn wir Fotos machen.«

Doch Nora lief leichtfüßig ohne Rücksicht auf den völlig außer Puste geratenden Tassilo Bender davon. Nachdem sie bereits eine Runde Fotos gemacht hatte, stand er endlich neben ihr.

»Ein Traum. Hier oben«, erklärte er. »Aber das ist wirklich nur etwas für Trainierte!«

Nora unterdrückte ein Grinsen und schaute hinunter zu

den anderen Reiseteilnehmern, die es sich im Gras gemütlich gemacht hatten. Sieben kleine Punkte. »Und wo bringt ihr mich heute Abend hin?«

»In Auerbachs Keller natürlich«, begann Tassilo Bender in einem oberlehrerhaften Ton. »Da hat schon Goethe als Student gefeiert und ordentlich gezecht. Und dann hat er die Szene ›Auerbachs Keller‹ geschrieben. Die mit dem Teufel!«

»Du glaubst nicht ernsthaft, dass Mephisto mich verführen könnte?«, scherzte Nora.

»Das solltest du nicht darauf ankommen lassen!«, rief Tassilo in gespielter Entrüstung laut aus. »Den Teufel unterschätzen alle. Schließlich ist auch er ein Geschöpf Gottes. Ein gefallener Engel, aber doch ein Engel!«

»Wer weiß, in welcher Gestalt er uns begegnet, der arme Teufel?« Nora hielt die Kamera am ausgestreckten Arm von sich und fotografierte sich neben Tassilo. »Und jetzt wieder runter. Ich habe zu Hause allen versprochen, in der Nikolaikirche eine Kerze anzuzünden.«

»Da steht der Teufel immer noch vor der Tür!«, warnte Tassilo scherzhaft.

*

»Ich habe doch Ihren Kollegen schon alles erzählt!«, sagte Dr. Egon Sichel wütend, als Neusiedl und Richterswil ihm ihre Dienstausweise zeigten. Dann stutze er. »SAO?«

Richterswil nickte. »Wir haben da ein paar Fragen an Sie. Können wir reinkommen?« Er sah in ein Gesicht, das Bernd Wurm verflucht ähnlich sah. Hohe Wangenknochen, hohe Stirn, braune Augen. Doch diese Gesichtszüge waren feiner, schärfer.

Dr. Sichel zuckte mit den Schultern. »Ich habe ein Alibi. Das wissen Ihre Kollegen.«

»Wann sind Sie das letzte Mal in Weimar gewesen?«, fragte Neusiedl.

»Weimar?« Dr. Sichel schaute die beiden Ermittler erstaunt an. »In Weimar bin ich das letzte Mal als 13-Jähriger gewesen. Schulausflug. Nationaltheater. Ich bin aus Dresden.«

»Sie waren nicht in der vergangenen Woche im Park an der Ilm?«, fragte Neusiedl.

»Was soll das werden?«, stellte Dr. Sichel die Gegenfrage. »Ist in Weimar eine Frau vergewaltigt worden, und Sie suchen den Täter in Österreich?«

»Wenn Sie nicht wollen, dass gleich die ganze Nachbarschaft an den Fenstern hängt, sollten Sie uns reinlassen, oder?«, fragte Richterswil.

»Ihr Dienstwagen ist schon auffällig genug. Kommen Sie schon rein!«

Richterswil und Neusiedl folgten Dr. Sichel in einen großen Empfangsraum, dessen Boden mit weißen Fliesen und dessen Wände mit dunklen Schieferplatten ausgestattet waren. Rechts und links an den Wänden standen Designerstühle aus Kunststoff in der Farbe Orange. An einigen der Türen waren Schilder montiert. »Anmeldung«, »Behandlung 1« bis »Behandlung 5« sowie »Röntgen« und »Solegrotte« war auf den Schildern zu lesen.

Dr. Sichel öffnete eine Sicherheitstür aus Stahl, auf der keine Beschriftung zu lesen war. »Folgen Sie mir! Hier geht es in unsere Privatwohnung.«

»Nobel!«, entfuhr es Neusiedl, der an seine kleine Eigentumswohnung in Wien dachte.

Hinter der Sicherheitstür folgte ein kurzer Gang, der in eine im Landhausstil eingerichtete Diele mündete. Von hier aus führten wieder fünf Türen ab. In der Mitte der Diele befand sich eine Wendeltreppe, die in das obere Geschoss und in den Keller führte.

»Sie haben nichts gegen die Küche?«, fragte Dr. Neusiedl. »Ich gehe davon aus, dass die Sache sich rasch klären wird.«

»Wohl kaum«, erklärte Richterswil. »Aber wir setzen uns auch gerne in Ihre Küche.«

Die Küche des Hauses war ungefähr 30 Quadratmeter groß. Die Mitte bildete eine große Kochinsel mit integriertem Esstisch. An den Wänden ringsum standen Highboards mit einer ganzen Batterie an modernen Küchengeräten. Ein doppeltüriger Weinkühlschrank war bis auf den letzten Platz gefüllt. Die Küche führte auf eine Terrasse hinaus, die den Blick auf einen Garten mit Zugang zum Mondsee freigab.

»Nobel, richtig nobel«, bemerkte Richterswil. »Haben Sie sich das alles seit der Vereinigung aufgebaut?«

»Seien Sie nicht albern!«, kommentierte Dr. Sichel die Frage des Ermittlers. »Natürlich nicht. Meine Frau ist Österreicherin und führt schon seit zehn Jahren eine erfolgreiche Praxis für Kieferorthopädie. Wir sind seit einem Jahr verheiratet.«

»So schnell?«, rutschte es Neusiedl heraus.

»Damit Ihre Neugier gestillt wird, beantworte ich Ihnen auch die Fragen, die Sie gar nicht stellen dürfen.« Sichel lehnte sich gegen die Insel. »Verschwinden Sie dorthin, wo Sie hergekommen sind!«

»Was wichtig ist für unsere Ermittlungen, entscheiden wir!«, erklärte Richterswil leise. Was bildete sich dieser Sack ein? Nur weil er einen weißen Kittel trug und keine SIG, war er hier nicht der liebe Gott.

»Ich kenne meine Frau von früher. Ärztekongresse haben international stattgefunden«, rief Dr. Sichel wütend aus. Er rang sichtlich mit seiner Fassung. »Da waren auch wir dabei!«

»Sie waren doch wohl kaum als Facharzt im Ausland? In Ihrem Alter!«

»Nein! Natürlich habe ich als Assistent einen meiner Professoren begleitet«, erklärte Dr. Sichel. »Was wollen Sie eigentlich von mir?«

»Mord an Peter Schwarz. Weimar. Park an der Ilm hinter dem Schloss. Oberst der Staatssicherheit. Aktiv in der Jugendarbeit der DDR, oder vielmehr aktiv beim Anwerben jugendlicher informeller Mitarbeiter!«, fasste Richterswil im Telegrammstil zusammen.

»Zeitungsnotiz letzte Woche«, sagte Dr. Sichel leise. »Darüber berichten auch unsere Tageszeitungen. Schließlich stellen wir österreichischen Steuerzahler auch ausreichend Ermittler für diese Fälle zur Verfügung.«

»Ich hoffe, es stört Sie nicht, wenn ich jetzt nicht Landsmann zu Ihnen sage?«, spottete Neusiedl.

»Wenn Sie irgendwann im Leben meine Steuerlast erreichen, dürfen Sie gerne weiterspotten«, wies der Hautarzt Neusiedl zurück.

»Schlecht geht es Ihnen am Mondsee ja nicht, auch wenn Sie einen hohen Steuersatz haben.«

»Schluss jetzt«, unterbrach Richterswil die nicht endende Diskussion um den Status der Staatsbürgerschaft und den Wohnsitz.

»Peter Schwarz«, sagte Dr. Sichel. »Ein Allerweltsname. Der Mann ist mir noch nie im Leben begegnet.«

»Sie sind ein Adoptivkind, oder?«, fragte Richterswil.

»Meine leibliche Mutter hat mich in eine Mülltonne geworfen«, begann Dr. Sichel. »Und meine Adoptivmutter hat mir die Liebe gegeben, die ich gebraucht habe.«

»Ihre Eltern sind also nicht in den Westen geflohen?«, fragte Neusiedl.

»Die Version höre ich zum ersten Mal in meinem Leben«, entgegnete der Arzt.

Die Türklingel war zu hören. Dr. Sichel hob einen Hörer

ab, der unter der Küchengardine versteckt lag. »Wir haben Besuch von der Polizei!«

Richterswil riss ihm den Hörer aus der Hand. »Wer spricht da?«

Zeitgleich war Neusiedl mit der Glock in der Hand den Weg durch die Stahltür zur Haustür zurückgelaufen. Er riss die Tür auf.

»Suchen Sie einen Mörder?«, fragte ihn eine elegante Frau Mitte 30 in einem weißen Seidenanzug und roten High Heels. Die langen braunen Haare waren kunstvoll hochgesteckt. »Dr. Sichel! Und Sie?«

»Neusiedl! Soko SAO!« Der Wiener Major zog seinen Ausweis hervor, ohne die Waffe zu senken. »Kommen Sie rein. In die Küche.«

»Das war ein Witz. Das mit dem Mörder«, sagte die Ärztin. »Hier haben vor einem halben Jahr bereits Ihre Kollegen keinen Stein auf dem anderen gelassen, obwohl mein Mann ein Alibi hatte und der DNA-Abgleich negativ war.«

»Alte Geschichte«, sagte Neusiedl.

»Cold Case?«, fragte Dr. Sichel. »Nehmen Sie die alberne Waffe weg. Oder glauben Sie, ich laufe Ihnen in High Heels davon?«

»Gehen Sie vor in die Küche!«

»Stehst du auch unter Verdacht, in Weimar einen Mord begangen zu haben?«, fragte Dr. Sichel seine Frau amüsiert.

Richterswil versuchte, den Altersunterschied zwischen den beiden zu schätzen. Mindestens zehn Jahre, überlegte er.

»Wann sollen wir den ermordet haben?«, fragte Frau Dr. Sichel.

»Vor etwa einer Woche. Im Park an der Ilm«, erklärte ihr Ehemann trocken.

»Seit wann sind Sie Arzt?«, fragte Richterswil.

»Wer – mein Mann oder ich?«

»*Herr* Dr. Sichel!«

»Ich habe mit 17 die Oberschule als Jahrgangsbester des Bezirks abgeschlossen. Die NVA hat auf mich verzichtet. Mit 23 war ich fertig. Diplom. Ohne Doktorarbeit.«

»Die haben Sie nachgeholt?«

»Ja, vor einem halben Jahr. Uni Salzburg!«

»Wer hat sie adoptiert?«, fragte Neusiedl.

»Meine Mutter hat mich im Abfalleimer der Klinik gefunden, in der sie in Dresden als Kinderärztin gearbeitet hat. Zusammen mit dem Hausmeister.«

»Und der Vater?«, fragte Richterswil.

»Dozent für Medizin, Chefarzt in Dresden«, erklärte Dr. Sichel. »In Dresden. Nicht in Weimar.«

Richterswil zog das Fahndungsfoto aus der Jackentasche, das Nora Attendorn zufällig gemacht hatte. »Hier!«

»Sieht ein bisschen aus wie ich. Ein schlechter Scherz?«, fragte der Arzt.

»Leider echt, das Foto. Und Ihre Fingerabdrücke sind auf der Makarow, mit der Peter Schwarz nur ein oder zwei Minuten vor dem Foto erschossen worden ist«, erklärte Richterswil und beobachtete dabei die Gesichtszüge und die Körperhaltung des Verdächtigen.

Dr. Sichel sackte in den Knien ein, die Hände begannen zu zittern. Er ließ sich auf einen Stuhl fallen und schlug die Hände vors Gesicht. »Zwilling«, hauchte er. »Ich habe einen Zwillingsbruder und habe nichts von ihm gewusst.«

Frau Dr. Sichel zog einen der Schränke auf. Sie nahm einen Whiskey eines amerikanischen Labels heraus. Dann holte sie ein paar Gläser. Zuerst reichte sie ihrem Mann ein halb gefülltes Whiskey-Glas. »Sie auch?«, wandte sie sich an die Ermittler.

»Wir sind im Dienst. Danke«, sagte Neusiedl.

»Richtig. Sie haben einen Zwilling.«

»100 Prozent korrekt. So gehört sich das«, spottete Frau Dr. Sichel.

»Aber in der Mülltonne lag nur ein Kind!«

»Sie haben nicht in der Mülltonne gelegen«, gab Richterswil genervt zur Auskunft. »Ihre Eltern sind vermutlich in den Westen geflohen. Sind Sie sicher, dass Sie nie etwas von ihm gehört haben? Ein heimlich mitgehörtes Gespräch Ihrer Adoptiveltern? Eine Bemerkung Ihrer Lehrer? An der Uni?«

»Im Gegenteil. Alle haben meine Adoptiveltern für meine Eltern gehalten«, Dr. Sichel hatte das Glas in einem Zug geleert. »Ich hätte fast keinen Studienplatz bekommen, weil meine Eltern beide Akademiker sind.«

»Ihr Bruder hat von den Behörden der DDR den Namen Wurm bekommen. Bernd Wurm«, sagte Neusiedl.

»Nicht der richtige Name?«, fragte der Arzt.

»Die Daten Ihres Zwillingsbruders sind gefälscht.« Neusiedl massierte mit beiden Händen seine Glatze.

»Wie kommen Sie auf die Idee, dass ich etwas mit dem Mord an diesem Oberst der Staatssicherheit zu tun habe?«

»Weil die Fingerabdrücke Ihres Bruders alte nicht verheilte Narben haben«, erklärte Richterswil. »Außerdem hat er ein Alibi. Er hat am Tattag auf einer Baustelle in Berlin gearbeitet. Schwarz.«

»Mein Bruder? Ein Bauarbeiter?« Dr. Egon Sichel schaute auf seine gepflegten schönen Hände. Er hob sie mit ausgestreckten Armen in die Höhe. »Kannst du dir vorstellen, dass ich Mauersteine aufschichte und Schwielen an diesen begnadeten Händen habe?«, fragte er seine Frau.

Frau Dr. Sichel brach in schallendes Gelächter aus. Sie entnahm einem der Weinkühler einen Rotwein und entkorkte die halb gefüllte Flasche. »Das ist alles ein Irrtum. Genau wie diese lächerliche Untersuchung vor einem halben Jahr.

Du hast mir gar nicht erzählt, dass du auch Fingerabdrücke abgeben musstest.«

»Fingerabdrücke. Ja. Warum sollte ich davon erzählen? Irgendwas hat dieser Serientäter angefasst. Ich denke, es war der Gürtel einer der vergewaltigten Frauen.«

»Auf jeden Fall hat uns Interpol mitgeteilt, dass Ihre Fingerabdrücke nahezu perfekt zu denen auf der Makarow passen!«

»Interpol? Ich wusste nicht, dass ich meine Zustimmung zur Weitergaben an Interpol gegeben hatte!« Dr. Sichel griff wieder zur Whiskey Flasche. »Außerdem ist das mit den Fingerabdrücken Unfug!«

»Sagen Sie«, bemerkte Neusiedl trocken. »Als Kinderarzt würden Sie die Theorie vermutlich kennen.«

»Eins zu einer Million, aber nie wirklich identisch«, mischte Frau Dr. Sichel.

»Der Teil der Abdrücke, den wir haben, ist nahezu identisch.«

»Nahezu! Das ist ein Beweiswert von null!«

»Haben Sie ein Foto von meinem vermeintlichen Zwillingsbruder? Vielleicht ist es nur eine Laune der Natur. Ein Bruder?«

»Das waren unsere ersten Vermutungen!«

»Wir sind gestern erst aus den USA zurückgekehrt. Ein Ärztekongress. Seniorendermatologie!«

»Wir werden Ihre Daten überprüfen«, sagte Richterswil ganz ruhig. »Sie sind mit Bernd Wurm verwandt. Frappierend, diese Ähnlichkeit. Die unterschiedlichen Lebensumstände haben Ihre Unterschiede hervorgerufen. Aber Ihre hohe Stirn, die Wangenknochen, das Profil. Passt!« Richterswil zögerte, das Foto mit der Nummer zu zeigen.

»Möchten Sie meinen Reisepass sehen?«

»Ja!«, sagte Neusiedl. »Und die Adresse Ihrer Adoptiveltern in Dresden hätten wir auch gerne!«

»Punkt, Punkt, Komma, Strich – fertig ist das Mondgesicht!« Neusiedl steckte den Autoschlüssel ins Schloss. »In Wien sind wir von hier aus genauso schnell wie in Dresden.«

»In Wien lauert aber kein Mörder auf sein nächstes Opfer!«

»Glaubst du ihm die Geschichte vom armen Jungen im Glück?«

»Mal sehen, was er jetzt macht«, sagte Richterswil. »Wir könnten ihn beobachten lassen. Ein Hautarzt. Meinst du, der kann eine Handmaske fertigen?«

»Ein Toter. Eine Makarow. Zwei Zwillingsbrüder, beide nicht bei der NVA. Relativ eindeutige Fingerabdrücke, leider verwischt. Und ein Täterfoto, dem beide ähnlich sehen«, sagte Neusiedl. »Last but not least: zwei Alibis.«

»Ich traue Ärzten nicht über den Weg.«

»Vielleicht war die Idee von Dr. Beerbaum keine gute Idee? Die Theorie hinkt doch. Wenn Zwillinge im Mutterleib schon verschiedene Fingerabdrücke entwickeln, dann. Das ist es!«, rief Neusiedl aus. »Schön, dass wir einen Zwilling gefunden haben. Aber das ist es!«

»Hä?«

»Die Fingerabdrücke sind von Wurm. Die sind von irgendwelchen Schießübungen, die vor dem Unfall stattgefunden haben!«

»Und wer ist dann der Mann auf dem Foto?«, fragte Richterswil. »Nora Attendorns Foto entpuppt sich allmählich als unser einziges beweisfestes Material auf der Suche nach dem Täter.«

»Zwei Alibis, zweimal ähnliche Fingerabdrücke. Zwei verschiedene Namen und Geburtsdaten. Zwei verschiedene Lebensläufe«, sagte Neusiedl. »Diese Ost-Piefkes sind vor nichts zurückgeschreckt. Wenn die Theorie von Dr. Beerbaum auch nur im Mindesten haltbar ist, sind wir auf der Suche nach dem großen unbekannten Drilling.«

*

»Wir sind das Volk! Wir sind das Volk!«

Peter Schwarz hätte am liebsten eine Ladung Tränengas und Eiswasser auf diesen Abschaum herniederregnen lassen. Leider gab es hinter den Gardinen zu viele Bürger der DDR und getarnte West-Spione, die mit heimlich ins Land geschmuggelten Kameras die Szenerie festhielten. Bloß keine Beweise. Außerdem hätten Wasserwerfer und Tränengas dann auch die informellen Mitarbeiter getroffen, die so fleißig und korrekt die Namen der Demonstranten meldeten. Wenn man doch nur ein kleines Feuer in einer der Kirchen hätte entzünden können. Aber die Chance, diese Tempel des Aberglaubens zu vernichten, war für die kommenden Jahre vertan. Gleich nach Gründung der DDR hätten diese Gebäude dem Erdboden gleichgemacht werden sollen. Aus den Augen, aus dem Sinn. Aber diese Irren trafen sich jetzt schon in Kellergewölben und lasen sich gegenseitig aus der Bibel vor. Dieses Werk des Frühkapitalimus. Hoffentlich hatte der Spuk bald ein Ende. Sicherlich würde ein zweites Prag, ein zweiter 17. Juni, ein zweiter Tian'anmen-Platz dem Ansehen der DDR in der Weltöffentlichkeit schaden. Aber andere Länder verteidigten sich doch auch gegen Staatsfeinde. Wie schnell war der 17. Juni damals vergessen? Nur diese BRD-Trottel hielten am 17. Juni fest, der genau wie Weihnachten keine Bedeutung hatte, albernes Zeug für Kinder. Peter Schwarz dachte an die geheimen Pläne der neuen Internierungslager im Osten der DDR. Zur polnischen Grenzen hin war viel freies Feld. Dort konnten Lageranlagen ohne die geringste Möglichkeit zur Flucht errichtet werden. Warum nur war es zu dieser eskalierenden Situation im Staat gekommen? Diese Menschen hatten ein Dach über dem Kopf, eine feste Arbeitsstelle und ausreichend Mahlzeiten am Tag. Warum nur wollten sie die Gefahren des Westens, die hohe Arbeitslosigkeit, die Drogen, die Obdachlosigkeit und Verwahrlosung der Jugend nicht sehen? Was war denn so viel schöner an Rimini als am Plattensee? Der Staat versorgte seine Bürger von der Geburt mit Kinderkrippen bis zum Rentenalter in Altenheimen rund um die Uhr. Kinderkrippe, Kindergarten, FDJ, sozialistische Sportvereine, das Kollektiv am Arbeitsplatz – und die Gewerkschaften nahmen den Bürgern sogar das Denken ab.

»Wir sind das Volk!«, skandierte die Menge immer lauter.

»Vollidioten seid ihr!«, rutsche es Schwarz heraus. Dann nahm er seine Kamera aus der Tasche und schoss willkürlich Fotos von der immer größer werdenden Menschenmenge. Irgendetwas musste diese Dummköpfe doch einschüchtern. Auf jeden Fall stand für ihn und seine Kollegen ab heute Nacht wieder Mehrarbeit auf dem Programm. Es wurde Zeit, dass das Ministerium für Staatssicherheit seine Mitarbeiterzahl aufstockte. Die Kollegen im Innendienst kamen kaum mit dem Abhören der Bänder nach. Es waren nicht mehr nur die Pfaffen, die subversiven Unsinn verbreiteten. Immer mehr staatsfeindliche Keimzellen entstanden. Diese galt es zu ersticken. Er wusste, dass die Kollegen der NVA in den Seitenstraßen mit den Kalaschnikows Schulter an Schulter standen – noch ohne Marschbefehl.

Schwarz gingen die guten alten Methoden der Stasi durch den Kopf, mit denen das Ministerium schon in den 50er-Jahren so erfolgreich die Feinde der DDR bekämpft hatte. Heute musste jede Hinrichtung wie ein Selbstmord oder ein Unfall aussehen. Diese Welt war auf dem Weg zum Kommunismus schrecklich kompliziert geworden.

*

»Da vorne können Sie halten!«, sagte Nora.

Der Fahrer der Hotellimousine schaute skeptisch auf den unbefestigten ländlichen Weg, den Nora ihm gewiesen hatte. »Sie sind sich sicher?«

»Ja!«, bestätigte Nora. »Ich kenne die Gegend von früher.«

»Soll ich warten, ob da auch wirklich noch Menschen leben?«

Nora lachte. »Das ist eine gute Idee. Wenn ich in zehn Minuten nicht zurück bin, können Sie fahren.«

»Wissen Sie, die große Fluchtbewegung hat vor ein paar Wochen eingesetzt. Alle wollen weg hier, bevor die Mauer wieder aufgebaut wird.«

»Aber der 4+4-Vertrag ist doch von allen unterschrieben worden«, sagte Nora. »Wer soll denn den November 89 noch rückgängig machen?«

»*Niemand will eine Mauer bauen*!«, sagte der Fahrer. »Kennen Sie den Satz?«

»Ja, natürlich. Aber …«, begann Nora.

»Gehen Sie schon. Vielleicht finden Sie noch jemanden.«

Nora betrat den Gartenweg. Sie schaute auf die alte Hollywoodschaukel mit den zerschlissenen verblichenen Sitzen. Zögernd stand sie vor der Tür. Sie konnte sich umdrehen, ein Anruf bei Ihrem Vater, und die alten Geschichten waren für immer vergessen.

Die Tür ging auf. »Nora!«, rief Horst Attendorn erfreut aus.

Nora schaute auf die grauen Haare ihres Halbonkels. Er sah viel älter aus, als sie sich hatte vorstellen können. Wie ein Großvater.

Herta Attendorn erschien hinter ihrem Mann. »Unsere Nora!«, rief sie aus.

Nora zuckte zusammen. Die Worte »unsere Nora« aus Tante Hertas Mund zu hören, klang falsch, fühlte sich falsch an.

»Wir freuen uns so, dass du an uns gedacht hast«, sagte Horst Attendorn. »Komm doch herein. Warum stehst du denn so zögerlich vor der Tür?«

Nora betrat das Haus, in dem sie als Kind so oft zu Besuch

gewesen war. Im Inneren hatte sich fast nichts geändert – sozialistischer Wohnstil pur.

»Nach all den Jahren bist du wieder einmal hier!«, sagte Tante Herta.

»Herta! Bitte!«, mahnte Horst Attendorn.

Nora setzte sich in der Wohnstube an den Esstisch. Dort standen eine Flasche Kirschlikör und drei Schnapsgläser. Die Gläser waren bereits gefüllt.

Wie früher, dachte Nora. Der Schnaps und die Hoffnung auf einen funktionierenden Sozialismus stehen schon auf dem Tisch. Das Opium der DDR.

»Du bist auf der Durchreise, hast du gesagt?«, fragte Tante Herta.

Nora nickte.

»Und jetzt denkst du, die Stunde der Wahrheit ist gekommen?«

»Herta! Bitte!«

Nora zog die zusammengefaltete Kopie des Zettels aus dem Gemeindeamt hervor und legte ihn wortlos auf den Tisch.

»In seiner Fantasie durchdringen sie bereits den gesamten Machtapparat des SÖD.« Herta lachte hysterisch.

»Herta! Bitte! Das interessiert Nora doch gar nicht. Sie wollte uns doch nur besuchen, weil sie hier auf der Durchreise ist.«

»Mit Sicherheit interessiert es Nora, dass du Ihren Vater damals gemeldet hast, du hast seine Einreisesperre verantwortet, du hast deine West-Familie bespitzelt.«

»Stimmt das?«

»Nora, bitte lass die erklären. Ich bin erpresst worden. Ich hätte meinen Bruder immer und immer wieder bespitzeln müssen, wenn er nicht die Einreisesperre bekommen hätte. Ich wollte ein Ende mit Schrecken. Mir hat es das Herz zerrissen.«

Tante Herta lachte hysterisch. »Das Herz zerrissen«, sagte sie höhnisch. »Waschlappen.«

Nora war für ihren kühlen Kopf bei ihren Freunden bekannt. Und auch jetzt blieb Nora, die von Kind auf an das Hin und Her zwischen Ost und West gewöhnt war, kühl. Ein kleiner Schauer durchlief ihren Körper, die Magengrube wurde wärmer, dann heiß. Doch sie tat, als ob sie die Wahrheit hinter den vergangenen Geschehnissen nicht berührte.

»Du tust so, als sei alles völlig normal!«, hatte ihre Mutter immer kurz vor dem Grenzübertritt in Richtung Osten zu ihr gesagt.

Wie immer tat Nora so, als sei alles völlig normal. Sie blieb ohne Gefühlsregung bei der Tagesordnung.

»Deiner Mutter und dir, euch ist doch an der Grenze nie etwas passiert«, hoffte Horst Attendorn.

»Wir sind nur von irgendwelchen irren Flintenweibern gefilzt und schikaniert worden«, rutschte es Nora leise heraus.

»Mit uns sind sie hier nicht besser umgegangen. Schikane von morgens bis tief in die Nacht«, kommentierte Horst Attendorn.

»Der Waschlappen übertreibt wieder einmal.« Herta Attendorn verließ den Raum.

»Warst du einer von ihnen?«, fragte Nora leise.

»Ja!«, er nickte. »Ich konnte nicht nein sagen, als sie mich angeworben haben. Wir haben das Haus und die paar Felder nur halten können, weil ich Beziehungen hatte.«

»Du hast Mama und mich bespitzelt?«

»Es war das Beste für uns alle!«

Nora dachte an Ihren Vorsatz, diese bei dem Rätselwettbewerb gewonnene Reise in allen Zügen zu genießen – Leiche, Onkel Horst, Stasi, Vergangenheit – nichts sollte stören. In ein paar Tagen war ihr Ausflug in die Vergangenheit zu Ende. Sobald der Reisebus auf der Autobahn bei Hof angelangt war, waren ihre Blicke wieder auf westliche Leitplanken, luxuriöse Rasthäuser, schöne große Autobahnschilder und tausend andere Details gerichtet. Sie würde von einer Sekunde auf die andere in die westliche Welt eintauchen, und Jena, Weimar, Naumburg, die schönen Schlösser und Auerbachs Keller würden vermutlich für immer hinter ihr zurückbleiben. Steine konnten sie nicht verfolgen. Sie mussten bleiben, wo sie sind. Heute und hier schloss sich der Kreis ihres bisherigen Lebens in Ost und West. Hier liefen alle offenen Fäden zusammen, und keine Frage blieb mehr offen. Der Weg in die Zukunft war frei, und in ein paar Wochen waren nur noch Fotos eine Erinnerung an eine Zeit, an ein Land, an Menschen, die ihren eigenen Weg gefunden hatten. Diese Menschen, diese Orte waren auf ihrem Weg nur noch irgendeine Erinnerung wie ein Fruchtkaugummi und das erste Stracciatella-Eis in ihrer Kindheit, wie der erste Kuss und der erste Liebeskummer. Noch war sie mitten drin in der Atmosphäre der neuen Länder, im Umbruch, aber in wenigen Tagen war kein einziger Millimeter HO-Laden, Frauenplan und Demonstrationszug gegen den SÖD mehr Teil ihres Lebens. Sie leerte den Kirschschnaps auf Ex. Vielleicht war dies das Geheimnis, das das Leben ausmachte. So war Leben, und nur Nora hatte es in der Hand, wer und was ihr in Zukunft widerfahren würde. Sie fühlte sich wie in einem Film, der kurz vor dem Abspann war. Sie wusste nur noch nicht, ob sie als eine der Haupt- oder Nebenrollen im Abspann genannt würde. Aber war das wichtig? Onkel Horst versuchte sich zu entschuldigen, er versuchte zu erklären, und ihr tat die Vergangenheit nicht mehr weh. Selbst wenn die Stasiseilschaften sich auf allen Ebenen des SÖD breit machten. In kaum zehn Jahren waren sie ausgestorben und bedeutungslos. Wovor hatte Onkel Horst Angst? Hatte er überhaupt Angst?

»Das Beste! Nora, das musst du mir glauben.« Horst Attendorn riss seine Nichte aus ihren Gedanken.

»Das musst du mit Papa klären, genau wie die Tatsache, dass du ihn auf der Behörde verleugnet hast«, sagte Nora und faltete den Zettel auf dem Tisch auseinander.

Erstaunt schaute Horst Attendorn seine Halbnichte an. »Woher weißt du? Tante Herta meinte, so können wir die Sache leichter abwickeln. Ich hätte mich gemeldet, sobald die Sache mit den Papieren geregelt ist.«

»Du meinst, dass die in den Ämtern euch im Osten eher die Grundstücke zurückübertragen?«

»Weißt du, da laufen jetzt so viele undurchsichtige Kaufanträge und Anträge auf Rückübertragung. Manches Mal werden Grundstücke verkauft an Investoren im Westen, obwohl die Behörden genau wissen, dass das Unrecht ist, weil die rechtmäßigen Besitzer noch leben. Aber wenn Kaufinteressenten schneller sind, dann sind auch die Geschäftsabschlüsse mit den Ämtern gültig. Dann ist alles weg und verloren.«

»Wenn du meinst!« Nora wusste nicht, ob sie diese plausible Erklärung glauben sollte. Sie musste gerade noch verdauen, dass Onkel Horst für die Stasi gearbeitet hatte. War er nur informeller Mitarbeiter? War Tante Herta auch dabei?

Tante Herta kam mit einem Tablett voller Kuchenstücke und Sekt zurück. »Die Mauer ist weg, das System ist gebrochen, die Stasi-Seilschaften werden auch nicht mehr lange ihre Finger nach uns ausstrecken können.« Sie hob eines der gefüllten Gläser. »Auf die Zukunft!«, rief sie aus. »Ohne Edi«, schmunzelte sie dann leise.

Auch Nora musste grinsen, sie hatte die hässliche Szene von damals nicht vergessen.

»Habt ihr von dem Mord in Weimar gehört?«

»Ja. Sag bloß, du bist die Frau, die das Foto gemacht hat? Diese Nora A.?«

Nora nickte. »Es soll eine Belohnung geben.«

»Dann weißt du auch schon, dass dieser Wurm wohl gar nicht der Täter ist?« Horst Attendorn kramte eine Tageszeitung unter einem Stapel hervor.

»Dann wird es wohl nichts mit der Belohnung«, sagte Nora. »Schade!«

»Der Fall wird im Sand verlaufen«, sagte Tante Herta.

»Warum?«

»Weil in Ost und in West kaum jemand Interesse an der Aufklärung eines Falles hat, an dem das Kind eines Republikflüchtlings beteiligt ist.« Auch sie leerte ihr Glas auf Ex. »Niemand hat Interesse an den Machenschaften der DDR in diesen Fällen.«

»Herta! Bitte!«

»Wer weiß, wie viele zwangsadoptierte Kleinkinder und Babys an gut zahlende Ehepaare in den Westen verkauft worden sind?« Herta Attendorn griff nach der Likörflasche. »Ihr im Westen habt doch alles gekauft!«

»Schlafende Hunde will jetzt keiner wecken«, sagte Horst Attendorn leise.

»In den Westen?«

»Dummchen«, lachte Tante Herta. »Was glaubst du, warum das wirtschaftliche Geflecht nach wenigen Monaten Mauerfall schon so perfekt undurchsichtig funktioniert? Neuer Wein in alten Schläuchen!«

Nora schaute auf die Uhr. »Der Wagen vom Hotel holt mich in einer halben Stunde ab.«

»Dann schaffen wir noch eine Flasche Sekt!«, lachte Onkel Horst verlegen. »Und spätestens zu Weihnachten besuchen wir euch, versprochen. Dann gehören Feld, Wald und das Haus wieder der Familie Attendorn!«

»Irgendwann gehört das hier alles dir, Nora!«, flüsterte Herta.

Nora schluckte. In den nächsten 20 Jahren würde sie bei der miserablen Dorfinfrastruktur wohl kaum hier leben. Wer weiß, wohin das Leben sie bis dahin verschlug. Vielleicht doch lieber Wien, Sydney, Rio statt Jena, Weimar und Erfurt! Überall konnte sie als Architektin arbeiten.

»Über kurz oder lang werden die adoptierten Kinder in Berlin und Leipzig vor der Tür stehen und ihre Unterlagen einsehen wollen«, sagte Horst Attendorn.

»Na da werden sie aber doch nichts finden.«

»Irgendwann werden sie den Stollen finden.«

»Welchen Stollen?«, fragte Nora.

»Horst!«, schrie Herta erschreckt auf.

»Onkel Horst, welcher Stollen? Dresdner Stollen wohl kaum?«

»Weil du es bist. Es wird wohl sowieso in den nächsten Wochen ans Licht kommen.«

»Stollen?«, hakte Nora nach. Sie spürte, dass sie sich unversehens wieder inmitten des Kriminalfalles Schwarz befand. Foto, Stollen. Dieser blöde Glatzkopf würde Augen machen. Leon Hofer war da eher der Typ Österreicher, der ihr sympathisch war.

»Ich habe als informeller Mitarbeiter in der FDJ-Betreuung gearbeitet. Ich hatte Kontakte zu Kinderheimen und Ferienlagern. Ich bin mit allen möglichen Stellen in Berührung gekommen. In den Heimen sind hin und wieder Kleinkinder aufgetaucht ohne Papiere. Und wenige Tage später hatten sie plötzlich Geburtsurkunden. An manchen Urkunden waren die Stempel so frisch, dass die Farbe zu riechen war.«

»Heime?«, fragte Nora. »Waren die unerwünschten Kinder nicht in Lagern?«

»Blödsinn. In der DDR war niemand interniert.«

»Niemand?«

»Nur wir alle, die ganze Bevölkerung!« Tante Herta kippte ein ganzes Glas Sekt in einem Schluck hinunter. »Die DDR war ein einziges Internierungslager. Stacheldraht und Schlange stehen.«

»Manche der Kinder in den Heimen waren rasch wieder weg. Die wurden quer durch die Republik weitergereicht, bis niemand mehr nachvollziehen konnte, woher sie kamen oder wer sie waren.«

»Trotz deutscher Gründlichkeit?«, spottete Nora. »Irgendwo muss sich doch die Sammelwut der Stasi gezeigt haben. Irgendeine zentrale Stelle? Ein Stollen?«

Horst Attendorn nickte. »Ja, eine einzige Stelle. Die Stasi hat die Unterlagen in den Wirren 89 aus Leipzig ausgelagert. Ich war zufällig dabei, als der Abtransport begann. Wir haben die Trabis und großen Wartburgs vollgeladen. Privatautos. Wir sind Richtung Thüringer Wald gefahren. Bis zu einem Stollen.«

»Wer weiß von dem Stollen?«

»Nur eine Handvoll Menschen. Der Führungsoffizier hat unterwegs alleine entschieden, wo die Fahrt hingeht. Er hat uns zur Verschwiegenheit verpflichtet.«

»Und du hast noch nicht darüber nachgedacht, die Story exklusiv an eine Zeitung zu verkaufen?«, fragte Nora.

»Und dann? Machen uns die da oben fertig, weil in den Unterlagen noch tausend andere Geheimakten entdeckt werden. Dann rollen Köpfe und unsere vielleicht auch. So viel können die von der Presse mir gar nicht zahlen, dass ich in der Karibik von vorne anfangen kann. Wir haben hier unser Haus, unser Leben.«

»Dieser Wurm soll auf der Suche nach seinen leiblichen Eltern sein«, begann Nora.

»Und? Willst du den Stollen für uns an die Polizei verraten?«, fragte Horst Attendorn.

»Ich habe die Telefonnummer des Einsatzleiters. Matteo Richterswil, Soko SAO III!«

»Horst, bevor es ein anderer tut«, mischte sich Herta ein, »wir müssen jetzt an uns denken. Wenn Nora eine Belohnung bekommt, werden Sie auch für dich etwas übrig haben.«

Horst Attendorn seufzte schwer. »Das ist Verrat an unserer Sache.«

»Verrat an wem? Die lassen dich hängen. Und du hast Angst, dass du beim kleinsten Fehler Ärger bekommst, und zögerst noch?«

Horst Attendorn atmete tief durch, kippte seinen Sekt in einem Zug hinunter und stand auf. Aus der Anrichte holte er Zettel und Stift hervor.

Neugierig blickte Nora auf die Zeichnung, die ihr Onkel fertigte. »Hier! Für deinen Ermittler! In unmittelbarer Nähe befindet sich eine alte Nelkenplantage. Der Zugang zum Stollen wurde mit Erde zugeschüttet.« Er schaute aus dem Fenster. »Ich glaube, der Wagen kommt.«

KAPITEL 12

»Der Schwarm von wilden Bienen,
Nimmt seine Seele mit«
Hugo von Hofmannsthal (1874 – 1929)
aus Lebenslied 1896

»Das muss es sein«, sagte Richterswil. »Nobel. Wie viele Villen haben denn hier 40 Jahre im Dornröschenschlaf verbracht?«

»Viele«, sagte Neusiedl. Er parkte den Wagen in der Auffahrt zur Villa. »Wird schon niemand kommen, während wir hier sind.«

»Ich hätte besser die doppelte Portion Pommes gegessen vorhin an der Raststätte«, sagte Neusiedl.

»Seit wann bist du mit Fast Food so glücklich?«

»Seit ich die ostdeutsche Spezialität ›Strohkartoffeln‹ probieren durfte.« Neusiedl lachte. »Doreen ist eine grauenhafte Köchin.«

»Ich dachte, du nimmst sie mit nach Wien!«

»Für die nächsten Monate bin ich noch hier.«

Richterswil und Neusiedl sahen einen älteren Mann barfuß in Shorts mit bloßem Oberkörper im Türrahmen. In der Hand hielt er ein Schmetterlingsnetz an einem langen Stab.

»Verwirrter Professor?«, grinste Richterswil. »Ich hoffe, sein Gedächtnis ist nicht völlig durcheinander.«

»Ich bin gespannt auf das kommende Schauspiel!«

»Vielleicht hat er es nicht nötig zu lügen, oder?«, hoffte Richterswil. »Seinen Jungen nimmt ihm niemand mehr weg.«

»Ob er nie nach seinen Eltern gefragt hat?«

»Er wollte die Geschichte mit dem Abfalleimer glauben. Das war vermutlich der beste Schutz für seine Seele, oder?«

»Kann ich den Herren helfen?« Dr. Sichel senior hatte einen tiefen dunklen Bass.

Richterswil erkannte beim Nähertreten einen durchtrainierten Oberkörper, kräftige Beine und zarte gepflegte Hände, die einen seltsamen Kontrast zum Körper bildeten.

»Mens sana in corpore sano!«, sagte Dr. Sichel, als hätte er die Gedanken des Oberstleutnants erraten.

»Soko SAO«, sagte Neusiedl.

Die beiden Ermittler zeigten ihre Dienstausweise.

»Der Herr Richterswil und der Herr Neusiedl. Beide im Einsatz für den Frieden und die Freiheit hier bei uns im Osten«, sagte der Professor in einem spöttischen Ton. »Was kann ich für Sie tun, damit Sie unsere Auffahrt wieder freigeben?«

»Nur ein paar kleine Fragen«, sagte Richterswil. »Wenn Sie uns ein paar Minuten Ihrer kostbaren Zeit opfern könnten?«

»Meine Schwiegertochter hat mich bereits angerufen«, erklärte Dr. Sichel. »Aber kommen Sie nur herein. Wir haben nichts zu verbergen. Nur …«

»Nur?«, fragte Richterswil.

»Meine Frau wird nicht damit fertig, dass wir nur einen der Zwillinge adoptieren durften. Nüchtern sieht anders aus. Wir hätten doch auch beide Jungen genommen.«

»Auch drei?«, fragte Neusiedl.

»Natürlich auch drei«, sagte der Professor. »Aber wie kommen Sie auf drei Kinder in der Mülltonne?

»Was sagt Ihnen der Name Bernd Wurm?«, fragte Neusiedl. »Kinderheim Jenendorf?«

»Wurm?«, fragte Dr. Sichel. »Wurm? Nichts.«

Die drei Männer hatten den Weg in das Arbeitszimmer des Professors gefunden, dessen Wände fast zur Gänze von überquellenden Bücherregalen verstellt waren. Nur an einem freien Fleck hingen mehrere Diplome aus DDR-Zeiten. Dr. Sichel war auch Diplom-Mediziner, Ehrendoktor einer sowjetischen Universität und war für besondere Verdienste in der hygienischen Medizinvorsorge ausgezeichnet worden.

Richterswil fragte sich, unter welchen Umständen Dr. Sichel in dieser Katastrophe von maroden Krankhäusern, von morbiden, verschimmelten Bausubstanzen, die mehr Krankheiten brachten, als Menschen eine heilsame Umgebung zu bieten, von verrosteten Wasserrohren und von einem einzigen Mangelzustand an Utensilien diese Auszeichnung vergeben worden war. Lügen, Lügen, nicht als Lügen. Wie hatte vor zwei Monaten ein Verdächtiger im Verhör gesagt? »Unsere Lehrer waren schlimmer als die Rothäute bei Karl May. Die wollten in den letzten Jahren nur noch unsere Lügen hören. Wir haben in einer Scheinwelt gelebt. Es gab die Realität und die perfekt positive Darstellung des größten Betrugs an der Menschheit. Meine Definition von Sozialismus.«

Die Tür ging auf, und Frau Dr. Sichel betrat den Raum. Sie hatte verweinte, geschwollene Augen und einen mitleidheischenden Gesichtsausdruck aufgesetzt. Sie schien persönlich beleidigt, zutiefst gekränkt. Sie trug weiße Jeans zu einer langen weißen Kaftanbluse mit einer meterlangen Kette aus gedrechselten Holzperlen, die bei jedem Schritt wie ein Windspiel klangen. »Mussten Sie dieses arme Luder in einem Heim aufwachsen lassen?«, rief sie vorwurfsvoll in den Raum. »Sind wir nicht sozialistisch genug gewesen, auch Zwillinge im Sinne der Partei zu erziehen?« Sie ließ sich in den Chefsessel ihres Mannes an dem großen altmodischen Schreibtisch fallen. »Ich habe Angst! Verstehen Sie? Angst, ihm zum ersten Mal gegenüberzutreten. Diesem Jungen, der hier bei uns hätte aufwachsen können. Stattdessen haben sie ihn in ein staatliches Heim gesteckt, in dem der Hunger aus jedem Winkel gegrüßt hat.«

Sie stöhnte entsetzt auf. »Ich werde mir für den Rest meines Lebens Vorwürfe machen, dass ich nie gefragt habe, ob er Geschwister hatte.«

»Es waren Drillinge, vermuten die Herren von der SAO!«, sagte der Professor leise.

Wütend und hasserfüllt schrie Frau Dr. Sichel auf. »Haben sie alle in der Mülltonne gelegen?«

»Ihr Adoptivsohn hat nie in einer Mülltonne gelegen«, erklärte Richterswil. »Natürlich!«, schrie sie hysterisch. »Diese asoziale Nutte hat ihn entsorgt wie Abfall. Im Müll.«

»Es gibt keine asoziale Nutte, Christa. Es gibt keine!«, sagte Dr. Sichel.

»Oh doch!«

»Nein«, bestätigte Neusiedl, der die Leidensmiene dieser Ärztin kaum mehr aushalten konnte. »Wurm denkt, seine leiblichen Eltern leben im Westen. Republik-Flüchtlinge.«

»Die Wunschfantasie eines Heimkindes«, sagte der Professor.

»Vielleicht«, sagte Richterswil. »Das weiß niemand. Es sei denn, Sie kramen mit etwas mehr Anstrengung in Ihrem Gedächtnis. Denken Sie doch nach!«

»Was wollen Sie damit sagen?«, fragte Frau Dr. Sichel. Sie öffnete in der hohen Schublade ein Geheimfach und holte eine Flasche Cognac hervor. Die Ärztin entkorkte die Flasche und setzte sie an den Mund.

»Arztkrankheit – West wie Ost«, sagte Dr. Sichel leise. Er nahm seiner Frau die Flasche weg und nahm selbst einen großen Schluck.

»Als Ihnen Egon angeboten wurde – wann war das? Welcher Name stand in der Geburtsurkunde?«, fragte Richterswil.

»Es gab kein Original«, erklärte Frau Dr. Sichel und streckte die Hand nach der Flasche aus. »Er lag im Müll. Die Daten sind sein Fundtag. Egon hieß der Hausmeister der Klinik, der ihn mit mir gefunden hat.«

»Egon und wie weiter?«, fragte Neusiedl.

»Egon Katz«, gab Dr. Sichel zur Antwort während er die Flasche fest im Griff hatte.

»Welche Klinik?«, fragte Neusiedl, der allmählich einen angefressenen Gesichtsausdruck aufsetzte. »Wie wäre es jetzt mit allen wesentlichen Infos rund um Ihren Adoptivsohn?«

»Wir haben alles zu DDR-Zeiten in unserer Macht Stehende getan, um mehr über dieses Nutte und den Kindsvater in Erfahrung zu bringen«, erklärte Dr. Sichel. »Das können Sie uns glauben.«

»Wir glauben nicht, wir denken!«, entfuhr es Neusiedl.

»Dann denken sie halt. Auch egal. Aber es gibt keine Spur zur Mutter oder zum Vater.«

»Außerdem hätte das doch in der Zeitung gestanden. Eine Mutter, die ihr Baby in den Müll wirft. Mindestens fünf Jahre Haft«, fügte Frau Dr. Sichel hinzu.

»Klinik?«, hakte Richterswil nach.

»Gerne«, begann Dr. Sichel. »Aber das wird Ihnen nichts nützen. Egon Katz ist vor zwei Wochen bei einem Autounfall ums Leben gekommen.«

»Hä?«, rief Richterswil aus. »Ist das die Art, in der sich das alte System Zeugen noch nach dem Mauerfall entledigt?«

»Dazu kann ich Ihnen nichts sagen«, spottete Dr. Sichel. »Ich habe nicht dazugehört. Ich bin Arzt.«

»Nicht dazugehört? Aber in einer Führungsposition?«, provozierte Neusiedl.

Doch Dr. Sichel reagierte nicht.

»War der Hausmeister verheiratet?«, fragte Richterswil.

»Was soll die Ihnen erzählen? Ein aufgewärmtes Gericht vom Hörensagen?«, fragte Frau Dr. Sichel.

»Seine Ehefrau saß auch im Auto. Die Beerdigung war letzte Woche«, sagte Dr. Sichel.

»Sie haben ihn als Baby bekommen, wie Ihren eigenen Sohn aufgezogen und trotz aller Nachforschungen nie etwas in Erfahrung gebracht«, fasste Richterswil zusammen.

»Er hatte alles zum Leben, was er brauchte. Selbst den Studienplatz hat er bekommen, obwohl mein Mann und ich Akademiker sind.« Frau Dr. Sichel hatte ihrem Mann die Flasche aus der Hand nehmen können. »Prost! Sie sind schließlich im Dienst.« Dann lachte sie hysterisch.

»Wenn ich irgendetwas über die Herkunft unsere Sohnes wüsste, dann würde ich es Ihnen sagen«, sagte Dr. Sichel. »Sie sehen ja, was Sie mit dieser Geschichte von Zwillingen oder Drillingen angerichtet haben.«

Richterswil fragte sich, warum Menschen immer ihren Problemen die Schuld am Trinken geben mussten. Wie bequem war es doch, einem Problem die Schuld für alles im Leben zu geben.

»Sie finden alleine hinaus?«, fragte Dr. Sichel.

Richterswil nickte. »Wir können Sie in den nächsten Tagen hier erreichen?«

»Geben Sie mir Ihre Karte.« Dr. Sichel drehte seiner Frau den Rücken zu. »Wir melden uns, wenn uns noch etwas einfällt. Irgendetwas aus der Vergangenheit.«

»Ist dir aufgefallen, dass wir im Fall Schwarz erst ein einziges Mal in einem Plattenbau ermittelt haben?«, fragte Neusiedl.

»Und im Kinderheim!«

»Abgesehen von der Eckkneipe, haben wir bisher nur in Villengegenden ermittelt.«

»Hä? Was soll das für ein Zusammenhang werden?«

»Keiner. Aber seltsam ist es schon.«

»Vielleicht hat Dr. Beerbaum noch eine Idee für uns.« Richterswil warf Neusiedl den Autoschlüssel zu. »Ein Mechaniker und ein Arzt. Was wohl der Drilling für einen Beruf hat?«

»Schornsteinfeger, Flößer auf der Saale, Literaturprofessor …«, begann Neusiedl.

»Hör bloß auf!«, lachte Richterswil und zog die Autotür der Beifahrerseite von innen zu. »Wir haben Wurm gefunden, weil Steglitz sich gemeldet hat. Wir haben Sichel gefunden, weil Interpol zu 92 Prozent ähnliche Fingerabdrücke und sein Foto hatte. Wir finden die Nummer drei. Ich habe das im Gespür.«

»Bei der breiten Berichterstattung in der Presse wird sich über kurz oder lang irgendjemand finden, der den Drilling erkennt.«

»Es sei denn, er hat sein Aussehen verändert.«

»Dann sind wir wieder beim Staatsschutz. Der Täter hat nach dem Mord eine Gesichtsoperation und …«, begann Neusiedl.

»Und liegt jetzt mit einem Verband über dem ganzen Gesicht in einer Luxusklinik in der Schweiz, um übermorgen mit seinem Nummernkonto auf die Bahamas zu ziehen.« Richterswil lachte. »Alles Vorurteile gegen die schöne Schweiz.«

»Adoptiert oder Heimkind? Wollen wir wetten?«

»Meinetwegen«, sagte Richterswil. »Wetteinsatz?«

»Wenn du gewinnst, übernehme ich die SAO III und verzichte auf die Bewerbung bei der SAO VII«, sagte Neusiedl.

»Das birgt für dich das Risiko, dass du vielleicht nie Leiter einer Soko SAO wirst!«

»Irgendeinen Reiz muss die Wette doch haben.«

»Und was ist mein Einsatz?«

»Wenn ich gewinne und du nach Zürich zurückgehst, habe ich ein paar Gefälligkeiten bei den kommenden Ermittlungen gut!«

»Seltsamer Einsatz«, kommentierte Richterswil. »Aber ich schlage ein! Die Wette gilt. Und ich tippe auf Adoptivkind!«

»Gut ich halte dagegen. Auch der Drilling ist im Heim aufgewachsen«

»Drillinge, wenn Schwarz gewusst hat, dass es Drillinge sind«, dachte Richterswil laut. »Das ist aber etwas ganz Besonderes. Das hätte er doch bestimmt seiner Frau erzählt.«

»In die Gerichtsmedizin oder zur Witwe?«, fragte Neusiedl.

*

»Komm doch mit!«, bat Dirk Nora zum dritten Mal. »Das wird total lustig. Wir fahren mit meiner Simson. Ich lasse dich auch fahren.«

Nora schüttelte energisch den Kopf. Sie hatte keine Lust auf diese alberne Jugendtanzveranstaltung im Gemeindesaal des Nachbardorfs. Außerdem hatten sie keinen Motorradhelm, und sie hatte Angst vor diesem komischen Motorrad, das hier an jeder Ecke in Rot, Grün und Blau zu sehen war. Sie knatterten lächerlich und stanken schlimmer als der Geruch der Braunkohle im Winter. Sie war 15, da hatte sie im Westen nichts auf einer 80er zu suchen. Dann musste sie sich hier auch keine Mätzchen leisten. Nora mochte diese DDR keinen Millimeter, aber diese protzigen Westdeutschen, die es ihren Verwandten einmal im Jahr so richtig zeigten mit ihren dicken Schlitten und dem Kofferraum voller Konserven, mochte sie genauso wenig.

»Ich nehme alle zehn!«, hatte gestern Nachmittag einer dieser Protz-Typen im Exquisit gesagt. Echte Westjeans waren da im Schaufenster neben Kaffeepäckchen und Thunfischcreme gelegen. Wie konnte denn eine einfache Jeans nur über 100 D-Mark kosten? Auf jeden Fall hatte sich Dirk über die beiden Tintenkiller gefreut, die er von seinem West-Taschengeld gekauft hatte. Nora hatte beschlossen, nicht mehr über diesen ganz normalen Wahnsinn des Angebotes in den HO-Läden und in den Exquisit-Läden nachzudenken. Sie hatte sich auch an die von einer Sekunde auf die andere entstehenden Schlangen vor den Geschäften gewöhnt, wenn es plötzlich Tomaten, Orangen oder Feinwaschmittel gab. Irgendwann würde sie nie wieder zu Besuch in den Osten fahren, weil sie alleine über ihr Leben entscheiden durfte. Bis dahin ergab sie sich in ihr Schicksal, ihre Mutter einmal im Jahr auf ihrer Reise zu Onkel Horst zu begleiten. So hatte sie auch Kontakt zu Dirk, einem echten FDJ-Mitglied bekommen. Dirk wohnte seit Kurzem mit seinen Eltern in der Nachbarschaft. Er hatte ihr beigebracht, die DDR durch seine Augen als eine Art Heimat zu sehen. FDJ-Kollektiv, FKK, atheistische Jugendweihe, die Liebe und das Leben im Osten, ohne Konsum, ohne Drogen – aber no risk, no fun. Mama war nicht begeistert. Dennoch war sie froh, dass Nora die Hollywoodschaukel nach vielen Jahren zur Abwechslung einmal verließ.

Nora freute sich auf das große Grillfest am Abend. Heute Morgen in aller Herrgottsfrühe hatte der Schlachter vor der Hoftür gestanden. Gegen halb fünf war eines der Schweine in der Waschküche gehangen, aufgeschnittener Hals, kopfunter. Die beiden Metallbadewannen lehnten an der Wand neben dem großen runden Waschkessel. Das Blut, das der Schlachter in einer Schüssel aufgefangen hatte, stand noch immer im Flur des Hauses.

»Blutwurst gibt es morgen Früh zum Frühstück. Die wird dir schmecken, Nora«, hatte Onkel Horst erklärt.

Nora konnte sich nicht vorstellen, dass dieses von Fliegen umschwirrte rot-schwarze Blut zu Wurst werden konnte.

Aber das Schweinefleisch würde schon bald zu leckeren Rostbratwürsten verarbeitet sein, die heute Abend frisch auf dem Grill liegen sollten. Die schönste Seite des Sozialismus. Noch in 50 Jahre würde sie sich daran erinnern können.

Onkel Horst hatte auch eines der Kaninchen geschlachtet. Das hing jetzt mit vier Nägeln an den Pfoten angeschlagen an der Stalltür aus primitiven Holzbrettern, die mit Splittern gespickt waren. Nora schüttelte beim Anblick des sich seit Jahren im Rohbau befindlichen Stalls jedes Mal ungläubig den Kopf. Es war immer dasselbe seltsame Ritual. Er schnitt dem Kaninchen den Bauch auf. Er entnahm die Innereien und zog dem toten Hasen dann sprichwörtlich das Fell über die Ohren. Nora stellte sich die Gesichter ihrer Freunde im Westen vor, wenn sie von dem Blut, den Fliegen und dem angenagelten Kaninchen erzählen würde. Besser war, sie verschwieg diese Details, denn für die anderen war die DDR der Staat hinter der Mauer, hinter dem Stacheldrahtzaun mit den Tretminen, den scharfen Bluthunden, dem Schießbefehl. Nicht einmal von dem wegen Wassermangels ausgerufenen Notstand im letzten Sommer hatte Nora den anderen erzählt. Wer hätte ihr das denn geglaubt, dass sie in einer Region zu Besuch war, in der die Brunnen fast versiegt waren und in der flirrenden Hitze Mensch und Tier nur noch im Schatten vor sich hindösten? Statt Tafelwasser vom Brunnen diese widerliche orangefarbene Brause und diese DDR-Cola, die nach Medizin schmeckte.

»Verbrecher, Mörder!«, hatte der Vater ihrer besten Freundin Lisa gesagt.

Surfen, der Führerschein und das Punktesammeln fürs Abitur standen für sie und ihre Freunde im Westen jetzt im Fokus des Interesses. Was sollten sie sich die Köpfe über Dinge zerbrechen, die nicht in ihrer Macht standen.

Nora schaute auf die große Wasserpumpe im Hof. Bis heute hatte sie sich nie getraut, im Westen jemandem zu erzählen, dass sie in der DDR in einem Haus übernachten musste, in dem es kein fließendes Wasser gab. Als Kind hatte sie lachen können über die Wasserkannen aus Plastik, die an jedem Waschbecken im Haus standen und in der DDR »Plaste-Kannen« hießen, über das Plumpsklo, das Onkel Horst als Bio-Toilette bezeichnete, und über die Zinkbadewanne in der Waschküche, in der jetzt das tote Schwein hing. Nie, nie wieder würde sie hierher zurückkehren. Sobald sie 18 war, wollte sie mit den anderen mit dem Rucksack nach Australien, nach Kanada und nach Afrika. The way of no return!

Nora hörte das Knattern von Dirks Motorrad, als sie den ersten feinen Duft der Rostbratwurst auf dem Holzkohlegrill roch. Sie hatte sich richtig entschieden. Schließlich hatte sogar Onkel Horst gewarnt, dass in letzter Zeit immer öfter junge Leute aus dem Westen bei den Jugendveranstaltungen von informellen Mitarbeitern der Stasi mit den Versprechungen von tollen Abenteuern angeworben wurden. Wie gerne hätte sie so einem Idioten ins Gesicht gesagt, wohin er sich scheren sollte. Sie hatte sich sogar schon ausgemalt, was sie sagen wollte, wenn so ein Typ ihr vom real existierenden Sozialismus erzählen wollte. Sie musste doch nur die Augen öffnen, und die ganze Misere trat offensichtlich zutage. Hier war wirtschaftliche und seelische Schieflage, und Noras Gerechtigkeitssinn sagte ihr, dass sie nicht mitmachen durfte und schon gar keinem Menschen vertrauen durfte – außer vielleicht Onkel Horst, dem Halbbruder von Papa.

Herzhaft biss Nora in die in einem kleinen runden, ein wenig hartem DDR-Brötchen liegenden Bratwurst hinein, die mit viel Senf garniert war. Ketchup war eine Erfindung des Westens.

Noch fünf Tage, dachte Nora. Dann war dieser Ost-Spuk in ihrem Leben wieder vorbei. Vielleicht sogar für immer, wenn sie noch einmal eindringlich bei Mama und Papa um Erlaubnis für den gemeinsamen Urlaub mit den Freunden bat. Immerhin war sie 15 Jahre alt und damit fast erwachsen.

*

»Das bedeutet, dass auch noch ein zweieiiger Mehrling, der ganz anders aussieht als die eineiigen Zwillinge, dank Mutter Natur ähnliche Fingerabdrücke haben könnte?«, unterbrach Richterswil den Gerichtsmediziner, der wieder voller Begeisterung über die Bildung der Fingerabdrücke im Mutterleib dozierte.

»Nur eine Theorie. Aber ohne die hättet ihr den Zwilling nicht gefunden«, erklärte Dr. Beerbaum in eingeschnapptem Ton. »Ein netter Kollege, dieser Dr. Sichel?«

Richterswil zuckte mit den Schultern. »Mit 23 Diplom gemacht. Nach dem Mauerfall die Doktorarbeit geschrieben und reich geheiratet. Frau Dr. Sichel ist Minimum zehn Jahre älter als ihr Mann.«

»Er ist nicht der Einzige, der mit dem Fall der Mauer abgehauen ist«, sagte Dr. Beerbaum. Er schaltete das Leuchtboard mit den vergrößerten Fingerabdrücken aus.

»Kommen bestimmt bald auch viele wieder«, sagte Neusiedl leise.

»Villa am Mondsee? So schön kann Dresden gar nicht sein, selbst wenn die Frauenkirche wieder aufgebaut wird.«

»Deine Theorie noch einmal zusammengefasst: Wir haben es mit einer Mehrlingsgeburt zu tun. Diese Mehrlinge haben aus einer Laune der Natur heraus in einem ähnlichen Winkel zum Fluss des Fruchtwassers gelegen. Und daher haben wir fast identische Fingerabdrücke bei Wurm, Sichel und Mister oder Misses Unbekannt«, sagte Richterswil.

»Immerhin habt ihr Sichel gefunden. Weder Wurm noch Sichel wissen, wer ihre Eltern sind«, begann Dr. Beerbaum.

»Wenn die beiden ehrlich sind«, unterbrach ihn Neusiedl. »Die Witwe. Alles Lügner.«

»Irgendwo muss es doch Nachweise über die Herkunft der Kinder geben«, sagte Dr. Beerbaum. »Die Stasi hat alles dokumentiert. Alles.«

»Es sei denn, die haben die Herkunft der Kinder absichtlich vertuschen wollen«, überlegte Neusiedl.

»Selbst dann!«

»Vermutlich müssen wir uns doch noch einmal bei den Kollegen von Schwarz umhören«, sagte Richterswil.

»Weder Wurm noch der Täter waren bei Interpol registriert«, sagte Dr. Beerbaum. »Die DDR hat halt nicht mit jedem kooperiert.«

»Kann der Fall etwas mit Zwangsarbeit oder Medikamententests zu tun haben?«, fragte Richterswil. »Was habt ihr in der DDR darüber gewusst?«

»Weites Feld«, sagte Dr. Beerbaum. »Minenfeld ist nichts dagegen. Oder glaubt ihr aus dem westlichen Ausland, dass eure Westen weiß sind?«

»Darf ich dich daran erinnern, dass am 3. Oktober 1990 der 4+4-Vertrag unterschrieben worden ist? Es gibt kein Ausland mehr.«

»Kein Ausland mehr? Aber eine Mauer in den Herzen, den Köpfen und im Alltag. Die Mauer, die steht an jeder Wohnungstür, es sei denn, man haut ab von hier.«

»Oh, oh!«, rief Richterswil. »Ihr habt die DM bekommen, könnt euch in der Schweiz und Österreich niederlassen. Ihr …«

»Möchtest du mich loswerden?«, lachte Dr. Beerbaum.

»Vielleicht nehme ich dich nach diesem Fall mit nach Zürich?«

»Wo seht ihr den Zusammenhang zwischen Mehrlingen und Zwangsarbeit?«

»Medikamententests?«, fragte Neusiedl.

»Macht euch nicht lächerlich«, wies Dr. Beerbaum von einer Sekunde auf die anderen sie in einem scharfen Ton zurecht. »Der Eid des Hippokrates. Kein Arzt der DDR hätte an Kindern oder Jugendlichen Medikamente für den Westen getestet. Keiner!« Das letzte Wort schrie er, sodass sein Kopf hochrot anlief.

Richterswil zog verärgert seine Augenbrauen hoch. Unprofessionell, dachte er.

»Diese Schauermärchen, die in der Presse die Runde machen. Das betrifft höchstens ein paar Häftlinge«, flüsterte der Gerichtsmediziner. »Die Nummer ist zu groß für euch. Haltet euch da raus. Das wird ein internationaler Skandal.«

»Du wusstest …?«, fragte Neusiedl leise.

»Nichts, ich habe nichts gesagt.«

»Wir haben es schon vergessen«, sagte Richterswil. »Weder Wurm noch Sichel waren im Knast.«

»Was war mit unliebsamen Regimekritikern? Wurden denen nicht auch Psychopharmaka in der geschlossenen Psychiatrie verabreicht?«, hakte Neusiedl nach.

»Der Kriminaler aus Österreich möchte es heute aber genau wissen«, spottete Dr. Beerbaum. »Im Westen auch!«

»So geht das nicht!«, unterbrach Richterswil den aufkeimenden Streit.

»Weil ihr es seid«, sagte der Gerichtsmediziner leise. »Ich höre mich bei den Kollegen der Kinder- und Jugendpsychiatrie um. Ich habe da einen alten Studienkollegen. Vielleicht finden wir euren Drilling.«

*

»Ich will es noch einmal sehen«, sagte Gabriele Karenhall leise.

»Willst du es wirklich sehen?«, fragte Nora. »Ist das ein latenter masochistischer Charakterzug an dir?«

Nachdenklich schaute Gabriele auf den Cospudener See.

»Was glaubst du, dort zu finden?«, fragte Nora. »Du bist seit über 40 Jahren nicht hier gewesen. Es wird dir nur wehtun.«

»Du hast es doch auch geschafft, noch einmal einen alten Weg zu gehen.«

»Ich bin früher nur zu Besuch hier gewesen. Nie freiwillig«, unternahm Nora erneut einen Versuch, Gabriele von der Idee abzubringen, das alte Rittergut zu besichtigen. Selbst wenn sie vor einem Verfassungsgericht oder bis zum Europäischen Gerichtshof auf Rückgabe der Ländereien klagen würde, die Enteignung konnte keiner mehr rückgängig machen. »Ich bin nur ein paar Jahre nicht hier gewesen, und es hat sich nichts geändert. Selbst die Tapeten und diese kitschigen Nippes aus dem Kunstwarenladen auf allen Tischen und Sideboards sind dieselben wie damals.«

»Ach Nora!«

»Manches Mal habe ich den Eindruck, dass der einzige Unterschied zu früher die helle Stelle an der Wand ist, an der früher die Bilder irgendwelcher Politiker hingen, die jetzt vor Gericht stehen.«

»Nora! Kannst du das denn nicht verstehen?«

Nora schüttelte den Kopf. »Was willst du auf irgendeinem gottverlassenen Stück Erde, in einem halb zerfallenen Gutshaus?«

»Kommst du mit?«

»Hoffnungslos romantisch.«

»Nur eine halbe Stunde«, sagte Gabriele. »Ich möchte wissen, ob der Kellerausgang noch da ist.«

»Der Eingang, durch den ihr geflohen seid?«

Gabriele nickte. »Wir nehmen eine Taxe. Die kann auf uns warten.«

»Na gut. Aber wir fahren sofort weg, wenn es dir zu viel wird.«

»Machst du Fotos für mich?«, fragte Gabriele leise. Sie strich sich verlegen wie ein Schulmädchen ein paar der hellen Haarsträhnen hinter die Ohren. »Ich habe schon die Filme gekauft.«

Nora lachte. »Warum hast du mich nicht eher gefragt? Warum jetzt?«

»Ich bin die Einzige, die noch lebt. Ich meine, ich habe das Gut nicht nötig. Aber ich hatte mir so gewünscht, dass es eine Stiftung zum Gedenken an meine Familie wird.«

»Du bist die Einzige?«

Gabriele nickte. »Meine Mutter ist schon lange tot. Meine Schwester ist im Kindbett gestorben Ende der 60er-Jahre. Es war eine Totgeburt.« Gabriele gab dem Kellner ein Zeichen. »Der letzte Onkel, den es in einer Seitenlinie gab, ist für verschollen erklärt worden, Gregor Bastian. Das war's. Ende einer Ära.«

»Dein Onkel ist im Krieg verschollen?«

»Ja. Irgendwo an der Ostfront. Wie so viele.«

»Gregor, schöner Name. Wie viele Filme hast du denn?«

»Doch interessiert?«

Nora nickte. »Ich studiere Architektur. Bausubstanzen und Baupläne sind für mich wie ein Roman. Mal ein Liebesroman, mal ein Krimi, mal ein Thriller und immer wieder anders. Weißt du, jedes alte Gemäuer birgt ein Geheimnis, eine Geschichte. Es sind nicht die Menschen für mich, die einem Gebäude die Aura geben. Es ist der Bauplan, der die Menschen auf ihre Lebenswege zwingt. Das ist wie mit dem Zug. Der kann auch nie aus seinem Gleis in eine andere Richtung springen.«

Gabriele lachte laut auf. »Du hast ja eine ganze Philosophie über Baupläne aufgestellt.«

»Jetzt hat du wenigstens gelacht.«

Gabriele zahlte, nachdem der Kellner noch eine Handvoll Schokoriegel und Kaugummi gebracht hatte. »Proviant.«

»Eine halbe Stunde und jede Menge Schnappschüsse. Mehr nicht.«

»Ich werde nicht heulen«, sagte Gabriele. »Totem Kapital und Steinen weint kein Mensch mit Herz hinterher.«

»Und wenn die Erinnerungen zu hart werden?«

Gabriele schüttelte den Kopf. »Ich habe ein wunderbares Leben in Kanada. Die Vergangenheit …«

»Holt uns nicht mehr ein!«, führte Nora den Satz rasch zu Ende, bevor Gabriele zu weiteren langatmigen Ausführungen ansetzen konnte.

Gabriele setzt sich neben den Fahrer.

»Wohin geht die Reise für die beiden Damen?«

»Kennen Sie das Rittergut Karenhall?«, fragte Gabriele.

»Rittergut?« Der Taxifahrer schaute sie an. Er taxierte sie von oben bis unten. »Rittergüter gibt es hier seit Jahrzehnten nicht mehr.«

»Aber einen LPG, die auf einem ehemaligen Rittergut existiert?«

Der Fahrer schüttelte den Kopf.

»Wie alt sind Sie?«, fragte Nora.

»Zu jung, um irgendetwas über Rittergüter zu wissen.« Er lachte. »Im Staatsbürgerkundeunterricht haben wir gelernt, dass Junkerland in der DDR für immer in Bauernhand ist. Volkseigene Betriebe. Verstehen Sie?«

»An den Quatsch haben Sie doch selbst nicht geglaubt«, entfuhr es Nora, die an Tante Herta denken musste.

»Was heißt denn da geglaubt? In der DDR war Kirche nur etwas für Außenseiter. Die volkseigenen Betriebe waren Gesetz. Dass das System nicht funktioniert hat, ändert doch an der Rechtslage nichts.«

»Also gut«, sagte Gabriele. »Das war jetzt eine Lektion in DDR-Recht. Kurz und knapp. Sagt Ihnen denn der Name Karenhall gar nichts?«

»Also, wenn ich genau nachdenke ... Karenhall, Karenhall.« Der Taxifahrer zuckte mit den Schultern. Er drehte das Fahrerfenster zur Hälfte herunter. Mit dem linken Arm fuchtelte er durch den Fensterspalt in der Luft herum. Zwei Minuten später stand ein älterer Mann neben dem Taxi, der dem Fahrer wie aus dem Gesicht geschnitten ähnlich sah.

»Ich habe da zwei Damen, die suchen das Rittergut Karenhall. Mir sagt das gar nichts. Dir?«

»Junge, Junge. Das ist aber eine alte Geschichte.« Neugierig guckte der ältere Mann ins Auto und schaute sich Gabriele und Nora an. »Die Karenhalls sind damals bei Nacht und Nebel weg. Riesenskandal. Die haben das ganze Gut, alle Scheunen und Heuschober, alle Heuballen und Jagdstände auf den Kopf gestellt. Nichts.«

»Ich bin Gabriele Karenhall«, sagte Gabriele leise.

»Mensch, das ist nicht wahr! Das junge Fräulein.«

Irritiert schauten der Taxifahrer und Nora von Gabriele zu dem älteren Mann.

»Ich bin der Friedrich. Mein Vater war Kutscher auf dem Gut. Bis er an die Ostfront musste. Friedrich Anker.«

»Der kleine Fritz?«, rief Gabriele ungläubig aus.

»Immer noch. Und das ist der Gerd. Mein Sohn.«

Gerd Anker grinste verlegen von einem Ohr bis zum anderen.

Ob er gewusst hatte, wo das Rittergut lag?, fragte sich Nora in Gedanken. Hatte er nur seinen Vater in die Geschichte verwickeln wollen?

»Na dann überlass ich die Tour mal meinem Vater. Der wird Sie zum Gut bringen.« Der Taxifahrer stieg aus, und Friedrich Anker stieg ein.

»Sie können sich gar nicht vorstellen, was in den Jahren nach dem Mauerbau passiert ist.«

»Jetzt ist das Ding wieder weg!«, mischte sich Nora ein.

»Das Haupthaus steht noch. Die Stallungen und Nebengebäude sind alle eingerissen worden. Die sind Baumaterial für Bauernhäuser geworden. Das ganze Land – erst aufgeteilt, dann in die LPG. Und dann war eine große LPG-Halle für Milchkühe geplant.«

»Abgerissen?«

»Ja. Abgerissen. Und statt der Milchkühe sind auf Karenhall dann die Kinder eingezogen. Es ist immer noch ein Kinderheim. Und Ferienkinder gab es dort auch. Ein Ferienlage des FDGB.«

»Moment«, unterbrach Nora. »Kinderheim und Ferienlager?«

»Ja, seltsam. Aber die Kinder im Ferienlager haben meistens im Zelt gewohnt. Etwa einen Kilometer weit vom Schloss entfernt am See. Nur die Organisation des FDGB hatte ein paar Zimmer im Schloss. Der Rest war Heim.«

»Heim oder LPG«, alberte Nora. Sie wollte die Situation entspannen. »Das ist hier die Frage!«

Aber weder Friedrich Anker noch Gabriele Karenhall achteten auf Nora, die immer wieder über die staubigen Landstraßen, die unbefestigten Wegesränder und die unendlichen Felder staunte.

»Effektive Landwirtschaft oder Monokultur?«, stellte sie erneut eine Frage.

Friedrich Anker setzte den linken Blinker, obwohl weit und breit kein anderes Auto auf der Allee zu sehen war.

»Eine kleine Serpentine. Hinter dem Wald.« Gabrieles Stimme klang aufgeregt.

Nora hielt unvermittelt die Luft an. Bloß keine Tränen, dachte sie. Mit wenigen Handgriffen zog sie den Fotoapparat aus ihrer Canvas-Tasche, die mittlerweile ein paar Flecken hatte, und öffnete das Objektiv.

Das Taxi hielt in einem halb geöffneten Innenhof. Auf den ersten Blick sah auch ein Laie, dass hier die Hälfte des Gebäudes fehlte.

»Wie eine Windschneise nach einem Tornado«, entfuhr es Nora.

»Tornado? Das waren Menschen«, kommentierte Anker.

Nora stieg rasch aus. Sie schaute auf ihre Armbanduhr. »In einer halben Stunde wieder hier«, sagte sie. »Ich mache Fotos!« Nora hatte keine Geduld für ein paar Anekdoten aus vergangenen Tagen. Aus einer Zeit, in der es Rittergutbesitzer und Landarbeiter, Bedienstete und feine Herrschaften gegeben hatte. So dumm war die Idee, den alten Zopf abzuschneiden, doch gar nicht gewesen. Aber Sozialismus funktionierte nun einmal nicht. Nicht in der DDR und nirgends sonst auf der Welt, dachte Nora. Außer vielleicht in Schweden. Fasziniert von dem zerrissen wirkenden Rest des Gutshofs begann sie, willkürlich Fotos zu schießen. Von halb zertretenen steinernen Treppenstufen, von angefaulten Holzrahmen der Fenster, von einem Haufen alter Kutschenräder in einer Ecke des Hauses neben dem alten Eingang zum Stall, in dem scheinbar auch Wohnräume eingerichtet waren.

An einigen der Fenster schauten neugierige Kinder in den Hof auf sie herab. Dann öffnete sich ein Fenster, das einen Querriss auf voller Breite hatte.

»Was wollen Sie hier?«, schrie eine hysterische Frauenstimme. »Hier ist ein Kinderheim! Gehen wir mit Ihren Kindern auch so um? Soll ich mich bei Ihnen in den Vorgarten stellen und fotografieren?« Wütend schlug die Frau das Fenster zu. Wider Erwarten zersprang es nicht in tausend Teile.

Nora setzte ihre Fotosafari hastig fort. Sie hatte Gabriele eine Handvoll Fotos zur Erinnerung versprochen. Hoffentlich kam sie nie wieder her. Was nur hatte sie sich hier erhofft?

»Es reicht!«, schrie die hysterische Frau, die jetzt im Türrahmen an der steinernen Balustrade auf dem Portal erschien. »Sind Sie taub oder gefühlskalt?« Sie hatte kurze schwarze Haare, grüne Augen und war dünn wie ein magersüchtiger Teenager. Ihre Knochen an den Armen und am Dekolleté waren ein seltsam hässlicher Anblick. Die weite schwarze Bluse hing locker wie ein Fähnchen im Wind um ihren Oberkörper.

Friedrich Anker, der mit Gabriele den gesamten Innenhof abgeschritten war, ging auf die Frau zu. »Anker. Das ist Frau Karenhall. Die frühere Besitzerin.«

»Soll sich zum Teufel scheren.«

Nora war sich sicher, dass diese Frau heute Abend heiser sein musste, wenn sie in dem Ton weiterschreien würde.

»Haben Sie den 4+4-Vertrag nicht gelesen? Frau von und zu ist mir auch egal.«

»Ich möchte nur …«, begann Gabriele.

»Zu wollen haben Sie hier auch nichts mehr. Ihr habt genug Lastenausgleich kassiert. Ihr im Westen. Schicke Kleidung, gutes Essen, Reisen, ein Leben in Saus und Braus, während wir hier im Schweiße unseres Angesichts gedarbt haben. Und jetzt wollen Sie den Kinder ihr Zuhause wegnehmen!«

»Ich möchte nur …«, versuchte Gabriele es erneut.

»Das interessiert mich einen Dreck! Verschwinden Sie, sonst rufe ich die Polizei. Das ist mindestens Haus-, wenn nicht sogar Landfriedensbruch!«

Friedrich Anker zog Gabriele mit sich zum Taxi und winkte Nora mit der rechten Hand.

»Die ist nicht ganz bei Trost, die alte Hexe!«

»Ist das ein Überbleibsel des real existierenden Sozialismus?«, fragte Nora.

»Nein!«

»Nein?«, fragte Gabriele, die sichtlich schockiert wieder neben dem Fahrer saß.

»50 Fotos. Mehr war nicht drin«, sagte Nora.

»Diese Frau hat Angst. Wie so viele jetzt Angst haben.«

»Wovor?«, fragte Nora.

»Sie leben hier seit über 40 Jahren. Auf Grund und Boden, der ihnen eigentlich nicht gehört. In Häusern, die …«

»Die glauben doch nicht ernsthaft, dass sie vertrieben werden?«, rief Nora entsetzt aus.

»Wenn Sie meine ehrliche Meinung hören wollen, dann wird die freie marktwirtschaftliche Entwicklung schon dafür sorgen, dass auf Dauer alle wieder hier verschwinden.«

»Keine Industrie, keine Landwirtschaft, keine Arbeitsplätze, keine Perspektive. Ghost Town!«, kommentierte Nora.

»Hier bleiben nur die Alten, die Rentner und die Verlierer, die nirgends mehr hinkönnen, die keiner mehr will.«

»Und was ist mit den blühenden Kulturlandschaften?«, fragte Nora.

»Wir sind über 40 Jahre belogen worden. Warum sollte das plötzlich anders sein?«

»Das ist doch lächerlich«, sagte Nora. »Es wird einen Strukturwandel geben. Da bin ich mir sicher.« Doch ihre Stimme klang wenig überzeugend, weil sie selbst nicht glaubte, was sie sagte. Dann dachte sie an das Haus der Attendorns.

»Das wird alles einmal dir gehören Nora«, hatte Tante Herta gesagt.

Was nur hatte Gabriele wirklich auf dem Rittergut gesucht? Nora hatte sie bisher als eine sachlich denkende, beherrschte Frau erlebt, die ihr Leben rundum im Griff hatte. Hatte sie die restlichen silbernen Löffel gesucht? Oder hatte sie gedacht, der verschollene Gregor Bastian als Prinz käme ihr auf einem Pferd entgegengeritten? Vielleicht machte sie sich zu viele

Gedanken. Vielleicht war alles, was um sie herum geschah eine Verkettung von Zufällen, geboren aus menschlicher Neugier, die sich nach über 40 Jahren Bahn brach. Nora beschlich eine leise Angst, in ein Spiel, eine Intrige hineingezogen zu werden, der sie sich nicht gewachsen fühlte. Sollte das so sein, war es hoffentlich noch nicht zu spät zu fliehen. Sie schaute auf die Datumsanzeige ihrer Uhr. Noch zwei Tage Dresden, dann stand Wien auf dem Programm. Was sollte schon in zwei Tagen geschehen?

KAPITEL 13

»Den Teufel spürt das Völkchen nie,
und wenn er sie beim Kragen hätte.«
Johann Wolfgang von Goethe (1749 – 1832)
aus Faust II, Auerbachs Keller in Leipzig

»Aus welchem Grund möchten Sie mich heute verhaften?«, begrüßte Steglitz die beiden SAO-Ermittler.

»Immerhin haben Sie sich beim Verhör in U-Haft an viele Details Ihrer Vergangenheit erinnert, die Ihnen vermutlich hier in der landschaftlich so reizvollen Umgebung von Jenendorf nicht gekommen wären«, erinnerte Richterswil ihn an seine ausführlichen Aussagen über die Erziehungsmethoden im Kinderheim.

»Haben Sie Ihren Zwilling gefunden?«, fragte Steglitz und deutete auf zwei einfache Holzstühle, die noch aus den 30er-Jahren zu sein schienen.

Weder Richterswil noch Neusiedl mochten sich auf die schönen Stühle setzen, die reif fürs Museum waren.

»Hat die noch kein Antiquitätenjäger geholt?«, fragte Neusiedl.

»Wir haben nicht die Befugnis, hier irgendetwas zu verkaufen oder mitzunehmen. Das Inventar gehört zur Immobilie. Ist das nicht so in Ihren Gesetzesbüchern?«

Neusiedl tippte sich an die Stirn. »Was wird aus dem Gut hier?«

»Das interessiert mich nicht mehr«, sagte Steglitz. »Ich

habe ab Januar eine Stelle als Sportlehrer in einer Privatschule bei Hamburg gefunden. Hier werde ich doch nicht mehr gebraucht.«

»Ab in die alten Länder?«, fragte Richterswil. »Sie kennen doch sonst jedes Stammtischgerücht. Wie war das noch?« Er setzte sich rittlings auf einen der Stühle. »Das Foto ist eine Fotomontage, und Barbara Schwarz ist die Täterin, weil sie die West-Affäre ihres Mannes nicht verkraftet hat?«

»So ist es«, bestätigte Steglitz. »Das ist nach wie vor die Version, die alle am Stammtisch bevorzugen. Die Witwe ist aber immer noch auf freiem Fuß. Das wissen wir.«

»Einmal perfekt informell vernetzt, immer perfekt informell vernetzt«, spottete Neusiedl. »Sind Sie ein Kollege von Schwarz gewesen? Haben Sie ihm als informeller Mitarbeiter Bericht erstattet?«

»Strengen Sie doch einfach noch ein wenig Ihre grauen Zellen an«, fügte Richterswil hinzu, unter dem der Stuhl verdächtig knarrte.

»Ich hatte genügend mit der Dokumentation des Erziehungsauftrages zu tun. Wenn die Stasi aus meinen Aufzeichnungen Rückschlüsse gezogen haben sollte, kann ich nichts dafür.« Steglitz war ans Fenster getreten und hatte sich an die Fensterbank gelehnt. »Meine Unterschrift werden Sie weder in Leipzig noch in Berlin finden.«

»Dass es Sie nicht in den Akten gibt, heißt doch nicht, dass Sie nicht dabei waren und die Zwillinge gekannt haben«, sagte Neusiedl. Er war Steglitz zum Fenster gefolgt. Doch der Hof war, bis auf den SAO-Dienstwagen, leer.

»Fangen Sie schon wieder mit Wurms Geschwistern an?« Steglitz lachte schallend auf. »Sie suchen hier im Kinderheim in der falschen Richtung. Glauben Sie mir doch!«

Der letzte Satz entlockte sowohl Neusiedl als auch Richterswil nur ein müdes Lächeln.

»Zu wem hatte Bernd Wurm hier im Heim den engsten Kontakt?«, fragte Richterswil. »Hatte er Freunde?«

Steglitz zuckte mit den Schultern. »Was sind schon Freunde? Er hat regelmäßig an allen FDJ-Veranstaltungen teilgenommen.«

»Eine Freundin?«, hakte Neusiedl nach.

»So genau hat mich das nicht interessiert. Wissen Sie, Kinder und Jugendliche wollen heute Astronaut und morgen Zirkusclown werden.«

»Wenn Ihnen persönlich Ihre Schutzbefohlenen so unwichtig waren, wie haben Sie dann Wurm so schnell auf dem Fahndungsfoto wiedererkannt?« Richterswil hatte den Stuhl wieder zur Seite gestellt. »Warum waren Sie sich so sicher?«

»Er hat ein markantes Profil, finden Sie nicht?«, stellte Steglitz die Gegenfrage. Nervös zupfte er am linken Ohrläppchen. An seinem Unterarm kam eine kleine Tätowierung zum Vorschein. Er steckte seine Hände in die Hosentaschen.

»Für Traktoren hat er sich sehr interessiert, sagten Sie bei unserem ersten Gespräch?«, fragte Richterswil. »Also können Sie sich doch auch an Details erinnern.«

»Natürlich!«, rief Steglitz wütend aus. »Ich kann mich an alle Kinder erinnern, die besondere sportliche Leistungen erbracht haben. An alle Kinder, die sich für einen schönen Beruf in unserem Arbeiter- und Bauernstaat interessiert haben. Wurm war immer begeistert beim Ernteeinsatz in den Ferien dabei!«

»Sie haben die Kinder und Jugendlichen nach Ihren sozialistischen Kriterien beurteilt!«, rief Neusiedl aus. »Je proletarischer der Charakter, desto wertvoller für die sozialistische Gesellschaft.«

Steglitz überhörte den Spott in der Stimme des österreichischen Majors. »Wofür hätten wir uns sonst interessieren sollen? Ich hatte doch schon erklärt, dass wir die elternlosen Kinder hier zu wertvollen Mitgliedern des real existierenden Sozialismus erzogen haben. Wir waren auf dem Weg zum perfekten kommunistischen Staat. Warum hätte ich mich bei einem Heimkind für seine Geschwister interessieren sollen?«

»Also wären auch Drillinge für Sie nicht von Interesse gewesen?«, fragte Richterswil leise.

Irritiert schaute Steglitz von einem Ermittler zum anderen. »Drillinge? Seltene Geburt. Aber nicht von Belang für meinen Erziehungsauftrag im Fall Wurm!«

*

Barbara Schwarz stand in weißen Jeans und einer schwarzen Bluse aus durchsichtigem Organza in der Tür, als die beiden Ermittler den Weg vom Dienstwagen zum Hauseingang gingen.

»Nette Kollegin, die Sie mir vorbeigeschickt hatten«, sagte die Witwe nach der Begrüßung. »Nur den Chianti musste ich alleine trinken.«

»Dienst ist Dienst, und Schnaps ist Schnaps«, erklärte Neusiedl.

»Ich bin froh, dass Sie diesen Trampel mit den Drohbriefen so schnell erwischt haben. Alle Achtung!«

»Aber er ist nicht der Mörder Ihres Mannes«, begann Richterswil.

»Das ist schon in allen Zeitungen gestanden.« Barbara Schwarz ging vor den beiden Männern her durch das Haus in Richtung Terrasse. »Sie mögen auch keinen Chianti?«

»Nicht im Dienst«, sagte Neusiedl.

»Gibt es denn eine neue Spur?« Sie prostete Neusiedl mit dem Rest in ihrem Glas zu. »Das Foto, die Tatwaffe. Wer hat es gewagt?«

»Gehen Sie davon aus, dass sich die alten Seilschaften Ihres Mannes an dem Täter rächen werden?«, fragte Richterswil. »Denken Sie, der Täter sitzt irgendwo im Ausland am Strand? Für immer unerreichbar?«

»Ich habe die Kollegen meines Mannes nie wirklich näher kennengelernt. Keiner hat keinem vertraut. Jeder hat ein Schauspiel besten sozialistischen Lebens abgegeben, um als Erster befördert zu werden.«

»Das heißt, Sie verstehen sich bestens aufs Lügen und Betrügen?«, fragte Neusiedl.

»Werden Sie schon wieder unverschämt? Es wundert mich, dass sich noch nie jemand über Sie beschwert hat.«

»Das wissen Sie doch gar nicht.«

»Genützt hat es jedenfalls nichts.«

»Hat Ihr Mann versucht, Jugendliche anzuwerben?«, fragte Richterswil.

»Hatten wir das Thema nicht schon? Das können Sie doch alles in seiner Personalakte nachlesen.«

»Ich hätte es aber gerne von Ihnen gehört.«

Barbara Schwarz zuckte mit den Schultern. Sie streifte die Sandalen von den Füßen und zog ihre Beine auf die Bank. »Ich weiß alles und nichts. Er hat mir immer nur Details, Ausschnitte aus seiner Arbeit erzählt, wenn er das Bedürfnis hatte. Zusammenhangloses Zeug. Schließlich wollte er mich nie gefährden.«

»War Ihr Mann mit Spionage-Aufträgen betraut?«, fragte Neusiedl.

»Spionage? Sie wissen doch, dass er im Westen eine Affäre hatte.«

»Keine Eifersucht?« Neusiedl hob seine Augenbrauen.

»Warum haben Sie sich nicht gleich auch Ihre Augenbrauen rasieren lassen?«, fragte die Witwe. »Wie sollte ich auf irgendeine einsame Sekretärin im Westen eifersüchtig sein? Bett und

Liebe, Affäre und Beziehung. Den Unterschied kennen Sie hoffentlich?«

»Dann musste Ihr Mann Sie vor dem Wissen um staatstragende Geheimaktionen schützen?«, fragte Richterswil. Er wippte nervös auf den Zehenspitzen. Hoffentlich sagte sie nein. Er wollte diesen Fall nicht an den Staatsschutz verlieren.

Sie zuckte mit den Schultern. »Vermutlich wollte er nicht, dass ich erfahre, wer von unseren Freunden und Nachbarn als Feind des Sozialismus gilt.«

»Details«, sagte Richterswil leise.

»Ja, Details. Solche Dinge wie das Westpaket zu Weihnachten, politische Witze über den Sozialismus, seltsame Hobbys.«

»Seltsame Hobbys?«, fragte Neusiedl.

»Ja, seltsame Hobbys«, beharrte Frau Schwarz trotzig. »Fotografieren, Segelfliegen, Kanufahren, Sprachen aus dem westlichen Ausland lernen.«

»Hobbys, die auf Spionage oder Flucht hinweisen könnten?«, fragte Richterswil.

Barbara Schwarz nickte.

»Hat Ihr verstorbener Mann je etwas von Zwillingen oder Drillingen erzählt?« Richterswil zog eine Sonnenbrille aus seiner Jacketttasche.

»Ich war strikt gegen eine Adoption.«

»Ein Anwerbeversuch. Zwillinge und Drillinge wären perfekt für ein paar raffinierte Verwirrspiele gewesen.«

Sie zuckte mit den Schultern. Dann entkorkte sie die bauchige Chianti-Flasche und goss sich ein Glas ein. Nach ein paar Schlucken Wein lächelte sie Richterswil an. »Das wäre eine Info gewesen, die Peter mir nie gegeben hätte.«

»Nie?«

»Vergessen Sie nicht, dass er Oberst der Staatssicherheit war. Er war zur Verschwiegenheit verpflichtet.«

»Warum hätten Sie ihn verraten sollen?«, fragte Neusiedl.

»Scheidung, Palastrevolution, egal.«

»Sie haben vorhin etwas von Kollegen und Schauspielern gesagt«, begann Richterswil. »Haben Sie diese Kollegen regelmäßig gesehen? Privat? Oder nur bei offiziellen Anlässen?«

»Offiziell und privat. Aber eigentlich waren auch die privaten Partys offiziell. Bei uns hat sich keiner einen einzigen politischen Witz erlaubt.«

»Partys, Grillfeste, Urlaube«, sagte Richterswil. »Mit wem hatte er den engsten Kontakt?«

Barbara Schwarz zog unter einem Stapel von Zeitschriften einen Papierblock aus DDR-Zeiten hervor. Das dünne Papier hatte feine türkisfarbene Linien. Sie drehte sich von der Sitzbank zur Fensterbank und fand dort zwischen den Geranientöpfen einen Werbekugelschreiber mit dem Aufdruck einer Supermarktkette.

»Und?«, fragte Richterswil.

Barbara Schwarz begann in Druckbuchstaben Namen und Adressen zu schreiben. »Hier«, sagte sie schließlich. »Eine Liste mit den zehn Kollegen, die zu unserer Partyrunde gehört haben.« Die Witwe trank ihren Rotwein in einem Zug aus wie ein Glas Wasser. »Vielleicht wissen die wirklich etwas von einem Drilling.«

»Tragen Sozialisten keine Trauer?«, fragte Neusiedl, als die Haustür hinter ihnen ins Schloss fiel.

»Vielleicht nur auf der Beerdigung?«

»Sie ist froh, dass sie ihn los ist.«

»Wem soll sie denn ihre Trauer zeigen? Den netten Kollegen von der Stasi?« Richterswil lachte. »Ich muss nur noch einmal darüber nachdenken, ob ihr diese West-Affären wirklich egal waren. Vielleicht ist ihr Motiv auch eine Ost-Affäre.«

»Du traust ihr den Mord zu?«

Richterswil zuckte mit den Schultern. »Vielleicht. Feinde des Sozialismus. Unsere Nachbarn und Freunde. Das klingt alles ein bisschen zu dick aufgetragen.«

»Jedenfalls ist sie jetzt frei, hat eine Villa, eine dicke Witwenrente und Zeit, das Leben zu genießen.«

»Hast du ihr Gesicht beobachtet, als ich das Wort Drillinge ausgesprochen habe?«

»Keine Regung. Nichts.«

»Sollte der Fall wider Erwarten nicht geklärt werden, wird sie unter Beobachtung bleiben. Vielleicht taucht doch noch ein Lover auf.«

»Der Drilling als Auftragskiller?«

»Jetzt schauen wir uns unsere Post im Einsatzmobil an!«

*

»Ja? Hier Richterswil?«

»Nora Attendorn!«

»Frau Attendorn. Was für eine Überraschung?«

»Ich habe in der Zeitung gelesen, dass der Mann auf dem Foto gar nicht der Täter ist?«

»Doch, doch. Vermutlich ist der Mann auf dem Foto der Täter«, begann Richterswil zu erklären. »Aber der Mann, den wir festgenommen haben in Berlin, ist nicht der Mann auf dem Foto. Es ist ein Zwilling.«

»Zwilling?«, fragte Nora. »Ein Fall von Zwangsadoption?«

»Wie kommen Sie auf den Zusammenhang?«

»Ich habe eine wichtige Information für Sie. Haben Sie Zeit?«

Richterswil schaute auf die Uhr. »Jetzt?«

»Ja gerne. Wo?«

»In welcher Stadt sind Sie jetzt, Frau Attendorn?«

»Wir sind noch in Leipzig. Dann folgen noch ein paar Tage Dresden, und anschließend geht es nach Wien. Jetzt wäre am allerbesten.«

»Leipzig«, überlegte Richterswil. »Wo liegt Ihr Hotel?«

»Wir können uns in der Innenstadt treffen. Ich lasse das Kulturprogramm heute Nachmittag ausfallen«, sagte Nora.

»Wie wäre es mit einem Café?«

»Leipzig, die Stadt der Kaffeehäuser!«

»Kann ich Sie im Hotel abholen?«, fragte Richterswil. »Dann zeige ich Ihnen das Lieblingscafé unseres Kaffee-Experten aus Österreich.«

»Der Major? Einen Liebling im Osten? Wie lange brauchen Sie? Ich bummle jetzt los, um noch eines von diesen ulkigen Schulheften zu kaufen. Sie können sich gar nicht vorstellen, wie viel Fotomaterial ich mittlerweile für meine Reisetagebücher habe.«

»Goethe würde neidisch werden«, lachte Richterswil. »Also gut in zwei Stunden im Café Wiener Hof. Sie werden begeistert sein von den vielen Jugendstilelementen. Echt Wiener Charme. Und bester Kaffee.«

»Du bist in das kleine arrogante Miststück verknallt«, grinste Neusiedl.

»Selbst wenn«, sagte Richterswil. »Ich kann Privatleben und Beruf sehr wohl unterscheiden. Du auch?«

»Jetzt mach kein Drama, bloß weil du mich einmal nicht gefunden hast!«

»Das war unprofessionell! Aber vergeben!«

»Versprochen, kein zweites Mal!«

»Und dann?«

»Dann schreib ich den Abschlussbericht in allen Details!«

»Wir fahren nach Leipzig zu Nora Attendorn.«

»Und dann?«

»Sie hat etwas von einem Karton voller Fotos gesagt und einer sehr wichtigen Information über die Zwillinge und Zwangsadoptionen in der DDR.«

»Sie ist aber keine Undercoveragentin?«, lachte Neusiedl.

»Ich dachte, du hältst sie für extrem oberflächlich und egozentrisch?«

»Ist sie auch. Es sei denn, sie hat uns allen etwas vorgespielt.« Neusiedl steckte seine Glock ein. »Hast du Sie schon nach diesem Michael Attendorn gefragt?«

»Das machen wir in Leipzig.«

»Ich darf mitkommen?«, spottete Neusiedl.

»Hast du Angst, beim Date zu stören?«, spottete Richterswil zurück. »Als Elefant im Porzellanladen kann ich mir dich gar nicht vorstellen. Der Herr ist doch sonst bei der Damenwelt so charmant?«

»Bei der Damenwelt. Aber nicht bei dieser …«

»Schluss und los!« Richterswil war mit einem Sprung aus dem Einsatzmobil.

Weder Richterswil noch Neusiedl hörten das Telefon klingeln, weil Hubschrauberlärm den gesamten Parkplatz erfüllte.

»Die suchen schon wieder«, sagte Neusiedl. »Das ist das fünfte Mal in dieser Woche. »Weggelaufene Kinder, entflohene Kriminelle und Verwirrte, die besser in der Klappsmühle aufgehoben wären.«

»Heute gibt es Zeugnisse«, sagte Richterswil. »Ich tippe auf ein Kind.«

»Sind wir wieder beim Thema«, sagte Neusiedl. »Hat sie denn gar keine weitere Andeutung gemacht?«

»Ich bin genauso gespannt wie du!«

*

Nora setzte sich an einen Tisch auf der hinteren Terrasse des Cafés. Unter dem Sonnenschirm ließ sich die Hitze ertragen. Sie dachte an ihre Reisegruppe, die gerade auf Kirchentour waren. Nora hatte die Besichtigung der Kirchen gründlich satt. Sie hatte Gabriele und Leon in ihre Pläne eingeweiht.

»Cappuccino und Schokoladentorte mit Vanilleeis«, bestellte Nora. Sie öffnete die große Plastiktüte. Neben vier verschiedenen Schulheften für Klasse 1, 3, 4 und 7, die eine unterschiedliche Linierung hatten, schaute sie auf neun Ausgaben des »Kapitals«, gedruckt auf dem dunklen grobkörnigen Papier aus der DDR-Fabrikation. Das waren perfekte Geschenke für ein paar Studienfreunde von ihr, die immer noch den roten Traum lebten. Utopisten, die nach ihrer Ansicht erst einmal das »Kapital« lesen sollten.

»Und?«, hörte Nora die Stimme des Oberstleutnants. »Hat sich die Shopping-Tour gelohnt?«

Nora legte die Einkaufstüte beiseite. »Prima, dass es noch geklappt hat.«

»Wir sind sofort losgefahren. Der Major sucht noch einen Parkplatz.«

»Traumhaftes Café hier.«

Richterswil bestellte bei der Bedienung zwei Wiener Melange, als diese Schokoladentorte und Cappuccino brachte. »Sie haben etwas von Fotos gesagt?«

Genussvoll schob Nora sich ein großes Stück der Torte in den Mund. Sie riss ein Zuckertütchen auf und ließ den braunen Zucker langsam in das Herz im Schaum des Cappuccinos rieseln. »Köstlich! Vielleicht sollte ich auch anfangen, Rezepte zu sammeln.«

»Bei Ihrer Figur können sich es sich leisten, den Kuchen zu genießen, oder?«

Nora lächelte. »Ein neues Foto habe ich für Sie nicht. Aber eine wichtige Information, die Ihnen vielleicht weiterhilft.«

»Sie? Eine Information?« Er spürte leichtes Herzrasen. Was hatte diese Studentin mit dem Fall zu tun? Attendorn, schoss es ihm durch den Kopf. War ihr Vater ein Ost-Agent?

Nora nickte. Das dritte Stück Kuchen verschwand in ihrem Mund.

»Sie wollen unseren Fall lösen, vom Foto auf frischer Tat bis zur Festnahme?«, fragte Richterswil. Mit jedem Wort war seine Stimme leiser geworden, weil die Bedienung sich mit der Melange näherte.

»Ehrlich gesagt, mich interessiert weder die Leiche noch dieser Irrsinn mit der Stasi in Amt und Würden.«

»Aber?«

»Ich habe einen Halbonkel, der hier in der Nähe wohnt. Als Kind war ich hin und wieder bei ihm zu Besuch mit meiner Mutter. Mein Vater hatte eine Einreisesperre.«

»Michael Attendorn?«, entfuhr es Richterswil. Er stieß einen Pfiff aus.

»Woher kennen Sie den Vornamen meines Vaters?«

»Weil Ihr Vater auf einer Liste von westdeutschen Spitzelopfern steht. Und …«

»Das ist nicht wahr? Diese Irren haben nicht wirklich auch im Westen alles bis ins Detail dokumentiert?«, unterbrach ihn Nora. »Die sind gefährlich, saugefährlich, diese Typen. Glauben Sie mir. Die sitzen noch überall. Selbst mein Halbonkel hat Angst, und der war selbst dabei.«

»Ihr Halbonkel war bei der Stasi?«

Nora nickte. »Er hat über uns berichtet. Angeblich um uns zu schützen.«

»Eine Schutzbehauptung«, entfuhr es Richterswil. Er nippte an der Melange.

»Das sehe ich auch so. Ändert aber nichts mehr.«

»Wovor hat Ihr Onkel Angst?«

»Wir können Du sagen, oder?« Nora lächelte ihn an.

»Sehr gerne, Nora!«

»Matteo!« Nora schaute zur Tür. Dort stand Neusiedl und schaute sich nach ihnen um.

»Mein Onkel hat Angst, dass die alten Seilschaften ihre neuen Positionen nutzen, um wieder Druck und Macht auszuüben.«

»Da ist er nicht der Einzige, sonst hätten wir nicht ständig diese Demonstrationen hier im Osten.«

»Grundlos seid ihr ja auch nicht hier eingesetzt. So funktioniert halt kein Rechtsstaat. Auch wenn mir das eigentlich egal ist. Aber so halt nicht!«

»Die da oben gehen davon aus, dass sich das Problem in zehn bis 20 Jahren von allein löst. Halbzeitwert wie bei der radioaktiven Strahlung«, sagte Richterswil. »Aber von mir hast du das nicht!«

»Hallöchen!«, grüßte Neusiedl. »Wir sind also schon per du?«

»Neidisch?«, spottete Nora.

»Sehr!«, spottete Neusiedl zurück.

Nora zog den Zettel ihres Onkels aus der Canvas-Tasche und faltete ihn auf. »Hier!« Sie zeigte auf eines der Kreuze auf der Zeichnung. »Die ist von meinem Onkel, Horst Attendorn.«

»Wo ist das?« Neusiedl versuchte, Interesse zu heucheln.

»Das ist im Thüringer Wald. Dort gibt es einen geheimen Stollen.«

»Dieser Wald ist voller geheimer Stollen«, sagte Neusiedl. »Die ersten Irren sind bereits auf der Suche nach dem Bernsteinzimmer. Goldrausch wie in Kentucky!«

»Sie meinen, im gesamten Wald sind die Leute auf der Suche nach den alten Stollen?«, fragte Nora entsetzt.

»Was ist daran so schlimm?« Richterswil schaute sie erstaunt an. »Vielleicht erst noch einen Cappuccino?«

Nora nickte. »Gute Idee. Aber ihr müsst euch beeilen.«

»Warum?«, fragte Neusiedl. »Was suchen wir denn?«

»Geheime Stasi-Unterlagen. Unter anderem die Originalunterlagen aller in der DDR zur Adoption freigegebenen Kinder, deren Namen und Daten geändert worden sind. Und …«

»Woher hat dein Onkel diese Kenntnisse?«

»Er war dabei. Deswegen hat er doch jetzt solche Angst«, erklärte Nora erneut. »Kurz nach dem Mauerfall hat er geholfen, Unterlagen aus Leipzig verschwinden zu lassen. Die haben ihre privaten Trabis und Wartburgs bis an den Rand beladen und sind mit einem Führungsoffizier in Richtung Thüringer Wald gefahren.«

»Haben Sie die Telefonnummer Ihres Onkels?«

»Ja. Hier!«, Nora riss einen Zettel aus einem der Schulhefte und schrieb die Nummer aus ihrem Taschenkalender ab. Sie gab ihm den Zettel mit der Nummer. »Sie wollen nicht mit Ihrem schicken Streifenhörnchen vorfahren?«

»Unser Dienstwagen würde die ganze Gegend wecken«, sagte Richterswil.

»Wie sicher ist es, dass dieser Stollen mit den Unterlagen der Stasi wirklich existiert?«, fragte Neusiedl. Er trank seine zweite Melange aus, indem er sich die heiße Flüssigkeit in den Rachen schüttete.

»Warum sollte er lügen?«, fragte Nora. »Sie können sich gar nicht vorstellen, wie geldgierig meine Tante ist. Das Erste, wonach sie fragte, war eine Belohnung.«

»Wenn wir das Ding wirklich finden, wird es in erster Linie einen Skandal geben«, sagte Richterswil leise. »Aber eine Belohnung für den Fall Schwarz wohl auch.«

»Der Eingang zum Stollen ist zugeschüttet und bepflanzt worden. Mit Moos und anderem Grünzeug, das sie woanders abgetragen haben.« Nora lehnte sich über die Zeichnung.

»Ach ja. Und da ist eine Nelkenplantage in der Nähe gewesen. Früher. Die wichtigste sozialistische Blume.« Sie grinste.

»Unsere Chance, den Drilling zu finden«, sagte Neusiedl. »Besser ein Strohhalm im Wald als gar kein Hoffnungsschimmer.«

»Drillinge?«, fragte Nora neugierig. »Der Mann auf dem Foto ist ein Drilling?«

»Soweit der jetzige Ermittlungsstand«, flüsterte Richterswil. »Es ist besser, wenn wir nicht mehr zusammen gesehen werden ab jetzt.«

Nora verzog enttäuscht das Gesicht.

»Habe ich da etwas verpasst?«, grinste Neusiedl mit einem anzüglichen Unterton.

»Seit wann entgeht dir etwas?«

»Seltenst!«

»Wir wissen nicht, wozu dieser Täter oder die Leute hinter ihm fähig sind«, erklärte Richterswil. »Zu deiner Sicherheit werden wir einen Zivilfahnder in die Reisegruppe schleusen.«

»Das fällt doch auf!«, sagte Nora.

»Wem denn?«, fragte Neusiedl.

»Du hast zufällig ein Foto gemacht. Mehr nicht«, erklärte Richterswil. »Wir besprechen mit diesem Hofer, wie wir das späte Hinzustoßen zur Reisegruppe erklären werden. Das passt schon.«

»Sehen wir uns wieder?«, fragte Nora. Sie griff nach ihrer Tasche und der Tüte.

»Oh! Oh«, grinste Neusiedl.

»Wir? Klar doch. Ich kann doch nicht auf meine wichtigste Assistentin verzichten. Und dazu so eine charmante, oder?« Richterswil zwinkerte mit den Augen.

Neusiedl hatte zwei Geldscheine auf den Tisch gelegt. »Los jetzt. Turteln könnt ihr, wenn der Täter im Häfn sitzt.«

»Nora, du gehst vorn raus«, sagte Richterswil. »Der Major

und ich nehmen den Hinterausgang. Du meldest dich nur im Notfall bei uns. Codewort ›Bauhaus‹.«

*

»Die Partei, die Partei hat immer recht!«, erklang es vielstimmig aus ungefähr 100 Kinderkehlen. Die Zöglinge des Kinderheims »Sonnenglück« bereiteten sich auf die Feierlichkeiten zum 1. Mai vor. In diesem Jahr sollten die älteren Kinder an der Demonstration in Jena teilnehmen. Die Kinder im Alter von drei bis 15 Jahren saßen nach Altersstufen getrennt. Gleich kamen die Kleinen in den Kindergarten, und die Schulkinder besuchten nach dem täglichen Fahnenappell die Schulen in der Region. »Sonnenglück« war im Westflügel eines alten Rittergutes untergebracht. Im gegenüberliegenden Flügel befand sich ein Seniorenheim. Die Mitte des Gebäudes wurde von der Verwaltung genutzt. In den Sommermonaten schliefen die FDJler, die zur Erntearbeit eingesetzt wurden, in den Stallungen und Heuschobern. Nur einen Kilometer von den Gebäuden entfernt fand in den Sommermonaten ein Ferienlager des FDGB statt. Blasse Stadtkinder aus Berlin, die nicht wussten, wie Kuh und Schwein aussahen, aber Marx und Engels kannten, tobten dann nach Plan zu militärischen Spielen durch den Wald. Und sie lernten, Schutzhütten bauen für den Ernstfall der westlichen Aggressionen durch ABC-Waffen.

Seit der Verlegung von Linoleumböden, die im Sommer stanken, und einem neuen Anstrich der Wände Mitte der 60er-Jahre war an dem gesamten Gebäude nichts mehr verändert worden. Das Dach war an vielen Stellen undicht. Viele der oberen Zimmer waren nicht mehr zugänglich. Die Treppengeländer waren zum Teil in einem der letzten Winter als Heizmaterial verbraucht worden. Graue Trostlosigkeit machte sich in allen Räumen breit.

»Wenn wir groß sind, wohnen wir in einer modernen Plattenbauwohnung«, sagte Tanja zu ihrem Tischnachbarn Guido.

»Wir eine neue Wohnung in der Platte?«, fragte Guido. »Du glaubst nicht ernsthaft, dass die für uns irgendetwas übrig haben. Die denken doch alle nur an ihre eigenen Kinder. Im Sozialismus sind alle gleich, nur wir nicht. Uns haben sie vergessen. Oder kannst du dich erinnern, wann du zum letzten Mal Schokolade gegessen hast?«

»Wollen wir heute Nachmittag abhauen? Vielleicht liegt im Konsum eine kleine Tafel unbeobachtet herum?«, fragte Tanja.

»Machen wir«, sagte Guido. »Organisieren ist doch in diesem Staat das A und O.«

»Bei Tisch wird nicht gesprochen«, erklang eine schrille Stimme von einem der Tischende.

»Arschloch!«, flüsterte Tanja. »Als ob er einen Vorteil davon hätte, uns zu schikanieren. Heimkind ist Heimkind.«

»Dem ist der Kindergartenlöffel im Hals stecken geblieben«, lachte Guido und dachte an die ersten Jahre im Heim, als sie während der Mahlzeiten den Löffel wie die Zinnsoldaten zugleich vom Teller an den Mund führen mussten. Früh übt sich, was ein guter Parteisoldat werden wollte. Aber nicht mit ihm. Ihn würden sie nicht klein kriegen. Da konnte der Schwarze Peter, wie der neue Ferienbetreuer der Sportgruppe im Heim hieß, noch so Süßholz raspeln. Guido wusste, dass seine Eltern ihn nicht alleine in der DDR zurückgelassen hatten. Sie waren nicht im Westen. Und an seine Geschwister konnte er sich auch erinnern. Da konnte der Schwarze Peter noch so oft erklären, dass er ein bisschen verrückt im Kopf sei. Er war kein Einzelkind und er gehörte nicht in dieses Heim. Er war sich sicher, seine Eltern eines Tages zu finden. Er musste nur erst einmal raus aus dem Heim. Vielleicht war Tanja die richtige Frau an seiner Seite. Wenn er solchen Idioten wie dem Schwarzen Peter einen treuen Staatsbürger des Sozialismus vorspielen würde, gab es vielleicht wirklich eine schöne Plattenbauwohnung in Jena. Guido seufzte. Morgen war Klassenarbeit Staatsbürgerkunde angesagt. Er sollte besser lernen, als Schokolade im Konsum zu klauen.

*

»Und jetzt?«, fragte Neusiedl während er hinter Richterswil durch die alte gebeizte Holztür in den Hinterhof trat. Der Gestank der Abfälle war kaum auszuhalten. Neben den einfachen, zerbeulten grauen Mülltonnen hatte der Koch des Cafés einen kleinen Komposthaufen in der Ecke arrangiert, der in der Sommerhitze dampfte.

»Erst einmal nur weg hier!«, lachte Richterswil.

»Immerhin scheint dir das Lachen nicht vergangen zu sein«, sagte Neusiedl. »Ich könnte eine Dusche gebrauchen.«

»Du riechst wesentlich besser als der Haufen da hinten.«

»Was hast du vor?« Neusiedl deutete mit der rechten Hand in Richtung eines Parkhauses. »Da entlang.«

»Ich will den Drilling finden.«

»Willst du den Stollen melden?«

»Erstens wissen wir nicht, ob es das Ding wirklich gibt. Die Wahrscheinlichkeit, dass dort Unmengen an Akten versteckt sind, ist gering. Warum sollten die alten Seilschaften das Zeug nicht längst an einen sicheren Ort geschafft haben?«

»Die Wahrscheinlichkeit, dass uns der Fall entzogen wird, ist groß. Nahezu 100 Prozent«, sinnierte Neusiedl.

»Wir hatten bisher freie Hand bei unseren Ermittlungen.«

»Sobald die Presse Wind von der Sache bekommt, wird es kritisch.«

»Niemand zwingt die Leitung der Soko SAO, eine Pressekonferenz zu geben.«

»Ewig kann die Leitung den Fall nicht runterspielen.«

»Jetzt halt den Ball flach. Dass es Drillinge sein könnten, weiß niemand. Die Presse weiß nicht einmal von Sichel. Und den Stollen können wir zufällig bei Ermittlungen entdeckt haben.«

»Bei dem Informanten? Zufällig?«

»In diesem Wirrwarr an Lügen und Intrigen kursieren die kuriosesten Gerüchte. Warum sollte auch nur ein Körnchen Wahrheit dran sein?«

»Strohhalm?«, fragte Neusiedl und warf die Parkgebühr in den modernen Parkautomaten auf der unteren Parkebene ein. »Wir stehen da vorne.«

»Wir müssen schneller sein als alle anderen. Als die Presse, als die Leitung, als der Staatsschutz, als das Ministerium.«

»Stickig hier«, sagte Neusiedl und klappte die Fenster im mobilen Einsatzwagen auf.

Richterswil zog einen roten Behördenumschlag mit dem Aufdruck »Streng geheim« aus dem Postkorb. Der Umschlag war neu. Nur eine einzige Adresse war im oberen linken Feld zu lesen – »SAO III Leitung, Richterswil, Oberstleutnant«.

»Feldpost?«, grinste Neusiedl. »Der Kampf um den Fall beginnt. Woher haben die nur so schnell Wind von unserem neuen Informanten bekommen?«

»Mal sehen«, sagte Richterswil leise. »Was ist denn drin?«

Neusiedl füllte Wasser in den Wasserkocher. »Noch einen Kaffee?«

Richterswil nickte. »Morgen bin ich zur Berichterstattung ins Ministerium einberufen. Berlin. Ich nehme den Nachtzug.«

»Und?«

»Die Presse hat von der Beziehung zwischen Manfred Günther und Peter Schwarz erfahren. Kein Wort von einer Nelkenplantage.«

»Und? Willst du von dem Stollen erzählen?«

»Mal sehen!« Richterswil ließ zwei Süßstofftabletten in den Kaffeebecher fallen. »Sonderschicht. Wir nehmen heute noch Kontakt zu diesem Horst Attendorn auf.«

»Seltsam, dass sein Name nirgends als Verbindungsmann in Schwarz' Personalakte auftaucht.«

»Wenn die Stasi jeden informellen Kontakt hätte dokumentieren wollen, hätten die den ganzen Regenwald Brasiliens fällen müssen. Der Papierbedarf war zu hoch.« Richterswil zwinkerte Neusiedl zu. »Spätestens morgen Nachmittag machen wir eine Tour in den Wald.«

Neusiedl zog Noras Zettel mit der Telefonnummer heraus, hob den Hörer ab, stellte die Lautsprecheranlage an und wählte.

*

»Und wie war es?«, fragte Gabriele. »Dein Date?«

»Mein Date?«

»Ja natürlich. Du bist das neueste Gerücht im Reisebus. Du und der Oberstleutnant. Du hast ihn doch getroffen?«

Nora schaute erstaunt. Sie legte ihre Hosen in den Koffer. »Ich wollte eigentlich nur einen ruhigen Nachmittag in der Innenstadt von Leipzig verbringen. Ein paar Fotos von Häusern machen.«

»Irgendjemand muss euch gesehen haben.«

»Hier sind die Fotos, die ich gemacht habe. Express-Entwicklung. Nicht ganz billig! In Leipzig gibt es fast schon alles, was es auch bei uns gibt.«

»Wie schnell die Großstädte sich doch den Bedürfnissen der Menschen anpassen«, sagte Gabriele. »Aber das ist alles. Glaub mir. Auf dem Land wird es mindestens noch 50 Jahre dauern, bis die DDR vergessen ist.«

Nora überlegte, ob sie in Gefahr war und Matteo anrufen sollte. Bauhaus, dachte sie. »Wer will mich denn gesehen haben? Es gibt so viele junge Frauen mit schulterlangen hellbraunen Haaren.«

»Im Café. Margret Waldner hat sich im Café »Wiener Hof« eine Schachtel Kekse und ein Rezeptbuch für Obstkuchen vom Blech gekauft. Du weißt doch, die Frau von …«

»Ja, Margret. Natürlich kenne ich Margret. Aber sie muss sich geirrt haben.«

»Du warst nicht in dem Café?«, fragte Gabriele erstaunt.

»So gut kennt sie mich doch gar nicht«, sagte Nora und versuchte, den Deckel des Koffers zuzuklappen. »Warum hat sie mich denn nicht begrüßt?«

»Stimmt. Das ist seltsam. Vielleicht wollte sie nicht stören? Sie sagte, es hätte nach einem echten Date ausgesehen.«

»Nein. Sie irrt sich. Ganz bestimmt.« Nora hatte die beiden Boxen aus festem Karton mit dem Fotomaterial wieder aus dem Koffer genommen. »Ich muss mir noch eine kleine Tasche kaufen für den Rest der Reise.«

»Noch zwei Tage Dresden, dann geht es nach Wien – die Stadt der Kaiser und Könige. Sissi!«

Nora verdrehte lachend die Augen. »Da werden wir wieder ein paar köstliche Momente mit den Waldners erleben. Denk nur an ihren Auftritt im Goethe-Haus in Weimar oder im Nationaltheater.«

»Aber den Park von Schönbrunn werden die nicht im Ruhrgebiet hinter ihrem Haus nachbauen können.« Gabriele lachte.

»Wie war denn eure Kirchentour?«

»Wunderbar. Dieser Spirit. Da liegt noch immer der Ruf nach Freiheit in der Luft.«

»Klar liegt der da noch. Solange die ehemaligen Stasi-Mitarbeiter nicht zum Teufel gejagt werden, wird der da in der Luft liegen.«

»Nora!«, rief Gabriele entsetzt aus. »Ich habe dir doch gesagt, dass du diese Demo in Naumburg vergessen sollst. Demos im Osten sind gefährlich. Die sind politisch explosiv.«

»Und? Haben die Menschen hier denn kein Recht auf die Aufarbeitung des Unrechts?«

»Seit wann so interessiert? Hattest du Ärger mit deiner Familie?«

»Nein. Alles bestens. Stell dir vor, ich erbe eines Tages Haus und Grundstücke hier im Osten.« Nora legte einen Koffergurt um den verschlossenen Koffer. »Diese Demos, ich habe das im Gefühl. Das wird mehr und mehr. Und dann überrollt es erst den Osten, dann die alten Länder, bis der Ruf nach Gerechtigkeit in den letzten Winkel des SÖD dringt. Wer will denn in einem Staatenbund leben, in dem die Hälfte der Menschen Angst vor Repressalien hat?«

»Die Hälfte?«

»Natürlich. Die Verflechtungen zwischen Ost und West sind vielfältiger, als du denkst. Diese Stasi-Typen haben neben ihrer Spitzeltätigkeit auch auf wirtschaftlicher Ebene ihre Finger im Spiel gehabt.«

»Dann steckt der Westen auch mit drin.«

»Genau! Und deshalb ist die Hälfte eine realistische Schätzung.«

»Ich habe ganz vergessen, dir zu erzählen, dass wir einen neuen Reiseteilnehmer haben«, versuchte Gabriele, das Thema zu wechseln. Immer öfter sehnte sie sich nach Kanada. Nach dem weit entfernten Land, in dem sie Europa vergessen hatte. Sie hatte sich fest vorgenommen, diesem neuen SÖD nichts zu schenken. Die Sache mit Rittergut Karenhall war nicht vergessen. Aber das konnte ein Anwalt regeln. »Nach Hause«, sagte sie leise. In diesem Moment spürte sie, dass sie keine Europäerin mehr war.

»Fang nicht schon wieder an«, sagte Nora. »Wir machen diese Reise gemeinsam. Bis zum letzten Tag.«

»Nur so ein Gedanke«, sagte Gabriele. »Aber der neue Reiseteilnehmer wird dir gefallen. Ein Geschäftsmann aus Berlin. Er stößt erst jetzt zu uns, weil er beruflich so eingespannt war. Cornelius Bucher, kaum älter als du.«

»So?«, fragte Nora.

»Aber nicht so charmant wie der Oberstleutnant.«

»Wer weiß, was in den nächsten Tagen und Wochen noch alles geschieht?« Nora zwinkerte mit den Augen. »Wir beenden unsere Reise erst in Zürich, oder?«

*

Richterswil suchte in der dritten Etage des neu gebauten Berliner Ministeriumsgebäudes nach Zimmer 3787. Ein Gang links, ein Gang rechts, ein Gang links, eine kleine Treppe in das Zwischengeschoss. Er stand auf einem Plateau mit einer Fensterfront, die den Blick auf die historischen Museumsgebäude freigaben, die erst seit wenigen Monaten wieder von Menschen aus aller Welt visumfrei besucht werden konnten. Vielleicht fand auch er heute eine Stunde Zeit für einen Besuch auf der Insel. Richterswil drehte sich in Richtung des nach rechts abzweigenden Gangs um. Sein Blick fiel auf das Türschild mit der Nummer 3787. »Oberst Volta (Dienstgrad der Schweiz), Referent für Sicherheitsfragen der Sonderkommissionen SAO«, las er leise. Er klopfte an die Tür.

»Ja!«, war zu hören. »Eintreten!«

Richterswil drückte die silberfarbene Klinke. Er trat ein.

»Guten Morgen, Oberst Volta!«

»Oberstleutnant Richterswil! Seien Sie gegrüßt!«, rief Oberst Volta aus. Er deutete auf einen gemütlichen mit rotem Leder gepolsterten Besucherstuhl. Auf dem Tisch standen zwei Tassen und eine blaue Thermoskanne. »Setzen Sie sich. Schön, dass Sie so pünktlich hier sind.«

»Unsere Dienstwagen haben ausreichend PS.« Er hatte sich an diesem Morgen gegen den Zug entschieden.

Oberst Volta grinste. »Ein Grund für die vielen Bewerbungen bei der Polizei. Aber wir haben heute ein anderes Thema.«

»Ja?«

»Sie und dieser österreichische Major haben bislang sehr gute Arbeit geleistet.« Er reichte Richterswil die Dose mit den Zuckerstücken. »Dass Ihnen jetzt ein Zwillingsfall Ihre schöne Erfolgsstatistik zerhaut, schade. Bislang gehört die Soko SAO III zu unseren Teams mit der schnellsten Aufklärungsquote.«

»Major Neusiedl und ich ergänzen uns perfekt. Das geht Hand in Hand.«

»So soll das sein.«

»Außerdem haben wir es nicht nur mit Zwillingen zu tun. Wir haben beide gefunden. Es müssen Drillinge sein, denn …«

»Das wird eine Schlagzeile für die Presse!«, unterbrach Oberst Volta.

»Vermutlich nicht nur das.«

Fragend hob der Oberst die Augenbrauen. »Wie meinen Sie das?«

»Wir haben einen Hinweis auf ein mögliches Versteck der Stasi. Ein Aktenlager.«

»Das ist eine Nummer höher als ein Mordfall der Soko SAO!«

»Es ist nichts weiter als ein Gerücht. Ein Geheimtipp.«

»Wie machen Sie das mit Ihren Informationsquellen?«

»Unsere Informanten finden uns. Das alte gesellschaftliche Geflecht macht vielen Menschen im SÖD Angst und …«

»Hören Sie auf!«, rief Oberst Volta auf. »Diese ständigen Demonstrationen machen die Sache nicht einfacher. Im

4+4-Vertrag ist die Umgestaltung des alten Ministeriums der Staatssicherheit der DDR in eine effektive, schlagkräftige Grenzschutztruppe vorgesehen, und das ist jetzt Fakt.«

Richterswil rührte genervt im Kaffee. »Das müssen Sie den Menschen erklären, oder? Außerdem war Schwarz als Berater in Sachen Stasi-Unterlagen tätig. Irgendwas mit Interessensgruppe Akteneinsicht.«

»Der eine oder andere hat halt auf dem freien Markt eine neue Stelle gefunden. Die Abfindungen für die Stasi beim Ausscheiden waren auch nicht zu verachten. Bis zu 15.000 DM je nach Dienstgrad.«

»Wir haben die ganze Personalakte nach Hinweisen, Tätern und Motiven durchgesehen. Die Witwe hat uns Fotos und seine alten Notizbücher zur Verfügung gestellt.«

»Die Witwe? Eine Beziehungstat haben Sie vermutlich ausgeschlossen?«

»Wir haben einige Theorien.«

»Ja?«

»Einer der Zwillinge könnte von Hintermännern als Waffe benutzt worden sein und …«

»Der Täter hinter dem Täter. Immer wieder eine interessante Konstellation.«

»Die Fingerabdrücke an der Waffe könnten viel älter sein. Sie haben meinen Bericht gelesen?«

Oberst Volta nickte. Dann stützte er seine Ellbogen auf den Tisch. »Jetzt hören Sie gut zu, Richterswil. Unter uns Landsleuten. Ich möchte keinen verlieren. Die Sache wird zu gefährlich. Entweder hängt die internationale Mafia drin, oder es wird eine Spionageaffäre. Ein erschossener SAO-Ermittler wäre nur ein Kollateralschaden. Geben Sie den Fall freiwillig ab, bevor er Ihnen vom Minister entzogen wird. Was sollen das denn für unbekannte Stasi-Akten sein? Wissen Sie, wen Sie mit irgendwelchen nichtssagenden Akten alles kompromittieren könnten? Das ist wie mit der Kegelbahnkugel, die rückwärts rollt und die Spieler statt der Wurfpinne umhaut.«

Richterswil zuckte mit den Schultern. Er setzte zum Sprechen an.

»Stellen Sie sich vor, die gesamten Hintergründe der Stasi-Tätigkeiten könnten von der Presse durchleuchtet werden. Wenn das an die Öffentlichkeit dringt! Unter uns gesagt: Der 4+4-Vertrag wackelt. Können Sie sich ausmalen, dass im gesamten SÖD die Menschen für mehr Demokratie und die Aufarbeitung des Unrechts auf die Straßen gehen? Stellen Sie sich doch nur vor, eine Bewegung wie 1968 oder Woodstock.«

»Es ist ein Mord. Egal wer hinter der Tat steckt.«

»Sie gefährden mit Ihrer Erbsenzählerei diesen Staatenbund. Seien Sie gescheit und lassen Sie alle Fünfe gerade sein, oder? Vergessen Sie diesen Drilling. Wir können diesen Fall aus der Erfolgsstatistik streichen. Null und nichtig. Vertrauen Sie mir! Ihnen droht sonst eine sofortige Versetzung nach Zürich, womöglich in den Ruhestand wegen Ungehorsams. Noch habe ich keinen offiziellen Befehl, die Sache nicht weiterzuverfolgen. Denken Sie wirklich, dass in diesem Stollen mehr ist als die Unterlagen der zur Zwangsadoption freigegeben Kinder in der DDR? Haben Sie je von illegalen Medikamententests gehört? Haben Sie gewusst, dass DDR-Häftlinge wie Sklaven für ausländische Konzerne gearbeitet haben? Und die ausländischen Geschäftspartner haben das gewusst. Wissen Sie, wie viele Pflichtteilsansprüche Sie erbrechtlich auch gegen Väter und Mütter im Westen auslösen, wenn diese Kinder ihre leiblichen Eltern wiederfinden? Wie viele Ehen werden Sie wegen einer Handvoll Bastarde zerstören?«

»Sie verlangen von mir, dass ich den Mörder von Peter Schwarz laufen lasse? Dass ich helfe, das alte Unrecht der DDR aufrechtzuerhalten, um die Existenz von Menschen zu schützen, die ihre Kinder skrupellos diesem Regime überlassen haben?«

»Sie sind nicht bei der Soko Einheit. Diese Akten in dem Stollen gehen Sie nichts an. Sie sind einer unserer besten Ermittler bei der SOKO SAO, und das soll so bleiben. Haben wir uns verstanden? Machen Sie keinen Unsinn. Sie machen sich und mich unglücklich. Ich trage für Sie die politische Verantwortung. Wenn mein Kopf wegen eines Presseskandals rollt, rollt Ihr Kopf auch!«

»Drohen Sie mir? Sie sind doch selbst Eidgenosse und wissen, was ziviler Ungehorsam heißt. Denken Sie an Tell. Ich bin hier in den neuen Ländern, um das Unrecht der Wild West Mentalität zu verfolgen. Selbst wenn dieser Schwarz ein Verbrecher war, hat niemand auf dieser Welt das Recht, ihn zu töten. Das war eiskalter Mord. Nie und nimmer eine Tat im Affekt im Park. Ich will den Täter. Und die Lösung zum Fall liegt vermutlich im Stollen. Wir sind auf der Suche nach Drillingen. Wenn ich die Original Geburtsurkunden erst habe …«

»Drillinge! Richtig, Sie sind uns mit dieser abstrusen Idee vom Fruchtwasser gekommen. Machen Sie sich nicht lächerlich. Wer sich auch nur ein bisschen mit Zwillingsforschung auskennt, weiß genau, dass jeder Mensch andere Fingerabdrücke hat. Zwilling oder nicht. Verfolgen Sie lieber diese Idee, dass die Fingerabdrücke schon seit Jahren auf der Waffe sind!«

»Im Falle des Gleichstroms des Fruchtwassers …«

»Sind Sie nicht ganz dicht? Ich fürchte, der Einsatz in dieser maroden Umgebung im Osten ist Ihnen nicht bekommen. Vielleicht helfen Ihnen ein paar Wochen Sonderurlaub? Und dann geht es in eine andere Region. SAO Berlin oder so.«

»Dr. Beerbaum …«

»Ach, Dr. Beerbaum ist mit von der Partie bei Ihren albernen Theorien. Dieser Provinzmediziner sollte bei seinem Leisten bleiben!«, schrie der Referent mit hochrotem Kopf. »Sie arbeiten inmitten einer völlig verfilzten Atmosphäre und lassen sich leichtsinnig selbst in diesen Sumpf an alten Seilschaften hineinziehen? Dr. Beerbaum soll die Leichen auf Spuren untersuchen. Und überhaupt: Wie sollen wir das der Presse erklären? Fruchtwasser? Sie machen das ganze Ministerium lächerlich!«

»Unter uns Landsleuten«, begann Richterswil leise. »Geben Sie mir noch ein paar Tage freie Hand. Wenn ich im Stollen die Daten der Drillinge finde, werde ich über die Fundstelle schweigen wie ein Grab. Nach dem Fall lasse ich mich nach Zürich zurückversetzen, und der Kollege Neusiedl übernimmt meine Platz und weiß von nichts!«

»Unmoralisch. Völlig unmoralisch dieses Angebot, oder?« Der Referent grinste. Er trat nahe an Richterswil heran. »Warum sollen wir Schweizer nicht auch unsere alten Seilschaften nutzen in diesem Chaos an Irren. Aber ich warne Sie, wenn das schief geht. Sie haben das eigenmächtig ohne meine Zustimmung durchgezogen. Ich weiß von nichts. 48 Stunden – keine Minute länger. Und jetzt hauen Sie ab!«

Richterswil trat auf den Gang. Er atmete tief durch. Keinen Zentimeter traute er diesem Referenten über den Weg. Er schaute auf die Uhr. Es blieben vermutlich nur Stunden, und der Fall lag nicht mehr im Verantwortungsbereich der Soko SAO III. Jetzt stand eine Sonderschicht für Neusiedl und ihn auf dem Programm. Anders konnte er den Herren im Ministerium und dem Rest des Staatenbundes nicht die Stirn bieten. SÖD, wer auch immer sich diesen Blödsinn ausgedacht hatte, hatte nicht mit den Menschen gerechnet. Und genau das hatte er jetzt nach diesem Gespräch vor. »Von mir aus Generalstreik von der Nordsee bis in die Alpen«, sagte er leise. Dieser ganze SÖD, ein einziges künstliches Konstrukt, um das weltweite Geflecht an Betrügereien zu schützen. Wirtschaft, Industrie, Kapitalströme, und der einzelne Mensch war nicht einmal mehr ein Lebewesen, er war nur noch ein wehrloser Spielstein in einem verflucht dreckigen Spiel. Das wurde ihm in diesem Moment bewusst.

*

Zwei Stunden später klingelte Richterswil bei Doreen Neumann an der Wohnungstür. Zum zweiten Mal suchte er den Major privat außerhalb der Dienstwohnung am Frauenplan in Weimar auf. Doch auch nach dem fünften Klingeln öffnete sich die Tür nicht. Das kleine Flurfenster der Nachbarwohnung ging auf.

»Was wollen Sie denn da?«, fragte ein junger Mann mit langen Haaren und Bart. »Doreen ist vor ein paar Tagen ausgezogen. Nächste Woche wird hier das Wasser abgestellt. Sanierung!«

»Wissen Sie, wo ich Sie finden kann?«

»Gehören Sie zu diesem Glatzkopf, diesem Alpenschnüffler? Sehen Sie bloß zu, dass sie Land gewinnen. Wäre besser, Ihr kümmert euch um die Löcher im Käse!« Der junge Mann knallte das kleine Fenster wieder zu.

Richterswil schaute auf die Uhr. Die Zeit verrann zu schnell. Er drehte sich auf dem Treppenabsatz um und schaute an die Decke. Irgendjemand war auf die Idee gekommen, ein paar dicke Wasserflecke an der Decke mit Farbe zu übermalen. Das Holzgeländer wackelte schon beim bloßen Hinschauen. Ein Klebeband für Teppiche war an den Treppenabsätzen um das Holzgestänge gewickelt. Nur die schönen alten Kacheln aus der Jahrhundertwendezeit ließen den alten Glanz dieses Mietshauses ahnen. Der Wechsel von angenehmer Kühle im Haus und strahlendem Sonnenschein auf der Straße ließ Richterswil einen Schauer über den Rücken laufen. Schräg gegenüber hatte eine neue Eisdiele eröffnet.

»Original Italienisches Eis« war auf einer grellen Leuchtreklame zu lesen.

Richterswil kaufte sich ein paar Kugeln und ging zu seinem schwarz-grau gestreiften Dienstwagen zurück. Vielleicht traf er Neusiedl im mobilen Einsatzwagen an. Er musste ohnehin Ersatzmunition aus dem kleinen Tresor nehmen, wenn er in diesen Stollen einsteigen wollte. Vielleicht gab es diesen Stollen gar nicht. Er dachte an die einfache Zeichnung, die Nora ihm gegeben hatte. Nelkenplantage, dachte er. Warum hatte die Führungsspitze des SÖD diese Stasi-Typen nicht alle hingeschickt, wo der Pfeffer wächst? »Aktion ›Nelkenpfeffer‹ kann beginnen«, sagte er leise.

KAPITEL 14

»homo homini lupus est«
Titus Maccius Plautus (ca. 254 – 184 v. Christus),
römischer Komödiendichter, aus Komödie Asinaria

»Hast du diese Plakate gesehen?«, fragte Nora.

»Die ganze Stadt soll voll davon sein. Die müssen wie die Verrückten heute Nacht plakatiert haben«, erklärte Gabriele. »Die suchen schon seit Stunden nach den Tätern.«

»Bestes Klebematerial«, mischte sich Wurstkönig Waldner ein. »Die kriegen das Zeug kaum ab.«

»Sachbeschädigung«, sagte Cornelius Bucher, der sich auf der morgendlichen Fahrt nach Dresden neben Nora gesetzt hatte. »Damit ich euch alle besser kennenlernen kann. Jetzt habe ich so viel von der schönen Reise verpasst.«

»Die Nora hat eine ganze Fotosammlung«, hatte Leon Hofer ihm vor der versammelten Reisegruppe erzählt. »Die zeigt dir bestimmt die Highlights unserer bisherigen Etappen.«

»Sachbeschädigung?«, schrie Waldner. Sein Kopf lief hochrot an. »Goldrichtig ist das, was die gemacht haben. Das sind keine Täter, das sind Helden. Helden, sag ich dir, Cornelius. Die werden in die Geschichte eingehen für ihren Freiheitskampf.«

»Aber lieber Erich, der SÖD ist doch keine Diktatur«, ermahnte Tassilo.

»Ein Gesetzesdschungel ist das, der SÖD mitsamt seinem 4+4-Vertrag. Nicht genug, dass sich tausend Löcher für legal illegale Geschäfte bieten. Mussten die auch noch diese Stasi-Fritzen übernehmen.«

»Erich!«, rief Margret Waldner aus dem hinteren Teil des Busses. »Reg dich nicht auf, Schatz.«

»Da!«, schrie er weiter. »Stasi weg! SÖD auflösen jetzt! Nieder mit dem Unrecht! Gerechtigkeit für die Opfer! Ende des SÖD! Demokratie für alle!«

Nora hatte noch unzählige andere Texte auf den Plakaten in der Größe DIN A0 entdeckt.

»Das sind doch eindeutige Aussagen, die die Politiker trotz Scheuklappen verstehen müssen«, kommentierte der Wurstfabrikant.

»Eindeutig«, bestätigte Gabriele, die sich immer noch nicht ganz mit der endgültigen Enteignung ihrer alten Ländereien abgefunden hatte. »So viele alberne Punkte in diesem Vertrag. Undurchdachtes, undifferenziertes Zeug von Menschen, die nicht wissen, was ein Stück Land, was eine Ackerfurche und was Tradition sind.«

»Meine lieben Reiseteilnehmerinnen und Reiseteilnehmer«, sprach Leon Hofer ins Mikrofon. »Kein Grund zur Aufregung. Unsere Reise wird trotz dieser Plakataktion wie geplant fortgesetzt.«

»Als wenn Plakate je jemanden aufgehalten hätten!«, rief Waldner aus.

Nora lächelte Cornelius Bucher zu. Wie praktisch die Fotos doch für seine Tarnung waren, dachte sie. Aber war dieser Personenschützer wirklich noch nötig?

*

»Dieser Horst Attendorn hat heute Morgen bei uns angerufen und mir noch ein paar Daten durchgegeben. Der Stollen kann nicht so schwierig zu finden sein«, sagte Neusiedl.

»Willst du nicht wissen, was Oberst Volta gesagt hat?«

»Er hat gedroht, dir den Fall zu entziehen?«

»Kurz davor. Er lässt uns unbekannterweise freie Hand. Außerdem hat er vorm Minister gewarnt.«

»Diese Referenten geben gerne den Vorgesetzten die Schuld. Versteckt der sich einfach hinter einem Befehl, der Schlawiner.«

»Der hat Angst, dass sein Kopf rollt.« Richterswil schaute auf die Uhr. »Wir warten noch die Post ab und erzählen Matze, dass wir aus Ermittlungsgründen in ein Gartenlokal in Dresden fahren.«

»Zeit gewinnen!«

»Exakt, oder? Wenn es den Stollen gibt, gibt es vermutlich auch die Akten.« Richterswil entnahm dem Safe mehrere Päckchen Munition für seine SIG und für Neusiedls Glock. »Sollen wir eine Leuchtpistole mitnehmen?«

»Du denkst ernsthaft an einen Notfall?«

»Selbstschussanlagen oder Tretminen wird es im Stollen wohl kaum geben, aber …«

»Die Stasi hatte eine mehr als reiche Fantasie, um die Menschen zu schikanieren. Attendorn hat aber nichts von Sicherheitsmaßnahmen erzählt. Nur von Moos und Pflanzen und Erdreich.«

»Schaufel und Hacke!«

»Die müssen wir unterwegs kaufen.«

»Die Spesenstelle in Berlin wird mit Sicherheit wieder eine ausführliche Begründung haben wollen«, lachte Richterswil. »Hier gibt es für jeden Pups ein Formular.«

Ein Klopfen war an der Tür zu hören. Der schlaksige Aktenbote Matze steckte seinen Kopf herein. »Hallöchen, ihr beiden! Flurfunk! Die Presse hat von irgendwelchen Drillingen Wind bekommen. Aber absolute Infosperre, bis der Anruf aus dem Ministerium kommt.«

»Post?«

»Hier! Nicht viel!«

»Heute Nachmittag einfach in den Korb legen. Wir müssen noch einmal nach Dresden. Da hat einer der Mehrlinge früher gewohnt«, sagte Neusiedl, während Richterswil die Munitionsschachteln und die Leuchtpistole in der Mikrowelle versteckte.

»Noch irgendetwas auf dem Flurfunk zu hören?«, fragte Richterswil und füllte Wasser in den Wasserkocher.

»Es sollen mehr Soko SAO-Teams gebildet werden. Mit vier Ermittlern, damit die Transparenz beim Ermitteln größer wird.«

»Die machen sich doch lächerlich. Noch neutraler als wir kann doch gar keiner hier im Osten ermitteln«, sagte Neusiedl. Er legte Papiere und Stifte auf seinem Schreibtisch gerade.

»Ich muss weiter. Vielleicht hat es doch irgendwo ein Problem gegeben? Die Korruption auf den Ämtern soll seit der ersten großen Antragswelle auf Rückgabe der Grundstücke schlimmer sein als je zuvor.«

»Hä?«, rief Richterswil aus. »Was haben wir denn mit diesen Ämtern zu tun? Frechheit!«

Matze zuckte mit den Schultern. »Alles nur Flurfunk, nichts offiziell.« Dann war er verschwunden.

»Und jetzt raus hier, bevor uns jemand zuvorkommt«, sagte Richterswil, als er die Munition und die Pistole wieder aus der Mikrowelle nahm. »Heute Abend wissen wir, wer Bernd Wurm und Egon Sichel wirklich sind.«

Das Telefon klingelte.

»Sind wir noch da?«

Richterswil schüttelte den Kopf. »Die entziehen uns den Fall nicht. Nicht jetzt. Erst will ich den Drilling haben.«

»Und unser Funkgerät im Dienstwagen?«

»Funkloch. Dresden, das Tal der Sendungslosen. Von mir aus kann dieser Volta morgen Früh irgendwas von Ungehorsam quatschen. Am Ende wird wie immer das Ergebnis zählen und nicht die Ansicht irgendeines Bürohengstes.«

»Wackelkontakt im Gerät. Diese modernen Dinger haben doch immer ihre Macken. Ich kann gerne nachhelfen. Leiwand!«

»Oh? Unser verhinderter Doktor bastelt auch gerne?«

»Und besonders gerne geht er heute mit Hacke und Schaufel los.«

»Hartnäckig, der Herr Major«, kommentierte Richterswil.

»Hoffentlich setzt Volta keine Kollegen auf uns an.«

»Los jetzt! Die suchen uns bei Dresden, nicht im Thüringer Wald!«

*

»Köstlich, Kinder, köstlich!« Margret Waldner klatschte vor Begeisterung in die Hände. Sie legte sich mit der Gebäckzange das dritte Stück Dresdner Stollen auf den Teller. »Butter, Orangeat, Zitronat, Mandeln. Das ist so köstlich, da schmecke ich jede Zutat raus.«

»Backen und Wurst machen können die hier im Osten«, schloss sich Erich Waldner seiner Frau an. »Aber wir im Ruhrpott sind auch nicht von schlechten Eltern!«

»Echter Dresdner Stollen.« Tassilo Bender verdrehte verzückt die Augen. »Und das in Dresden.« Auch er nahm sich noch ein Stück Stollen.

Cornelius Bucher saß in der Nähe von Nora und beobachtete unauffällig ihre Umgebung. Von dieser Reisegruppe schien keine Gefahr für sie auszugehen. Bucher hatte jeden einzelnen Reiseteilnehmer der Gästeliste durchleuchtet. Kein Einziger hatte eine Vorstrafe. Zwei hatten ein Fahrverbot von einem und drei Monaten gehabt. Der junge Mann, der mit seiner Freundin im Partnerlook auftrat, hatte ein eingestelltes Jugendverfahren wegen Besitzes von Drogen gegen Zahlung einer Spende an die Staatskasse in seinem Register stehen. Nichts Außergewöhnliches. Sollte Nora in Gefahr sein, dann auf den Straßen, in Museen, in den Kirchen und abends im Hotelzimmer. Cornelius Buchers Zimmer grenzte direkt an das Zimmer von Nora an. Ruhige Kugel war für die kommenden Tage angesagt. Er sah keine Gefahr.

Nora biss in das dritte Stück Pralinenkuchen.

»Liebeskummer?«, fragte Gabriele. »Oder schwankst du jetzt zwischen deinem Matteo und unserem Neuzugang? Ihr seid ja ein Herz und eine Seele.«

»*Mein* Matteo? Da habe ich wohl etwas verpasst«, sagte Nora leise. »Findest du das nicht alles frustrierend? Diese Kirchenruine, diese Trümmerreste, diese Tristesse, und gleichzeitig ist alles so schön. So morbide schön.«

»In spätestens fünf Jahren erstrahlt das Elbflorenz im alten Glanz«, begeisterte sich Tassilo Bender. »Und wir sind live dabei, wie das Dornröschen aus dem Schlaf erwacht!«

»Und was ist an morbider Schönheit frustrierend?«, fragte Leon Hofer, der zufällig bei Noras Sätzen hinter ihr gestanden war.

»Dieses Gefühl, es nicht wirklich in Worte fassen zu können. Die fangen hier an allen Ecken gleichzeitig an zu sanieren. Frauenkirche, Zwinger und all die anderen historischen Bauwerke. Das ist so …«

»Das ist nicht fassbar. Weder mit Worten noch mit Gedanken. Und doch ist es der einzige Weg, der sich uns Humanisten bietet«, begann Tassilo Bender zu erklären.

»Der Tassilo. Immer ein bisschen schwülstig«, unterbrach Erich Waldner. »Wie gefallen denn unserem Humanisten die rollenden Imbiss-Buden in der Innenstadt? Pommes, Currywurst, Frühlingsrollen …«

»Auf geht's!«, unterbrach Leon Hofer die Diskussion um Dresdens Innenstadt. »Jetzt geht's weiter zur Schiffstour auf der Elbe. Ihr werdet Dresden mit anderen Augen sehen lernen!«

»Auf der Ruhr fahren keine Dampfer. Also los!«, rief Erich Waldner.

Cornelius Bucher hatte Nora über das Zimmertelefon gebeten, auf dem Schiff in seiner Nähe zu bleiben. Vom Ufer aus war sie eine perfekte Zielscheibe.

*

»Wir nehmen den Forstweg bis zur Nelkenplantage«, sagte Neusiedl. Er hatte den alten Straßenverkehrsatlas von Doreen aufgeschlagen.

»Du bist sicher, sie hat gesagt, dass sich seit den 60er-Jahren nichts geändert hat an diesen Wegen?«

»Ja. Wozu auch. Trabis und Wartburgs gab es doch kaum. Sozusagen autofreie Zone. Hypermodern. Nur mit der Luftverschmutzung haben die das nicht in Einklang gebracht.« Neusiedl blätterte im Atlas. »Leuna!«

»Können wir näher ran mit dem Auto?«

»Wenn die Straßen in diesem Atlas noch existieren sollten, dann geht es nach der befestigten Straße weiter.«

»Wir fahren so nah ran wie möglich. Unter der Rücksitzbank ist ein Tarnnetz.«

»Viel werden wir nicht mitnehmen können«, sagte Neusiedl. »Wir haben nur einen einzigen Kofferraum und die Rücksitzbank.«

»Wir wollen nur eine Akte. Und ein paar Fotos, um den Inhalt des Stollens zu dokumentieren. Den Rest überlassen wir großherzig dem Staatsschutz oder sonst wem«, lachte Richterswil. »Ich bin schon gespannt auf das Gesicht von Volta.«

»Links«, rief Neusiedl.

»Da ist kein Weg!«

»Doch. Unter Garantie. Auch wenn er seit Monaten nicht benutzt worden ist.«

»Steig aus und guck nach. Ein Achsbruch ist das Letzte, was wir jetzt brauchen können.«

Neusiedl öffnete die Tür. Er ging ein paar Schritte auf das Gestrüpp aus Ästen und halb verwucherten Büschen zu. Mit seinen bloßen Händen bog er die Zweige und Büsche zur Seite. Nach ein paar Metern war ein Weg im lehmigen Boden zu erkennen.

»Wie weit können wie laut diesem Atlas noch fahren?«, fragte Richterswil.

»Knapp ein bis zwei Kilometer.«

»Ich fahr durch. Über die Kratzer am Wagen kann sich morgen Volta Gedanken machen.«

»Ich höre schon die Vorwürfe, wie wir hier mit öffentlichem Eigentum und so weiter und so weiter!«

»Das war's, oder?«, sagte Richterswil.

»Auf jeden Fall, wenn wir nicht zu Fuß zurückgehen wollen«, bestätigte Neusiedl. »Da vorne, unter den beiden jungen Bäumen. Das passt für den Wagen perfekt.«

Richterswil stellte das Dienstfahrzeug unter einem niedrigen Blätterdach ab. »Taschenlampen nicht vergessen. Und jetzt das Tarnnetz drüber.«

»Ich habe den Rückspiegel beobachtet. Uns ist niemand gefolgt«, sagte Neusiedl.

»Aber die Reifenspuren könnten uns an jeden verraten, der den Weg zum Stollen kennt. Auf eine Auseinandersetzung mit einem ehemaligen Stasi-Mitarbeiter habe ich jetzt wirklich keine Lust.«

»Dir reichen die Toten?«

Richterswil nickte. »Wenn das jetzt ein Flop wird, stehen als Nächstes die ehemaligen Kollegen auf der Liste, oder?«

»Hacke, Schaufel, Glock sichern und ran an den Feind!«

»Da! Die Tür. Wir haben es geschafft!«, sagte Neusiedl, der vom Schaufeln und Aufhacken verkrusteter Erde völlig verschwitzt war.

»Immerhin, der Ort hat gestimmt. Der Eingang zum Stollen ist getarnt worden. Jetzt fehlt nur noch ein Aktenberg.«

Als das restliche Erdreich abgetragen war, war die Sonne hinter den Bäumen verschwunden. Richterswil setzte die Hacke wie einen Hebel an das alte Schloss. »Glock ziehen. Wer weiß, was da drinnen auf uns wartet.«

»Mit Sicherheit kein Fluch des Pharao, dessen Grabkammer wir gerade plündern«, grinste Neusiedl.

Mit lautem Krachen brach die Tür auf.

»Dann hätte ich gleich das Kettenschloss zerschießen können. Hoffentlich hallt der Krach nicht weit.«

»Wir müssen uns sowieso beeilen«, sagte Neusiedl und betrat vor Richterswil mit gezogener Waffe den Stollen. »Taschenlampe. Hier drin ist es stockduster. Tiefe Nacht!«

»Das ist mehr als dunkel. Was für ein Stollen ist das überhaupt? Silber, Erz, Heilklima?«

»Ist mir egal. Auf jeden Fall kalt, aber trocken.«

Nach wenigen Schritten schlug die Tür zum Stollen hinter den beiden Ermittlern zu.

»Egal, oder?«, sagte Richterswil. »Erst die Akte, dann wieder raus. Zur Not schießen wir uns ins Freie!«

Neusiedl hatte seine Waffe wieder eingesteckt und leuchtete mit zwei Taschenlampen den Boden vor ihnen ab, während Richterswil die Glock fest im Griff hatte.

»Gespenstisch hier. Fehlen nur noch ein paar Totenköpfe

oder ganze Skelette«, sagte Richterswil leise, denn ihre Stimmen hallten von den Wänden zurück.

»Da vorne müssen wir anfangen zu klettern. Ein paar Felsen.«

»Du zuerst, ich warte oben«, sagte Richterswil.

Neusiedl rutschte beim Klettern mit dem Fuß in eine Felsspalte.

»Alles noch klar bei dir?«, fragte Richterswil, der dem Major den Weg nach unten erleuchtete.

»Ich muss nur diese Felsbrocken zur Seite rücken. Hier!«, rief Neusiedl laut aus.

»Hä?«

»Die Akten liegen unter den Felsen. Wir müssen die Dinger zur Seite schieben.« Neusiedl begann, kleinere Felsbrocken nach unten zu werfen.

»Polter nicht so. Vielleicht ist doch noch jemand hier außer uns.«

»Ein zweiter Eingang?«, fragte Neusiedl. Er hielt eine erste Akte in der Hand. »Jahrgang 1959.« Er schlug die Akte auf. »Da sind Listen drin mit allen Namen aus dem Geburtsjahr 1959.«

»Jahrgang 1959?«

»Ja!« Neusiedl blätterte auf die zweite Seite. »Perfekte Ordnung. Die Daten sind nach dem Status der Eltern sortiert. Fahnenflüchtige, Kriminelle und andere DDR-Bürger!«

»Wir suchen ab Anfang bis Mitte 60. Dreimal dasselbe Geburtsdatum und derselbe Nachname. Das passt. Ein paar Fotos und raus. Den Rest soll die Kripo vor Ort sichern. Nicht mehr unser Bier.«

»Mit Sicherheit sind noch mehr Akten im Stollen.«

»Egal, oder? Wir brauchen nur die Drillinge.«

»Jahrgang 1958, 1957, 1956 und 1955. Das war's. Wir müssen wohl doch ganz runter!«

»Ich komme«, sagte Richterswil. Vorsichtig stieg er den Weg hinunter. Er leuchtete in einen langen Gang, in dessen

Mitte Ausbuchtungen zur rechten und linken Seite zu sehen waren. »Da. Ideal für ein Archiv.«

Mit wenigen Schritten waren die beiden Ermittler an ihrem Ziel.

Richterswil beleuchtete mit der Taschenlampe die Beschriftungen auf den Kisten.

Neusiedl ging den Gang bis zum Ende. »Hier geht es weiter nach unten. Massenweise Akten. Warum die wohl die 50er-Jahrgänge unter den Felsen oben deponiert haben?«

»Komm zurück. Schnell. Wir haben, war wir brauchen. Der Rest ist mir egal. Soll sich doch die Presse auf diesen Wahnsinn stürzen.«

»Ich mach noch ein paar Fotos. Zur Sicherheit. Nicht, dass Volta auf die Idee kommt, uns als Spinner zu bezeichnen und die Sachen unter Verschluss hält.«

»Bastian«, las Richterswil Neusiedl vor. »Inge und Otto Bastian.«

»Das sind die beiden, die an der Grenze erwischt worden sind. Tot. Da haben wir nicht weiter nachgeforscht. Keine Verwandten, nur Nachbarn.«

»Aber Kinder!«

»Die Drillinge?«

»Exakt. Mark, Tim und Stefan. Jahrgang 1965. Bernd Wurm. Egon Sichel. Guido Sandmann. Heimkind wie Bernd Wurm.«

»Wette gewonnen. Und jetzt raus hier.«

Richterswil und Neusiedl liefen den Gang entlang. Einige der Felsbrocken, die Neusiedl zur Seite gestoßen hatte, hatten die künstliche Konstruktion ins Wanken gebracht.

»Wie kommen wir da jetzt hoch? Ohne Seil?«, fragte Neusiedl.

»Weiche, wackelige Angelegenheit. Im Auto ist ein Seil. Einer von uns beiden muss rauf. Und sei es auf allen Vieren!«

»Ich bin ein paar Kilo leichter als du. Hier!« Neusiedl reichte

Richterswil Jacke, Halfter und Taschenlampe. Er steckte die Glock in den Hosenbund am Rücken. Dann begann er sich vorsichtig hoch zu tasten. Mit dem Fuß löste er einen kleinen Steinschlag aus.

Richterswil sprang nach hinten in den Gang zurück. »Willst du mich hier lebendig begraben? Vorsicht!«

Neusiedl hatte es geschafft. »Hier ist es stockdunkel. Komm an der Seite hoch, eng an der Wand. Das ist wie eine Treppe im Gestein. Du kannst sie mit der Taschenlampe erkennen.«

Richterswil unterdrückte einen Fluch. Er suchte mit der Lampe die Wand ab. »Ziemlich schmale Treppenstufen. Mal sehen!« Nach fünf Minuten auf den spitzen Felsbrocken, die Richterswil Millimeter für Millimeter ausgeleuchtet hatte, war auch er oben angelangt. Hinter ihm brach ein Getöse aus Steinen los.

»Nichts wie raus hier!«, rief Richterswil. »Zerstochene Reifen, zerbrochene Achsen und Seelen. Aus!«

*

»Eigentlich hatte ich gar keine Lust, aber hier ist es richtig lustig. Jetzt wo die Mauer gefallen ist«, sagte Nora.

»Lustig?«, fragte Cornelius Bucher. »Das liegt am Sekt. Aber so ist die Realität auch leichter zu ertragen.«

»Sag ich doch. Alles leichter, seit die Mauer weg ist.« Nora hatte nach dem vierten Glas Sekt in der Sektverkostung im Freilichtmuseum »DDR lebendig erlebt« einen Schwips. Sie hatte sich bei Cornelius Bucher eingehakt.

»Ihr habt jetzt zwei Stunden Zeit, auf eigene Faust über das Gelände zu gehen«, erklärte Leon Hofer. »Wir treffen uns im Anschluss wieder hier in der nachgebauten LPG-Kantine.«

»Ich habe keine Lust mehr«, sagte Gabriele. »Das ist doch alles grauenhaft. Reichen denn die 40 Jahre nicht aus?«

»Ich bleibe bei dir«, schloss sich Margret Waldner ihrer Ansicht an. »Ich laufe doch nicht durch dieses schreckliche Museum. Das haben wir alles schon von Erfurt bis Dresden gesehen.«

»Gibt es auf dem Gelände ein Café?«, fragte Erich Waldner.

»100 Meter und dann links ist ein original Eiscafé wie zu Zeiten der DDR. Vanille, Erdbeer und Schoko im Becher«, erklärte Leon Hofer. »Und Sekt!«

»Dann sind die Damen beschäftigt«, erklärte der Wurstfabrikant. »Und wir beide gucken uns jetzt eine LPG und eine Schlachterei an. Das hast du mir versprochen.«

Irgendwo begann ein Gockel zu krähen. Hühner und Gänse liefen über die künstlich angelegte Dorfstraße.

Leon Hofer ergab sich in sein Schicksal und begleitete Erich Waldner auf dem Museumsgelände zu dem Nachbau der volkseigenen Betriebsstätten der Fleisch- und Wurstproduktion.

»Und wir schauen uns die Dorfgrundschule und die kleinen Ferienlagerzelte der FDJ an«, sagte Cornelius Bucher zu Nora.

»Sekt gibt es da keinen?«, alberte sie.

»Nora feiert den Abschied vom Sozialismus und vom Osten«, lachte Tassilo Bender. »Ich hoffe, ich darf mich euch in Richtung Dorfgrundschule anschließen. Da gibt es mit Sicherheit auch eine Fahnenstange für den Fahnenappell.«

Cornelius Bucher hoffte, dass Nora es sich in den nächsten beiden Stunden bis zur Abreise in einem der Klassenzimmer gemütlich machen würde. Da war sie seiner Ansicht nach sicher. Und ein weiterer männlicher Begleiter wie Tassilo Bender konnte nicht schaden.

»Irgendwie ist es für mich wirklich wie eine kleine Befreiung. Die Abreise morgen Früh. Erst das Foto, dann …« Nora täuschte ein Husten vor. »Dann diesen vielen heruntergekommenen, schönen historischen Häuser. Kaputte Bausubstanz durch und durch. Wie konnten die denn nur so lange zusehen? Die Frauenkirchenruine hat mir den Rest gegeben. Das ist alles so deprimierend. Grau in Grau in Grau mit ein paar glitzernden Tupfern West-Konsum garniert. Beklemmung pur.«

»Aber Freiheit!«

»In Wien ist wieder alles vergessen«, kommentierte Cornelius Bucher Noras Redeschwall. Eindeutig ein Glas zu viel, dachte er. Die ist wirklich völlig verspannt.

»Mittlerweile wäre ich als Belohnung schon mit einer Kiste Sekt zufrieden.«

»Der Fall ist bestimmt bald geklärt«, sagte Cornelius Bucher. »Dieser Richterswil ist doch ein erfolgreicher …« Jetzt hustete auch er. »Ein erfolgreicher Kriminaler.«

»Woher weißt du das?«, fragte Tassilo Bender. »Kennst du ihn persönlich?«

»Ich?«, fragte Cornelius Bucher gespielt entrüstet. »Nein. Woher denn? Aber die Zeitungen sind doch voll von Berichterstattungen über die Arbeit der Sonderkommissionen SAO. Den Namen habe ich schon öfters gelesen.«

»Da stehen viele Name«, sagte der Studienrat. »Und den hast du dir gemerkt?« Misstrauisch beäugte er Nora und Cornelius Bucher.

»So ein Schweizer Name hier in der Zeitung im Osten, der merkt sich halt leicht, oder?«, äffte Nora den Oberstleutnant unbemerkt nach.

Cornelius Bucher grinste. »Spannend bleibt es bis zum Schluss. Schließlich ist schon eine Festnahme ein Flop gewesen, oder?«

»Ja, stand alles in der Zeitung«, sagte Tassilo Bender. Seine Gedanken über den neuen Reiseteilnehmer behielt er für sich.

Durch das offene Fenster drang die Stimme von Erich Waldner, der den Reiseleiter über die Produktionsleistungen der ehemaligen LPGs Löcher in den Bauch fragte.

»Ob wir die beiden SAO-Ermittler wirklich noch einmal wiedersehen?«, dachte Nora laut. »Schade wär, wenn nicht!«

*

Als Richterswil sich am Morgen nach dem Besuch im Stollen dem mobilen Einsatzwagen näherte, sah er bereits einen Pulk an Pressevertretern vor der Inspektion stehen. Die Fenster des Wagens waren in Kippstellung. Neusiedl musste schon da sein. »Frühsport im Park an der Ilm«, murmelte er vor sich hin. Richterswil gelang es, unbemerkt von der Presse in den Wagen zu steigen. Er prallte für einen Moment zurück. Oberst Volta saß auf seinem Stuhl.

»Guten Morgen, Oberstleutnant Richterswil. Ich hoffe, Sie hatten eine angenehme Nachtruhe nach der körperlichen Anstrengung gestern Abend?«

»Guten Morgen! Sie haben uns gefunden? Und Neusiedl hat Sie auf den neuesten Stand der Dinge gebracht?«

Volta nickte. »Das ist der letzte Alleingang. Wenn Sie noch einmal meinen Anruf ignorieren, weil Sie Angst vor einem Entzug des Falles haben, dann …«

»Das kann ich Ihnen versprechen«, lachte Richterswil. »Mit den Drillingen ist Schluss für mich im Osten!«

Volta hob die rechte Augenbraue und grinste schief mit dem linken Mundwinkel. »Das ist auch besser für die Reputation der Schweiz!«

Neusiedl grinste. »Der Oberst gibt gleich eine Pressekonferenz. Wir sollten daran teilnehmen.«

»Wie auch immer die Sache mit den Unterlagen …«

»Nelkenpfeffer«, sagte Richterswil und grinste.

»Nelkenpfeffer?« Irritiert schaute Volta ihn an.

»Sie brauchen doch einen schönen Namen für die ganze Geschichte, oder?«

Volta wiederholte leise den Namen »Nelkenpfeffer«. »In der Nähe ist früher eine Nelkenplantage gewesen, oder?«

Richterswil nickte. Sein Dienstvorgesetzter schien über alles informiert zu sein. Er lehnte an der kleinen Küchenzeile des Einsatzwagens.

»Sie haben Nerven. Morgen steht die ganze Welt hier auf der Matte. Die Presseleute da draußen werden das Ganze aufbauschen, und in Ost und West werden die Politiker nervös.« Volta schlug mit der Faust auf den Tisch.

»Solange sie nur nervös werden.« Neusiedl unterdrückte ein Grinsen. Sie hatten die Beweise für einen DDR-Kinderheimskandal aufgedeckt. Der Fall Schwarz war kurz vor dem Abschluss, und der Referent aus dem Ministerium hatte nichts anderes im Kopf als die Politiker in Ost und West. »Sie haben die Wirtschaftsbosse und Großindustriellen vergessen«, entwich es seinem Mund.

Von Volta war ein genervtes Aufstöhnen zu hören.

»Nicht unsere Schuld«, verteidigte Richterswil die Aktion. »Wir haben nur die Unterlagen der Drillinge gesucht. Wie das Ganze an die Presse gelangt ist …?« Er zuckte mit den Schultern.

»Vermutlich hat euer Informand sich bereits von der Presse gut bezahlen lassen. Dem wird die staatliche Belohnung nicht hoch genug sein«, sagte Volta leise.

Richterswil dachte an Noras Bemerkung über ihre geldgierige Tante. Woher nur hatte Volta seine Informationen? Ob dieser Einsatzwagen verwanzt war? Er schüttelte sich. Das waren die Anfänge des Verfolgungswahns. Zeit, nach Hause an den Zürichsee zu kommen.

*

Müde blinzelte Guido in das grelle Sonnenlicht. Zwei Stunden hatte er heute Morgen für das Ausmisten der Kälberställe gebraucht. Statt auf dieser unwirtschaftlich organisierten landwirtschaftlichen Produktionsgenossenschaft zu arbeiten, sollte er studieren. Aber seit er sich damals im Kinderheim der Aufforderung des Schwarzen Peters widersetzt hatte, die anderen Jugendlichen zu bespitzeln, war sein Schicksal besiegelt gewesen. Peter Schwarz war für ihn einer der menschlichen Auswüchse, die dieses verfluchte System des Sozialismus hervorgebracht hatte. Ein Opportunist, der sicherlich auch im Dritten Reich eine glänzende Karriere gemacht hätte. Guido lachte laut auf. »Karriere!«, rief er den Kälbern zu. »Dass ich nicht lache. Dieser Idiot macht für die da oben die Drecksarbeit, so wie ich hier Drecksarbeit für das Volk mache. Eigentlich müsste ich doch stolz sein. Volkseigener Betrieb – hier gehört alles mir, weil ich Teil der arbeitenden sozialistischen Gesellschaft bin. Ich bin hier der Schlossherr.«

»Guido!«, fauchte eine scharfe Frauenstimme. Ariane Strohschmitter stand vor ihm. Sie war die Leiterin dieser LPG und Guidos guter Geist. Ohne sie wäre er als Jugendlicher drei Mal auf nimmer Wiedersehen im gefürchteten Werkhof verschwunden. »Wie oft habe ich dir gesagt, dass der Stall Ohren hat? Du musst den Mund halten, wenn du hier noch lange in Ruhe leben willst. Die holen dich eines Tages ab, und wir werden nie erfahren, wo sie dich hingebracht haben.«

»Es tut mir leid«, sagte Guido leise. »Ich werde dir keine Schwierigkeiten machen. Das verspreche ich dir.«

»Je mehr du dich anpasst, desto größer sind deine Chancen auf einen Studienplatz.«

»Was soll ich studieren? Melktechnik und Agrar-Ökonomie?«

»Das habe ich auch!«, sagte Ariane mit einem wütenden Unterton. »Für wen hältst du dich? Für den Prinzen der LPG?

Wir arrangieren uns alle. Oder glaubst du, die im Westen kommen vorbei und befreien uns?«

»Ewig halten die uns hier nicht fest.«

»Fang bloß nicht mit romantischen Fluchtideen an. An der Grenze ist Schießbefehl.«

»Und? Was habe ich zu verlieren?«

»Mich zum Beispiel!«, lachte Ariane. »Im Westen gibt es niemanden, der für dich die Kastanien aus dem Feuer holt. Da drüben bist du auf dich allein gestellt. Hier sind wir für dich da, die Gemeinschaft. Du hast ein Dach über dem Kopf, eine Arbeitsstelle und das Kollektiv.«

Guido grinste. »Schön hast du das gesagt. Das klingt wie aus dem Lehrbuch für Staatsbürgerkunde auswendig gelernt.«

»Halt doch einfach den Mund. Du gefährdest uns doch alle«, sagte Ariane leise. »Außerdem hat der Schwarze Peter sich nach dir erkundigt. Reiß dich doch zusammen, dann wird dein Leben auch leichter.«

Bei diesen letzten Sätzen war Guido zusammengezuckt. Er war innerlich ein Häufchen Elend, doch das würde er vor Ariane nie zugeben. Nie würde er ihr von der Flucht seiner Eltern in den Westen erzählen. Nie würde sie erfahren, dass seine Eltern ihn alleine zurückgelassen hatten. Und nie würde sie erfahren, dass Schwarz ihn damals gegen eine kleine Gefälligkeit vor dem Werkhof bewahrt hatte. Aber nie, nie wieder würde er sich zu etwas hinreißen lassen. Einmal war kein Mal, und das Schlimmste, was er angerichtet hatte, war der Ausschluss seiner Jugendliebe Tanja vom Studium. Sie hatte nie erfahren, dass er sie wegen ihrer Kontakte zu ihrer Tante in den Westen angeschwärzt hatte. Seit damals hatten sie sich aus den Augen verloren.

»Ich werde mich auf der LPG-Feier am Wochenende von meiner besten sozialistisch-proletarischen Seite zeigen«, versprach Guido.

»Ich hoffe für uns alle, du meinst das ernst, sonst ziehst du ihn, den Schwarzen Peter!«

*

»Schaut nur!«, rief Leon Hofer aus. Er legte einen Stoß dünner Tageszeitungen, auf denen »Sonderausgabe« und »Extrablatt« stand, mitten auf den langen Tisch, der für die Reisegruppe im Hotel »Wiener Wald« reserviert war.

»Nora auf Seite 1?«, fragte Erich Waldner lautstark. »Die könnten allmählich mal die Belohnung rausrücken.«

»Ist denn schon klar, was sie bekommt?«, fragte Margret Waldner.

Nora saß bereits mit einigen anderen Reiseteilnehmern am Mittagstisch, als das Ehepaar Waldner kurz nach Leon Hofer den Speisesaal betrat. Sie hatte die halbe Fahrt im Bus verschlafen und war nach der Ankunft eine Runde im Außenpool des Hotels geschwommen. Endlich hatte sie zu ihrem Rhythmus gefunden, dachte sie. So spannend die Eindrücke in den neuen Ländern waren, es war für sie eher eine Reise hinter den alten Eisernen Vorhang als ein Besuch in einem freien Land gewesen. An zu vielen Ecken lugte noch der sozialistische Mief hervor. Die Menschen schwankten zwischen euphorischer Hoffnung und Angst vor der ungewissen Zukunft und der wiedererstarkenden Macht der alten Stasi. Doch der Blick aus ihrem Hotelzimmer über Wien hatte ihr Herz befreit. Diese altbekannte leichte Beklemmung auf der Brust hatte der Wiener Charme weggezaubert. Auch der österreichische Sekt schmeckte besser, dachte sie. »Quatsch!« Nora schüttelte über sich selbst den Kopf.

»Herrlich grün hier!«, rief Erich Waldner aus. »Also diese Wiener …« Er brach seine Ausführung über Wien und die Wiener ab. »Das ist der helle Wahnsinn.«

Nora drehte den Kopf in Richtung der Tageszeitungen. Sie konnte gerade noch die Schlagzeile »Stasi-Aktenarchiv gefunden – Wackelt der SÖD?« Dann waren die Zeitungen auch schon vergriffen.

»Leon!«, rief sie. »Was ist denn los im Osten? Was steht in den Zeitungen?«

»Du hörst doch sonst schon unter der Bettdecke Radio«, begrüßte Gabi die Anwesenden. »Der Skandal ist perfekt! Jetzt geht es dem 4+4-Vertrag und dem ganzen Unrecht an den Kragen.«

»Leon!«, rief Nora erneut.

Der Reiseleiter setzte sich auf den freien Platz neben Nora. »Das Ermittler-Team der Soko SAO III hat nach einem anonymen Hinweis ohne Abstimmung mit dem Ministerium außerhalb seiner Kompetenzen in staatsgefährdenden Akten geschnüffelt. Irgendein Stollen.« Süffisant grinste er Nora an.

»Hier! Ich lese vor!« Erich Waldner hatte sich hinter Nora gestellt. »Nelkenpfeffer-Akten – die geheimen Dossiers der Stasi! In einer Nacht-und-Nebel-Aktion hat die Soko SAO III im Thüringer Wald ein geheimes Lager der Stasi entdeckt. Neben Unterlagen über zwangsadoptierte Kinder sollen nach Information eines Referenten des Ministeriums für Innere Sicherheit und Grenzschutz auch Materialien über die Zusammenarbeit der Stasi mit ausländischen Nachrichtendiensten und Wirtschaftsunternehmen gefunden worden sein. Die Auswertung der gefundenen Unterlagen wird viele Wochen, wenn nicht Monate in Anspruch nehmen. Nach dem jetzigen Erkenntnisstand handelt es sich um eine komplett erhaltene Dokumentation – im Gegensatz zu den in Berlin und Leipzig sichergestellten Resten aus den Aktenschreddern.« Erich Waldner strahlte über das ganze Gesicht. »So was haben wir gebraucht!« Er jubelte wie ein kleines Kind.

»Steht denn nichts über unsere Nora in den Zeitungen?«, fragte Gabi.

Cornelius Bucher stellte sich neben Erich Waldner. Er hielt eine Sonderausgabe eines Boulevardblattes in der Hand. »Seit dem Hinweis auf den Täter im Mordfall Park an der Ilm von Nora A., der Reiseteilnehmerin einer Kulturreise, haben sich die Ermittlungen überschlagen. Das Foto führte zu einem Drillingsbruder des mutmaßlichen Täters. Zunächst konnte nur ein Zwilling gefunden werden. Bei den drei Brüdern soll es sich um Abkömmlinge der Eheleute Bastian handeln, die bei einem Fluchtversuch an der Grenze festgenommen worden waren. Beide sind in Gefängnissen der DDR gestorben.«

Gabi schrie laut auf. »Bastian. Das könnten meine Großneffen sein!« Sie schnappte nach Luft. »Vielleicht war mein Onkel gar nicht verschollen? Er hat in der DDR gelebt, und sein Sohn ist bei einem Fluchtversuch festgenommen worden!«

»Wilde Theorie«, kommentierte Tassilo Bender, der sich auch zu Nora gestellt hatte.

»Schicksalsironie!«, rief Frau Waldner, nachdem sie herzhaft in ein Stück Sachertorte vom Dessert-Buffet gebissen hatte. »Das ist wie im Roman. Diese Schiwago-Story gehört zu meinen Lieblingsfilmen!«

»Und die Drillinge sind im Heim aufgewachsen! Vielleicht sogar auf Gut Karenhall!« Sie sank kreidebleich vom Stuhl. Ein zufällig anwesender Arzt kam von einem der Nachbartische herbeigeeilt und brachte die langsam wieder zu sich kommende Gabi auf ihr Zimmer.

Cornelius Bucher las ungerührt weiter vor. »Dank eines anonymen Hinweises aus der Bevölkerung wurde der kurz vor dem Mauerfall mit Akten gefüllte Stollen wiederentdeckt.«

»Jetzt geht es rund!«, erklärte Waldner theatralisch. »Die Demos und Plakate, die wir in den letzten Tagen gesehen haben. Das war erst der Anfang. Ich prophezeie euch, wir erleben im SÖD den Generalstreik. Die Stasi wird aus allen Ämtern gejagt!«

Der Lärm aufgeregter Diskussionen schwirrte durch den ganzen Saal.

Nora machte ihrem Personenschützer ein Zeichen. Sie wollte unter vier Augen mit ihm sprechen. Wie geht es jetzt weiter? Was passiert als Nächstes?, überlegte sie.

KAPITEL 15

»Seele des Menschen, Wie gleichst du dem Wasser!
Schicksal des Menschen, Wie gleichst du dem Wind!«
Johann Wolfgang von Goethe (1749 – 1832)
aus Gesang der Geister über den Wassern (1789)

Richterswil beförderte die Tageszeitung und die Pressemappe aus dem Postkasten direkt in den Papierkorb. »Schade um die Bäume, die für diesen nichtssagenden Dreck gefällt wurden.«

»Immerhin wacht die Bevölkerung bei der Berichterstattung auf«, sagte Neusiedl. Er fischte die Tageszeitung aus dem Müll. »Das große Politikerzittern hat gerade erst begonnen. Welche Namen tauchen in den Akten um das schmutzige Geschäft mit den zwangsadoptierten Kindern auf? Gab es geheime Nummernkonten in der Schweiz oder auf den Bahamas zur Abwicklung des dreckigen Geschäfts? Stecken Waffenhändler hinter den Transaktionen? Waren die Kinder nur Scheingeschäfte? Fragen über Fragen, auf die wir die Antworten vielleicht erst in den kommenden Jahren finden werden. Eines ist aber sicher: Die Nelkenpfeffer-Akten werden die Geschichte neu schreiben und unsere Vorstellungen von Recht und Gerechtigkeit in ihren Grundfesten erschüttern. Unsere Welt von Morgen wird eine andere sein und …«

»Schluss! Hör auf!«, unterbrach ihn Richterswil. »Das sind Plattitüden, Leerplätze.«

»Rütteln aber wach, diese Plattitüden! Skandal!«

»Wenn die alle aufwachen würden, hätte uns einer schon verraten können, wo sich Guido Sandmann versteckt hält.«

»Wir haben alle seine Stationen. Das Kinderheim auf Gut Karenhall, die LPG bei Dornburg und seinen letzten offiziellen Wohnsitz in Ost-Berlin.«

»Und dann verliert sich jede Spur. Keiner hat ihn gesehen. Keiner weiß, was er mit seinem Leben vorhatte. Nur ein Antrag auf Frührente, Zustelladresse in Ost-Berlin.«

»Frührente«, sagte Neusiedl gedehnt. »Begründung: seelische, irreparable Spätfolgen, Hospitalisation, Kinderheim und Zwangsarbeit auf der LPG.«

»Der hat wie Wurm keinen Studienplatz bekommen«, sagte Richterswil. »Nur Sichel. Ausgerechnet der mit den Akademiker-Eltern. Je länger wir uns mit dem Leben in der DDR beschäftigen, desto weniger Unterschiede fallen mir auf. Menschen sind doch alle korrupt – in jedem System.«

»Sonst hätten wir vermutlich nie von der Existenz des Stollens erfahren«, sinnierte Richterswil. »Möchte wissen, wie viel die Presse an die Attendorns gezahlt hat.«

Neusiedl zuckte mit der Schulter. »Viel Geld!« Er warf die Tageszeitung zurück ins Altpapier. »Was hältst du von dieser Ariane Strohschmitter?«

»Diese ehemalige LPG-Leiterin, von der alle behaupten, dass sie ein Verhältnis mit Sandmann hatte?«

»Genau die!«

»Wir haben Steglitz falsch eingeschätzt, Barbara Schwarz ist in manchen Punkten noch zu undurchsichtig. Aber die Aussage dieser Strohschmitter klang plausibel.«

»Sie soll ihn schon früher gedeckt haben«, überlegte Neusiedl. »Er ist überall angeeckt, hat alle provoziert mit seinem Hass auf den Sozialismus.«

»Sympathischer Charakter. Nur leider unser mutmaßlicher Mörder.«

»Wenn die Leitung der LPG Sandmann näher gestanden ist als den anderen Mitarbeitern …«

»Nicht alle waren zwangsweise dort eingesetzt.«

»Weglaufen konnte aber keiner. In dem Land stand jeder Winkel unter Beobachtung. Der wäre überall aufgefallen.«

»Interessierst du dich nach einer Trennung noch für deine Verflossene?« Richterswil schlug die Ermittlungsakte auf. »Ohne die Presse hätte Volta uns den Fall entzogen. Das wagt er jetzt nicht. Hat alles seine bösen und guten Seiten im Leben.«

Neusiedl schrie leise auf. »Die Idee: die Medien!« Er griff zum Telefonhörer.

»Wen rufst du jetzt an?«

Neusiedl legte seinen Finger an den Mund.

Richterswil hob in Folge seinen Finger an die Stirn.

»Hier ist der Ulli. Servus! Ja genau, der Neu-Ostler«, begrüßte Neusiedl den Richterswil Unbekannten am anderen Ende der Leitung. »Sag einmal, ich habe doch noch etwas gut bei euch?« Neusiedl holte tief Luft. »Ihr habt auch schon von dem Drillingsfall gehört? Wie? Der geht durch alle Agenturen der ganzen Welt? So was!« Neusiedl hob den Daumen in Richtung Richterswil. »Exakt. Das passt! Morgen Abend sind wir bei euch in der Sendung. Dann könnt ihr die Drillinge als Aufmacher bringen mit dem Leiter der Soko SAO III höchstpersönlich. Na klar! Ja, Servus!« Neusiedl legte den Hörer auf.

»Wo sind wir morgen Abend?«, fragte Richterswil. »Fernsehen? Radio? Das müssen wir mit Volta abstimmen.«

»Das war ein Studienfreund von mir. Der Hansi. Redakteur bei ›Ermittlungsakte HEUTE‹.«

»Und?« Richterswil brach in schallendes Gelächter aus. »Meinetwegen. Dann haben wir ihn – wenn er nicht auf Kuba Cuba Libre trinkt und über die Schlagzeilen in der internationalen Presse lacht.«

*

Nora stand am offenen Fenster im Schloss Schönbrunn. Sie schaute in den Park. Nein, Prinzessin oder Kaiserin will ich nicht sein, dachte sie. Schade um die vielen ungenutzten Räume. Und komfortabel hatte Sissi es auch nicht. Kein Wunder, dass diese Kaiserin so versessen auf Sport war. Was hatte sie denn sonst, außer ihrem Mann, an Herausforderungen, die für sie einen echten Reiz darstellten? Und dann die vier Kinder. Nora grinste. Sie hätte zu gerne gewusst, ob es neben den offiziellen Prinzen und Prinzessinnen noch eine ganze Schar an unehelichen Bälgern des Kaisers gegeben hatte. Aber davon stand nie etwas in den offiziellen Geschichtsschulbüchern. Da standen nur langweilige Geschichtszahlen. Wie wohl die Geschichte des Sommers 1991 in 20 oder 25 Jahren dargestellt werden würde? Würden in den Schulbüchern im Jahr 2011 oder 2017 oder 2030 Bilder mit grauen Häuserfassaden und blinkenden Neonleuchtreklamen zu sehen sein? Bilder von Bank-Containern und riesigen Freiflächen voller alter Gebrauchtwagen? Bilder, über die die Kinder staunen würden, wie sie selbst als Kind über die Bilder des zerstörten Nachkriegsdeutschlands gestaunt hatte? Bombenkrater, schoss es Nora durch den Kopf. Der Bombenkrater war völlig in Vergessenheit geraten. Sie lachte laut auf. Nur wenige Tage im Osten hatten gereicht, und sie hatte sich diese stoische Lebenseinstellung angenommen. Ändern konnte sie nichts, warum sollte sie sich dafür interessieren?

Gabriele Karenhall hatte nach dem Schwächeanfall auf die Stadttour durch Wien und den Besuch des Schlosses verzichtet. Die Waldners hatten die Tour mit der Kutsche fortgesetzt. Tassilo Bender hatte sich für das Technische Museum entschieden. Nur eine Handvoll Reisende hatte an diesem heißen Tag Lust auf den Rundgang im Schloss gehabt.

Leon Hofer betrat mit diesen Reisenden den Saal.

»Du sollst doch nicht …«, zischte Cornelius Bucher.

»Was soll denn jetzt noch passieren?«, fragte Nora leise. »Die Daten der Drillinge sind bekannt. Die ganze Welt weiß von den Nelkenpfeffer-Akten. Das war's.«

»Die ganze Welt steht Kopf. Dein Onkel und deine Tante sind an einen geheimen Ort gebracht worden, weil es die ersten Drohungen gab.«

»Aber von mir weiß doch niemand etwas.«

»Bist du sicher?«, fragte Cornelius Bucher. »Richterswil traut denen aus dem Ministerium nicht über den Weg. Ständig sickern Informationen durch und …«

Nora lachte. »Und?«

»Und außerdem reißt Richterswil mit höchstpersönlich den Kopf ab, wenn dir etwas passiert!«

Nora wurde rot im Gesicht. »Blödsinn!«, entfuhr es ihr.

»Kommt ihr beiden Turteltauben auch?«, rief Leon Hofer.

Cornelius Bucher zog Nora mit sich in den angrenzenden Raum, in dem der Reiseleiter bereits die Wanddekoration erklärte.

Als Nora mit dem Rest der Reisegruppe wieder im Hotel »Wiener Wald« eintraf, wartete Gabriele schon in der Eingangshalle. Sie saß adrett und damenhaft gekleidet, als sei nichts geschehen, in einem dick gepolsterten Fauteuil an einem flachen Glastisch. »Nora! Hier!«

Nora winkte vom Empfang, während sie auf ihren Zimmerschlüssel wartete.

»Wir sind eingeladen heute Abend«, rief Gabriele.

»Wieso?«, fragte Nora. »Wir haben doch für Karten für das Stück im Theater an der Wien.«

»Vergiss es«, sagte Gabriele.

»Bitte? Das ist nicht die Ernst!«

»Doch! Oberstleutnant Richterswil und der Major sind heute in Wien.«

»Und deswegen gehen wir nicht ins Theater?« Nora überlegte, ob Gabriele nach den Infos aus dem Zeitungsartikel einen ernsthaften Schaden genommen hatte.

»Die Soko SAO III ist heute Abend mit dem Drillingsfall im Fernsehen. Eurovisionssendung ›Ermittlungsakte HEUTE‹. Verstehst du?«

»Livesendung. Auch nicht schlecht«, sagte Nora. »Und danach gehen wir aus. In eine Bar! Feiern!« Ihr Herz schlug bei dem Gedanken an Matteo höher.

»Gute Idee!«

»Dann werden wir jetzt schauen, was der Koffer noch hergibt. Sonst muss ich noch eine ganz kurze Shopping-Tour einlegen.«

»Aber nicht alleine«, flüsterte Cornelius, der leise hinter Nora getreten war.

In diesem Moment fasste Nora einen Plan, wie sie Bucher abhängen wollte. Es musste doch möglich sein, für eine Stunde ungestört die Boutiquen Wiens zu durchstöbern, dachte sie.

*

»Wir begrüßen unsere Zuschauer in den Ländern des SÖD!«

Gebannt schaute Nora auf den Moderator der Sendung, einen drahtigen Mittdreißiger aus Hamburg, der die Sendung erst vor einem halben Jahr von einem Wiener Kollegen übernommen hatte. Hans Hansen war promovierter Kriminologe. Er hatte selbst die Grundausbildung bei der Hamburger Polizei durchlaufen und war dann nach dem Studium zum Journalismus gewechselt. Matteo hatte ihr erklärt, dass die Soko SAO III als erster Fall des Abends vorgestellt werden sollte. Die Sendung »Ermittlungsakte HEUTE« präsentierte einmal in der Woche ungeklärte Fälle aus allen Teilen des losen Staatenbundes. Bei Gewaltverbrechen und Vermisstenfällen aus allen Regionen der Länder von den Halligen bis in das kleinste Bergbauerndorf wurde die Bevölkerung zur Mithilfe aufgerufen.

»Spannend hier im Studio, oder?«, flüsterte Gabriele.

Nora nickte. Vor Beginn der Sendung hatte Hansen persönlich zu einem kleinen Umtrunk geladen. Vor dem Studioeingang standen runde Stehtische mit Saft, Wasser und Wein sowie Salzgebäck. Hansen hatte dann noch einmal erklärt, dass während der Sendung nicht nur wegen der Liveübertragung, sondern auch wegen der eingehenden Telefonate Ruhe herrschen musste. Deswegen waren auch Jugendliche grundsätzlich nicht zugelassen.

»Wir stellen Ihnen heute einen Fall vor, den Sie wahrscheinlich alle schon aus der Presse der letzten Tage kennen.« Hansen drehte sich zu einer großen Schautafel. Er nahm eine Fernbedienung vom Tisch. »Der Drillingsfall. Vor einer Woche wurde im Park an der Ilm in Weimar zur Mittagszeit Peter Schwarz erschossen. Der Täter konnte unerkannt fliehen. Durch die unermüdliche Polizeiarbeit der Soko SAO III wurden innerhalb von Stunden die Tatwaffe und der mutmaßliche Täter gefunden. Doch schnell stellte sich bei dieser ersten Verhaftung heraus, dass es sich bei dem Mörder um einen weiterhin flüchtigen Drillingsbruder des Festgenommenen handeln musste. Fahndungsfotos in allen Polizeidienststellen des SÖD führten dann zu einem weiteren Hinweis.«

Raunen war im ganzen Raum zu hören.

»Meine lieben Zuschauer daheim an den Bildschirmen. Sie erleben hier im Studio live die Aufregung der letzten Tage mit. Es geht um die Entdeckung des Jahrzehnts – die Nelkenpfeffer-Akten.«

Trotz der Bitte Hansens um Ruhe im Studio, begannen die Zuschauer zu klatschen. Zwei Assistenten hielten Schilder mit der Aufschrift »RUHE« hoch. Die Hitze der Deckenscheinwerfer war unerträglich, und das bereits zu Beginn der Sendung.

»Ich freue mich, jetzt im Studio Oberstleutnant Richterswil begrüßen zu dürfen.«

Richterswil stand von einem der Telefonplätze im hinteren Bereich des Studios auf. Nach ein paar einführenden Sätzen zum Fall wurde Noras Foto vom Täter an die Schauwand geworfen. Die beiden bereits gefundenen Brüder hatten sich bereit erklärte, aktuelle Fotos von sich zur Verfügung zu stellen, sodass die Zuschauer sich ein Bild von dem ungefähren Aussehen des Drillings machen konnten.

Nach ein paar unterhaltsamen Sätzen über die Entdeckung des Stollens und die Hoffnung vieler ehemaliger Heimkinder, die unter falschem Namen aufgewachsen waren, nun ihre leiblichen Eltern zu finden, bat Richterswil noch einmal persönlich um die Mithilfe der Zuschauer im ganzen Land.

»Rufen Sie uns heute live in der Sendung an. Die Leitungen sind bis zwei Uhr in der Nacht offen. Auch ich werde persönlich Ihre Gespräche entgegennehmen.«

Dann wurde auf der Tafel die Nummer des Studios mit den vier Durchwahlen der Soko SAO III eingeblendet.

Hansen schaute Richterswil hinterher, der sich wieder an seinen Telefonplatz begab, und wandte sich dem Publikum zu. »Für alle sachdienlichen Hinweise gibt es auch eine Belohnung.«

Nora versuchte, sich auf den weiteren Verlauf der Sendung zu konzentrieren, doch ihre Blicke wanderten immer wieder zu Matteo Richterswil. Wollte sie mehr als einen Flirt? Würde er sich auf mehr einlassen? Aus den Augenwinkeln sah sie, dass sowohl Gabi als auch Cornelius sich trotz der angekündigten brisanten, grausamen Fälle von Totschlag über Vergewaltigung bis Callgirl-Ring entspannt zurückgelehnt hatten. Um nicht weiter aufzufallen, lehnte auch Nora sich zurück.

Gegen Ende der Sendung kündigte der Moderator wie immer die ersten Zwischenergebnisse an. Auch die Soko SAO III hatte Glück gehabt. Mehrere Anrufer glaubten, Guido Sandmann in der Region um Weimar gesehen zu haben.

»Also kein Drink in der Bar«, flüsterte Nora. »Die nehmen den Nachtflug zurück nach Weimar. Schade!«

»So schlimm?«, fragte Cornelius leise.

Da die Zuschauer in der Reihe hinter ihnen unisono »Sch!« hauchten, war das Thema vorerst erledigt.

Als Nora als eine der Letzten das Aufnahmestudio verließ, steckte ihr einer der Assistenten, von denen unzählige im gesamten Studiobereich umherliefen, einen Umschlag zu.

»Wir sehen uns in Zürich, versprochen! Mussten leider sofort weg. Pass auf dich auf. Matteo«, las Nora. Ein Krampf der Enttäuschung machte sich in ihrer Magengrube breit, doch sie lächelte Gabi und Cornelius zu, die bereits die Jacken aus der Garderobe geholt hatten.

»Meine Damen! Jetzt geht es in einer der angesagtesten Bars von Wien. Die Waldners warten schon auf uns. Kleiner Absacker, und dann zurück ins Hotel. Morgen Früh geht es los zur Wanderung in die Weinberge. Mit Weinverkostung.«

»Und was schreibt dir die Soko SAO?«, fragte Gabriele neugierig. »Steht jetzt die Höhe der Belohnung fest? Die hätten dich in der Sendung wenigstens erwähnen können. Da gibt es doch so eine Auszeichnung für Zivilcourage einmal im Monat bei ›Ermittlungsakte HEUTE‹. Schließlich hätten die ohne dich bis heute keine Ahnung von den Drillingen.«

*

Ariane Strohschmitter starrte entsetzt auf die Wand im Schlafzimmer. Vergilbte Fotos, alte Zeitungsartikel über eine missglückte Fahnenflucht, zwei Todesurkunden mit den Namen Inge Bastian und Otto Bastian, gestorben an Lungenentzündung und Herzinfarkt im Gefängnis, Teile einer Stasi-Akte und ein Foto eines Mannes, der ihr irgendwie aus der Presse bekannt vorkam. In der Mitte des Fotos steckte ein Fleischermesser im Foto. Über dem Foto stand in dicken schwarzen Buchstaben »Das Schwein ist tot«. Auf dem Bett war ein Kinderkartenspiel bunt verstreut. Sie entdeckte die Karte »Schwarzer Peter« zwischen Fotos, die ihr das Blut in den Adern gefrieren ließen. »Peter Schwarz, der Tote aus dem Park«, murmelte sie entsetzt. Links und rechts der Spielkarte hingen Fotos von zwei Männern, die ihrem langjährigem Freund Guido Sandmann zum Verwechseln ähnlich sahen. Einer der Männer trug einen blauen Arbeitsanzug, der anderen einen weißen Kittel, um den Hals ein rotes Stethoskop. Neben den scheinbar aktuellen Fotos hingen zwei Fotos der Männer im FDJ-Hemd, ein paar Jahre alt – zum Verwechseln ähnlich. Jetzt sah sie zwischen den restlichen Spielekarten des Kinderquartetts ein Hochzeitsfoto. Ein junges Paar vor einer HO-Gaststätte. Er in Uniform der NVA, sie in weißem Kleid mit einem Strauß roter Nelken in der Hand. Ariane versuchte ruhig zu bleiben, aber auch nach zehn Jahren LPG-Führung, die ihr alles an Nervenkraft abverlangt hatte, fühlte sie sich in diesem Moment überfordert. Wie oft hatte sie Guido vor Repressalien der Stasi schützen müssen? Warum hatte er nie den Mund halten und auf sie Rücksicht nehmen können? Sie zog die Schubladen des Nachttischs heraus, riss die Türen des Kleiderschranks auf. Sie versuchte, alles auf einen Blick zu erfassen. Ein Flugticket nach Bangkok für übermorgen. Die Reisetasche stand gepackt im Schrank. Von Guido keine Spur. Mit Sicherheit hatte auch er gestern Abend »Ermittlungsakte HEUTE« geschaut. Oder die Schlagzeilen der Boulevardpresse beim Joggen gelesen. Wie sollte sie den beiden

Kommissaren erklären, dass der Guido, den sie angeblich seit rund einem halben Jahr nicht gesehen hatte, in der alten Datsche ihrer Eltern wohnte? Sie musste ihren Vater erreichen. Irgendeine Geschichte mussten sie erfinden. So wie sie immer gelogen hatten in all den Jahren. Sie war zerstritten mit ihren Eltern. Danach hatten die Fahnder sie nicht gefragt. Und sie hatte nichts von Guido gewusst. Ihre Fingerabdrücke und sonstigen Spuren hier in der Datsche waren von früher. Sollte sie das Bett abziehen? Dazu war jetzt keine Zeit mehr. Wenn auch nur ein einziger Hinweis aus der gestrigen Sendung brauchbar gewesen war, musste das Dienstfahrzeug der Soko SAO III jeden Moment mit Blaulicht auf dem Gelände am Wald in der »Insel der Gerechten« auftauchen. Ariane ging in die Küche, kühlte ihr Gesicht mit Wasser. Hatte sie außer den Griffen etwas angefasst? Nein! »Raus hier. Raus«, flüsterte sie. Sie hörte Schritte auf den Gehwegplatten. Durch das Fenster konnte sie Guido erkennen. War er für sie eine Gefahr? Wie er immer für ihr Leben eine Gefahr gewesen war? Schon in der DDR? Rasch öffnete sie die Tür zum Bad, das einen Ausgang zum hinteren Garten hatte. Die Türe war offen, und Ariane stand im Freien. Laufen, weglaufen, bevor Guido die offenen Türen und Schubladen und dann sie entdeckte. Das Messer. Hatte er noch eine Makarow? Sie musste in den Wald, in dem sie schon als Kind Hütten aus Zweigen zum Schutz vor ABC-Waffen gebaut hatte. Das dichte Blätterdach der Bäume und Büsche des Sommers war der beste Schutz vor der Katastrophe.

*

»Schnell! Schnell! Seht zu, dass euere Spuren verschwinden«, hallte die Stimme von Peter Schwarz' Vorgesetztem über die Flure. »Egal was kommt, wir müssen uns die Chance offen halten weiter zu arbeiten. Und wenn es im Untergrund sein wird wie vor 1945.«

Peter Schwarz hatte sich bis zu diesen Sätzen noch Hoffnung gemacht, dass die Panzer die Kasernen verlassen und dem Spuk in Leipzig und in Berlin ein Ende setzen würden. Reichten dem Abschaum die Wasserwerfer nicht? Hatte es sich nicht bis zu diesem Pöbel herumgesprochen, dass die NVA mit den Kalaschnikows in Kettenformation in den Seitenstraßen stand? Ein Befehl, und es konnte losgehen. Schuss um Schuss – ein Blutbad. Maßlose Enttäuschung griff nach seinem Herzen. Was sollte aus ihm werden, wenn sein geliebter Staat von den subversiven Kräften aus dem Westen angegriffen werden würde heute Nacht? Warum konnten sie sich nicht mit Waffengewalt verteidigen? Was sollten diese Samthandschuhe? Wenn die Staatsführung den Demonstranten jetzt den kleinen Finger reichen würde, konnte morgen die Bundeswehr in Leipzig stehen. Das hatte nichts mehr mit Humanität zu tun. Das waren doch Barbaren, die einen Staat zerstörten.

»Abschaum!«, sagte Schwarz hasserfüllt.

»Hilf lieber, die Akten zu vernichten, als hier herumzustehen und auf unsere Soldaten in den Kasernen zu warten. Die werden nicht ausrücken heute Nacht. Ist von ganz oben durchgesickert. Jetzt müssen wir an die Zukunft denken. Hast du doch gehört.«

»Das Zeug brennt im Keller. Wir schaffen das bis morgen Früh. Vorher werden die Demonstranten uns die Türen nicht einrennen«, sagte ein Mitarbeiter aus dem Innendienst, der einen Stoß Abhörrollen auf dem Arm in Richtung Kellertreppe trug.

Peter Schwarz sah durch einen Schlitz der Gardinen auf die Straße von Leipzig. Vor dem Haus schwoll die Menge von Minuten zu Minute gefährlicher an. Dieser Anblick erinnerte ihn an die Erzählungen von Manfred Günther vom 17. Juni 1953. Selbst die Gefängnisse hatten diese irren Vaterlandsverräter damals gestürmt. Die Partei, die Stasi – das Ziel des Staates war es gewesen, keinen zweiten 17. Juni 1953 mehr aufkommen zu lassen. War es gut, dass sein Mentor das nicht mehr erleben musste? Oder fehlten solche Führungskräfte wie die alten Kader in dieser Sekunde?

»Ich nehme den Kellerausgang«, erklärte er seinem Vorgesetzten. »Komm mit zu mir heute Nacht. Nicht auszudenken, wenn von denen einer durchdreht, der uns von einem Verhör wiedererkennt.«

»Wie sollen wir jetzt noch unerkannt durchkommen?«

»Mein Auto steht am Rand der Innenstadt. Das schaffen wir in zehn Minuten zu Fuß. Dann sind wir erst einmal außer Gefahr.«

»Du kannst mich unterwegs rausschmeißen!«

Eine Stunde später saß Peter Schwarz neben seiner Ehefrau Barbara vor dem Fernseher.

»Lass uns die Tagesschau einschalten. Ist doch jetzt alles egal.«

»Mach das!« Peter Schwarz öffnete sich eine Bierflasche. Er nahm eine saure Gurke vom Abendbrotteller und biss hinein. »Sauer macht lustig!«

Barbara Schwarz lachte. »Wir schaffen das, Peter. Du wirst sehen, solche Menschen wie du, die werden auch im Westen gebraucht. Und erst einmal habe ich noch meine Stelle.«

»So weit denkst du?«, fragte Schwarz entsetzt. Seine Nackenhaare sträubten sich.

»In ein paar Jahren könnte es eine Wiedervereinigung geben. Denk doch nur an unseren Genossen Stalin. Ein neutrales Deutsches Reich in der Mitte Europas, ohne NVA, ohne Bundeswehr. Wir werden die zweite Schweiz!«

»Nie!«, schrie Schwarz auf. »Schwerter zu Flugscharen, das ist unser Leben. Es kann keinen anderen Staat geben als die DDR. Wir sind ein Völkerrechtssubjekt, das auch die BRD nicht ignorieren kann. Aber die Herren Kapitalisten können uns natürlich gerne beitreten.«

»Da schau, Schabowski!«

»Uneingeschränkte Reisefreiheit.« Günther Schabowski drehte sich auf seinen Zettel blickend um. »Das trifft nach meiner Kenntnis , ist das sofort unverzüglich.«

»Kann diesen Geisteskranken einer stoppen?«, schrie Schwarz wütend auf. »Jetzt ist alles vorbei. Das ist der Untergang der Zivilisation.«

Gebannt starrten die Eheleute Schwarz auf die Bilder, die über ihren Bildschirm liefen. Tausende von Menschen strömten von Ost- nach West-Berlin. Das Telefon klingelte.

»Soll ich drangehen?«, fragte Barbara Schwarz.

Dann flog ein Farbbeutel gegen das Wohnzimmerfenster. »Stasi-Schwein!«, riefen mehrere Menschen auf der Straße. »Jetzt kriegen wir dich.«

»Mach die Lichter aus.« Peter Schwarz holte seine Dienstwaffe aus seiner Jacke. »Das wird eine unruhige Nacht.«

»Aber wer weiß denn, wer du bist?«, fragte Barbara entsetzt.

»Jetzt ist die Stunde der Verräter gekommen. Aber vertrau mir, wir kriegen sie alle. Der Westen will doch diesen asozialen Abschaum gar nicht haben. Die werden alle reumütig zurückkehren, und dann machen wir sie fertig. Alle!«

*

Richterswil parkte den Wagen direkt vor dem Eingang der großen LPG-Halle, neben der ein Baucontainer stand. Im Container saßen Mitarbeiter der Zentralen Anstalt für Wiederaufbau, die die Abwicklung und Auflösung der LPG vorbereiteten. Ariane Strohschmitter beriet als ehemalige Leiterin des volkseigenen Betriebes die Mitarbeiter bei der Aufteilung der Produktionsmittel und der landwirtschaftlichen Flächen auf die ehemals enteigneten Bauern der Region. Außerdem hatte sie ein Vorschlagsrecht für die Käufer der restlichen Anlagen und Felder, für die sich keine Alt-Besitzer mehr gemeldet hatten. Sie hatte den beiden Ermittlern bei ihrem ersten Gespräch erzählt, dass ein Großkonzern am Ankauf möglichst vieler Felder in der Gegend interessiert war, weil hier ein Versuchszentrum für neue Anbaumethoden und besonders lukrative Nutzpflanzen entstehen sollte. Nirgends sonst im SÖD gab es derart große freie zusammenhängende Flächen wie hier im Osten. Ideal für Versuche und Forschungen geeignet. Die Verkäufe sollten abgewickelt sein, bevor die Bevölkerung davon erfuhr. Fakten sollten geschaffen werden.

»So ist sie heute, die neue Zeit, der wir uns nicht mehr entgegenstellen«, hatte Ariane Strohschmitter gesagt.

Heute aber stand sie den beiden Ermittlern nicht für weitere Auskünfte zur Verfügung.

»Frau Strohschmitter hat spontan ein paar Tage Urlaub eingereicht. Ihr erster in diesem Jahr. Hat sie sich verdient«, erklärte ihr Stellvertreter, der ehemalige Hausmeister der Anlage. »Mallorca oder Ibiza oder so eine Insel. Da wollte sie hin.«

»Wir würden uns gerne noch einmal hier umschauen«, sagte Neusiedl.

»Machen Sie ruhig. Aber schauen Sie genau hin. Da sind die letzten echten und ehrlichen stummen Zeugen der DDR, bevor alles den Bach runtergeht.«

Neusiedl gab Richterswil ein Zeichen. »Vielleicht finden wir noch ein paar alte Kollegen, die ein besseres Gedächtnis haben als diese Strohschmitter.«

»Die hat kalte Füße gekriegt. Wie schnell solche Leute doch untertauchen, um ihr Fähnchen neu in den Wind zu hängen«, sinnierte Richterswil.

»Hältst du sie für eine potenzielle Komplizin?«

Richterswil schüttelte den Kopf. »So dumm ist die nicht. Die geht kein Risiko ein, die ist kalt, berechnend und geil auf die nächste Karriere!«

»Da!« Neusiedl deutete auf eine Gruppe von Arbeitern in Gummistiefeln, Jeans und entblößtem braun gebranntem Oberkörper.

Die beiden Ermittler zeigten ihre Dienstausweise vor.

»Sie waren doch gestern noch im Fernsehen?«, begann einer der Männer. »Wir haben da noch einmal nachgedacht.«

»Ja?« Richterswils Augen verengten sich zu zwei Schlitzen. »Ist er hier?«

»Nicht ganz«, sagte der Mann. »Ich bin der Hugo Speen. Mein Name wegen der Belohnung.«

Die anderen Männer murrten.

»Die anderen natürlich auch. Also die Belohnung gestern Abend im Fernsehen.«

»Die gibt es unter Garantie«, bestätigte Neusiedl. »Ein brisanter Fall, eine hohe Summe, die wohl aufgeteilt wird.«

»Die Ariane und der Guido, die hatten ein Verhältnis.«

»Aber schon seit Längerem keinen Kontakt, oder?«

»Doch!«, entfuhr es einem der anderen Männer. »Lackner, Werner Lackner.«

»Ich erzähle hier«, unterbrach hin Hugo Speen. »Die Ariane hat immer die Hand über den Guido gehalten, wenn es Ärger gab.«

»Sonst wäre der längst in Bautzen gelandet«, ergänzte Werner Lackner.

»Und das macht sie immer noch.«

»Hä?«

»Wo ist Guido Sandmann jetzt?« Neusiedl schnappte nach Luft. Nicht einmal ein Mord konnte diese Menschen im Osten aus ihrer Lethargie reißen. Wahnsinn!

»Guido wohnt zurückgezogen in der ›Insel der Gerechten‹.«

»Diese Siedlung von Unzufriedenen, die überall für die Abschaffung des 4+4-Vertrags demonstrieren?«, fragte Richterswil. »Diese Keimzelle der Bewegung gegen den Vertrag, die vomStaatsschutz beobachtet wird. Dieser rechtsfreie Raum?«

»Genau. In der ehemaligen Ferienanlage steht auch die alte Datsche von Arianes Eltern.«

»Die finden Sie ganz einfach. Das ist eine von den großen Luxus-Datschen mit fließendem Wasser direkt am Wald.«

»Und Vorgarten. Kleines Blumenparadies. Tomaten, Gurken, Salat, Erdbeeren, ein Walnuss- und ein Haselnussbaum.«

»Und die ganze Hecke besteht aus Sträuchern, Brombeeren, Johannisbeeren und Stachelbeeren.«

»Bei der präzisen Beschreibung ist die Datsche wohl kaum zu verfehlen«, spottete Neusiedl. »Wie kommen wir von hier aus am schnellsten dorthin?«

»Über die Dörfer. Von hier aus Richtung Dornburg und dann …«

»Wir melden uns bei Ihnen«, sagte Richterswil und drehte sich zum Wagen um.

»Unsere Belohnung. Denken Sie an unsere Belohnung. Wir können das alle vier bezeugen.«

»Sie kriegen Ihre Belohnung! Versprochen!«, rief ihnen Neusiedl über die Schulter zu.

Eine Viertelstunde später kam am Ende einer immer schmaler werdenden Landstraße die »Insel der Gerechten« in Sicht.

»Die hat es 1959 noch nicht gegeben. Nicht auf dem Atlas verzeichnet. Nur die Straße«, sagte Neusiedl.

»Ich bin gespannt, was die Strohschmitter uns für eine Geschichte auftischt, wenn sie wieder im SÖD ist«, sagte Richterswil. Er fuhr den Wagen zwischen den Datschen entlang, bis der Weg zu schmal für die Weiterfahrt wurde.

»Du glaubst an die Story mit der Insel?«

Einzelne Bewohner waren aus ihren Häusern gekommen und hatten geschimpft, sich aber sofort wieder zurückgezogen, als sie an den Streifen des Wagens ein Soko SAO Team erkannten. In einigen Gärten hingen Fahnen der DDR mit einem überklebten Totenkopf. In anderen Gärten waren in den Bäumen Demonstrationsplakate zu erkennen mit den bekannten Sprüchen: »SÖD auflösen SOFORT«, »Stasi entmachten JETZT«, »Nieder mit dem Unrecht der Diktatur«, »Gerechtigkeit für alle OPFER«.

Genau fünf Minuten durchsuchten Richterswil und Neusiedl mit entsicherten Waffen die Datsche. Auf dem Bett lag ein Haufen Zettel und Stecknadeln. An der Wand über dem Bett waren angerissene Tapetenstücke zu sehen. Irgendjemand hatte in aller Eile die Zettel und Fotos von der Wand gezogen. Richterswil erkannte Peter Schwarz, Wurm und Sichel. Unter dem Bett blitzte der Schaft eines Messers hervor.

Das laute Aufheulen eines Motorrades war draußen zu hören. Durch das Fenster sahen Richterswil und Neusiedl einen Mann mit weißem Motorradhelm und einem Rucksack auf dem Rücken in Richtung befestigter Straße fahren.

»Los! Hinterher. Das ist er«, rief Neusiedl. »Die Spusi fordern wir über Funk an.«

Die beiden Ermittler spurteten zum Dienstwagen und fuhren 20 Meter rückwärts, bis sie wenden konnten.

In der Ferne fuhr das Motorrad mit völlig überhöhter Geschwindigkeit über eine Bergkuppe in Richtung Süden.

»Hier SAO III. Brauchen dringend Spurensicherung in der ›Insel der Gerechten‹. Letzte Datsche vor dem Wald.«

»Und Straßensperren zwischen Dornburg und Camburg und dahinter. Jetzt haben wir ihn«, rief Richterswil vom Nachbarsitz aus.

Das Blaulicht und die Sirene gaben auf der zu dieser Zeit fast völlig vereinsamten Landstraße ein gespenstisches Schauspiel ab. Trotz der Lautstärke des Horns störten sich weder die Traktorfahrer noch die Fahrer der Düngewagen, die auf die Felder fuhren, am Einsatz, sodass Richterswil immer wieder bis auf 20 Kilometer herunterbremsen musste. Oberstleutnant und Major fluchten abwechselnd.

»Der kann nirgends hin. Kein Flug, kein Zug. Wir machen jetzt alles dicht!«, rief Neusiedl.

»Zielperson hat erste Straßensperre bei Dornburg durchfahren. Zwei Verletzte. Haben Krankenwagen auch für die anderen Sperren angefordert«, kam eine Stimme durch das Funkgerät des Wagens.

»Guck auf dem alten Atlas nach, ob es eine Abkürzung gibt!«, rief Richterswil.

»Immer geradeaus bis Camburg«, rief Neusiedl zurück. Bei beiden Ermittlern stieg der Adrenalinspiegel.

»Wir machen eine doppelte Barrikade hinter Camburg. Hier spricht die Einsatzleitung. Hört ihr uns?«

»Alles klar«, sagte Neusiedl in das Funkgerät. »Bereiten uns auf Zugriff Camburg vor.«

Kurze Zeit später vollführte Richterswil eine Vollbremsung. Das Fluchtmotorrad lag im Straßengraben. Auch der Rucksack lugte nur wenige Meter entfernt aus dem hohen Gras hervor. Die beiden Ermittler sprangen aus dem Wagen. Neusiedl lief in Richtung Graben und Waldweg. Richterswil folgte im Dauerlauf der Straßenführung.

»Hier!«, rief eine Stimme nach ein paar 100 Metern.

Richterswil drehte sich nach links.

Guido Sandmann saß auf dem Geländer einer Saalebrücke.

Er hatte eine Makarow auf Richterswil gerichtet. »Weg mit der Dienstwaffe. Ich schieße.«

»Ganz ruhig«, begann Richterswil. Er steckte die Waffe in den Hosenbund und hob die Hände. Wo nur war Neusiedl, wo die Kollegen der Region? Die nächste Straßensperre musste hier ganz in der Nähe sein.

»Waffe weg. Ich treffe. Auch auf diese Entfernung. Das wissen Sie doch!«

»Sind Sie Guido Sandmann?«, fragte Richterswil. Er bückte sich, um die Waffe auf den Boden zu legen.

»Und jetzt mit dem Fuß in meine Richtung schieben!«

»Sie haben gewusst, dass Sie Geschwister haben?«

»Ich habe alles gewusst. Meine Eltern, meine Brüder, meinen echten Namen und den Schuldigen, den kannte ich auch«, sagte Sandmann.

»Was hat Schwarz Ihnen getan?«

»Mir? Meine Eltern hat er auf dem Gewissen und mich.«

»Denken Sie doch an Ihre Brüder. Wir haben eine Großtante von Ihnen in Kanada gefunden.«

Lautes Hohngelächter erklang. »Ich bin der Einzige, der nach den anderen gesucht hat. Die beiden hatten mich vergessen, verleugnet. Die haben in diesem System mitgemacht. Die Ehre unserer Eltern besudelt.«

»Warum haben Sie ihn so gehasst?« Richterswil bewegte sich zwei Schritte auf Sandmann zu.

»Bleiben Sie weg, oder ich springe. Und Sie nehme ich mit in den Tod!«

»In ein paar Jahren sind Sie wieder draußen. Gute Führung. Opferrolle, Ihre Erkrankung wegen der Arbeit auf der LPG!«

»Ich bin im größten Gefängnis der Welt aufgewachsen, und da gehe ich nicht wieder rein. Ich mache Schluss. Ich bin hier und heute der Richter!«

»Sie sind doch noch jung. Sie können noch einmal von vorne anfangen. Ihre Brüder sind für Sie da!«

»Die waren noch nie da! Scheißegal! Mein Leben ist verkorkst, und das Schwein hat den gerechten Preis bezahlt.« Sandmann zog eine zweite Waffe mit einem Schalldämpfer aus dem Hosenbund hervor und schoss ins Wasser. »Ich! Verstehen Sie? Ich habe dieses Mal entschieden über das Recht, denn dazu ist dieser SÖD, dieser witzlose Abklatsch von einem Staat nicht fähig. Korruption, Filz, und immer der kleine Mann muss zahlen! Aber heute nicht. Heute zahlen die Täter ihren Preis!«

»Guido Sandmann! Sie sind auf dem Rittergut Ihrer Eltern aufgewachsen«, versuchte Richterswil es erneut. Aus den Augenwinkeln sah er, dass sich Neusiedl näherte.

Sandmann fing wie irre an zu lachen. »Der Prinz im FDJ-Hemd.« Er überstieg das Geländer, die Waffe auf Richterswil gerichtet. »Die Fingerabdrücke auf der Waffe sind von Bernd Wurm. Nicht mein Bruder.«

»Doch! Lassen Sie uns in aller Ruhe über die Vergangenheit reden.« Auf der anderen Seite der Saalebrücke sah Richterswil zwei Scharfschützen hinter einem Haus. Hoffentlich konnte Sandmann sie nicht erkennen, dachte Richterswil. Aber Sandmanns ganze Aufmerksamkeit galt ihm.

»Was ist das für ein Bruder, der nie nach mir gesucht hat? Ich habe ihn doch auch gefunden. Und Egon. Ich! Nur mich hat niemand gefunden, und das wird so bleiben. Nichts kann wieder gutgemacht werden, nichts!« Sandmann lachte wieder hysterisch auf. »Die Waffe habe ich als Erinnerung an gemeinsame Schießübungen in der zehnten Klasse mitgehen lassen. Verstehen Sie? Er hat mich nicht einmal erkannt damals. Vermutlich hätte ich sagen müssen: Ich bin es, dein Drilling! Aber selbst dann wäre der nicht aufgewacht. Jeder war sich selbst der Nächste in der DDR.«

»Die Fingerabdrücke sind von Ihrem Bruder?«

Sandmann lachte wie ein Wahnsinniger. »Na endlich! Sie fangen an, mein Spiel zu begreifen.«

»Sie haben die Waffe jahrelang für diesen Mord aufbewahrt?«

»Eine Erinnerung an meinen Bruder damals«, rief Sandmann. »Und jetzt perfekt für mein Verwirrspiel.«

»Haben Sie von dem Unfall Ihres Bruders gewusst?«

»Wie ich dieses Gerede vom Zusammenhalt der Menschen im Osten hasse. Lügen, nichts als Lügen!«

»Wollen Sie nicht von dem Geländer herunterkommen?«, fragte Richterswil. Die beiden Scharfschützen hatten die Waffen in Position gebracht.

Sandmann schob den Lauf der Makarow in seinen Mund. Dann warf er die Waffe weg, schoss mit der anderen Waffe vor Richterswils Füße und sprang in die Fluten der Saale.

Ein paar Mal tauchte sein Kopf noch auf, bis ihn ein Strudel erfasste. Dann war er verschwunden.

»Alles klar mit dir?«, fragte Neusiedl, der aus seiner Deckung im Gebüsch hervorkam.

»Ist das ein Ende, oder?« Richterswil atmete tief durch. Er öffnete alle Knöpfe seines Polohemdes.

»Entweder der ersäuft, oder wir finden ihn!«

Die beiden Scharfschützen waren aus der Deckung gekommen. Aus allen Richtungen fuhren Einsatzwagen der örtlichen Polizei, der Spusi und ein paar Kollegen anderer Soko SAO Teams heran. Auch mehrere Krankenwagen stand schon am Ufer der Saale bereit.

»Taucher anfordern«, befahl Richterswil laut.

Doch obwohl zahlreiche Polizeitaucher in der Saale noch bis weit nach Einbruch der Dämmerung suchten, obwohl unzählige Einsatzkräfte mit Hunden am Ufer nach Spuren suchten, wurde die Leiche von Guido Sandmann alias Mark

Bastian erst am nächsten Morgen entdeckt. Die zweite Staffel Taucher fand seine Leiche in einem Wehr. Strudel hatten den Toten auf und nieder gezogen und schließlich dorthin gespült.

*

»Drillingsfall gelöst – Soko SAO Team aus Schweiz und Österreich wieder erfolgreich im Kampf gegen die Racheakte an ehemaligen Stasi-Mitarbeitern. Wieder einmal ist es der Soko SAO III unter der Leitung von Oberstleutnant Richterswil aus Zürich gelungen, einen komplizierten Fall innerhalb kurzer Zeit aufzuklären. Auf der gestrigen Pressekonferenz wandte sich der erfahrene Ermittler nach Oberst Volta selbst an die Presse. Dank der vielen Hinweise aus der Bevölkerung, die nach der Vorstellung des Falls in der beliebten Eurovisionssendung ›Ermittlungsakte HEUTE‹ eingegangen waren, konnte der gesuchte Drilling, der vor zwei Wochen einen Menschen zur Mittagszeit in Weimar in aller Öffentlichkeit erschossen hat, gestellt werden. Der Täter …«

»Hör auf!«, rief Richterswil lachend aus. »Das wissen wir doch alles selbst viel besser als diese Zeitungsschmierer.« Er entnahm aus seiner Schublade noch ein paar persönliche Dinge. »Du wirst mir fehlen, oder?« Er grinste Neusiedl an. »Los, noch einen letzten löslichen Kaffee, und dann sitzt du auf meinem Platz und gibst das Kommando.«

»Nett, die von Thuns«, sagte Neusiedl. »Insbesondere die Tochter. Die würde ich glatt mit nach Wien nehmen. Irgendwann.«

»Aus mit Doreen?«

»Ja und nein. Seit dem Drillingsfall bin ich nicht mehr vertrauenswürdig.«

»Hä?«

»Sie geht jetzt regelmäßig zu den Demos gegen den SÖD.« Neusiedl grinste. »Soll sie. Vermutlich wäre ich auch einer von ihnen, wenn ich das ganze sozialistische Theater hätte mitmachen müssen.«

»Irgendwie haben diese Leute recht. Und doch! Hier ist nicht der Wilde Westen. Wofür haben wir in einem Rechtsstaat Gerichte und Gesetze?«

»Da beißt sich die Katze in den Schwanz«, sagte Neusiedl. »Was ist Recht? Für uns? Für die Opfer des Stasi-Regimes? Für diese Weltordnung?«

*

»Ein perfekter Abschluss für eine Reise«, sagte Nora. »Eine Fahrt mit dem Schiff über den Zürichsee.« Sie hielt den Kopf in den Fahrtwind. Die Luft roch nach Wasser und Sonnencreme. »Bist du sehr traurig?«

Gabriele schüttelte den Kopf. »Es ist schade um so ein junges Menschenleben. Ich habe innerhalb weniger Tage vier Menschen verloren und zwei gewonnen. Schicksal. Aber Tim und Stefan werden mich in Kanada besuchen.«

»Schau mal, der Drillingsfall. Immer noch auf Seite eins.« Nora griff nach einer aktuellen Schweizer Tageszeitung, die ein anderer Reisegast auf dem Tisch hatte liegen lassen.

»Und täglich neue Enthüllungen aus den Nelkenpfeffer-Akten.«

»Die werden uns noch ein paar Jahre beschäftigen. Bis die Infos alle ausgewertet sind.«

»Schade, dass Cornelius Bucher sich nicht einmal mehr verabschieden konnte«, sagte Gabriele. »Ein tüchtiger Mann.«

Nora lächelte.

»Ist das nicht schön hier?«, rief Erich Waldner laut aus. Er stand mit einem Tablett mit fünf Weingläsern in der Tür zum

Außendeck. »Da seid ihr ja. Jetzt wird auf den Abschluss angestoßen.«

Hinter ihrem Mann erschien Margret Waldner. »Juhu!«

Nora und Gabriele verdrehten gleichzeitig ihre Augen.

»Hier könnte ich glatt zu Hause sein«, erklärte Margret Waldner. »Dieses Panorama, die Berge und alles so adrett und sauber. Heile Idylle wie im Heidi-Bilderbuch. Und diese Schokolade!«

Tassilo zwinkerte mit den Augen. »Nun erst versteh ich, die da blühet, o Lilie, deinen stillen Gruß«, zitierte er. »Gottfried Keller, meine lieben Mitreisenden.«

»Wie sieht es denn nun mit deiner Belohnung aus?«, fragte Waldner neugierig.

»Gut«, sagte Nora. »Richtig gut!« Was ging es die anderen an, dass sie 10.000 DM für das Foto aus dem Park an der Ilm und den Tipp zum Auffinden des Stollens erhalten hatte? »Es reicht für unendlich viele Tafeln feinster Schweizer Schokolade!«

»Unsere Nora! Eine ganz Süße! Da wird die Männerwelt wohl noch etwas warten müssen.« Waldner stieß sein Glas an die Gläser der anderen. »Aber der Cornelius war schon ein Netter. Dass du da nicht … Naja. Jeder ist seines Glückes Schmied!«

»Nun lass sie mal, die Nora«, sagte Margret Waldner. »Wir haben uns doch auch nichts sagen lassen.«

Nora unterdrückte einen Lachanfall bei der Vorstellung, eines Tages so zu sein wie die lauten, poltrigen Waldners. Aber wer hätte vor drei Wochen gedacht, dass die Welt sich so rasch verändern würde? Selbst jetzt nach den schönen Tagen in Wien, in Heidiland und Zürich hatte sie immer noch das Gefühl, eine Spielfigur in einem bösen Stück zu sein, dessen Dimensionen sie vielleicht nie begreifen würde. »Vielleicht gibt es Weihnachten schon keine SÖD mehr?«, überlegte sie laut. »Aber Goethe, Hofmannstahl und Spyri – die bleiben, die überleben jedes politische System!«

*

»Ich bin froh, dass ich schon hier bin, oder?«, sagte Richterswil. »Für die nächsten Tage ist im gesamten SÖD ein Generalstreik angekündigt worden. Da geht gar nichts mehr!«

Nora und Gabriele saßen mit ihm auf seiner Terrasse mit Blick auf den Zürichsee.

»Dann fliege ich ab Italien nach Hause«, erklärte Gabi trotzig. »Dieses Europa wird mich nicht mehr wiedersehen.«

»Nicht zu versöhnen?«, fragte Matteo Richterswil.

»Alles weg. Das ganze Gut und die Ländereien. Verlorene Vergangenheit für immer. Warum sollten wir irgendetwas zurückkaufen? Für wen? Nach dem Schicksal der Familie Bastian will keiner mehr von uns zurück. Von meinem Onkel fehlt jede Spur. Auch die Eltern der Drillinge sind irgendwo verscharrt. Niemand kann sich an sie erinnern.«

»Oder niemand will sich erinnern«, vermutete Nora.

»Als hätte es uns nie gegeben!«

»Ihre Dächer sind zerfallen, und der Wind streicht durch die Hallen, Wolken ziehen drüber hin«, begann Nora Franz Kuglers berühmtes Gedicht von den Saaleburgen zu zitieren.

»Und der Wandrer zieht von dannen, denn die Trennungsstunde ruft«, ergänzte Gabriele. »Was vorbei ist, ist vorbei. Ich hätte nicht zurückkehren sollen. Das sagt doch Kugler mit seiner Zeile von der Trennungsstunde.«

»Das Gefühl hatte ich allerdings auch hin und wieder«, lachte Nora. »Wir müssen uns den Veränderungen stellen, sonst sind wir irgendwann nur noch Vergangenheit und nicht mehr Gegenwart.«

»Wie philosophisch«, lachte Gabriele. »Aber Matteo

möchte uns sicherlich noch erzählen, was sich in den letzten Tagen noch in Sachen Nelkenpfeffer-Akten ergeben hat.«

»Gerne!« Richterswil lehnte sich im Stuhl zurück. Er hob sein Weinglas. »Von den ersten Rücktritten in der Politik habt ihr vermutlich selbst schon in der Presse gelesen. Die Akten aus dem Stollen bieten Beweise für schmutzige Geschäfte von der Feinstrumpfhose aus Zwangsarbeitsfabriken über Medikamententests an Häftlingen bis zu den Foltermethoden der Stasi sowie Waffenhandel zwischen Ost und West. Wirtschaftskriminalität vom Feinsten. Das geht rauf bis in die oberste Ebene von Politik und Wirtschaft. Von Kuba bis zu den Bahamas!«

»Generalstreik im ganzen SÖD«, sagte Nora. »Wir können nicht so einfach aussteigen aus einem internationalen Vertrag wie dem 4+4.«

Im Inneren des Hauses klingelte das Telefon. »Wir lassen klingeln«, sagte Richterswil. »Der Abend heute gehört uns. Sollte der Generalstreik euch in Zürich festhalten, seid ihr selbstverständlich meine Gäste.«

»Wenn der SÖD wirklich aufgelöst wird, wohin dann mit den Ländern im Osten?«, beharrte Nora. Gleichzeitig freute sie sich über diese Einladung und hatte einen Funken Hoffnung auf diesen von allen gefürchteten Streik, der das gesamte öffentliche Leben im SÖD zum Erliegen bringen sollte.

»Freiheit lässt sich nicht rückgängig machen«, sagte Gabriele.

Das Telefon klingelte immer noch. »Was ist denn da so dringend?«, fragte Richterswil. »Ich bin gleich wieder da.«

»Richterswil!«, meldete sich der Oberstleutnant. »Schon Sehnsucht nach mir?«, rief er erstaunt aus.

»Du denkst noch an deinen Wetteinsatz?«

»Aber nicht heute Abend, oder?«, sagte Richterswil leise. »Ich habe Besuch!«

Neusiedl lachte heiser auf. »Macht gleich den Fernseher an. Es muss in den Nachrichten kommen. Ehemaliger Minister hat sich erhängt. Angeblich erdrückende Beweislast. Irgendetwas aus den Nelkenpfeffer-Akten. Wir ermitteln in alle Richtungen. Nie und nimmer Selbstmord. Wir brauchen dich, Matteo!«

»Sondereinsatz. Politprominenz. Das wird schon gehen, oder?«

»Spielschulden sind Ehrenschulden. Du schaffst das. Ein paar Tage, ein paar Wochen – mehr nicht.«

»Mehr nicht«, wiederholte der Schweizer Vollblutermittler. Er trat wieder auf die Terrasse, den Blick auf den See gerichtet. »Es ist ein ewiger Kampf gegen das Böse!«

Ende

»Das Jahrhundert ist im Sturm geschieden,
und das neue öffnet sich mit Mord.«
Friedrich Schiller (1759 – 1805)
aus Der Antritt des neuen Jahrhunderts 1802

DER 2+4-VERTRAG – SCHNELLER VERTRAGSSCHLUSS ZUR RICHTIGEN ZEIT

Viele Punkte des über 1000 Seiten starken 2+4-Vertrags, des Einigungsvertrags, sind bis heute heiß umstritten. Dennoch war der rasche Abschluss trotz der einen oder anderen Schwächen des Vertrags der richtige Weg. Es galt, die Gunst der Stunde, die sich von einer Sekunde auf die andere stellende Weiche des geschichtlichen Wegs zu nutzen.

Die Unterschriften wurden auf das druckfrische Vertragswerk gesetzt. Diese für einen internationalen völkerrechtlichen Vertrag rasante Schnelligkeit ist eine sehr positive Überraschung gewesen, denn die Deutschen sind nicht die Erfinder der Revolutionen, des Temperaments oder des Generalstreiks. Deutsche gelten in aller Welt als beherrschte Denker, die vor jeder Entscheidung die Sachlage eingehend prüfen. Alles hat seine Ordnung, das Leben verläuft kontrolliert nach Plan. Der Spruch »Von der Wiege bis zur Bahre – Formulare, Formulare!« passt perfekt für das öffentlich organisierte Leben der Deutschen. Die Menschen genießen ihr sicheres, friedliches Leben fernab von unkalkulierbaren Risiken, fernab von großen Höhen und Tiefen. Diese Sehnsucht nach einem harmonisch verlaufenden Leben, nach Ordnung bis in den kleinsten Winkel ist aber nicht unbedingt das Erbe der Preußen. Diese Sehnsucht nach Frieden und Ordnung ist vielmehr in den unübersichtlichen und unruhigen Zeiten der Kleinstaaterei entstanden. Immer wieder haben die Wirren der Geschichte und die zahllosen geführten Kriege zu Umbrüchen auf dem heutigen Gebiet der Bundesrepublik Deutschland geführt und die Menschen in Angst und Schrecken versetzt. Heute entschied ein Landesfürst, morgen der Kaiser und übermorgen eine Besatzungsmacht über das Schicksal und das Alltagsleben der Menschen.

Auch 1945 in der Stunde null war das Land wieder einmal aufgeteilt – in vier Besatzungszonen. Dann wurde am 23.05.1949 erst die Bundesrepublik Deutschland und am 07.10.1949 auf dem Papier die Deutsche Demokratische Republik gegründet. Es ist müßig, über den richtigen oder den falschen Deutschen Staat zu sinnieren. Beide Staatsgebilde bezeichneten sich als demokratisch und als republikanisch – erst recht als deutsch. Allerdings hat die Bundesrepublik Deutschland die Deutsche Demokratische Republik trotz des Grundlagenvertrages und trotz internationaler Anerkennung der Deutschen Demokratischen Republik anderer Staaten auf der ganzen Welt nie als souveränen Staat anerkannt. Eigenschaften eines Staates sind das Staatsgebiet, die Staatsmacht und die Staatsbürger. Da jeder Mensch mit einem Personalausweis oder einem Reisepass der Deutschen Demokratischen Republik bei Betreten der Bundesrepublik Deutschland nach Fluchtversuch oder legaler Einreise in das Staatsgebiet der Bundesrepublik Deutschland einen Anspruch auf Ausstellung bundesrepublikanischer Ausweisdokumente hatte, fehlten der Deutschen Demokratischen Republik als Staat im völkerrechtlichen Sinne aus Sicht der Bundesrepublik Deutschland die Staatsbürger. Auch die sprachlichen Konstrukte und Spitzfindigkeiten der ehemaligen DDR-Führung, weshalb die Bundesrepublik Deutschland die Deutsche Demokratische Republik als Staat anerkannt haben könnte, sind daher obsolet. Außerdem war die Deutsche Demokratische Republik aus Sicht der Bundesrepublik Deutschland aufgrund der fehlenden freien Wahlen höchstens ein Unrechtsstaat und somit gar kein Staat – wenigstens nicht im moralischen Sinne.

Ein geschichtlicher Rückblick seit dem 08.05.1945 ergibt eine parallele Entwicklung des Lebens der Menschen hüben und drüben der Grenze, die zunächst die Ostzone völkerrechtlich von der Bundesrepublik Deutschland trennte. Weitsichtige Menschen, die durch den geschichtlichen Zufall in der Ostzone (so nannten alle Zonenflüchtlinge und viele andere Menschen die DDR bis zum Schluss) lebten, haben noch vor dem Mauerbau – oft nur mit der Handtasche oder der Geldbörse in der Hosentasche – den Weg in den freien Westen gewagt. Die Grüne Grenze entlang der Zone und die Grenze in Berlin boten vor dem Mauerbau immer wieder Möglichkeiten, die alte Heimat im Osten zu verlassen. Allen Menschen auf dem Gebiet der Deutschen Demokratischen Republik wurde spätestens am 17.06.1953 klar, dass es eine freie demokratische Zukunft in der Ostzone nicht geben würde. Zu viele Demonstranten wurden noch bis zum Morgengrauen des 18.06.1953 aus ihren Wohnungen und Häusern abgeholt und sind zum Teil bis heute unter ungeklärten Umständen verschwunden. Panzer standen in Berlin, das Kriegsrecht war wieder gültig, und auch die Hoffnungen vieler neuer Genossen auf einen demokratischen, gerechten Staat waren zunichte gemacht. Auch am Tag des Mauerbaus, am 13.08.1961, fuhren Panzer auf. Der Bau der Berliner Mauer war nach der Gründung der Deutschen Demokratischen Republik die zweite große Zäsur auf dem Weg zum Traum »Deutsche Einheit«.

Die Menschen in der Bundesrepublik Deutschland genossen dank ihrer Tatkraft und ihres Mutes zum Wiederaufbau das Wirtschaftswunder der 50er-Jahre und steuerten gemeinsam mit den Alliierten auf solche Phänomene wie die neue Lust am Reisen, die Popmusik und die 68er Bewegung zu. Stattdessen erlebten die Menschen in der Ostzone eine sozialistische Illusion, die immer mehr zur Karikatur einer Demokratie verkam. Mit jedem Staatsratsvorsitzenden wurde die

Versorgungslage in dem totalitären Staat schlechter, und der Schwarzmarkt blühte vom Baumaterial über den Trabi bis zur Orange. Dennoch galt die Deutsche Demokratische Republik als Musterland des Kommunismus im Vergleich zu den anderen sozialistischen Bruderstaaten. Das Ministerium der Staatssicherheit der Deutschen Demokratischen Republik baute seinen Machtapparat immer weiter aus, sodass jeder Bürger bis in den kleinsten privaten Winkel beobachtet werden konnte. Das Stasi-System brachte Sadisten hervor, die unliebsame Bürger der Deutschen Demokratischen Republik verfolgten, folterten und schließlich auch seelisch mit subversiven Mitteln nach eingehendem Ausspionieren einer Person bis zum Verwanzen der kompletten Wohnung zerbrechen konnten. Auch die Befestigung der Zonengrenze entsprach den schlimmsten Horrorvorstellungen, die jeden Science Fiction Schriftsteller in den 40er- und 50er-Jahren hätte neidisch werden lassen. Tretminen, Bluthunde, Scharfschützen, Selbstschussanlagen und raffinierte spanische Reiter ausgestattet mit scharfen Messern sowie unter Grasnarben versteckten aus dem Fels ausfahrbare Betonpoller verhinderten bis zum Fall der Mauer zahllose Fluchtversuche. Wer nicht auf der Flucht erschossen worden war, zerbrach unter unmenschlichen Haftbedingungen und konnte nur hoffen, von der Bundesrepublik Deutschland als politischer Gefangener oder als Oppositioneller des Systems der Deutschen Demokratischen Republik freigekauft zu werden. In den offiziellen Tageszeitungen der Deutschen Demokratischen Republik waren die olympischen Siege als Beweis der Überlegenheit des sozialistischen Systems, die vermeintlichen Angriffe der westlichen Aggressoren, die erfolgreichen Kosmonauten und die neueste Rekordkartoffelernte des Jahres die wichtigsten Schlagzeilen. Die Führung der Deutschen Demokratischen Republik und alle vom Sozialismus und dem proletarischen

Staat ergebenen Mitarbeiter der Stasi, vom Minister bis zum kleinsten freiwilligen informellen Mitarbeiter, waren überzeugt vom nahen Sieg des Sozialismus über den morbiden, dekadenten Westen, der sich irgendwann von ganz alleine richten würde. Foltermethoden aus dem Mittelalter gepaart mit High Tech Ost und neuesten psychologischen Erkenntnissen waren das Handwerkszeug des Stasi-Apparates. Parteitage, 5-Jahres-Pläne, der Aufbau einer indoktrinierenden Jugendbewegung, die allen Kindern und Jugendlichen vom Kindergarten bis zum Berufsabschluss dieselben Erlebnisse bescherte und für ein dubioses Zusammengehörigkeitsgefühl sorgte, sowie der Anschluss an die sozialistischen Bruderländer durch Urlaubsreisen schienen lange Zeit von Erfolg gekrönt. Immer mehr Menschen in der Ostzone fühlten sich als Bürger einer Deutschen Demokratischen Republik. Sie begannen darauf zu beharren, dass sie wie Österreich nichts mit der Bundesrepublik Deutschland zu tun hatten. Auch die Hoffnungen der Stasi, dass sich die Deutschen »hüben und drüben« der Grenze bald auseinanderleben würden, dass die alten Generationen, die zu Weihnachten noch Westpäckchen aus der Bundesrepublik Deutschland erhielten, bald aussterben würden, schienen greifbare Realität zu werden. Doch der Führung der Deutschen Demokratischen Republik, die sich so gut auf das Lenken der Massen verstand, machte das Massenmedium Fernsehen einen entscheidenden Strich durch die Rechnung. Wer weiß, ob die Mauer ohne Fernsehen je gefallen wäre? So wie die Deutsche Demokratische Republik Trabis und Wartburgs für ihre Bürger produzierte, auf die die Wartezeit oft bis zu zehn Jahre betrug, so wurden auch Fernseher produziert, mit denen die Menschen im Osten Märchenfilme, das Sandmännchen und viele andere Produktionen der DEFA schauen konnten. Doch Menschen sind von Natur aus neugierig, sonst hätten Adam und Eva nie in den Apfel gebissen. Heimlich hinter zugezogenen Gardinen auf minimaler Zimmerlautstärke wurden auch im Plattenbau die Tagesschau, Tagesthemen und unzählige andere Sendungen geschaut, denn Edi Schnitzler und der Schwarze Kanal waren auf Dauer mit der Standardpropaganda gegen den Westen kaum zu ertragen. Allein schon der Unterschied im Warenangebot im Westen und Osten brannte sich in der Gedankenwelt der Menschen ein. Doch auch die politischen und gesellschaftlichen Entwicklungen in der Bundesrepublik Deutschland und im Rest der Welt von Woodstock bis zur ständig wachsenden EG gingen nicht spurlos an den Menschen in der Ostzone vorbei. Oft wurde der erste Besuch im Supermarkt im Westen mit den Verwandten aus der DDR, die ein Besuchsvisum erhalten hatten, zum kleinen Desaster. Der Anblick mit Zitrusfrüchten und Jeanshosen gefüllter Regale war für die meisten ein seelischer Schock.

Dennoch war nach dem 17.06.1953, nach dem Prager Frühling und erst recht nach den Ereignissen am Tian'anmen-Platz weder mit einem erneuten Aufruhr noch mit einer echten Revolution zu rechnen. Doch die harten, einfachen Lebensbedingungen, die zum Teil Standard der 30er-Jahre waren, das immer frechere Beschneiden des Restes an privater Freiheit durch die Stasi und die drohende humanitäre Katastrophe ließ die schüchternen Stimmen des Aufbegehrens nicht nur in den Kirchen der DDR immer lauter werden. Die Montagsdemos in Leipzig, die Nikolaikirche, die Botschaft der BRD in Prag und der sich öffnende Grenzzaun an der ungarisch-österreichisch Grenze sowie die zu Boden gerichteten Waffen der ungarischen Grenzsoldaten sind heute ein Symbol für die so genannte »friedliche Revolution«, die eigentlich keine Revolution im klassischen Sinne war. Dennoch gilt sie als einzige erfolgreiche Revolution Deutschlands. Bis zum erneuten Aufbegehren im Jahre 1989 war das Interesse der Menschen in der Bundesrepublik Deutschland an der Welt hinter Mauer und Stacheldrahtzaun gering. Dort herrschte eine Diktatur, die kaum jemand besuchen durfte. Der Arbeitstitel von »Mordsakten« lautete daher zu Beginn auch noch »Spurensuche im Nirgendwo«.

Zwischen den ersten lauten Rufen nach Freiheit und mehr Demokratie und dem 3.10.1990 liegen viele Entwicklungsschritte. Neben dem Fall der Mauer, den ersten freien Wahlen auf dem Gebiet der DDR und der neuen offenen politischen Diskussionskultur am runden Tisch ist es die Auflösung des Stasi-Apparates, der zunächst noch als Amt für Nationale Sicherheit der Deutschen Demokratischen Republik fortgeführt worden war, die als Zeichen des Erfolges für die Menschen anzusehen ist.

Dennoch waren es wieder die Menschen, die durch einen Hungerstreik erreichten, dass dem Einigungsvertrag am 18.09.1990 eine Zusatzklausel zur Aufarbeitung aller noch vorhandenen Stasi-Unterlagen hinzugefügt wurde. Auf eine Seite mehr oder weniger kam es bei über 1000 Seiten auch nicht an. Am Tag der Wiedervereinigung war die Macht der Stasi, die bereits Internierungslager für oppositionelle Bürger – die Menschen der Montagsdemos in der Nikolaikirche – geplant hatten, endgültig gebrochen. Aber der Sozialismus – und damit die Errichtung der Internierungslager – hatte sich bereits in zu vielen sozialistischen Bruderländern überholt. Die Führung in Ost-Berlin hatte zu lange übersehen, dass sie isoliert dastand, sodass ein zweiter 17. Juni nicht mehr stattgefunden hat. Viele der Opfer der Stasi können bis heute ihre Erlebnisse, die perfide Arbeit der Spitzel nicht vergessen. Noch immer beeinflusst die Stasi das Leben der Menschen.

Daher ist die Vorstellung, dass das Gespenst des Amtes für Nationale Sicherheit der Deutschen Demokratischen Republik in irgendeiner Form weiter mit seinen uneinsichtigen

Mitarbeitern, von denen nur wenige ihr Verhalten gegenüber anderen Menschen bereut haben, hätte in staatlichen Funktionen agieren dürfen, unerträglich – kaum denkbar.

Neben der Klausel vom 18.09.1990 zum Umgang mit den noch vorhandenen Stasi-Unterlagen, heute unter dem Namen »Rosenholzakten« bekannt, hätte eine weitere Klausel aufgenommen werden sollen. Bis heute haben die in der Deutschen Demokratischen Republik zwangsadoptierten Kinder kein Recht auf Einsicht in ihre Unterlagen. Der Datenschutz verbietet die Freigabe der Akten. Daher werden viele Menschen nie erfahren, wer ihre Eltern sind, und welches Schicksal ihren Eltern widerfahren ist. Wie fast immer im Leben hat es auch in diesem Punkt die Schwachen getroffen, die bei den Verhandlungen zum 2+4-Vetrag noch keine Lobby hatten.

Schließlich ist auch der SÖD als loser Staatenbund ein kaum denkbares Modell.

Ein Staatenbund ist ein Zusammenschluss von Staaten, die zwar ihre volle Souveränität behalten, aber außen- und sicherheitspolitisch gemeinsam entscheiden und handeln. Vor dem Mauerfall waren es Ideologen der Deutschen Demokratischen Republik, die argumentierten, dass der zweite gegründete deutsche Staat ein souveräner Staat wie Österreich sei. Doch Österreich ist weit davon entfernt, ein deutscher Staat zu sein. Genauso weit entfernt ist die BRD davon entfernt, so neutral zu sein wie die Schweiz. Die Vielfalt und der Reichtum der deutschsprachigen Dichter, Denker und Philosophen in der Schweiz, in Deutschland und in Österreich haben nichts mit Staatlichkeit zu tun.

Auch wenn viele Politiker und Bürgerrechtler am runden Tisch vor dem 03.10.1990 gerne eine andere Lösung als den Beitritt des 2+4-Vertrages in aller Ruhe ausdiskutiert hätten, so war die rasche Vertragsschließung doch die beste aller Entscheidungen für die Menschen in Europa, denn auch für die Alliierten war die Zeit reif für ein vereintes Deutschland ohne neutralen Status.

Das Konstrukt der Deutschen Demokratischen Republik hat sich nach den ersten freien Wahlen aufgrund der Legitimation des Volkes aufgelöst und ist offiziell der Bundesrepublik Deutschland beigetreten.

Ein Vergleich der alten Artikel 23 und 146 Grundgesetz der BRD, die bis 1990 gültig waren, und den aktuellen Artikeln 23 und 146 Grundgesetz zeigt, dass die Zukunft Europa heißt.

In Artikel 23 alter Fassung des Grundgesetzes waren bis 1990 alle alten Bundesländer einzeln namentlich als Geltungsbereich der Verfassung genannt. Satz zwei lautete: »In anderen Teilen Deutschlands ist es nach deren Beitritt in Kraft zu setzen.« Das ist die Lösung des 2+4-Vertrages.

In Artikel 146 alter Fassung des Grundgesetzes stand, dass das Grundgesetz seine Gültigkeit an dem Tag, an dem eine Verfassung in Kraft tritt, die von dem Deutschen Volke in freier Entscheidung beschlossen worden ist, verliert. Das deutsche Volk »hüben und drüben« hat sich aber gegen die Ideen der Bürgerrechtsbewegung entschieden. Auch die Formulierung »in anderen Teilen Deutschlands« des Artikels 23 Grundgesetz ist ein eindeutiger Beleg dafür, dass die Bundesrepublik Deutschland die Deutsche Demokratische Republik nie als souveränen Staat anerkannt hat.

Auch heute gibt es einen Artikel 146 Grundgesetz. Er beginnt mit den Worten: »Dieses Grundgesetz, das nach Vollendung der Einheit und Freiheit Deutschlands für das gesamte Deutsche Volk gilt, …« Einheit und Freiheit Deutschlands sind nach dem Grundgesetz vollendet und am heutigen Status Quo wird sich nur in einer Richtung noch etwas ändern. In Artikel 23 Grundgesetz neuer Fassung ist das vereinte Europa das Ziel. In Artikel 23 ist auch die Ermächtigung zur Übertragung von Hoheitsrechten manifestiert. Die Menschen in der

Ostzone sind am 3.10.1990 daher nicht nur mit den Menschen in der Bundesrepublik Deutschland zu einem Staatsvolk auf einem Staatsgebiet mit einer Staatsmacht verschmolzen, sondern sie sind in erster Linie Teil des freien Europas geworden.

Daher ist es auch keine »Annektierung« der Deutschen Demokratischen Republik gewesen, wie viele DDR-Bürgerrechtler den Beitritt nannten, weil sie so gerne in aller Ruhe von der Möglichkeit des Artikels 146 Grundgesetz alter Fassung im Rahmen einer verfassunggebenden Versammlung Gebrauch gemacht hätten.

Die sozialen Errungenschaften wie die Kinderkrippen, die viele so gerne als Beitrag zur Wiedervereinigung geleistet hätten, sind Ideen, die eine Bereicherung der gesellschaftlichen Landschaft sein können. Doch bei allen im Osten lieb gewordenen Erfindungen des Sozialismus darf nie außer acht gelassen werden: Die DDR war pleite! Nur ein paar Winter später hätte es zu einer humanitären Katastrophe aufgrund der mangelhaften Versorgung kommen können. Und heute sind die meisten praktikablen Ideen schon in allen Bundesländern Realität geworden – auch ohne eine neue Verfassung.

Dies sind alles theoretische Ausführungen, die die Geschehnisse zwischen den ersten Montagsdemonstrationen und dem 03.10.1990 erklären.

Ein weiterer wichtiger Aspekt für diese Kriminalgeschichte ist der Alltag der Menschen in den Tagen der Wende, der genauso in das Geschichtsbuch der Zeit gehört wie die nackten Fakten und die 1000 Seiten des 2+4-Vertrages. Was bedeuten 1000 Seiten für ein Einzelschicksal? Ich selbst, Jahrgang 1969, habe die Ostzone ab 1971 als westdeutsches Kind und Jugendliche auf Besuchen von vielen Seiten erlebt. Schikanen an der Grenze, graue bröckelnde Hausfassaden, Notstand wegen Wassermangels, blaue FDJ-Hemden und spontan sich bildende Schlangen vor den HO-Läden sind nur ein

Teil der Wahrheit. Es gibt nicht nur Schwarz und Weiß, es gibt auch mehr als ein paar Grautöne. Es gibt »hüben und drüben«, tausende von grauen Schattierungen und Facetten. Das gilt für die Lebensumstände wie für die Menschen. Viele werden nie erfahren, ob sie von ihren Verwandten, den Nachbarn oder den Kollegen bespitzelt worden sind. Für viele junge Menschen heute gehören Grenztürme, Mauerreste, der Checkpoint Charlie, alte LPG-Anlagen, Bautzen, Hoheneck und der Schießbefehl mitsamt den Selbstschussanlagen sowie die Abhörbänder der Stasi in ein Museum. Für ältere Menschen sind sie fühlbare Realität.

Noch sind unzählige Zeitzeugen da, die von ihrer einzigen Reisen in den Westen in den 80er-Jahren als ostdeutsche Schlachtenbummler eines deutsch-deutschen Fußballspieles berichten können, die von den Schikanen der DDR-Grenzer gegenüber den Westverwandten, die einmal im Jahr in die DDR reisen durften, erzählen können und die von der katastrophalen Lebensmittellage in den Plattenbausiedlungen und von der Angst, frei zu sprechen, Zeugnis ablegen können. Je mehr Wissen um die alten Zeiten erhalten bleibt, desto leichter wird der Weg nach Europa. Sicherlich sind im großen Chaos der Maueröffnung Glückssucher, Spekulanten und Träumer aufeinander gestoßen, die zum heutigen Bild in alten und neuen Bundesländern beigetragen haben. Mal waren Investitionen sinnvoll, mal führten sie in die Pleite, nach wie vor wandern viele Menschen wie bei der Landflucht im Mittelalter in die alten Bundesländer ab. Immer noch prallen hin und wieder zwei Ideen von Leben aufeinander. Aber in jeder Gesellschaft gibt es facettenreiche Unterschiede, die doch eigentlich das Salz in der Suppe der Gemeinschaft sind.

Auch wenn heute viele neue Probleme wie Brexit, Grexit, Nexit und Spexit auf der Tagesordnung stehen, darf von diesem Land nie wieder ein Krieg ausgehen. Ein Exit welcher Art auch immer kann in Europa nicht der richtige Weg sein. Daher ist der Artikel 23 neuer Fassung die beste Garantie für ein friedliches Leben aller Deutschen.

Schließlich gilt es in diesem Zusammenhang, auch den Artikel 1 Absatz 1 Satz 1 Grundgesetz zu zitieren, der die Racheaktion in »Mordsakten« als Verbrechen gegen die Menschlichkeit vorführt. »Die Würde des Menschen ist unantastbar.« Das gilt ausnahmslos für alle Menschen. Auch in der EU-Charta ist dies der erste Satz des ersten Artikels.

Manches Mal muss es auf dem Weg zum richtigen Ziel schnell gehen, und deshalb ist der 2+4-Vertrag der beste Einigungsvertrag von allen!

PERSÖNLICHES NACHWORT

Dies ist eine Kriminalgeschichte von Flucht und Verrat, vom historischen Umbruch und von der Hoffnung auf Recht und Gerechtigkeit in Deutschland im Sommer 1991. In diesem Sommer laufen die Lebenslinien unzähliger Menschenschicksale zusammen, die noch mehr als zwei Jahre zuvor durch Mauer und Stacheldrahtzaun, durch Tretminen, Bluthunde und Selbstschussanlagen getrennt waren. Für viele Menschen sind in der Wendezeit Ideen vom Leben aufeinandergeprallt, die sie sich wenige Monate vorher noch gar nicht vorstellen konnten – denn die Möglichkeit, einen Blick hinter den Stacheldraht auf die andere Seite zu werfen, hatten sowohl im Osten als auch im Westen nur wenige Menschen.

Ich danke an dieser Stelle allen Menschen in West und Ost, die mir durch meine deutsch-deutsche Kindheit und Jugend sowie durch die Wendezeit geholfen haben, die mir die vielen spannenden Erlebnisse beschert haben, die mir das Gefühl für die gesamte Farbpalette an menschlichen Facetten mit auf meinen Lebensweg gegeben haben. Ein besonderer Dank gilt Claudia Senghaas, meiner Lektorin, die diesen Krimi mit Argusaugen lektoriert und geholfen hat, so vielen menschlichen Facetten in dieser Kriminalgeschichte den perfekten Rahmen zu geben.

So wie sich die Lebenswege der Generationen in »Mordsakten« kreuzen, so gehen genau in diesem Augenblick Menschen aneinander vorbei, die gegenseitig auf ihren Lebensweg Einfluss nehmen, ohne es zu wissen. Immerhin können wir die Spuren, die wir im Leben anderer Menschen hinterlassen, durch unsere Einstellung zum Leben beeinflussen.

Nur eines sei zum Schluss noch verraten: Die Stunden in der Hollywoodschaukel waren auch ohne Karl May im Hochsommer traumhaft schön! Und der Rest der Geschichte ist zum Glück zu 99 Prozent pure Fantasie!

Weitere Krimis finden Sie auf den folgenden Seiten und im Internet:

WWW.GMEINER-SPANNUNG.DE

SUSANN BRENNERO
Meyerling ermittelt in Düsseldorf

978-3-8392-1790-0 (Paperback)
978-3-8392-4841-6 (pdf)
978-3-8392-4840-9 (epub)

RHEINFÄLLE Düsseldorf ist eine Stadt der Superlative: Am Rhein steht der Fernsehturm mit der weltgrößten Digitaluhr und in der Altstadt lockt Altbier an der längsten Theke der Welt. Doch Kriminalkommissar Maximilian Meyerling hat keine Zeit, die Vorzüge seiner Stadt zu genießen. Auf der Grafenberger Rennbahn wurde ein Jockey ermordet, im Hofgarten liegt eine Leiche und in Kaiserswerth ist ein Mann über Bord gegangen. Auf Meyerling warten insgesamt 30 Fälle, die es in sich haben.

MIKE STEINHAUSEN
Fliegenschmaus

978-3-8392-2053-5 (Paperback)
978-3-8392-5349-6 (pdf)
978-3-8392-5348-9 (epub)

KEINE WAHL Eine junge Frau ist auf der Flucht vor ihren Killern. Dabei rennt sie vor das Auto des Ex-Bullen Robert Kettner. Als dieser sie in ein Krankenhaus gebracht hat und in Sicherheit glaubt, wenden sich die Killer direkt an ihn: Entweder er liefert ihnen die junge Fraus aus oder seine Exfrau wird ermordet. Kettner muss sich entscheiden und greift zu unkonventionellen Mitteln. Doch dann sieht er sich in einem Netz aus Intrigen verstrickt. Und alle Fäden laufen in einem Institut zusammen, das an einer künstlichen DNA forscht.

GMEINER SPANNUNG

WWW.GMEINER-VERLAG.DE
Wir machen's spannend

Das Neueste aus der Gmeiner-Bibliothek

Unser Lesermagazin

Bestellen Sie das kostenlose Krimi-Journal in Ihrer Buchhandlung oder unter www.gmeiner-verlag.de

Informieren Sie sich …

www … auf unserer Homepage:
www.gmeiner-verlag.de

@ … über unseren Newsletter:
Melden Sie sich für unseren Newsletter an unter www.gmeiner-verlag.de/newsletter

f … werden Sie Fan auf Facebook:
www.facebook.com/gmeiner.verlag

Mitmachen und gewinnen!

Schicken Sie uns Ihre Meinung zu unseren Büchern per Mail an gewinnspiel@gmeiner-verlag.de und nehmen Sie automatisch an unserem Jahresgewinnspiel mit »mörderisch guten« Preisen teil!

GMEINER SPANNUNG

WWW.GMEINER-VERLAG
Wir machen's spann